목차

—
별
이
내
리
다
—

1. Track_01

"다녀왔습니다."

 유하는 들릴 듯 말 듯, 작은 목소리로 중얼거렸다. 그녀는 잠시 현관에 어정쩡히 서서 잿가루로 더럽혀진 타일을 내려다보았다. 신발을 신은 채로 앞코를 툭툭 바닥에 쳐봤더니 검은 잿가루가 미미하게 휘날렸다.

 예전엔 놀이터에서부터 끌고 온 흙먼지 때문에 늘 바닥이 공사장처럼 지저분했던 곳이었다. 새하얀 현관 바닥에 이렇게 검은 자국을 묻혀본 것이 얼마만인지. 유하는 굳게 다문 입술을 이리 저리 실그러뜨렸다. 그녀는 무릎까지 오는 교복치마를 슬쩍 들어 올려 쪼그려 앉았다. 그다음 타일 위에 묻어있는 시커먼 발자국을 손으로 문대어 완전히 지워버렸다. 연필 가루를 만진 것 마냥 손끝이 회색빛으로 물들었다. 걸레짝이 된 자신의 운동화를 잠시 만지작거리다 유하는 신발장 옆에 바짝 붙어있는 단화 한 켤레를 물끄러미 바라보았다. 유하의 새어머니 신이었다. 붉은 와인색의 고풍스런 느낌을 주는 그녀의 단화는 올해 봄서부터 줄곧 나가지 못하고 저 자리에 멈춰있었다. 유하는 느른하게 일어나 운동화를 단화 옆에 가지런히 벗어놓은 뒤, 거실로 조심스레 들어왔다.

5

적요한 거실에선 퀴퀴한 먼지 냄새가 났다. 집 안에 먼지가 쌓인 게 아니라, 마치 먼지 한 톨 안에 집이 갇혀버린 것만 같았다. 유하는 이집에 들어오면 눈앞이 보이지 않을 만큼의 수심 깊은 바다 속, 혹은 처음과 끝을 알 수 없는 광활하고도 무서운 우주 바깥으로 내버려진 기분이 들었다. 조만간 자신을 포함한 여기 있는 모든 것들이 겨우 뱉어내고 있던 숨에 한계가 올 것 같았고, 결국 사물이든 사람이든 모두 공기 중으로 뽀로록 하고 거품처럼 사라져 버릴 것만 같았다.

"콜록. 콜록."

방으로 들어오자마자 마른기침이 연속으로 나왔다. 아직 교복에 붙어있는 잿가루가 유하를 보이지 않게 괴롭히고 있었다. 그녀는 메고 있던 책가방을 서둘러 문 옆에 내려놓고, 커다란 미닫이창을 활짝 열었다. 구겨진 교복 마이를 벗어 바깥으로 탈탈 털어내자 공기 중에 까만 눈이 무질서하게 흩날렸다. 학교 소각장 냄새가 갈바람을 타고 들어와 코를 스윽 문지르고 지나갔다. 단연 기분 좋은 냄새는 아니었다. 한참 환기를 시키니 어느새 그녀의 기침은 멈추었고, 칼칼했던 목구멍도 얌전해져 있었다.

"하아."

유하 입에서 여린 한숨이 새어 나왔다. 그녀는 창가에 머리를 기대어 먼 하늘을 게슴츠레 바라보았다. 지고 있는 강한 노을빛에 눈이 부셨지만, 저 높은 곳의 푸른 아름다움과 평화는 충분히 느낄 수 있었다. 거세진 바람 때문인지 얼기설기 뭉쳐 있던 양떼구름들은 어디론가 빠르게 떠내려가는 중이었다. 누군가 시계바늘을

6

마음대로 돌리고 있기라도 한 듯, 어두운 밤은 그에 맞게 다급히 모습을 드러냈다.

유하는 손에 들고 있던 마이를 등받이 의자에 걸어 놓고, 기운 없이 침대 끝에 걸터앉았다. 그러자 슬슬 무거운 피로감이 온몸을 짓눌렀다. 잠에 들고 싶은 와중에도 머릿속엔 원치 않는 장면들이 불꽃 튀듯 반짝거렸다. 점심시간에 몇 차례 뺨을 맞고 발로 채이던 순간, 사라진 운동화를 찾으려 소각장 쓰레기 더미를 열심히 뒤지던 순간, 걸레짝이 된 더러운 운동화를 뻔뻔하게 새어머니 단화 옆에 벗어놓았던 순간.

"으윽."

유하가 신음을 뱉었다. 침대에 누우려고 몸을 한쪽으로 비틀었더니 왼쪽 갈비뼈 부근에서 통증이 느껴졌다. 그녀는 곧바로 셔츠를 말아 올려 통증이 느껴지는 여러 부위들을 세심하게 만져보았다. 이곳저곳 멍이 진 것처럼 욱신거렸다. 그래도 다행인건 이번엔 골절상만은 피한 것 같았다.

똑. 똑.

힘 있는 노크소리에 화들짝 놀란 유하는 옷매무새를 가다듬고 일어났다. 조심스레 방문을 여니 언제나 그랬듯 새어머니는 화가 난 목각 인형처럼 무뚝뚝이 서 있었다. 그녀의 고동색 눈동자가 분노와 멸시로 가득 차 조용히 들끓고 있었다. 과히 처량한 눈빛이다. 9년 전, 그녀가 이집에 처음 방문했을 때의 모습이 까마득하게 느껴졌다. 그땐 풍채도 보기 좋았고, 양쪽 볼에 쏙 들어가는 보조개 미소가 빛나던 사람이었는데.

유하는 몹시 가냘파진 그녀의 처진 어깨선을 보면서 사무쳐오는 슬픈 감정을 삼켜냈다.

"나와."

새어머니는 무정하게 말하곤 돌아섰다. 유하는 다급히 트레이닝복으로 갈아입은 뒤, 방에서 눈치를 살피며 나왔다. 그녀가 매너 있게 방문을 노크할 때는 이유가 하나밖에 없었다.

"오셨어요."

예상대로 유하의 아버지가 식탁에 앉아있었다. 가만히 아무것도 하지 않고, 번들거리는 식탁 유리만 멍하니 바라보고 있다. 측은하게 축 내려앉은 그의 어깨는 아내의 어깨보다 무거워 보였다. 두 사람은 날이 갈수록 몸통이 작아져만 갔다. 먼지 속에 갇혀버린 이 팍팍한 집에서 가장 먼저 사라질 첫 타자는 저 두 사람 같아 보였다. 심지어 그들은 사라질 날만을 손꼽아 기다리는 것처럼 보이기도 했다. 유하는 그런 둘을 볼 때마다 견딜 수 없이 고통스러웠지만 그들에게 고통스럽다, 아프다, 하며 어리광을 호소 할 수 없었다.

"일찍 오셨네요."

유하가 겨우 들릴 만큼 작게 인사했다. 지쳐 보이는 그는 딸의 얼굴을 성의 없이 일별하며 고개를 아래로 까딱 움직였다.

유하의 아버지는 10년 째 종합상사에서 수출 담당 일을 하고 있다. 해외 출장이 잦은 일이란 것만 알지, 아직 소녀는 그가 회사에서 어떤 일들을 하는지 자세히 알지 못했다. 요즘은 그가 출장을 예전만큼 자주 가진 않지만, 그는 떠나기 전날에 꼭 오늘처럼

8

일찍 퇴근하고는 했다. 내일이나 모레쯤 가시려나. 유하는 속으로 아버지의 스케줄을 어림잡았다. 이것저것 묻고 싶은 것이 많았지만 물을 용기가 나지 않았다. 2년 전 재판장을 나오면서부터 그들과 유하 사이엔 벽 하나가 꽂혀버린 듯 했다. 좀처럼 가까이 다가갈 수 없는 사이가 되었다. 그 벽은 아주 커다랗고 두꺼워서 세 사람이 어찌 할 수가 없을 만큼 아득했다. 이것을 유하만 느끼고 있는 건지, 아님 그들도 느끼고 있는 건지 알 수 없지만, 조금도 무너질 생각을 하지 않는 두툼한 벽은 그들 사이에서 너무나도 견고히 버티고 있었다.

"잘 먹겠습니다."

셋은 평소보다 이른 저녁식사를 시작했다. 요새 반찬은 멸치볶음과 쉰내 나는 총각김치. 이 두 가지뿐이었다. 오랜 기간 아무도 장을 봐오지 않아서 올라오는 반찬 개수가 하나 둘씩 줄어갔다. 얼마 전, 남은 용돈으로 유하가 학교 매점에서 소보로 빵 두 개를 사오긴 했지만, 그것은 유통기한이 지난 채 쓰레기통에 버려졌다.

휑한 식탁 위로 젓가락 부딪히는 소리만 났다. 세 사람은 고개를 숙인 채, 음식을 씹고 삼키는 데에만 몰두했다. 밥을 어쩔 수 없이 먹는 사람들처럼 보였다. 허기짐을 느끼지도, 배불러하지도 않는다. 그저 기계처럼 꿀떡꿀떡 삼켜버렸다.

"유하야."

모두의 밥그릇이 비워갈 쯤에 잠자코 아무 말 없던 아버지가 차분하게 딸의 이름을 불렀다.

"네."

"할머니한테 갈래? 호주가면 영어도 늘 텐데."

올해 초부터 계속 언급되는 호주 할머니 얘기가 나왔다. 호주 할머니는 유하가 태어나서 한 번도 본 적 없는 친할머니였다. 어릴 때, 통화를 몇 번 해본 기억은 나지만 아버지도 자신의 어머니와 사이가 데면데면했던지라 실제로 호주에 있는 식구들과 형식적인 소통이 오갔던 적은 다섯 손가락 안에 꼽았다. 유하는 왜 아버지가 자꾸 자신을 호주로 보내려고 하는지 이해 할 수 없었다. 셋이 같이 가는 것도 아니고. 왜. 나 혼자만. 왜.

"한 번 진지하게 생각해 보는 건 어때?"

그의 목소린 서운하리만큼 강경했다.

"저는."

"할머니가 잘 챙겨주실 거야. 너 공부하는데도 큰 경험이 될 거고."

"그치만 할머니 저 별로 안 좋아하시잖아요."

"그게 무슨 소리야. 손녀딸 만나면 당연히 좋아하시지."

여전히 그는 딸의 눈을 보지 않았다.

"아빠랑, 떨어지는 건 싫어요."

기어들어가는 유하의 작은 목소리에 그는 경직된 표정을 일관하며 냉수를 들이켰다.

"알았다."

그의 허연 두피가 솜솜이 보였다. 몇 년 새에 건장한 체격이 안쓰럽게 왜소해졌고, 피부가 거무튀튀하게 변해버렸다. 거실 베란다엔 밤마다 그가 마신 소주병이 나날이 늘어갔다. 유하는 2년 전

사건 이후로 그가 얼마나 상심이 클지 알고 있었지만, 조금 더 시간이 지나면 충분히 나아질 수 있을 거라 생각했다. 지금처럼 매일 얼굴을 보고, 식사를 같이 하다보면 반드시 행복했던 우리 모습으로 돌아올 수 있다고. 이 벽은 언젠가 허물 거라고. 유하는 믿었다. 왜냐면 우리는 가족이니까.

"저기."

드르륵. 유하가 말을 꺼냄과 동시에 아버지가 의자를 끌며 자리에서 일어났다. 그 바람에 유하의 목소리는 자연스레 묻혔다. 새어머니는 커피포트에 물을 담아 끓이기 시작했고, 아버지는 귀신처럼 소리 없이 방향을 틀어 안방으로 들어가 버렸다.

식탁 앞에 혼자 남은 소녀는 또다시 투명인간이 되어 버렸다.

유하는 조용히 방으로 복귀했다. 그리곤 침대 밑에 숨어있는 하얀 비상약통을 꺼내서 뒤적거렸다. 저번 주에 산 파스가 벌써 세 개 밖에 남아 있지 않았다. 그녀는 장롱 옆에 크게 걸려 있는 전신 거울을 마주보고, 웃옷을 천천히 벗었다. 가슴팍, 옆구리, 배꼽 밑. 몸 곳곳에 시퍼런 멍이 곰팡이처럼 번져있었다. 거울 속에 마주 서 있는 수척한 여자아이가 부패된 시체처럼 보였다. 유하는 파스 세 개를 아랫배에 나란히 붙인 뒤, 옷을 다시 챙겨 입었다. 순간 서늘한 기운이 감돌아 파란 이불 속으로 몸을 숨겨 버렸다. 파스의 알싸한 냄새가 코를 찔러 괴로웠지만, 굳이 그 속에서 빠져나오려 하진 않았다. 그 속에 가만히 오래 있다 보면 더 괴로운 악취여도 결국 익숙해진다는 걸 알고 있었다.

11

"여기 있었네."

유하는 베개 밑에 깔려있는 완두콩 모양의 MP3를 발견했다. 아무래도 어제밤중에 기어들어간 모양이었다. 너도 하루 종일 꽁꽁 숨어있었구나. 그녀는 완두콩에 연결 되어 있는 검은 이어폰을 귀에 꽂은 다음 Track 1번을 재생시켰다. 첫 시작은 맑고 청아한 리코더 소리였다. 얼마 안가 예쁜 소리가 부들부들 떨리기 시작하더니 침을 츄르릅 삼키는 꼬마의 숨결이 들렸다. 유하가 가장 좋아하는 부분이었다. 리코더 연주자가 호흡을 고르는 동안 뒤이어 기타리스트가 멜로디를 이어 받았다. 줄을 튕길 때마다 둔탁한 소리가 났고, 박자가 점점 느려졌다. 아마 기타를 잡은 지 일주일 밖에 안 된 초보 연주자일 것이다. 그야말로 둘의 하모니는 엉망진창이었다. 하지만 유하에게 행복을 주는 소리였다. 그녀는 이 서툰 연주곡을 듣고, 듣고, 또 들었다.

지잉.

어디선가 약한 진동이 느껴졌다. 이불을 걷어냈더니 유하의 핸드폰이 바닥에 굴러 떨어졌다. 그녀는 바닥에 떨궈진 핸드폰을 주워 은색 폴더를 열었다.

너 대단한 년이더라

같은 반 친구 김진경의 문자였다. 김진경. 유하가 기억하는 진경의 첫인상은 그리 나쁘지 않았다. 조금 불량해 보이는 면은 있었지만, 항상 그녀 주위에 있는 친구들처럼 시끄러운 성격은 아니었다. 가끔가다 교실 창가를 내다보는 진경의 눈은 죽은 사람처럼 빛이 없어 보였다. 뭐랄까. 왜인지 그녀는 어떤 수단으로든 자신의 이야기 중 그 아무것도 이야기 하지 않을 사람 같았다.

대놓고 미친년이었네

오늘도 그녀에게서 욕이 담긴 문자가 연이어 날아오기 시작했다. 진경은 요즘 유하를 창녀라고 소문내고 다니는 아이였다. 사건은 김호진이란 사람이 등장하면서 시작되었다. 호진이 어느 날 학교 대문 앞에서 유하에게 무턱대고 장미다발을 내민 적이 있었다. 그 바람에 한동안 교내는 둘의 이야기로 시끌벅적했다. 진경은 매일 친구들을 불러 유하를 때리기 시작했고, 뱃속에 애가 있다느니 창 녀라느니 도저히 입에 담지 못할 말들을 소문내고 다녔다. 이후 유하는 진경을 제외한 많은 여자 선배들과 같은 반 친구들에게까 지 미움을 받았다. 진경이 호진을 오랫동안 좋아하고 있었다는 건 나중에서야 알게 된 사실이었다. 무려 3년 간 지속 중이라던 그녀 의 올곧은 사랑에 유하가 방해꾼이 되었던 거다.

유하가 그들 앞에서 무릎을 꿇고, 손바닥을 비벼가며 애걸복걸 한 적도 많았다. 그러나 소녀의 말을 믿어주는 사람은 한 명도 없 었다. 사실을 얘기할수록 그들은 더욱 잔인하게 굴었고, 끔찍한 소문을 만들어냈다.

삐그덕. 삐그덕.

녹색 철문에서 익숙한 낡은 소리가 났다. 옥상 문을 열자마자 유 하는 넓게 트여진 하늘을 바라보며 자유로움을 고스란히 느꼈다. 간간이 떠 있는 별들과 옥빛색의 반달이 보였다. 유하는 시원한 한숨을 하- 하고 내뱉었다. 이곳은 허름하고 좁은 탓에 사람들이 잘 올라오지 않아 유하에겐 안성맞춤인 아지트였다.

길쭉하게 생긴 검은색 천가방 안에서 통기타를 꺼내 들었다. 좀 더 어릴 적에 아버지에게 받았던 마지막 생일선물이었다. 아직도 기타실력은 수준급이 아니지만, 혼자서 줄을 몇 번 튕겨 보고 연습하다 보니 제법 연주하는 태가 났다. 팽팽한 여섯 개의 기타 줄을 천천히 긁어내리며 잠시 눈을 감았다. 그리고 누군가에게 전하듯 유하는 익숙한 멜로디를 연주하기 시작했다.

Track 01.

차갑고 어두운 밤하늘과 몹시 잘 어울리는 선율이었다. 유하는 그렇게 혼자만의 공간에서 자신의 미흡한 연주에 집중했다. 엉망진창이었던 리코더 연주가 그리워진다. 까르르거리는 자지러진 웃음소리도 그리워진다.

"미안해."

그녀의 희미한 한 마디가 하늘 위로 외롭게 흩어졌다. 과연 닿았을까. 나의 목소리가 너에게 닿았을까. 유하는 연주를 멈추지 않았다. 손이 꽁꽁 얼어붙어 더 이상 움직일 수 없을 때까지 반복하고 또 반복했다. 그렇게 얼마 지나지 않아, 그윽한 새벽빛이 소녀의 차가운 눈물을 무심히 내비추었다.

2. 걸리지 않는 주문

　유하는 거실에서 들려오는 분주한 소음 덕분에 밤새 시달리던 악몽에서 벗어날 수 있었다. 부스스하게 정전기 오른 머리칼을 묶고, 몽롱함 속에서 기지개를 켰다. 두 눈덩이에 뻐근함이 느껴져 그녀는 손끝으로 볼록 나온 눈언저리를 마사지하듯이 문질렀다.

　방에서 나오자마자 낯익은 남색 캐리어가 눈에 먼저 띄었다. 그 다음은 말끔한 정장 차림의 아버지, 그리고 그를 멍하니 바라보고 서 있는 새어머니의 가녀린 모습이 보였다.

　"출장 가시는 거예요?"

　유하는 현관에 서 있는 아버지에게 가까이 다가가 물었다.

　"2주는 걸릴 거야. 더 일찍 올지도 모르고."

　그는 유하의 시선을 피하며 아내를 향해 보고하듯 말했다. 불편한 기색이 훤한 새어머니는 고개를 끄덕이지도, 어깨를 으쓱이지도 않았다.

　"그리고 유하는."

　나갈 준비를 모두 마친 아버지가 드디어 유하와 마주보고 섰다.

　"엄마 말 잘 듣고."

　"네."

"뭐, 요즘 필요한 거 있어?"

"아뇨. 없어요. 괜찮아요."

그는 손사래 치는 유하를 보며 한숨을 푹 내쉬었다.

"그래. 전화할게."

그의 전화할게 라는 마지막 말은 유하를 안심시켰다. 2년 만에 처음 느껴보는 아버지의 다정한 말투였다. 곧이어 현관문은 가을 공기를 집안에 들이며 조용히 닫혔다. 몸이 으슬으슬해졌다. 거실은 관 속처럼 빛이 사라진 듯 느껴졌고, 무거운 적막이 감돌았다. 새어머니는 가만히 서서 유하를 싸늘하게 노려보았다. 그녀의 따가운 시선이 유하의 몸을 움직이지 못하게 묶었다.

"꼴도 보기 싫은 년."

이윽고 그녀는 소녀의 뒤통수를 힘껏 내리치더니 문을 쾅 닫으며 안방으로 들어갔고, 거실에 우두커니 남겨진 유하는 지저분히 풀린 머리를 다시 원래대로 묶었다.

소파 옆 작은 장식대 위에 앉아있는 원앙 하나와 눈이 마주쳤다. 유하는 원앙부리에 비밀스런 상처가 나있다는 걸 알고 있었다. 6개월 전, 새어머니가 자고 있는 유하의 머리를 원앙으로 내리친 적이 있었다. 유하는 다친 머리를 병원에서 치료할 수 있었지만, 원앙의 상처는 아무에게도 관심 받지 못했다. 그 이후로 부리에 갈라진 금 사이에서 가끔 붉은 피가 흘러나왔다. 저주라도 받은 것처럼. 소녀는 그것이 자신에게만 보이는 헛것이었단 걸 깨닫기까지 꽤나 오랜 시간이 걸렸다.

16

무작정 겉옷을 들고, 밖으로 도피하듯 나왔다. 유하가 사는 빌라에서 조금만 벗어나면 사랑천이라는 조그마한 강이 있다. 이름을 닮아가는 것일까. 그 강의 물결은 항상 빛깔 좋은 은색 비단처럼 부드럽고 잔잔하게 흘렀다. 장마철에 비가 아무리 많이 쏟아져도 강은 이상하게 아름다웠다. 특히 더운 여름날엔 볕에 반짝이는 사랑천을 보러오는 관광객들이 많아졌고, 최근엔 강을 배경으로 한 로맨스 소설책이 출판되어 사람들을 설레게 만들기도 했다.

"나나야. 나나야."

강 위로 길게 지어져 있는 무지개 육교가 하나 있다. 그곳엔 사람 손을 많이 탄 주인 없는 고양이들이 자주 등장했다. 그중 하얗고 빳빳한 털에, 꼬리는 거무스름한 고양이 한 마리가 유하를 아주 잘 따라 다녔다. 작년부터 시간만 나면 유하는 그 고양이에게 먹이를 주곤 했다. 녀석의 빼빼 마른 작은 몸통이 괜히 볼 때마다 신경 쓰여서 그냥 지나칠 수가 없었다.

"왔구나. 안녕,"

어디선가 귀여운 울음소리를 내며 등장한 조그만 녀석은 냉큼 유하에게 다가와 신발 끈을 핥았다.

"인사하러 왔어."

나나는 대답이라도 해주듯 계속 그녀의 곁을 빙빙 돌기도 하고, 앞다리를 들어 올리며 기분 좋은 반김을 온몸으로 표현했다. 그동안 괴로운 시간들을 버틸 수 있었던 이유 중 하나가 나나였다. 괜히 고마운 마음에 녀석의 허기는 매일 유하가 채워주었고, 사랑으로 쓰다듬어주었다. 꾸준히 정성을 쏟다보면 그녀의 허전한 마음

17

도 조금씩 채워지는 것 같았다.

"잠깐만 여기 있어."

유하는 배가 고플 나나를 위해 코앞에 있는 편의점으로 잽싸게 달려갔다.

"어서 오세요."

계산대에서 꾸벅꾸벅 졸고 있던 여자가 하품하며 인사했다. 유하는 오른쪽 냉동코너로 직진했고, 여러 식품들이 뒤죽박죽 엉켜있는 세일코너에서 바나나 한 송이를 겨우 찾아냈다. 유하는 반쯤 미소를 띤 채, 주머니 안에 구겨져 있는 5천 원짜리 지폐를 만지작거렸다.

"아, 졸라 배고파."

계산대로 이동하려는 찰나, 낯익은 얼굴이 문을 열고 등장했다. 김진경이었다. 유하는 심장이 귓가를 때리는 것만 같았다. 주변 소음이 들리다 안 들리다 반복했다. 진경은 서너 명 되는 친구들과 같이 컵라면을 고르는 듯 했고, 유하는 본능적으로 몸을 낮춰 직원에게 섣불리 걸어갔다.

"1200원입니다."

유하는 진열대 위에 지폐 한 장을 급히 올려놓은 뒤, 밖으로 잽싸게 뛰쳐나왔다. 덜컥 겁이 났다. 이마에선 비지땀이 쉴 새 없이 흘렀다. 요즘은 그녀와 눈만 마주쳐도 끌려가기 일쑤였기 때문에 저 무리를 어떻게든 피하고 싶었다. 유하는 몰려오는 두려움을 이겨내며 잰걸음에 속도를 붙였다.

"설마 도망가는 거야? 나 무서워서?"

뒤에서 진경의 앙칼진 목소리가 들려왔다. 겁에 질린 소녀는 결국 육교까지 도달하지 못하고 그녀에게 맥없이 붙잡혀 버렸다.

"이야. 어떻게 여기서 딱 만나지?"

진경은 유하 어깨 위에 아무렇지 않은 듯 팔을 둘렀다. 그녀의 얼굴을 가까이 마주하게 되었지만, 유하는 시선을 다른 곳에 두었다. 도망가고 싶었다.

"가자."

진경의 지시에 다른 아이들은 앞장서서 걸었다. 유하는 2년 전 그날처럼, 제 발로 끌려가고 있었다. 왜 도망을 칠 수 없는 건지. 왜 몸이 마음처럼 움직여지지 않는 건지 알 수가 없었다.

진경은 유하를 머리부터 발끝까지 훑어보았다. 갈색 빛이 나는 머리칼에 눈동자도 옅은 갈색이었다. 피부도 하얗고 매끈하니 제법 예쁘게는 생겼지만, 딱히 진경의 눈에 들어올 만한 애는 아니었다. 호진의 입에서 처음 이 아이 이름을 들었을 때도 얼굴을 바로 떠올리지 못했다. 이런 존재감도 없는. 어디 영혼이 빠져나가 있는 섬뜩한 계집애가 뭐가 좋다는 건지. 진경은 시간이 갈수록 화가 틈틈이 치밀어 올랐다. 더 이상 분노를 절제하기가 힘들었다.

"여기는 왜, 왜 온 거야?"

겁에 질려있던 유하가 용기 내어 물었다. 도착해보니 이곳은 아무도 없는 그들의 학교 소각장이었다. 유하는 바나나 한 송이를 끌어안고 온몸을 덜덜 떨었다. 킥킥 거리는 사악한 웃음소리가 주위를 둘러쌌다. 진경은 유하의 턱 끝을 치켜 올리며 하얗게 질린 얼굴을 꼼꼼히 감상했다. 공포에 떠는 모습을 즐기는 것 같기도 했고, 어딘가 모난 점을 찾아보려 애쓰는 것 같기도 했다.

"잤어? 호진오빠랑?"

진경이 얼굴을 들이밀며 비아냥거렸다.

"진경아. 난 그, 그 선배를 정말 몰라. 진짜야."

"너, 내 이름 부르지 말라고 했지."

진경이 유하의 명치를 주먹으로 강하게 가격했다. 바닥에 엎드려진 힘없는 소녀는 헛구역질과 함께 머리를 조아렸다.

"둘이 잤냐고 묻잖아. 아무것도 모르는 척 하지 마. 씨발 내가 너 같은 애들 모를 줄 알아? 너."

소리치듯 쏘아 붓던 진경은 잠시 말을 멈추고 자세를 낮췄다. 옆에서 구경하던 그녀의 친구들은 일부러 비소를 터트렸고, 유하와 눈높이를 맞춰 앉은 진경이 살기가 가득한 표정으로 조그맣게 입을 열었다.

"너 네 동생 죽였다며? 것도 전 남친이랑 같이."

유하의 흔들리던 동공이 삽시간에 얼었다. 양손이 바들바들 제멋대로 떨리기 시작했다.

"이진희였나, 김진희였나? 너랑 같은 중학교 나온 애. 걔한테 다 들었어. 가관이던데. 무슨 그런 싸이코 같은 짓을 하냐 너는."

진경의 목소리에 힘이 잔뜩 들어갔다. 유하는 날아오는 거친 욕설들을 온몸으로 받으며 숨이 막힌 듯 꺽꺽거렸다. 정말 이대로 숨이 멎어 죽을 것만 같았다. 그동안 몇 날 며칠을 맞아도 절대 눈물을 보인 적 없던 유하였다. 그랬던 그녀가 점점 격하게 울어 대자 진경은 난감한 표정을 지으며 그녀의 친구들과 눈빛을 교환 했다. 계속해서 소녀의 슬픈 고함이 크게 울려 퍼졌고, 그들은 조금씩 한 걸음 물러서기 시작했다.

"내가, 내가, 미안해. 내가 잘못 했어. 유리야. 유리야."

유하는 동생의 이름을 2년 만에 처음 뱉어냈다. 비밀처럼 여리게 뿌려진 그 이름이 가엾게도 언니 입에서 2년 만에 불려졌다. 유하는 그제야 가위에서 풀려난 듯 몸이 움직여지기 시작했고, 벌떡 일어나 진경에게서 멀어지기 위해 있는 힘껏 도망쳤다. 하지만 아직도 숨이 밖으로 나오질 못하는 기분이었다. 고통스러웠다. 그래도 뜀박질을 멈추진 않았다. 빠르게 스쳐가는 허공으로 소녀의 눈물이 끊임없이 날렸다.

나는 언니랑 하늘 볼 때가 제일 좋아.

유리의 목소리가 가까이서 들려왔다. 아이의 소리가 옆에서 함께 뛰고 있었다. 유하는 고개를 들어 하늘을 올려다보았다. 말도 안 되게 맑은 하늘과 따스한 햇볕이 원망스럽게 느껴졌다. 비가 내렸더라면 원 없이 울 수 있었을 텐데. 눈이 부시게 맑은 파란 세상은 소녀의 눈물이 나오지 못하게 꾸역꾸역 밀어 넣었다.

여전히 바나나를 안은 채, 유하는 집이 아닌 육교로 돌아왔다. 이곳이 가장 안전한 곳이라고 생각했다. 그녀는 여기저기 둘러보며 나나를 찾아보았다. 다들 어디에 숨었는지 다른 고양이들도 털 끝하나 보이지 않았다. 기분이 까마득한 지하세계로 계속해서 가

21

라앉아만 갔다. 심장이 불안하게 뛰었다.

"배고플 텐데."

유하는 멍하니 강가로 내려갔다. 지금은 반짝거리는 사랑천이 얄밉게 느껴졌다. 주변에 몇 개 없는 나무벤치에 무너지듯 앉아서 그녀는 고개를 아래로 푹 숙였다. 한참 힘없이 관자놀이를 문지르는데, 반가운 낙서가 눈에 들어왔다.

2003/4월/25일 유하 유리 자전거 타기 성공

아주 어릴 적, 그녀의 아버지와 함께 적어놨던 오래 된 흔적이 아직도 남아있었다. 옅게 흐려져 버린 글씨가 유하의 심장을 아프게 눌렀다. 행복한 낙서가 사라져 가는구나 싶었다. 유하는 눈시울이 달아올라서 양쪽 뺨을 세게 쳐버렸다. 울고 싶지 않았다.

"어, 저기 안, 녕."

가까운 곳에서 한 남자의 목소리가 들려왔다. 옆을 돌아보니 인사를 건넨 남자는 호진이었다. 그의 뒤를 쪼르르 따라오는 사랑천 고양이들도 보였다. 유하는 그들 사이에서 두리번거리는 나나를 발견하곤 자동으로 벌떡 일어섰다.

"그, 뺨은 왜. 왜 때려?"

호진은 유하의 눈을 마주치지 못하고 쭈뼛거렸다. 그의 오른손엔 비어있는 참치 캔 하나가 쥐여 있었다. 유하는 유난히 육교 위가 조용했던 이유를 알게 되었다.

"그냥. 잠 깨려고 그랬어요."

유하의 목소리는 다소 차가웠다. 정체도 모르는 그와 마주보고 서 있는 게 불편했고, 이 광경을 진경이 보기라도 할까봐 조바심이 났다. 왜 하필 이 사람은 지금 나타난 걸까. 모두가 짜놓은 작전 속에 갇힌 느낌이 들었다. 유하는 주위를 산만하게 둘러보며 아랫입술을 잘근잘근 씹었다.

"그때 그 꽃은 말이야. 사실 그 꽃은."

그는 했던 말을 반복하고, 반복했다. 무슨 말을 하고 싶은 건지 전혀 감을 잡을 수가 없었다.

"저기."

유하가 눈을 질끈 감은 채, 호진의 말을 끊어냈다.

"앞으로 저 보면 모른 척 해주세요. 진심으로 부탁드릴게요."

"아. 나는 그냥."

"저한테 왜 이러시는지 모르겠지만, 제발."

"그래. 미, 미안."

호진의 귀가 새빨갛게 민망한 색을 띄었다. 어찌할 바를 몰라 당황해하는 호진에게 유하는 90도로 인사하고, 그의 옆을 지나갔다. 심장이 쿵쿵 뛰었다. 그가 갑자기 뒤에서 머리를 가격할까봐 두려웠다. 돌이 날아오진 않을까, 나를 기절시켜 납치해가진 않을까. 다시 눈을 뜨면 또 진경의 광기어린 얼굴을 봐야하는 건 아닐까. 그 짧은 시간에 유하는 공포에 휩싸였지만 애써 태연한 척을 했다.

"나나야. 가자."

유하는 뒤를 돌아 나나에게 손짓했다.

23

"나나야."

서운하게도 녀석은 호진 옆에서 고개만 갸웃 돌렸다. 평소에 말을 잘 듣던 녀석이라 유하는 적잖이 당황했고 자존심이 상하기도 했다.

"나나야. 자, 여기."

그녀는 어쩔 수 없이 바나나를 조금 잘라서 내밀었다. 유혹당한 가련한 고양이들이 금세 우르르 달려들었다. 녀석들은 조각난 바나나를 숨넘어가듯 곧잘 받아먹었다.

"그 표정 말이야."

호진이 눈치 없이 다시 말을 걸어왔다. 그의 다정한 음성에 유하는 순간 그가 나쁜 사람은 아니지 않을까 흔들렸다.

"지금처럼 고양이에게 먹이 주는 모습이 되게 예뻐 보였어."

그의 귀 끝이 또다시 빨갛게 달아올랐다. 유하는 천천히 일어나서 그와 마주했다. 자세히 보니 그는 선한 눈을 가진 사람이었다.

"아 그니까! 저기, 너는 내가 되게 불편할 수 있어. 네 맘 이해해. 대뜸 모르는 사람이 학교에 찾아오고 그랬으니까. 솔직히 너한테 어떻게 다가가야 하는지 되게 많이 고민했는데, 아무래도 나 완전 대실패한 것 같아, 그치?"

볼 살이 덜덜 떨리도록 얘기하는 호진을 보고 유하는 의아하긴 했지만, 약간은 긴장이 풀리기도 했다. 어수선히 말을 더듬는 게 꼭 자신과 같아서 묘한 동질감이 느껴졌다.

"저를 언제 보셨는데요? 저는 도통 기억이 안 나서요."

부드러워진 유하 말투에 호진의 입 꼬리가 미세하게 올라갔다.

웃음을 참으려 해도 자꾸 티가 났다. 나나는 둘의 주위를 요염하게 돌며 관심을 받으려고 야옹야옹 거렸다. 배가 한참은 덜 찬 모양이었다.

"널 처음 본 건 몇 개월 됐는데. 그, 그게 아까 말했듯이 고양이한테 먹이 주는 모습을 육교에서 우연히 봤거든. 되게 예뻐 보이더라고. 예쁘다는 표현이 맞나. 아무튼 이상하게 집에 가서도 생각이. 아. 아니! 잠깐만 그게 아니고. 아니 맞긴 맞는데."

호진은 알아들을 수 없게 횡설수설했다. 유하는 눈을 가늘게 뜬 채로 나나처럼 고개를 기울였다. 그의 말들은 흩어진 퍼즐조각 같았다.

"하. 그냥 못 들은 거로 해줘. 미안."

귓바퀴도 모자라서 이제는 그의 얼굴 전체가 붉게 물들었다. 안절부절 뒷머리를 마구 긁어대더니 그는 자리에 주저앉아 나나의 등을 어색하게 문질렀다.

"걔 이름은 나나예요. 바나나를 좋아해서요."

유하도 쪼그려 앉아 말했다. 다시 한 번 바나나로 유혹하니 이제야 나나는 유하 곁으로 경계 없이 걸어왔다.

"얘가 바나나를 좋아해?"

"네."

"그렇구나. 나나."

호진은 어렵게 유하의 눈을 맞추며 나나의 이름을 두 번 세 번 더 읊었다. 그의 입 꼬리가 히죽거린다. 그는 그녀와 대화를 하고 있다는 것에 행복감을 느끼는 중이었다.

"너만 괜찮다면 앞으로 나, 나랑 친하게 지낼래?"

호진은 그동안 거울을 보고 연습했던 대사를 던졌다. 유하는 어안이 벙벙했다. 친구 하자는 건가. 어딜 가든 미움만 받기 일쑤였던 인생에 갑작스레 침투한 그의 고백이 좋기도 하고, 어색하기도 했다. 친하게 지낸다는 건 어떻게 하는 거였지. 유하도 얼굴이 붉어진 채 머리를 긁었다.

"맞다! 진경이 알지? 김진경. 둘이 같은 반이라고 들었는데."

그의 활기찬 물음에 유하의 표정이 일그러졌다. 그 아이의 이름만 들어도 심장이 내려앉는 느낌이었다. 잠시 미쳤었나보다. 그와 친구할 생각을 하고 있었다니. 유하는 자기도 모르게 주먹을 세게 쥐었다.

"가 볼게요."

어리둥절 눈만 끔뻑이는 호진을 뒤로하고, 유하는 그 자리를 피해버렸다. 뒤에서 호진의 간절한 목소리가 들려왔지만 유하는 돌아보지 않았다. 나나가 따라오지 않아도 어쩔 수 없었다.

너 네 동생 죽였다며?

집으로 돌아가는 길 내내 진경의 목소리가 쫓아와 괴롭혔다.

도착하자마자 유하는 급하게 화장실로 향했다. 피부가 아릴 때까지 차가운 물로 연거푸 세수했지만 두통이 심해지고 있었고, 귓속이 웅웅 거렸다. 유하는 선반 구석에 있는 하얀 약통을 들고 성급히 나왔다. 그것은 두통이나 구토, 과호흡 등 극심한 불안 증상이 나타났을 경우에 먹는 비상약이었다.

26

"서."

거실에서 새어머니가 팔짱을 낀 채 막아섰다. 그녀의 퀭한 눈빛은 초점이 불분명했고, 한손엔 대나무 단소가 쥐어있었다. 그것은 유리가 좋아하던 악기 중 하나였다. 리코더, 단소, 플롯 등. 그 아이는 바람을 불어 소리 내는 걸 좋아했다. 종종 밤중에 유리와 휘파람을 연습하다 호되게 꾸중을 들은 적도 여러 번 있었다.

"뭐가 그렇게 신이 나서 싸돌아다녀?"

새어머니의 차가운 음성에 유하는 비지땀을 흘리며 발을 동동 굴렀다.

"죄송해요."

당장 약을 먹어야 했다. 곧 죽을 것처럼 숨이 막혀왔다.

"더러운 년. 네가 죽었어야 돼. 그 날 네가 죽었어야 돼!"

새어머니는 눈이 뒤집힌 채, 울분 섞인 고함을 질렀다. 그녀는 들고 있던 단소로 유하의 팔을 향해 몇 차례 내리치기 시작했다. 손에 쥐고 있던 약통이 바닥에 떨어져 버렸다. 열 댓 개의 노란 알약들은 거실 바닥을 요란하게 나뒹굴었지만 관심을 받지 못했다.

"죄송해요. 제가 잘못 했어요."

소녀는 무릎을 꿇고 손이 닳도록 빌었다.

"이 나쁜 년아! 유리 데려와!"

그녀의 고함에 머릿속이 찡하게 울렸다. 유하는 점점 숨이 막혀 가는 것을 느꼈고. 잃을 듯 잃지 않는 정신 상태로 무자비한 폭력을 당하고만 있었다. 새어머니는 쉬지 않고 중얼거렸다. 네가 죽

27

어. 네가 죽어.

너무 약해.

아이의 목소리가 들려왔다.

너무 약해.

유리다. 유리의 야윈 모습이 새어머니 위로 희미하게 나타났다. 아이는 유하를 경멸하듯 내려다보고 있었다. 눈빛에서 슬픔도 느껴졌다. 유하는 힘들게 참고 있던 눈물을 점점 선명해지는 환영 앞에서 왈칵 쏟아냈다.

"하아. 하아."

가슴 속에 대못이 깊게 박혀오듯 아팠다. 유하는 바닥에 쓰러진 채로 알약 하나를 집어 먹었다. 오드득. 어금니로 약을 잘게 부쉈다. 아무런 맛도 느껴지지 않았다. 새어머니는 유리가 보는 앞에서 분이 풀릴 때까지 유하를 죽일 듯이 때렸다.

그 정도로 쓰러지기야?

꼬마는 한심하다는 듯 혀를 찼다. 그래. 유리는 더 고통스러웠을 거야. 나보다 많이 아팠을 거야. 유하의 주문이 시작됐다. 난 괜찮아. 괜찮아. 괜찮아. 괜찮아.

3. 타생지연

새벽 한시.

굵은 빗줄기들이 차창을 시끄럽게 두들겼다. 잠에 들지 못한 유하는 이불을 걷고 일어나 미닫이창 앞으로 다가갔다. 유리에 부딪혀 주르륵 흘러내리는 빗물이 기분을 몽롱하게 만들었다. 한 가지 아쉬운 점은 흐르는 빗물에 밤하늘이 가려진다는 것이었다. 그래서일까. 유하는 뭔가에 이끌린 사람처럼 옷을 챙겨 입고 바깥으로 나섰다. 비가 오는 날 새벽 산책이라. 운치 있다고 느껴졌다. 동네는 시끄러운 빗소리에도 곤히 잠들어 있었다. 유하는 하얀 장우산과 함께 어두운 폭우 속으로 계속해서 걸어 나갔다.

바깥에 나와서도 하늘을 볼 수 없는 건 마찬가지였다. 빗물이 마치 바늘 쏟아지듯 날카로워서 고개를 들기도 영 힘들었다. 유하는 첨벙첨벙 바닥에 튀어 오르는 빗물들을 밟으며 사랑천이 있는 곳으로 향했다. 세상은 금방이라도 무슨 일이 일어날 것 같은데, 사랑천은 여전히 혼자서만 빛을 내고 있었다. 물결이 다소 거칠게 흐르긴 하지만 움직임이 아름다웠다. 그 모습을 보고 있자 유하는 산만했던 자신의 마음속이 잠잠해져 가는 걸 느낄 수 있었다. 그녀는 육교에 서서 세상이 침수되어 가는 풍경을 한참동안 응시했다. 빗물이 지구를 삼키려는 것처럼 보였다. 속에서 악한 마음이 생기려다가 말다가 반복했다. 유하는 자신이 하나의 물거품이 될 것만 같았다. 누가 건드리던, 건들지 않던 머지않아 혼자 톡 터지며 공기 중에 사라져버릴 것 같았다. 티도 나지 않게. 조용히.

하얀 우산은 땅에 버려진지 오래였다. 우두두 떨어지는 빗물 가시가 소녀를 아프게 찔렀다. 유하는 끊임없이 블랙홀에 빠져들었다. 빠져들다 보니 숨이 오히려 편안하게 쉬어졌다. 이대로 지구가 물에 잠겨 사라지길. 눈 깜짝할 새에 내 영혼이 죽어버리길.

"케니스."

어디선가 사람 목소리가 어렴풋이 들려왔다. 처음엔 환청인가 싶었지만 그 목소리는 점점 가까워지고 있었고, 육교 끝자락에서 누군가의 실루엣이 물줄기 사이로 등장했다. 유하는 멍하니 실루엣을 응시했다. 시야가 선명하진 않았지만, 나이가 아주 많은 노인이라는 건 알아 볼 수 있었다. 노인의 걸음은 마치 외줄타기 하듯이 위태로워 보여 보는 사람을 긴장하게 만들었다.

"어어! 할머니!"

결국, 비틀대던 노인은 거센 장대비를 이기지 못하고 바닥에 힘없이 쓰러져 버렸다. 유하는 노인에게로 황급히 달려갔다. 의식을 완전히 잃은 상태는 아니었지만, 그녀는 몸을 조금도 가누질 못했다.

"할머니! 할머니! 정신차려보세요!"

"으, 케니스."

"예?"

노인은 케니스라는 말만 중얼거리다 그마저도 멈추고 말았다. 의식이 사라지고 있다는 게 느껴졌다. 유하는 본능적으로 노인을 등에 업고 뛰기 시작했다. 얼마나 앙상한지 무게가 말도 안 되게 가벼워서 괜스레 가슴이 욱신거렸다.

"케니스."

다시 노인의 중얼거리는 소리가 작게 건너왔다.

"정신이 드세요? 할머니 괜찮으세요?"

"케니스. 케니스."

유하는 느닷없이 유리 얼굴이 떠올라 고개를 힘차게 저었다.

"할머니 조금만 참으세요. 조금만."

유하는 정신을 바짝 차려야 한다고 생각했다. 그래서 이를 악물고 온힘을 다해 달렸다.

두 사람은 무사히 양현리종합병원에 도착할 수 있었다. 노인은 지체 없이 CT실로 실려 갔고, 유하는 간신히 벽을 짚고 서서 머리를 계속 흔들었다. 비상을 알리는 빨간색 간판과 심박 수를 알리는 기계소리, 침대위에 하얀 천. 시야에 들어오는 모든 것들이 그녀를 공포에 떨게 만들었다.

"하아. 하아."

유리의 창백한 얼굴이 보인다. 숨을 쉬지 않는 가엾은 꼬마가 보인다.

엄마야. 엄마 왔어.

보라색 앞치마를 한 새어머니가 굉음을 지르며 뛰어 들어온다.

31

그리고 유리의 몸을 격하게 흔든다.

유리야 대답 좀 해줘.

살아줘 제발.

그녀의 쉬어버린 목소리가 귓가에 이명처럼 스쳐지나갔다. 유하는 보호자 대기석에 쓰러질 듯 앉았다. 바닥이 빙빙 돌아서 눈을 뜰 수가 없었다. 부들부들 떨리는 손등위로 물이 뚝뚝 떨어졌다. 빗물인지, 땀인지, 아니면 눈물인지. 알 수 없었다.

"양연희씨 보호자 분이시죠?"

검사실에서 하얀 가운을 입은 남자 의사가 나왔다. 눈앞이 흐려서 그의 얼굴이 제대로 보이지 않았지만 검사를 끝낸 노인이 침대에 누운 채, 환자들 틈으로 옮겨지는 광경은 볼 수 있었다.

"저는 지나가던 사람인데요. 저기 그, 할머니 상태는 어떠신가요? 하, 할머니 괜찮으세요?"

유하는 정신을 겨우 잡고 일어섰다.

"음. 양연희씨. 다행히 뇌출혈도 없고 몸에 별다른 이상은 없어요. 근데 제 생각엔 치매 초기인 것 같습니다. 일단 자세한 건 가족 분들 오고 계시니까 오시면 그때 다시 얘기해볼게요. 크게 걱정은 마세요."

"감사합니다. 감사합니다."

그녀는 의사를 향해 세 번이나 꾸벅 인사했다.

"근데 학생은 괜찮아요?"

의사가 눈썹 하나를 치켜 올리곤 비에 젖은 소녀를 의아하게 쳐다보았다. 걱정이 담긴 선한 표정이었다.

"네. 괜찮아요. 감사합니다."

"저기 앉아서 몸 좀 녹여요."

그가 가리킨 곳은 대기실 구석이었다. 그곳엔 크지 않은 가스난로 한 대가 불을 피우고 있었다.

"요즘 보기 드문 학생이네요. 비도 이렇게 오는데."

의사는 유하의 젖은 등을 토닥여주고는 바삐 다른 곳으로 이동했다. 그의 뒷모습을 보며 유하가 한 번 더 감사인사를 했지만, 그는 듣지 못하고 사라졌다. 그녀는 잠시 멍하니 서서 숨을 깊게 들이마시고 천천히 내쉬었다. 이제 조금씩 호흡이 정상으로 돌아오고 있었다. 어지럽게 빙빙 돌던 바닥도 또렷하게 잘 보였다.

"아, 참."

유하는 주위를 둘러보다 침대 위에 곤히 잠들어있는 노인의 곁으로 다가갔다. 노인을 사이에 두고 양쪽에는 그녀와 비슷한 나이대의 환자들이 고통스럽게 통증을 호소하고 있었다. 다리가 아파요. 또는 허리가 아파요. 환자들의 걸걸한 신음소리가 들려왔다. 유하는 노인을 지그시 내려다보았다. 그녀의 눈과 입가에는 주름이 자글자글했다. 까맣게 찌들어 있는 낯은 풍상고초 묵은 세월을 말해주었다. 가만히 눈을 감고만 있는데도 무지근한 슬픈 분위기가 서려있었다. 문득 노인이 오는 내내 중얼거렸던 말이 떠올랐다. 케니스라고 했던 가. 케니스가 뭘까. 사람 이름 같기도 한데. 유하는 저도 모르게 노인의 손등을 슬쩍 만져보며 온기를 느꼈다. 몹시 따뜻했다. 그것은 살아있다는 증거이기도 했다. 유하의 가슴에 시린 바람이 지나갔다. 할머니는 왜 하필 기억을 다치셨어요. 열일

33

곱 소녀가 80세 노인을 애잔해했다.

"누구."

노인은 눈을 가늘게 뜬 상태로 유하를 쳐다보고 있었다. 유하는 황급히 손을 내리며 상체를 숙였다.

"아, 안녕하세요. 저는 한유하라고 합니다. 할머니께서 갑자기 쓰러지셔서요. 어, 제가 그래서 여기로."

"아이고."

"아, 아직 누워 계시는 게 좋을 것 같아요."

유하는 노인이 몸을 일으키려 하자 다시 편안하게 누울 수 있도록 도와주었다.

"아이고. 감사해라."

노인은 작게 한숨을 쉬며 자기 이마에 손등을 얹었다. 그녀 표정에선 지친 기색이 역력했고, 숨을 내쉴 때마다 사포 긁는 소리가 났다.

"학생인 것 같은데."

유하가 고개를 끄덕이며 노인의 말에 즉각 반응해주었다.

"몸은 좀 괜찮으세요?"

"나야 뭐. 어디 안 좋아도 이상할 거 없는 노인네잖아요."

"아, 아 그래도."

두 사람은 어색한 눈 맞춤을 하며 가벼운 미소를 주고받았다. 몇 시쯤 됐을까. 유하는 은근슬쩍 시계를 찾았다. 새벽산책에 핸드폰을 들고 나오지 않았다는 걸 알아챘다. 멀쩡해진 노인을 보고나니 갑자기 피로가 한꺼번에 몰려왔다. 할머니 가족들은 언제 오시

34

지. 그녀는 이만 집에 들어가야겠단 생각에 우물쭈물 거렸다.

"아니 그나저나, 이렇게 홀딱 젖어서 어떡해요."

노인이 유하의 얼어있는 손을 가져와 쓰다듬었다. 진심으로 소녀를 걱정하는 표정이었다. 유하는 기분이 이상해져서 노인의 늙은 손을 가만히 내려다보았다. 정말 따뜻했다. 같이 비를 맞았는데 왜 이 사람 손에만 온기가 돌고 있는 건지 신기했다. 어릴 때 엄마 손도 그랬던 것 같은데. 유하는 문득, 좀 전에 노인을 혼자 놔두고 가려했던 게 죄송스러워졌다.

"손이 차네요. 감기 들겠어."

"괜찮아요. 하나도 안 추워요."

노인은 소녀를 빤히 바라보았다. 야윈 얼굴에 꾹 다문 입술이 왠지 모르게 측은했다. 요즘 애들은 너무 잘 먹어서 탈이라 그러지 않았나. 이 소녀는 왜 이리 깡마르고 어두울까.

"나도 이제 갈 때가 됐나봅니다."

"네?"

갑작스런 노인의 체념에 유하는 어찌할 바 몰라 했다.

"미안해요. 초면에 이상한 말을. 유하씨라고 했죠."

유하는 의자에 앉으며 고개를 끄덕였다. 한참을 자신의 눈만 바라보고 말을 잇지 않는 노인의 행동이 의아했지만, 유하는 이상하게 저 눈빛이 불편하게 느껴지지 않았다. 무언가 계속 좋은 말을 해주고 싶은 듯한 살가운 눈빛이었다.

"나이가 어떻게 되요?"

"열일곱 살이요."

노인이 유하를 향해 미소를 짓는다. 그 미소가 너무 따뜻해서 유하도 노인을 따라 옅게 웃음 짓게 되었다. 노인은 자기가 왜 응급실에 오게 된 건지 전혀 기억하지 못 하고 있었다. 그래서 그녀에게 차근히 자초지종 설명해 주어야 했다. 묵묵히 얘기만 듣는 노인의 두 눈이 어느 새 촉촉해져 있었다.

"유하씨. 미안하지만 내 가방을 좀 줄래요?"

"아 네!"

유하는 환자 소지품 바구니에 넣어 둔 노인의 가죽 가방을 빼왔다. 어두운 고동색에 플라스틱으로 된 검은 버클. 아무 무늬 없는 사각면체의 작은 가방은 모서리 부분마다 하얗게 해져있었다. 가방도 주인만큼 오랜 세월을 견뎌낸 듯 보였다. 그녀의 작은 가방에서 뭔지 모를 시원한 향이 풍겨졌는데, 난생 처음 맡아보는 신기한 향이었다.

"그 가방 안에 반지 상자가 있을 거예요. 그걸 꺼내줘요."

"네."

유하는 노인의 부탁대로 버클을 열어 가방 안을 확인했고, 그 좁은 공간에 엉켜있는 잡동사니 물품들은 노인의 취향을 알려 주고 있었다. 동전지갑, 안경케이스, 손바닥보다 작은 수첩까지 모두 깔끔한 목재로 되어 있었다. 조금은 특이한 풍경이었다.

"찾았나요?"

노인이 고개를 살짝 기울이며 물었다.

"잠시 만요."

유하는 맨 아래 구석에서 반짝 빛나고 있는 물체를 하나 발견했다. 병원 형광등 조명이 물체에 반사되어 순간적으로 눈이 부셨다. 밖으로 꺼내 정체를 확인해보니 그것은 단단한 금으로 된 조그만 반지상자였다. 아주 고귀한 느낌이 들어 유하는 상자를 다소 조심스레 다루게 되었고, 그 모습을 보며 노인은 소리 없이 웃었다.

"열어봐요."

"네."

유하는 시키는 대로 뚜껑을 활짝 열었다. 그 안엔 반지 대신 커다란 씨앗 한 개가 들어있었다. 씨앗의 겉 표면은 울퉁불퉁한 부분 없이 윤기 나게 부드러웠고, 어디서도 본 적 없는 신비한 푸른 빛을 내었다.

"엄청 좋은 향기가 나요."

아까부터 후각을 진하게 자극하던 독특한 향의 정체는 바로 이 씨앗이었다. 콧속이 뚫릴 정도로 맑은 향기였다. 달콤한 열매향도 나는 것 같았지만 강한 알싸함이 금세 가려 버렸다. 치약이나 파스 향 같은 알싸함이랑은 다른 느낌이었다.

"유하양에게 은혜를 갚고 싶은데 불행하게도 나에게는 갚을 시간도 많지 않고, 이렇게 기력도 없네요. 그래서 제 목숨보다 소중한 그 씨앗을 저는 이 자리에서 유하씨에게 드리고 싶어요."

"아뇨. 할머니 저는 정말 괜찮은데."

노인은 불편해하는 유하의 손을 덥석 잡았다.

"꼭 받아줘요. 유하양이 오늘 나의 목숨을 구해준거나 마찬가지예요. 난 유하양에게 이 씨앗을 꼭 주고 싶어요."

노인의 눈빛이 빛났다. 묘한 강렬함이 느껴졌다. 이 씨앗이 노인에게 있어 아주 소중한 보물 이란 건 자연히 느낄 수가 있었다. 유하는 머뭇거렸다. 누군가의 목숨을 살려준 건 노인도 마찬가지기 때문이었다. 그녀가 육교에 나타나지 않았다면 유하의 육신은 지금쯤 사랑천 속에 파묻혀 어디론가 떠내려가고 있었을 것이다. 유하는 그때 죽고 싶은 충동이 그 어느 때보다 강한 상태였다.

"감사히 받을게요. 정말 감사합니다."

유하는 상자 뚜껑을 닫고는 몸을 90도로 숙였다. 노인이 어린아이처럼 손끝으로 박수치며 좋아했다. 그제야 유하도 활짝 웃을 수 있었고, 둘은 서로 따뜻한 눈 맞춤을 주고받았다.

"부디 좋은 선물이 되기를 바라요."

예쁘게 웃음 지어 보이는 노인의 눈망울이 영롱한 달 구슬 같았다. 그녀를 조금만 건드리면 구슬만한 눈물을 떨어트릴 것 같기도 했다. 이유 없이 미어지는 가슴을 무시하며 유하는 상자를 아기 머리처럼 쓰다듬었다.

"그런데."

노인이 고개를 기울이며 말을 꺼냈다. 유하는 낮은 보호자용 의자를 바싹 끌어 와 앉아 그녀의 눈높이를 맞췄다.

"유하양은 그 씨앗이 무엇인 지 궁금하지 않나요?"

굳이 예상치 않았던 질문에 유하는 아아. 하며 머리를 긁적였다.

"아니 나는 그저 신기해서 물어보는 거예요. 특이하게 생긴 씨앗이라 궁금할 법도 한데, 그게 아니면 선물이 마음에 안 드나 싶기도 하고."

노인은 말끝에 눈썹을 위로 올리며 장난꾸러기 표정을 지었다.

"아뇨! 마, 마음에 안 들다니요! 절대 아닙니다. 전 그냥."

"받는 게 두려워요?"

말을 잇지 못하는 유하에게 노인이 물었다. 속을 다 아는 것처럼.

"네. 조금요. 사실, 제가 이런 귀한 걸 받아도 되는 사람인가 싶기도 해서요."

"왜요?"

유하는 주춤거리며 입을 열지 못했다.

"유하양을 보고 있으면 마음이 왜 아플까요. 이상하네요."

노인의 목소리가 가늘게 떨렸다.

"내가 돈뭉치를 주는 것도 아니고 달랑 씨앗 하나 주는 건데 이렇게 망설이다니. 그 나이엔 뭐든 넙죽 받아도 사랑받을 때인데. 뭐가 그렇게 두려워요?"

묵직한 무언가가 가슴을 꾹 누른다. 그리웠다. 누군가의 관심이. 사랑이. 너무 그리웠다. 유하는 아랫입술을 씹으며 울음을 참아냈다.

"그 씨앗은 오래도록 우리 집 가문에서 보물처럼 전해온 거예요. 심어도 되고, 안 심어도 되고. 이젠 그 씨앗의 주인은 유하양이니까 마음대로 해도 좋아요. 기꺼이 내 보물을 줄게요."

유하 마음속에 희망 같은 것이 자라나려고 꿈틀거렸다. 앞으로 정말 좋은 일이 생기지 않을까. 사랑하는 부모님이 예전 모습으로 돌아오지 않을까 하는 막연한 기대감도 생기려했다.

"왜 저에게 이런 걸 주시는 거예요?"

유하는 반지상자를 주머니에 넣으며 물었다. 소녀의 질문에 노인이 허공을 보며 편안하게 웃었다.

"음. 그동안의 내 인생은."

노인의 눈망울이 미세하게 흔들렸다.

"그동안의 내 인생은 말이죠. 치가 떨리게 추운 겨울이었어요. 봄이 오려고 하면 겨울바람이 꽃을 잘라냈죠. 그런데 오늘 유하양이 저에게 꽃이 되어주었으니 난 그 꽃을 지키고 싶은 거예요."

결국 노인은 눈물 한 줄기를 떨어트렸다. 유하는 간호사에게 티슈를 받아와 그녀에게 건넸다. 이미 터져버린 눈물은 금세 멈추지 않았다. 나이 많은 사람들의 눈물은 왜 이렇게 슬픈 걸까. 저 속에 담긴 세월과 감정들은 어린 내가 감히 상상할 수도 없는 것들일까. 유하는 어느 새 노인과 함께 눈물을 흘리고 있었다.

"할머니."

노인이 유하를 향해 고개를 돌렸다.

"이 씨앗. 이름도 있어요?"

"있어요."

"이름이 뭔가요?"

"케아."

노인이 귓속말을 하듯 속삭였다.

"이름이 예쁘네요."

노인은 살짝 웃으면서 고개를 끄덕였다. 유하는 여전히 궁금한 게 많았지만 더 이상 씨앗에 대한 정보를 물어보긴 어려웠다. 그녀의 엄숙한 분위기가 조용히 묵언하게 만들었다. 보물은 누구에게나 비밀 같은 거니까. 지켜주고 싶었다.

"유하양을 만난 게 참 소중한 인연이네요. 고마워요."

이번엔 유하가 수줍게 고개를 끄덕였다. 그녀와 많은 대화를 나눈 것 같지 않은데 이미 서로가 완연히 알게 된 것만 같은 느낌이 들었다.

"아이고, 조카가 오네요."

노인은 다소 흥분하며 유하에게 급히 말했다. 그녀 시선을 따라 돌아보았더니 적어도 쉰 살은 돼 보이는 중년의 남자가 인상을 찌푸린 채, 허겁지겁 다가오고 있었다. 그는 도착하자마자 노인을 향해 잔소리를 해댔고, 듣는 둥 마는 둥 하던 노인은 유하에게 택시비를 쥐어주며 얼른 가라고 몸을 밀었다. 먼발치 떨어진 유하는 다시 한 번 몸을 깊이 숙여 인사했다. 허무하지만 둘의 만남은 그렇게 끝이 났다. 기운 없이 출구로 걸어가는 유하의 뒷모습을 노인은 애잔하게 바라만 보았다.

집에 도착할 때까지도 새벽 폭우는 계속 되었다. 잠에서 깬 새어머니는 맨 손으로 비에 젖은 유하의 뺨을 때리기 시작했다. 바닥에 엎어진 소녀의 몸뚱이를 무차별하게 발로 밟기도 했다. 그 모습은 꼭 징그러운 벌레 한 마리를 죽이는 사람 같았다. 유하가 참지 못해 고함을 내질렀지만, 그 소리는 빗소리에 묻혔다. 유하는 자신의 뺨에 긁힌 상처만큼 아플 그녀의 손바닥이 슬펐고, 어쩌면 자신의 심장보다 훨씬 더 닳아있을 그녀의 마른 심장이 슬펐다.

41

누가 누굴 걱정해야 하는 게 맞는 건지 모르겠다. 도저히 모르겠다.

"흐,흐흑. 미안해. 미안해."

꿈틀거렸던 유하의 희망 한 톨이 부스러졌다. 부스러지고, 더 잘게 부스러지다가 누군가 후 입김을 불어 날려버렸다. 흔적이 없다. 이 마음에 희망이란 감정이 있었다는 흔적조차 없다.

쏴아아. 쏴아아.

유하는 저 비가 올해 마지막 폭우이길 바랐다.

하지만 다음날 그 다음날도 무서운 폭우는 계속 이어졌고, 케아는 유하의 장롱 속에 숨겨졌다.

4. 붉은 머리를 한 남자

"다녀왔습니다."

 유하는 적색 단화 옆에 더러워진 스니커즈를 가지런히 벗어두고 방으로 들어갔다. 늘 그랬듯이 창문을 열고, 교복을 털고, 맑은 하늘을 구경했다. 거울에 비친 유하의 퀭한 눈은 꼭 새어머니와 닮아 있었다. 사람 얼굴도 꽃처럼 시들어 버리는 게 신기했다. 유하는 침대에 앉아 적요한 방 안을 둘러보았다. 아무 의미 없이 물건들을 꼼꼼히 눈여겨보았다. 구겨져 있는 파란 이불을 반듯하게 피고, 책상 위도 깔끔히 정리했다. 둥그스름한 턱 끝에서 물줄기가 뚝. 떨어졌다. 그녀는 언제부터 울고 있었는지 기억이 나지 않았다. 하지만 무슨 생각에 잠겼었는지는 떠올랐다. 아빠가 보고 싶었다. 유하는 검은색 양털 잠바를 입고, 어깨에 기타를 메었다. 그리고 거실로 나가 오늘따라 조용한 새어머니의 눈치를 살폈다.
"으. 아."

 안방에서 이상한 소리가 들렸다. 문을 살짝 열어 보니, 그녀는 겨울 이불을 겹겹이 덮은 상태로 시름시름 앓고 있었다. 유하를 미워하는 마음이 몸살로 나타난 모양이었다. 유하는 기타를 현관에 세워두고 얼른 부엌으로 가서 밥솥을 열어 보았다. 겨우 반 공기 남짓 양의 흰밥이 모여 있었다. 소녀는 스테인리스 냄비를 꺼내 물과 밥을 넣어 팔팔 끓이기 시작했다. 얼마 있다가 밥알들의 때깔이 먹음직스럽게 빛이 났고, 얼추 죽의 형태로 변신했다. 뜨거운 열기에서 나는 냄새는 누룽지 냄새처럼 고소했다. 유하는 죽을 국그릇에 담아 동그란 담갈색 쟁반에 받쳤다.

"뭐 하는 거야."

뒤를 돌아보니 새어머니가 기운 없이 서서 유하를 노려보고 있었다.

"남은 밥으로 죽을 했어요. 아프신 것 같아서."

"하."

그녀 이마엔 아기 땀들이 송골송골 맺혀있었고, 입술은 퍼렇게 물들어있었다. 그녀의 날숨소리가 다소 거칠게 들려왔다. 유하는 쟁반을 허공에 천천히 내밀었다. 긴장이 돼서 심장이 빠르게 뛰었다.

"드시면 몸이 좀 따듯해지실 거예요."

덜덜덜. 유하가 손을 떨자 동시에 국그릇과 수저 한 세트가 쟁반 위에서 잘게 떨렸다. 새어머니는 자신의 머리를 쥐어짜며 괴로워하기 시작했다. 혼자서 무슨 말을 중얼거렸지만, 자세히 들리지는 않았다.

쨍그랑.

쟁반이 엎어지며 국그릇이 깨졌다. 뜨거운 죽들이 여기저기 걸쭉하게 튀어버린 채 연기를 피웠다. 그것은 유하의 실수가 아니었다. 새어머니의 짓이었다. 그녀는 쟁반을 엎은 것도 모자라 싱크

44

대 건조대에서 작은 과도를 집어 들더니, 유하의 가녀린 목을 향해 냅다 내밀었다.

"왜, 대체 왜 말을 안 해. 유리가 죽어갈 동안 네년이 뭐하고 있었는지 왜 네 입으로 말을 안 해. 진짜 그 새끼랑 놀아나고 있었던 거야? 어떻게 그럴 수 있어, 어떻게! 대답해, 이 쓰레기 같은 년아!"

그녀는 허공에 칼날을 휘저으며 괴로워했다.

"엄마."

"뭐?"

유하의 부름에 그녀가 헛웃음을 쳤다. 유하는 천천히 오른손을 들어 과도의 날을 잡아 뺏었다. 얼마나 세게 잡았는지, 베이지 톤 강마루에 붉은 핏방울이 뚝 떨어졌다. 유하는 새어머니에게 최대한 온화한 눈빛을 간절히 보냈다. 당신이 나를 미워해도 나는 당신을 미워하지 않겠다고. 무슨 일이 있어도 우리는 가족이니까. 나의 엄마이니까. 언제든 다시 예전으로 돌아갈 수 있으니까.

"엄마. 정말 죄송해요. 정말 죄송해요."

소녀가 새어머니에게 한걸음 다가갔다. 그녀를 안아주고 싶었다. 위로해주고 싶었다. 욕심을 더해서 나를 미워하는 마음도 이제 조금은 풀어주기를 속으로 기도했다. 어쩌면 그날 이후로 늘 원하고 있었는지도 모른다.

"진짜 죽여 버릴까."

유하는 순간 귀를 의심했다. 그녀의 살기가 진심으로 느껴져서 소녀는 조금씩 뒤로 물러났다.

"네년만 없으면 될 것 같은데. 네년만 없으면 숨통이 트일 것 같은데."

새어머니는 소녀가 감당하기 힘든 말들을 뱉어내기 시작했다. 그녀는 곧 딸의 심장에 칼을 꽂을 것처럼 짐승 같은 눈을 하고 있다.

"난 네 엄마가 아니잖아. 어디서 엄마야 엄마는."

새어머니의 단호한 한 마디가 귓가를 여러 번 때렸다.

"저도. 저도 딸이잖아요."

"뭐? 네가 내 딸? 내 딸은 네가 죽였잖아. 네가 죽였잖아!"

유하는 두 손으로 입을 틀어막고 몸을 떨었다. 울음이 터져버렸다. 두려움보단 상실감이 크게 다가왔다. 말도 안 돼. 말도 안 돼. 유하는 결국 자리를 벗어나 집 밖으로 뛰쳐나왔다. 성큼성큼 아무도 없는 옥상에 올라가 가슴을 치며 울음을 토해냈다. 멀건 위액이 녹색 바닥에 연신 뱉어졌다. 곧 몇 초 뒤면 숨이 정말로 멎을 것만 같았다.

"하아. 하아."

동면하기 전, 마지막 여행을 하는 묵은실잠자리가 눈치 없이 유하 주위를 뱅뱅 돌아다녔다. 녀석은 겨우 몇 초간 곁에 머물다 샛바람과 함께 휙 날아가 버렸다. 밉다. 모두 밉다. 답답한 헛구역질을 멈추자마자 유하는 아버지에게 전화를 걸었다. 아버지의 목소리를 당장 들어야만 했다. 그의 다정한 한 마디면 너덜너덜해진 마음이 치료될 것만 같았다. 어쩌면 당장 달려와 준다고 할지도 몰랐다. 유하는 익숙한 번호를 과감히 눌렀고, 신호가 여러 번 울린 뒤에야 아버지의 목소리를 들을 수 있었다.

"응. 유하야."

"아빠."

"무슨 일 이야. 아빠가 좀 바빠서 용건만 빨리 얘기해야 할 것 같은데."

"제가. 그러니까."

그의 탈진한 목소리 뒤에 쇳덩이를 치는 소음이 반복해서 들렸다.

"공장 안이라서 조금 시끄럽구나. 크게 얘기해줄래?"

목구멍에 거미줄이 엉켜 버렸다. 모든 사실을 얘기해야겠다는 강박에 묶여 더욱 입이 떨어지지 않았다. 두근대는 심장을 진정시키려 숨을 깊이 들이마셨다. 머릿속에선 말머리가 정리가 되지 않았고, 정리되지 않자 거미줄은 더욱 뒤엉켜 입을 막았다.

지잉.

그때. 들고 있던 핸드폰에서 진동이 느껴졌다. 잠시 화면을 확인한 유하는 두 눈동자가 좌우로 요동치듯 흔들렸다. 진경이 보낸 하나의 동영상 때문이었다.

5분 전 진경은 유하의 동창이라던 이진희에게 동영상 하나를 받았다. 주저 없이 재생 시킨 화면 속에선 지금보다 더 앳돼 보이는 유하가 등장했다. 영상 속 어린 유하는 몇몇 남학생들에게 입막음을 당한 채, 괴롭게 울부짖고 있었다. 화면은 정신없이 흔들렸지만, 유하의 풀어진 와이셔츠 사이로 맨 가슴이 정확히 찍혔고, 그걸 보고 깔깔깔 웃는 남학생들의 시끄러운 웃음소리가 고막을 찔렀다. 영상이 막바지에 다다랐을 때. 언니! 라고 소리치는 꼬마 여자아이의 목소리가 들렸다. 그렇게 16초짜리 짧은 영상은 끝이 났다.

"이게 뭐, 뭐야."

진경이 눈에 띄게 당황해했다. 그걸 아는지 모르는지 옆에서 같이 보고 있던 그녀의 친구들은 다시 반복 재생을 눌러가며 그 끔찍한 영상을 즐기고 있었다. 들었던 소문과 다르게 유하는 억울하게. 그리고 고통스럽게. 겁탈 당하고 있었다.

"대체. 이건."

진경은 머릿속이 복잡해지고 불안해졌다. 무의식중에 손톱을 세게 물어뜯어 그녀의 손끝은 핏자국으로 지저분해졌다. 옆에서 킥킥 거리던 키 작은 친구는 한 건 건졌다는 듯이 그 영상을 유하에게 전송해버렸다.

찰싹.

진경이 친구의 뺨을 세게 쳐버렸다. 삽시간에 분위기는 일그러졌고, 그녀는 부들부들 떨리는 손으로 핸드폰을 뺏어 유하에게 다급히 전화를 걸었다. 하지만 유하는 통화 중이었다.

"조금 조용한 곳으로 옮겼다. 무슨 일이니."

전화 너머로 아버지의 낮은 음성이 들렸다.

"아빠."

유하는 목이 메어오는 걸 억지로 삼켜냈다. 아버지의 한숨소리가 한 번 들려왔다.

"실은 그 사건. 소문이 사실이 아니에요. 그 사람은 제 남자친구가 아니라 잘 모르는 사람이었어요. 정말이에요. 그때 제가 왜 말하지 못 했냐면."

유하는 진실을 말해야 하는 데 진실이 가족을 또 괴롭힐까 봐 덜컥 겁이 났다.

"저한테 그 사람들이 너무 나쁜 짓을 해서, 너무 무서워서, 몸이 안 움직였어요. 유리가 앞에서 힘들어 하는데도 몸이 계속, 안 움직여서 죽고 싶을 만큼 괴로웠는데. 정말 그랬는데."

유리의 괴성이 메아리처럼 들려왔다.

"그 사람이 사, 사실대로 말하면 우리가족 죽일 거라고 협박했어요. 그래서."

"무슨 말이 하고 싶은 거냐."

아버지가 딸의 말을 날카롭게 잘랐다.

"이제 와서 하고 싶은 말이 뭐야."

예상을 어긋나는 아버지의 싸늘한 반응은 2년 새에 그와 얼마나 멀어졌는가를 느끼게 해주었다. 유하는 처음으로 아버지에게 화가 나려고 했다. 주변은 시간이 멈춘 것처럼 잠시 아무 소음도 들리지 않았다.

"그리고 엄마가요, 엄마가 저를 죽이려고 해요."

"뭐?"

"아버지 나가시면 맨날 저를 때려요. 방금은 칼로 위협도 했어요. 저를 정말 죽이고 싶어 한다고요. 무서워요. 아빠."

"유하야. 그만."

잔뜩 피곤한 티를 내며 아버지는 딸의 말을 다시 끊었다. 단호한 그의 태도에 유하는 몸이 빳빳하게 굳어갔다.

"내가 번호 하나 보내줄게. 황명식 원장님이라고 정신과 전문의 선생님 중에 친절하기로 유명한 분이셔. 지금 선생님은 좀 불편해 했잖아. 그치?"

"아빠. 모두 사실이에요."

"믿고 싶지 않다. 자책 그만 해라 유하야. 그러다 정말 병이 심각해져. 아빠 역시 유리를 지키지 못한 책임 있어. 네가 그딴 녀석들과 어울리고 있었단 걸 일찍 알았더라면, 그랬더라면 상황은 달라졌겠지. 그래. 다 내 탓이야. 내 탓인 거야."

유하는 꿈을 꾸고 있는 건 아닐까 생각했다. 이게 만약 꿈이 아니라면 난 이제 어떻게 해야 하는 거지. 결국, 그가 원하는 대로 유하의 말문은 막혔다. 그는 딸의 말을 믿고 싶지 않을뿐더러 듣고 싶어 하지도 않았다. 이윽고 적막을 깨는 아버지의 한숨 소리가 들렸다.

"아직도 헛것 보고 그래? 환청은? 증상을 다 원장님한테 말씀드려. 작년에 받은 약이 잘 안 맞는 모양이구나."

눈물이 차올라 시야를 가렸다. 고개를 들어 올리자 고여 있던 눈물이 양옆으로 또르르 떨어졌다. 저녁 하늘에 보름달이 보였다. 하얀 옥빛의 아름다운 보름달이 희미하게 보였다.

"힘들다. 그만해라 유하야. 솔직히 정말 지치고 힘들어. 아빠가 해줄 수 있는 것도 한계가 있어. 이제 너도 과거는 잊고, 앞으로 어떻게 살아갈지를 생각해라. 과거는 바꿀 수 없단다."

유하는 더 이상 말을 이어나가지 않고, 종료 버튼을 눌렀다. 먼 하늘에 하얗고 희미하게 떠 있는 보름달을 다시 바라보며 유하는 눈물을 닦아냈다. 막상 전화를 끊고 나니 오히려 속이 편안해지기도 했다. 유하는 시선을 돌려 옥상 난간을 향해 걸어갔다. 난간 아래 세상으로 고개를 빠끔히 내밀어 보았다. 석양빛을 받은 동네가 참 예뻐 보였다. 그녀는 용기를 내어 난간 위에 올라가 걸터앉았고, 바람에 헝클어진 머리를 단정히 묶었다. 허공에 두 발을 물장구치듯 살랑거리며 멀리 보이는 세상 끝을 응시했다. 다시 걸려오지 않는 전화기를 주머니에 쏙 집어넣고, 어두워져 가는 세상을 눈으로도, 마음으로도 고스란히 느꼈다. 불현 듯 돌아가신 엄마의 얼굴이 생각났다. 그녀는 머리가 허리까지 길었었는데, 항상 아래로 묶고 다녔다. 눈가에 주름이 많았지만 하도 잘 웃어서 그 주름은 복이라고 주위에서 줄곧 칭찬했었다. 어린 유하는 엄마가 누워 있으면 눈에 있는 주름이 몇 개인지 세어 보곤 했다. 아픈 엄마를 붙잡고 놀려대던 철없던 꼬마 유하는 그땐 분명 행복했었다. 난 엄마가 죽어가는 와중에 왜 그렇게 행복해했던 걸까.

머리를 다시 질끈 묶은 소녀는 하늘을 보고 엄마에게 눈으로 인사했다. 동시에 넋이 나간 표정으로 난간 위에 올라섰다. 심장이 콩닥거리고 발끝이 저릿했다. 그동안 소녀가 기다리던 순간이기도 했다.

"내가 없어지길 바랐던 거였어."

유하는 세상에서 가장 뜨거운 눈물을 흘렸다.

한 편, 진경은 근처 노래방에서 헐레벌떡 나왔다. 평소에 노래 부르는 걸 딱히 좋아하진 않지만 호진이 어쩌다 가끔 이곳에 온다는 얘기를 주워듣고, 혹시나 하는 마음에 주말마다 오는 곳이었다. 그녀는 그를 많이 좋아했다. 그래서 좋아한 만큼 유하를 싫어했다. 매일같이 그 아이를 몰래 끌고 와 때리고, 발로 차고, 밤마다 문자로 욕설을 날려도 분이 안 풀릴 정도였다. 하지만 이진희에게 받은 끔찍한 영상은 진경을 혼란스럽게 만들었다. 자신의 옷을 찢어 벗겼던 아버지가 생각났기 때문인지도 몰랐다.

"짜증나 진짜."

진경은 길 한복판에 쭈그려 앉아버렸다. 이진희에게 전화를 걸어 소리라도 지르고 싶었지만, 그러기엔 본인이 그럴 자격이 없다는 걸 너무 잘 알고 있었다. 그녀는 체념한 듯 헛웃음을 쳤다. 근 한 달 동안 유하에게 찾아가 수없이 화풀이 했던 순간들이 발목을 잡았다.

"됐다. 됐어."

진경은 어금니를 세게 물었다. 그래. 나도 똑같은 핏줄이지. 그게 어디 가겠어? 그녀는 자리에서 벌떡 일어나 바닥을 뒹구는 돌멩이 하나를 발로 세게 차버렸다. 그리곤 다시 건물 안으로 들어갔다.

옥상 난간에 위태로이 서 있던 유하는 두 눈을 감아 보았다. 눈을 감으니 바람의 촉감이 더 선명하게 느껴졌고, 저 아래에서 거리의 잡음들이 피어 올라왔다. 아무리 가만히 있으려 해도 몸이 휘청거렸다. 얇은 밧줄 하나를 밟고 서 있는 것처럼 아슬아슬했다.

"음음음."

조그맣게 콧노래를 흥얼거렸다. 완두콩 Track 1번의 멜로디였다.

"별이 내리다. 어때? 제목이 너무 심심한가."

유하가 유리에게 물었다. 그리고 조용한 밤하늘을 올려다보며 스스로를 위로했다. 이제 나도 별이 될 수 있겠구나. 흥얼거리던 멜로디가 사라지고, 그녀는 주저 없이 난간 밖으로 몸을 던졌다.

"어어?"

눈앞에 무언가 보였다. 아주 잠깐이었다. 아주 짧은 찰나였지만, 유하는 확실히 보았다. 아니, 느꼈다고 해야 정확할까? 청량한 빛을 내는 커다란 나무 한 그루와 그 나무를 올려다보고 있는 붉은 머리의 남자가 보였다. 동화 속 그림 같은 장면이 순식간에 찰칵. 하고 사라졌다.

등판이 차가웠다. 주위를 둘러보니 유하는 옥상 바닥에 누워있었다. 무슨 일이 일어난 거지. 시커먼 밤하늘이 보였다. 보름달이 아까보다 선명하게 반짝이고 있었다. 유하는 본인의 손을 확인하고, 보이는 곳곳 부위들을 다 훑어 만져보았다. 꿈같은 일이었다. 난간에서 떨어지던 순간이 너무나도 생생한데, 몸이 멀쩡한 상태로 돌아와 있었다. 그녀는 계속해서 생각을 되짚어 보았지만 믿을 수가 없는 상황이었고, 이건 분명 현실에서 일어날 수 없는 일이었다.

지잉. 주머니에서 진동이 울렸다.

53

010 - 454 - 000 황명식 원장님 번호야. 연락해봐.

유하는 아버지의 문자를 읽고, 몸을 일으켜 앉았다.

"꿈은 아니네."

정말이지, 나무는 커다랗고 예뻤다. 그냥 예뻤다는 말로는 표현이 안 되는 아름다움이었다. 초록 잎이 빛을 받아 별처럼 반짝거렸는데 그 천지지미는 0.1초 만에 유하를 매료시켰다. 남자는 누굴까. 장밋빛으로 붉게 물든 머리칼이 아직도 아른거린다. 유하는 바지를 털며 일어섰다. 어딘가에서 멍하니 서 있는 그녀에게로 바람이 한껏 불어왔다. 계속 눈앞에 아른거리는 붉은 머리의 남자가 아버지의 매정한 문자를 가려주었다. 꿈속이 현실이 된 것만 같은 기이한 느낌.

그나저나 이제 난 어디로 가야하지.

갈 길을 잃어버렸다. 유하는 바람이 지나가는 방향으로 고개를 돌렸다. 따라가고 싶은 마음에 무거운 발걸음을 옮겨보지만, 몸이 난간에 부딪쳤다. 생애 지독히도 쌀쌀했던 가을밤이었다,

5. 잘 가

서울 시청 맞은편. 어느 한식당 앞이 사람들로 북적거렸다. 남색 기와지붕에 엷은 베이지 톤으로 무난하게 칠해진 외벽. 지붕 끝자락에 띄엄띄엄 달린 꼬마전구들은 노란빛으로 입구를 밝게 내리쬐어 주었다. 식당 곁에 둥근 모양으로 촘촘히 깔린 인조 잔디가 바닥에 설치되어있는 LED조명 덕분에 환하게 반짝거렸고, 날이 어두워질수록 기와집의 한국적이며 로맨틱한 분위기는 한껏 빛을 발하게 되었다.

추석 연휴인데도 식당엔 여느 때 보다 많은 대기 손님들이 줄을 지었다. 실내를 에우고 있는 다다미 형식의 방들과 센터에 배치되어있는 아홉 개의 테이블들이 전부 만석이었다. 출입문 윗벽에 붙어있는 벽걸이 스피커에선 고결한 가야금 소리가 간지럽게 흘러나오고 있었다. 음악소리가 작다고 볼륨을 키우는 건 금기였다. 발소리를 요란하게 내거나 큰 목소릴 내는 것도 금기였다. 그것은 모두'고요하다'라는 뜻을 가진 정靜식당만의 직원 규율이었다.

"유하씨. 14번 손님 빠졌어요. 좀 치워줘요."

검은 양복에 밝은 회색 넥타이와 클래식한 더비슈즈까지. 완벽하게 단정히 차려 입은 성진이 가쁜 호흡을 삼키며 유하에게 퇴식을

55

부탁했다. 옆으로 길게 찢어진 그의 매력적인 눈은 파트별 여직원들을 사랑앓이 하게 만들었다. 최매니저 눈빛이 너무 야해. 종종 주방에서 들려오는 말이었다. 유하는 테이블을 노련하게 정리한 뒤, 쉼 없이 나오는 음식들을 차례대로 서빙 했다. 오늘은 쉴 틈 없는 바쁜 저녁이었다. 말이 되나 싶을 정도로 줄줄이 들어오는 주문량은 과히 충격적이었다.

"추가로 주문하신 돌갈비 올려 드리겠습니다."

유하는 네 가족이 앉은 테이블 위에 뜨겁게 달궈진 돌갈비 판을 올렸다. 지글지글 고기 익는 소리에 가족들이 행복하게 웃었다. 잠시 어른들이 한눈판 사이에 엄마 품에 안겨있던 남자 아기가 돌발행동을 했다. 까만 돌판을 향해 손을 뻗은 것이다. 어린 손님들은 대체로 이 지글거리는 소리에 큰 흥미를 갖곤 했다.

"윽!"

"어머. 괜찮으세요?"

허공을 휘젓는 작은 손을 유하가 재빠르게 막았지만, 도리어 자기 손등에 뜨거운 돌이 스쳐버리고 말았다. 아이의 엄마는 얼굴에 걱정을 한 가득 담았다. 유하는 그녀의 진심어린 걱정이 감사했다. 그것만으로도 상처가 충분히 치유되는 것 같았다.

"저는 괜찮습니다. 맛있게 드세요."

유하는 네 가족을 향해 어색한 미소를 보인 뒤, 주방으로 다시 돌아갔다. 밤 열 시 반이 넘어서야 모든 손님들이 빠져 나갔다. 유하는 뒷정리를 끝내고, 탈의실에서 재빠르게 가방을 챙겨 나왔다.

"유하씨?"

아직 카운터 마감 중이던 성진은 오늘도 역시 도망가듯 나가려는 유하를 황급히 불러 세웠다. 출입문 바로 앞에서 유하의 걸음이 주춤했다. 유리창에 비친 그녀의 표정이 잠시 굳어버린 걸 다행인지 불행인지 성진은 보지 못했다.

"약은 발랐어요?"

그가 계산대 서랍에서 무언 갈 뒤적거리며 물었다.

"아, 이거 살짝 스친 거라 괜찮아요."

유하는 몸을 반만 돌려서 말했다. 그에게 이 시간이 불편하다는 걸 드러내고 싶었다.

"잠깐만요. 찾았어요."

성진은 유하에게 냉큼 다가와 화상연고를 건네주었다. 얼마나 많은 직원들이 썼는지 연고는 쭈글쭈글하게 말라있었다.

"다음부턴 조심해요."

"네. 감사합니다."

그는 이어서 고생했다는 멘트와 함께 유하의 오른 뺨을 어루만졌다. 때마침 여직원들이 탈의실에서 우르르 나왔고, 둘의 모습을 발견한 그녀들은 경연쩍은 표정으로 유하를 지나쳤다.

집까지 걸어서 40분. 버스 타면 십분도 안 걸리는 거린데, 유하는 평소에 교통수단을 이용하지 않았다. 그저 돈을 아끼려는 고집이었다. 십년 전에 집을 나와 고생한 버릇이 몸에 스며버려 이젠 딱히 이런 노고가 불편하게 느껴지지 않았다.

"유하씨! 타요!"

차 경적소리와 함께 유하 옆으로 하얀 소나타 한 대가 섰다. 성진의 차였다. 차창이 내려지며 성진의 신이 난 얼굴이 등장했다.

"매니저님. 저는 좀 걷고 싶어서요. 먼저 퇴근하세요."

"에에? 이렇게 추운데? 거부하지 말고 타요. 자꾸 유하씨가 피하면 나 나쁜 사람 같잖아. 괜찮으니까 빨리 타요."

그에게서 가식적인 간살웃음이 느껴졌다. 처음엔 본심을 못 숨기는 타입이라 생각했다. 하지만 오래 지내다보니 알 수 있었다. 그는 유하가 자신의 본심을 은근히 알아채줬으면 하고 바라고 있다는 걸.

"괜찮습니다. 저 걸어갈게요."

유하는 몸을 깊이 숙여 정중히 인사했다.

"하, 씨."

그는 짧게 욕을 흘렸다. 이윽고 차창이 올라가 성진의 굳은 얼굴이 가려졌고, 단단히 화가 난 소나타는 쌩 달리며 유하 얼굴에 매연을 뿌렸다. 성진은 평소에 아무 말 없이 사람을 훑어볼 때가 많았다. 처음엔 직원들의 옷매무새를 살피나 싶었다. 그러나 그는 단 한 번도 차림새에 대해 언급을 한 적이 없었다. 유하는 그의 강압적인 눈빛에서 매번 불쾌함을 느끼곤 했다. 느낌뿐이지만 유하에게 성진은 피해야 할 것만 같은 사람이었다. 반면, 다른 여직원들은 그를 우러러보았다. 딱히 거창한 이유가 있는 건 아닌 것 같았다. 그녀들이 준비실에 모여 얘기하는 걸 들어보면 성진의 외모에 대해서만 떠들 뿐이었다. 유하도 그들과 함께 어제오늘의 대해 시시콜콜 떠들고 싶고, 함께 힘들게 일하며 추억이란 걸 쌓고 싶었지만 유하는 그럴 수가 없었다.

둘이 잤어. 확실해.

유하 걔는 원래 느낌이 좀 싸하지 않았어?

걔네 집에서 최성진이 나오는 걸 은영이가 봤대.

식당 안에서 또다시 왜곡된 소문들이 돌고 있었다. 소문은 바람과 같았다. 어디서 불어오는지 알 수 없고, 세기는 생각보다 강하다. 유하는 그들의 칼날 같은 시선들을 마주 할 자신이 없었다. 그 이후에 일어날 엄청난 파장을 감당할 자신도 없었다. 조용히 피해 다니면 될 거라고. 여기서 더 심해지진 않을 거라고. 유하는 그렇게 안일하게 여기고 싶었다. 그 편이 쉬웠다.

"나나야."

매서운 추위에 코끝이 얼어버린 유하는 집에 도착해서 나나부터 찾았다. 작년에 5평짜리 작은 원룸을 얻었다. 전에 살던 고시원에 비하면 이 집은 유하에게 호화로운 궁전이었다. 싱크대 밑에서 이제는 할머니가 된 고양이 한 마리가 어기적어기적 기어 나왔다. 유하는 양 손으로 나나를 높이 들어 볼록한 배에 얼굴을 문질렀다. 따뜻했다.

"밥을 또 안 먹었어?"

출근 전에 부어놓은 사료가 아직도 그대로다. 배변 통도 깨끗했다. 요새 나나는 좁은 공간을 찾아 몸을 자꾸 숨기려 했고, 낮잠도 이상하리만큼 오래 잤다. 아무래도 가볍게 생각 할 증상이 아닌 것 같았다.

"나나야 너 병원을 가야 할 것 같은데?"

유하는 나나를 놓아주고, 가방에서 통장을 꺼냈다. 월세 빼고, 생활비를 계산해보았더니 남는 돈이 거의 없었다. 나나는 심각해진 유하를 가만히 바라만 보았다.

계획 없이 서울에 올라와 노숙한 기간이 너무 길었다. 길바닥에 떨어진 동전을 모아 한 끼를 때운 적도 있었고, 나나를 옆에 앉히고 서울역에서 구걸을 한 적도 있었다. 피부가 타들어가는 무더운 여름날조차 달이 뜨면 오들오들 몸을 떨었다. 비상약이 모두 떨어진 후 부턴 새벽에 잠 대신 유리가 찾아왔다. 유리의 일그러진 표정을 보는 게 힘들어서 날이 밝을 때 까지 나나를 꼭 안은 채, 눈을 뜨지 않았다. 도저히 눈을 뜰 수 없었다. 그 당시 유하와 나나에게는 365일 내내 추운 겨울이었다. 세상은 집 없는 꾀죄죄한 소녀와 길고양이에게 놀라울 정도로 관심이 없었다. 유하는 오히려 그게 다행이라고 생각하며 지내기도 했다. 사람들이 너무 무서웠으니까.

"미안해, 나나야."

만약 녀석을 사랑천에 두고 왔다면 지금보단 덜 아팠을까. 덜 고생하지 않았을까. 유하는 자신의 욕심이 나나를 아프게 만든 것 같아 죄책감이 일었다.

지이잉. 지이잉. 식탁위에서 핸드폰이 시끄럽게 울었다. 화면에 익숙한 번호가 떠있었다. 유하는 인상을 쓰며 고민 없이 거절 버튼을 눌러버렸다.

"왜 이제 와서."

오래 전에 연을 끊은 아버지의 전화였다. 유하는 바닥에 주저앉은 채로 시선을 옮겼다. 심심한 하얀 벽지에 걸어 놓은 조그마한 액자를 지그시 바라보았다 그 액자 속엔 그녀가 오래 전에 그렸던 그림이 들어가 있었다. 붉은 머리 남자와 커다란 나무 한 그루. 유하는 그날 겪은 신비한 현상을 잊지 못하고 있었다. 아직도 그날 밤이 생생했다.

"누굴까."

그녀는 매일같이 그림 속 남자의 대한 무수한 생각을 되풀이하고, 또 되풀이했다.

"왠지 천사 일 것 같기도."

나나는 조용히 혼잣말을 곱씹는 주인에게 다가와 그녀의 무릎 위로 힘없이 엎드렸다. 냐옹. 냐옹. 냐옹. 나나의 여린 울음소리가 세 번 들려왔다.

뜨겁게 타오르는 햇볕이 창문에 스미었다. 그 볕은 한참이나 유하의 뺨을 쓰다듬었고, 덕분에 그녀는 겨우겨우 늦은 잠에서 깨어났다. 고단한 피로감이 다리 전체를 무겁게 눌렀다. 시계침은 벌써 오후 세시를 넘어가고 있었다. 이렇게 정오를 훌쩍 넘은 시간에 일어난 건 태어나 처음이라 이럴 수가. 라는 말이 실제로 튀어나왔다.

나나는 유하 옆에서 아직도 곤히 잠들어 있었다. 마른 몸통이 부풀다가 작아지길 반복한다. 무슨 꿈을 꾸고 있을까. 좋은 꿈이었으면 좋겠다고 생각했다. 유하는 나나의 머리를 한 번 쓰다듬곤 부엌으로 향했다. 일 미터 조금 넘는 미니 냉장고를 열어서 어제 남겨둔 소고기 죽과 고양이 전용 참치통조림 하나를 꺼내었다. 딸깍. 캔 따는 소리에 잠에서 깬 나나가 머리를 들어 유하를 바라보았다. 그녀는 녀석에게 고소한 향이 나는 참치를 슬쩍 보여주며 어서 오라고 유혹했다. 옛날엔 쪼르르 곁으로 걸어와 발목을 핥으며 온갖 애교를 부렸는데, 지금은 기운 없이 몸을 축 늘어트린 채, 눈동자만 끔벅였다.

"너 정말. 자꾸 그럴래?"

속이 상했다. 유하는 나나 전용 식판에 참치를 톡톡 덜어내 주고, 가스레인지 위에 빨간 스테인리스 냄비를 올렸다.

"하."

괜히 정수기 위에 놓인 원앙과 눈씨름을 했다. 짐 가방 안에 옷들을 두서없이 쑤셔 넣던 그날. 어두운 거실에서 부리에 상처를 안고 있는 저 원앙이 유하의 발목을 잡았다. 그때 분명 언니. 나 버리지 마. 라고 유리가 속살거렸다. 가끔 저 원앙을 볼 때마다 자동적으로 유리를 떠올리게 되었다. 그리고 다짐하고 다짐했다. 절대 행복해지지 말자. 라고. 근데 그 주문이 혹시 나나에게 가버린 건가. 그래서 나나가 아픈 걸까. 유하는 비어있는 냄비 앞에서 한참을 울었다.

저녁 7시. 정식당 안에는 조금씩 손님들이 들어오고 있었다. 예약은 다섯 테이블뿐이었지만, 일반손님들이 불시에 몰려오기 시작해 주방 직원들의 손놀림이 바빠졌다. 홀을 담당하는 직원들의 동선도 조금씩 어수선해졌다. 출입문이 연속으로 열리며 사람들이 찬 공기와 함께 들이닥칠 때마다 여직원들의 한숨소리가 들려오는 것만 같았다. 유하 손목에 채어있는 시계에서 진동이 울렸다. 손님들이 테이블 벨을 눌렀을 때 울리는 신호였다. 주방에서 물병을 채우고 있던 유하는 시계에 뜬 번호를 확인하고, 허겁지겁 나왔다.

"여기 주문 좀 부탁드려요."

뒤를 돌아보니 한 남자가 손을 높이 들고 유하를 향해 흔들었다. 말끔히 뒤로 넘긴 머리에 검은색 터틀넥을 입고 있는 남자는 유하를 향해 씨익 웃어 보였다.

"저분 매니저님 친구래요. 더 신경 쓰래."

옆에서 여직원 한 명이 슬쩍 말을 흘리고 지나갔다.

"여전히 예쁘네. 한유하."

남자가 천역덕스럽게 인사를 건네자마자 유하는 한 걸음. 두 걸음. 뒷걸음질 쳤다. 온몸에 솜털들이 빳빳이 솟았다.

"뭐해? 내 주문 안 받아?"

다시 들려오는 남자의 목소리에 유하는 귀를 막고, 눈을 감았다. 저 목소리, 저 미소, 그리고 살기가 남아있는 저 끔찍한 눈빛. 어떡하지. 나나야. 유하는 자신도 모르게 나나를 찾았다. 두 눈동자가 불에 달궈지듯 좌우로 요동쳤고, 심장은 곧 터질 것처럼 빠르게 펌프질했다. 피가 거꾸로 솟는 기분이었다.

"워워. 진정해. 그땐 미안했어. 나도 반성 많이 했다고."

그가 유하에게 다가오려 했다.

"오지마!"

유하의 울분이 가게 안을 흔들었다. 잠깐이었지만, 따가운 이명이 귓속을 지나가 주변 소음을 줄였다. 이어서 유리의 괴로운 비명소리가 들려왔다. 새파랗던 하늘과 조용한 골목, 숨넘어가듯 학학거리는 남자들의 웃음소리, 등판을 긁어대는 거칠었던 길바닥. 다시는 떠올리고 싶지 않은 그날의 모든 것들이 유하를 잡아먹기 시작했다. 그녀는 양쪽 귀를 세게 막은 채 겁에 질려 울었다.

"엄마야!"

안 좋은 타이밍에 주방에서 웨이트리스 한 명이 뜨거운 돌갈비를 허겁지겁 들고 나왔다. 뒷걸음치던 유하와 그녀는 세게 부딪혀 버렸고, 달궈진 까만 돌들이 우르르 떨어져 홀 한 가운데를 혼잡스럽게 굴러 다녔다.

"뭐하는 거야 지금?"

계산대에 있었던 성진이 미간을 잔뜩 구긴 채 달려왔다. 그는 바닥에 주저앉아 공포에 떨고 있는 유하를 발견했다. 그녀의 얼굴은 마치 귀신이라도 본 것 마냥 샛노랗게 질려있었다.

"진철. 유하씨랑 무슨 일 있었어?"

"난 그냥 인사만 했어."

성진이 유하의 팔을 세게 잡아당겨 일으켰다.

"아닐 거야. 아니야."

유하가 이곳저곳 허공을 향해 말했다. 그녀의 알 수 없는 행동에 구경꾼들은 당황스러워 숨을 죽였다. 유하는 온 피부가 찢겨져는 기분이 들었다. 앞에 있는 성진의 목소리도 잘 들리지 않았다.

64

간신히 그의 입 모양만 보일 뿐이었다. 몸속에서 안 좋은 기운이 피어난다. 아주 익숙하고 위험한 느낌이었다. 유하는 탈의실로 뛰어 들어가 락카 안의 짐을 챙기고, 식당 밖으로 급히 빠져나왔다. 유하의 이름을 반복해서 부르는 직원들의 소리가 여기저기 들려왔다. 하지만 그녀는 그들의 소리를 무시해 버린 채, 후들거리는 다리로 집까지 뛰어갔다. 어서 몸을 숨기고 싶었다. 숨지 않으면 그대로 정신을 잃어버릴 수도 있는 상태였다.

언니 어디가.

나 버리지 마.

살려줘.

구해줘.

목이 쉬도록 울부짖는 유리가 뒤를 계속 쫓아오고 있었다. 세월이 이 정도 지났으면 그 날이 까마득하게 느껴질 법도 한데. 12년이면. 무려 12년이면. 다 아물 때가 될 법도 한데. 유하는 길 한복판에 서서 소리를 질러 버리고 싶었지만, 목이 막혀 버렸다. 이 느낌을 아주 잘 안다. 누군가 나를 아무것도 못하게 조종하는 것 같은 섬뜩한 느낌.

약을 간신히 넘기고 숨을 돌리고 나서야 유하는 나나를 찾기 시작했다.

"나나야. 나나야."

집안이 썰렁했다. 나나는 싱크대 밑에도, 원목으로 된 작은 집 속에도 없었다. 녀석을 품에 안으면 시끄러운 마음이 진정 될 것만 같은데. 눈에 보이지 않았다. 서서히 불길한 예감이 들어 유하는 집 안 구석구석을 뒤지기 시작했다.

"나나야. 여기서 뭐해."

오렌지색 둥근 모양의 소파 아래로 거뭇한 꼬리가 아주 살짝 삐져나와 있었다. 나나는 혹여나 털끝이라도 보일까 그 작은 틈에서 최대한 몸을 웅크리고 숨어 있는 것 같았다. 유하는 조심스럽게 소파를 들어 옮겼고, 잠자코 가만히 엎드려 있는 나나를 안았다. 녀석이 숨을 쉬지 않는다. 아주 조금의 움직임도 없다.

"나나야. 이, 일어나."

유하는 감겨 있는 나나의 눈꺼풀을 억지로 들어 상태를 확인해 보았다. 눈동자가 미동 없이 위로 뒤집혀 있었고, 눈알의 색이 평소와 다르게 변해있었다. 어두운 푸른빛이었다.

"제발. 제발 나나야. 제발."

나나를 머리까지 담요로 감싸 안고, 유하는 무작정 밖으로 뛰쳐나왔다. 불친절한 곳이긴 하지만 근처에 작은 동물병원이 하나 있다.

- 추석 연휴인 관계로 10월 3일 ~ 10월 5일 까지 쉽니다. -

병원 앞에서 소녀의 걸음이 허무하게 멈춰졌다. 어두운 쇼윈도가 벌벌 떨며 서 있는 소녀를 너무 선명하게 비춰주었다. 나나는 결국 죽었다. 그녀는 죽은 나나를 안고 있다. 그 자리에 서서 잠시 비틀거리던 유하는 근처 나무 벤치에 힘없이 앉았다. 스산한 거리엔 아무도 지나다니지 않았다. 늘 그랬다. 힘든 일이 일어날 땐 항상 혼자였다. 그녀는 또다시 무력한 열일곱 소녀가 되어버렸다. 어쩌면 그때 이후로 시간이 멈춰 버린 건지도 몰랐다.

"나나야."

혹시나 깨어나지 않을까 하는 바람을 안고 유하는 이곳저곳 나나의 상태를 확인했다. 숨을 쉬지 않는 나나라니. 상상도 해 본적 없는 일이었다. 무거운 현실감이 바람과 한 패가 되어 유하를 감싸 돌았다. 차가워진 볼 위로 뜨거운 눈물은 빈약한 촛농처럼 쉴 새 없이 녹아 흘렀다. 그리고 그 눈물은 이제 천사가 되어버린 나나의 몸을 흠뻑 적셨다. 나나와 함께했던 시간들이 한 편의 영화가 되어 유하 앞에 재생되었다. 어떤 순간은 아름다웠고, 또 어떤 순간은 음울했다.

"미안해. 미안해 나나야."

죽음이 너무 갑자기 찾아와버렸다. 나나의 죽음은 너무 고요해서 제대로 실감이 나지 않았다. 거북한 슬픔이 치밀어 오른다. 구토가 나올 것만 같았다. 유하는 고갤 숙인 채 꺼이꺼이 통곡했다.

6. 당신은 좋은 사람인 가요

담벼락 위로 자라있는 배롱나무의 머리가 하루하루 풍성해지는 계절이었다. 대체로 따뜻했지만, 가끔씩 차가운 바람이 불어오는 그런 희미한 날씨. 그날은 선선한 바람이 앞서 길을 안내해주는 것만 같았다. 바닥에 분홍 꽃가루가 반짝이는 것 같았고, 그 포근한 향기가 유하의 열다섯 번째 생일을 축하해주는 것 같았다.

유하는 매년 생일이 오기를 손꼽아 기다리는 아이였다. 생일선물 때문이 아니었다. 유하에겐 가족과 저녁 시간을 보낼 수 있다는 것이 그 무엇보다 가장 중요했다. 어쩌다 생일파티 약속이 미뤄지는 날에는 혼자 방에 들어가 몰래 눈물을 흘릴 정도로 아이는 가족과의 시간이 늘 간절했다. 그날도 유하는 천장에 붙어있을 하얀색 풍선들과 새어머니가 머리에 씌워줄 뾰족한 고깔모자. 그리고 아버지가 주문했을 달콤한 생크림케이크를 상상하며 집까지 표표히 걸어가고 있었다. 당시 하교 길은 근처 초등학생들로 붐볐다. 문방구 하나가 새롭게 오픈했기 때문이었다. 이름이 '알록달록 무지개 문구점'이었다. 유하는 가던 길을 잠시 멈추고, 가게 입구를 막고 있는 꼬마들의 얼굴을 정신없이 훑었다. 없네. 매일 문구점에 살다시피 하는 유리가 웬일로 없었다. 집에 벌써 갔나. 아. 또

문 뒤에 서서 놀래 킬 준비를 하고 있나보다.

"큭."

유하가 웃음을 참지 못하고 뱉었다. 아마 그때가 유하의 마지막 행복이었는지도 모른다. 열다섯 번째 생일의 폭죽이 터지기 직전.

나랑 잠깐 어디 좀 갈래?

유하를 골목길로 끌고 갔던 남자는 처음 보는 사람이었다. 남자는 유하의 명찰을 게슴츠레 보며 한유하 안녕? 이라고 말하며 웃었다. 미소가 예뻐서 좋은 사람 같아 보였다. 유하도 그의 교복 마이에 노란 실로 꿰매어 있는 이름을 확인해보았다.

이진철.

둘은 미로 같은 골목을 이리저리 걸었다. 드디어 길이 막다랐을 때였다. 녹이 슬어있는 파란 대문 앞에 세 명의 남학생들이 서있었다. 그들은 유하의 입 속에 양말 네 짝을 우겨넣고, 팔다리를 시멘트 바닥에 짓눌러 움직이지 못하게 막았다. 소녀의 교복은 삽시간에 모두 풀어헤쳐졌다. 누군가는 유하의 흔들리는 하얀 젖가슴을 열심히 촬영하기 바빴고, 진철은 비열하게 웃으며 자신의 바지를 급하게 벗어젖혔다. 유하가 괴로이 구역질을 해대자 누군가 욕을 씹으며 소녀의 오른 뺨을 발로 밟아 고정시켰다.

언니.

양 갈래한 꼬마아이가 선 채로 울고 있었다. 그 아이는 자리에 서서 언니를 불렀다. 시뻘게진 얼굴을 보면 꽥꽥 소리를 지르는 것도 같은데 유하에겐 잘 들리지 않았다. 귀가 멍멍했다. 무리 중 한 명이 꼬마에게 달려가 입을 막았다. 닥쳐. 닥쳐. 닥쳐. 그의 거친 입모양은 마치 슬로우를 걸어놓은 것 같았다. 사방에 튀기는 침까지 선명하게 보였다.

유리는 태어날 때부터 심장이 약한 아이였다. 그래서 친구들이 놀이터에서 노는 모습을 앉아서 구경만 해야 했다. 유리에게 가장 좋은 취미는 언니와 크레파스로 그림을 그리며 노는 것이었다. 그리고 유리에게 가장 위험한 취미는 밤하늘을 보며 노래를 흥얼거리고, 리코더나 단소를 부는 것이었다. 유리는 좋아하는 것을 할 때마다 계속 꾸지람을 들어야 했다. 이거 하지 마. 너에게 좋지 않아. 아픈데 조심해야지. 그러면 유리는 이렇게 말했다.

엄마는 아무것도 몰라.

유리는 몇 초 만에 그 자리에서 즉사했다. 더 이상 아이의 작은 심장이 뛰지 않았다. 시선은 유하를 바라보는데 눈을 한 번도 깜빡이지 않는다. 유리는 그렇게 처량하게 죽었다. 모든 것이 충격적인 광경이었다. 유하는 아무런 소리도, 조금의 움직임도 없이. 죽어가는 유리를 바라만 보았다. 죽은 사람처럼. 처량하게.

딩동. 딩동.

밤 열한시. 도어벨 소리가 유하의 집을 시끄럽게 울린다. 근처 약산에 나나를 묻어주고 온 유하는 싱크대에 기대어 하릴없이 울고 있었다.

딩동. 딩동.

바깥의 누군가는 벨을 새벽 내내 누를 기세였다. 다들 잠들 시간인데. 유하는 어쩔 수없이 자리에서 힘겹게 일어났다. 삭신이 무겁게 느껴졌다.

"누구세요."

"안에 있었네요."

밖에서 성진의 목소리가 들려왔다. 그가 집까지 찾아 올 거라곤 상상도 하지 못했다. 식당에서 소동을 일으킨 대가가 어떤 식으로 돌아올지 겁이 난 유하는 잠시 망설였다.

"유하씨. 지갑 두고 갔더라고요. 이거 전해주러 왔어요."

"아. 네."

달칵. 의심 없이 문이 열렸다. 정장을 말끔히 차려입은 성진의 모습이 드러났다. 그의 단정함은 항상 착각을 하게 만들었다. 알고 보면 좋은 사람이지 않을까.

"생각보다 집이 아늑하고 좋네요."

그는 한걸음씩 집안으로 걸어 들어왔다.

"매니저님. 가게에선 죄송했습니다. 제가 몸이 너무 안 좋아져서."

71

"네네. 수습하느라 애 좀 먹었습니다. 지금은 괜찮아요?"

그가 자연스레 구두를 벗으려 하자, 유하는 앞을 막아섰다.

"죄송하지만 지갑만 주시고, 돌아가 주셨으면 좋겠어요."

"에이. 차 한 잔은 줘야죠. 너무하네."

그는 유하의 적대에도 아랑곳하지 않고 현관문까지 알아서 닫아 버렸다. 주변이 조용해지자마자 유하의 심장이 요동치기 시작했다. 불길한 느낌이 들었다.

"지갑 어, 어디 있어요? 제 지갑 주세요."

그녀의 목소리가 심하게 떨려왔다.

"조금 이따가요."

성진은 구두를 마저 벗은 뒤, 재킷까지 벗어 부엌의자에 걸어두었다. 그의 행동은 이상할 정도로 아주 느릿하고 차분했다. 유하는 본능적으로 뒷걸음질 치다 침대에 넘어지듯 앉아 버렸다. 이제 곧 무슨 일이 일어날 것만 같았다.

"죄송한데요. 매, 매니저님. 제발 가주세요."

성진이 벨트를 풀기 시작했다. 그의 모습은 12년 전 한 골목길에서 황급히 바지 지퍼를 내리던 진철의 모습을 떠올리게 했다. 유하의 입술이 바르르 떨리기 시작했다.

"솔직히 유하씨도 원한 거 아니었어요? 맨날 나 훔쳐봤잖아요."

이미 그는 와이셔츠와 바지를 모두 벗은 채, 유하도 어서 스스로 옷을 벗길 기다리고 있었다. 그가 계속 희미하게 웃는다. 좋은 사람인 것처럼.

"우리 시간 낭비하지 맙시다. 예?"

"아, 아, 아."

무언가가 숨통을 막았다. 목소리가 나오지 않았다. 유하는 아, 아, 만 반복하며 고개를 저었다. 고작 그 정도 저항밖에 할 수가 없었다. 위에서 내려다보는 성진의 눈빛은 놀랍게도 놀이동산에 놀러온 아이처럼 신이나 보였다. 이 순간을 무척이나 기다려오기라도 한 듯 곧 있으면 기쁨의 환호성이라도 지를 기세였다.

"그냥 조용히 합시다 우리."

그는 유하의 옷을 벗기려 들었고, 알아들을 수 없게 혼잣말을 중얼거리기도 했다. 유하는 필사적으로 팔을 휘저어보았지만, 절대 그의 힘을 이겨낼 수가 없었다. 이윽고 성진의 흥분된 호흡 소리는 점차 거칠어졌고 그의 콧바람이 귓속을 스칠 때마다 유하의 목덜미엔 기분 나쁜 소름이 돋쳤다.

"그, 그, 그만."

"아 조용히 좀 하자니까."

이제 성진은 유하의 입을 손으로 눌러 막기까지 했다. 그의 발정난 짐승 같은 눈빛은 더욱더 숨통을 죄어왔다. 그녀는 침대위에서 불에 타고 있는 낙엽처럼 몸부림쳤다. 소용없는 짓이란 걸 알았지만 발버둥을 치지 않으면 안 될 것 같았다. 얼마 안가 호흡이 가빠졌고 정신이 아득해졌다. 목구멍까지 박혔었던 사내들의 땀에 전 양말 냄새가 피어오르는 것 같았다. 역겨움에 속이 울렁거려 유하는 눈을 질끈 감았다가 떴다. 그러자 갑자기 원앙 옆에 양 갈래 소녀가 나타났다. 유리였다. 유리는 아무 표정 없이 가만히 서서 유하를 지켜보고 있었다.

"도망가 유리야."

유리는 미동이 없었다.

"유리?"

성진이 놀란 눈으로 집안을 훑었다.

"뭐야. 유리는 누구?"

가만히 서 있던 유리가 유하에게 천천히 걸어왔다. 아이는 성진의 뒤에서 아주 선명하게 슬픈 눈을 하고 있었다. 사고 이후로 저렇게 슬픈 눈을 한 유리는 처음이었다.

"제발 도망가. 유리야 도망가."

이윽고 유리는 허공에 떠오르기 시작했다. 유하는 그런 유리를 직시했다. 아이의 모습은 불쌍할 정도로 너저분했다. 툭 건들면 금방이라도 펑펑 울 것 같은 눈을 하고 있었다. 아이가 외로워보였다. 끔찍했던 그날의 공기가 생생하게 느껴졌다. 유하의 두 눈에서 눈물이 폭포수처럼 흘러내리기 시작했다. 눈물샘이 찢어진 것처럼. 피가 분출 하는 것처럼. 그녀는 몸 안에 있는 모든 걸 내보내듯 울었다.

"유리야. 제발, 제발."

"아까부터 자꾸 뭐라는 거야?"

성진은 하던 짓을 멈추고 침대에 걸터앉아 방안을 계속 살폈다. 그의 바쁜 시선이 조금은 불안해보였다.

"미친년 아냐, 이거?"

그는 같은 욕을 반복하며 일사분란하게 옷을 챙겨 입더니 바지주머니에서 검은 지갑 하나를 바닥에 내팽개쳤다. 유하의 지갑이었다.

"가게 나올 생각하기만 해."

그는 쾅 하고 문이 부서질 듯 닫고선 냉큼 사라졌다.

"욱! 우욱!"

속이 메스꺼워 헛구역질이 났다. 유하는 바닥에 몇 번이나 침을 뱉어내고 나서야 성진이 나가고 없다는 걸 알아차렸다. 선명히 보이던 유리의 모습도 잔상 없이 사라져 있었다. 정말 아무도 없는 걸까. 유하는 다시 몰려오는 괴로움에 나나를 찾아보지만, 나나 역시 없었다.

"나나야."

딱딱하게 굳어가던 고양이의 사체가 눈앞에 툭 떨어졌다. 나나였다. 장난감처럼 변해버린 나나가 붉은색으로 변했다가 녹색으로 변했다가 아주 짙은 흑색으로 변했다. 눈을 깜박일 때마다 나나는 작아지기도 하고, 커지기도 하고, 저 멀리서 데구루루 유하를 향해 굴러오기도 했다. 유하는 한동안 사라지지 않는 녀석의 형상을 바라보며 하염없이 울었다.

유하의 집 바로 옆에 스무층이 넘는 고층건물은 올해 내내 공사 중이었다. 여름에 특히 소음이 심해서 낮 시간엔 꽤나 스트레스를 받았던 기억이 있다. 유하는 아직 마감이 한참 미흡한 건물 속으로 들어갔고, 겁도 없이 몇 백 개나 되는 계단을 걸어 올라가기 시작했다. 오르는 내내 그녀 머릿속엔 단 한 가지 생각뿐이었다. 올라가자. 계속 올라가자. 자질구레한 생각들은 없었다. 올라가자.

그 하나였다. 겨우겨우 가장 꼭대기에 도착했을 때 유하는 가쁜 호흡을 한 번에 몰아쉬었다. 내쉴 때마다 가슴은 시큰거리고 목구멍이 칼칼했다. 입에서 피 맛이 나는 것도 같았지만 그 맛은 결코 역하지 않았다. 오랜만에 느껴보는 아주 시원한 맛이었다.

"예쁘다."

숨이 조금 진정이 되고 나서야 서울시가 한 눈에 보인다는 걸 인지했다. 아래에 깔려있는 수많은 빛들은 모두 생명이었다. 작은 빛들이 한데 모여 같이 숨을 쉬고 있는 것 같은 풍경이었는데 그 모습이 참으로 행복하게 보였다. 유하는 생각했다. 자신처럼 완벽히 시들어버린 영혼은 저 아래에 비집고 들어갈 틈이 없다고. 저렇게 행복하려면 스스로 빛을 품어야만 가능한 일이라고. 그녀는 간단하게 생각하기로 했다. 행복한 사람이 있으면 불행한 사람도 있는 거라고. 살고 싶은 사람이 있으면 죽고 싶은 사람도 있는 것이라고. 진즉 간단해졌더라면 좋았을걸. 유하는 살그미 눈을 감은 채로 달빛을 느꼈다. 가만히 상상했다. 둥근 보름달이 유하의 얼굴을 태양 볕처럼 내리쬐어 주는 상상을. 그러자 정말 눈 밑 어딘가에 온기가 느껴졌다.

"그래. 이제 정말 끝났다."

강한 바람이 위태로이 서 있는 유하의 등을 밀었다. 마음을 먹기도 전에 그녀의 두 발은 허공에 내밀어졌다.

"응?"

바로 그때, 태어나 상상한 적도 없는 이상한 일이 벌어졌다. 유하의 몸이 추락하기는커녕, 하늘위로 조금씩 떠오르기 시작한 것이었다.

"으어아악!"

그녀의 요란스런 굉음이 까마귀 울음소리처럼 쩌렁하게 울렸다.

"사, 살려 주세요!"

본능적인 외침이었다. 유하는 눈을 질끈 감고 여러 번 더 외쳤다. 살려 주세요. 살려 주세요.

"제발, 누구라도."

대략 10분이 지났다. 유하는 추위에 떨며 팔다리를 웅크렸다. 작게 말린 그녀의 몸은 여전히 공중에 두둥실 떠있는 상태였고, 새벽 한기는 어금니를 달달달 떨게 만들었다. 입술이 얼고, 손끝이 어는 게 느껴져 유하는 어쩔 수 없이 몸을 움직여보기로 결심했다. 오른 발을 겨우 앞으로 뻗어보니 설명할 수 없는 강한 에너지가 발밑을 받쳐주었다. 마치 중력이 거꾸로 바뀐 것처럼 몸이 공기보다 가볍게 떠올랐다. 왼발, 오른발. 다시 왼발, 오른발. 유하는 몇 분을 더 허공에서 우스꽝스럽게 헤엄쳤다. 발밑의 강한 공기를 밟는 건, 바닥 위를 걸어 다니는 것과 차원이 다른 느낌이었다. 이 알 수 없는 에너지는 대체 뭘 까. 그러다 유하는 문득 이런 생각이 들었다.

혹시 나 죽은 건가.

유하는 진정하고 이 상황을 정리해볼 필요가 있었다. 곧 있으면 검은 갓을 쓴 저승사자가 나타날 수도 있으니까. 견고히 마음의 준비를 해야 했다.

"어, 엄마야."

멀리서 샛바람이 불어와 몸이 종잇장처럼 흔들렸다. 유하는 양 팔을 바깥으로 벌려보았다. 왠지 그러면 될 것 같다고 자연스레 생각이 들었다. 아가들이 첫 걸음마를 뗄 때 이런 기분인지도 몰랐다. 짐작한대로 그녀의 몸이 붕하고 떠오른다. 이어서 자전거 페달을 밟듯 다리도 교차해가며 돌려보았더니 정말 하늘을 나는 기분이 들었다.

"내가, 하늘을 난다. 와."

유하는 저도 모르게 해맑게 웃었다. 동시에 마음이 편안해지며 무력함에 떨었던 공포도 차츰 잊게 되었다. 죽음이란 게 이런 걸까. 그녀는 엄마도, 유리도, 나나도 어디선가 나처럼 똑같이 날고 있을지도 모르겠단 생각에 주위를 둘렀다. 그리곤 팔을 위아래로 펄럭이면서 무한한 하늘 속을 헤집었다. 끊임없이 구름을 뚫으며 아득한 밤하늘을 날았다. 높은 곳으로 향할수록 새카만 하늘에 떠 있는 뭇별들과 하나가 된 것만 같았다.

"내가 날다니."

유하는 믿기지 않아 한 번 더 소리 내어 말해보았다. 매일 올려다보았던 밤하늘이 낯설기도 하고, 이상하게 친근하기도 했다. 보일 듯 보이지 않는 옅은 실구름들은 손으로 휘휘 저으면 연기처럼 흩어졌다. 콧노래가 절로 나온다. 유리와 함께 만들었던 멜로디가 입가에 잔잔히 맴돌았다. 그녀는 보랏빛으로 켜켜이 물들어 있는 신비한 밤하늘을 눈에 또렷이 담았다.

"응?"

저게 뭐지. 서쪽에서 무언가 날아오고 있었다. 그것은 속도가 꽤

빨랐고, 하나가 아닌 무리였다. 한껏 두려움에 사로잡힌 유하는 내려가려고 방향을 틀었지만, 정체불명의 그것들이 이미 유하의 코앞으로 다가와 길을 막아섰다.

"비둘기?"

비둘기였다. 검은 반점 하나 없이 온몸이 눈부시게 새하얀 그들의 정체는 비둘기 떼였다. 길에서 흔히 보던 집비둘기와는 현저히 다른 친구들이었다. 깃털에서 환하게 빛이 번져 눈이 부셨다. 대략 열 마리는 돼보였다. 그들은 유하주변에 붙어 날개 짓을 거세게 펄럭이기 시작했다. 그 거센 힘이 그녀를 어딘가로 이동시키려 했다. 유하는 몸에 힘을 풀었다. 아니, 저절로 풀렸다. 어딘가 성스러워 보이는 이들을 따라가면 왠지 죽은 이들을 만날 수 있을 것 같았고, 그곳이 흔히 말하는 천국일 것 같았고, 그렇게 생각하니 가슴이 벅차올랐다. 숨은 가빠오지만 온 몸 구석구석 긴장이 풀려갔다.

이제 저 아래 펼쳐진 세상은 유하의 엄지손톱보다 작게 보였다. 집을 찾을 수도 없었고, 유하의 마지막 발자취였던 고층빌딩도 찾을 수가 없었다. 지금 이 시간 가장 예쁘게 빛나고 있는 코앞의 보름달을 바라보며, 유하는 어딘지 모를 곳으로 계속 이끌려갔다.

눈을 감았다 뜨는 고작 1초. 1초 만에 아래세상은 낯선 풍경으로 변해있었다. 아직은 높아서 알아볼 수 없게 희미했지만, 저 아래에서 따스한 노란빛이 뿜어지고 있었다. 미묘하게 이상한 느낌이 들어 그녀는 그곳을 주시했다. 아니나 다를까. 비둘기이 방향을 틀더니 빛이 나는 곳으로 낙하하기 시작했다. 지면과 가까워져 갈수록 유하는 심장이 터질 듯이 두근거렸다. 그곳은 한 마을 같기도 했고, 아직 무언가 만들어지지 않은 공터 같기도 했다. 분명한 건 이곳은 굉장히 아름다운 곳이었다. 정말 천국인 걸까. 유하는 알 수 없는 마을 한 가운데에 착지 되었다. 땅 전체에 넓게 깔린 노란빛 잔디들은 바람이 부는 방향대로 살랑살랑 흔들며 유하의 방문을 반겼다. 눈에 보이는 몇 그루의 나무 중 유하의 시선을 사로잡은 나무가 한 그루 보였다. 그것은 그녀에게 아주 익숙한 나무였다.

"이, 이거. 이 나무!"

유하는 잎사귀가 청량하게 빛나는 나무 앞에 도착했다. 어디선가 맡아 본적 있는 것 같은 알싸한 향이 콧속을 지나 가슴까지 시원하게 뚫었다. 하얀 비둘기 떼들은 자신들의 임무가 여기까지란 걸 알려주듯 유하 주변을 빙빙 돌다가 하늘 높이 날아갔다.

"어라?"

새들의 몸짓을 따라가던 유하의 시선이 화들짝 놀랐다. 언제 밤이 지났는지 햇볕이 쨍쨍했다. 어떻게 몇 분 만에 달이 자취를 숨겼는지 알 수 없었지만, 꿈속 여행 같은 이 상황이 유하의 기분을 약간 들뜨게 만들었다.

"누굽니까."

"으악!"

갑자기 들려 온 미성의 남자 목소리에 유하는 중심을 잃고 말았다. 땅에 엉덩이를 쿵 박고 넘어져 꽁무니뼈에 얼얼한 통증이 느

80

꺼졌다. 유하는 뒤늦게 목소리의 주인공을 확인했고, 그와 눈을 맞춘 순간 잠시 입을 다물 수가 없었다.

"괜찮아요?"

남자는 유하에게 손을 내밀며 물었다.

"네. 괜, 괜찮아요."

유하는 그의 도움을 받고 일어나 엉덩이에 묻은 잔디 풀을 어색하게 털어냈다. 두 남녀는 말없이 서로를 마주 보고 섰다. 붉은 머리를 한 그림 속 남자. 그 남자가 눈앞에 나타났다.

"정말 괜찮아요? 안색이 좀, 안 좋으신데."

그는 잔뜩 굳은 표정으로 최대한 예의를 갖추려 했다. 당황스러움을 감추려는 것 같기도 했다. 유하는 눈만 끔벅끔벅 움직이며 그의 모습을 다시 관찰하기 시작했다. 십년 동안 그녀 머릿속을 선회하던 수호천사가 실제로 나타나버렸다. 낯간지러운 단어지만 그저 막연히 생각해낸 그의 호칭이었다. 수호천사. 그는 눈동자도 영롱한 붉은빛을 냈다. 피부는 잡티 하나 없이 투명했으며, 얼굴 선은 부드러우면서도 날렵했다. 아주 얇아 보이는 흰색 와이셔츠에 구깃한 검은 면바지 차림이었는데, 희한한건 그의 신발이 짝짝이었다. 한쪽은 앞코가 막혀 있는 회색 슬리퍼, 다른 한쪽은 카키색 런닝화. 심지어 회색 슬리퍼는 실내용이었다.

"혹시 진이랑 아는 사이예요?"

"아, 아니요. 저는 그냥. 그."

"흠."

그는 유하를 추리해보려는 듯 경계의 눈초리를 쏘기 시작했다.

81

그 눈빛은 딱히 다정한 느낌도, 그렇다고 차가운 느낌도 아니었다. 어쨌든 그도 유하만큼이나 적잖이 놀란 모양이었다.

"일단 들어가서 얘기하죠. 날은 화창해도 바람이 차요."

그의 말이 끝나자마자 어디선가 차가운 바람이 불어와 유하의 머리칼을 헝클었다. 바람을 타고 온 시원한 향기가 코끝을 찔렀다. 굉장히 특이한 향인데 처음 맡아본 향은 아니었다. 이게 무슨 향이지. 유하는 그에게 향의 원천을 물어보려다 포기했다. 그리곤 천천히 길을 안내하는 그의 뒷모습을 바라보며 슬금슬금 따라 걸었다.

이곳은 어디 인걸까.

가까운 곳 어딘가에서 숲새 한 마리가 휘파람 소리를 내며 울었다.

7. 첫 만남

　나무에서 조금 떨어진 곳에 커다란 주택 한 채가 덩그러니 세워져 있었다. 집의 형태는 <빨강머리 앤>에서 앤이 얹혀살던 초록 지붕 하우스와 닮아있었다. 앞장서서 걷던 그가 하얀색 페인트로 칠해진 출입문을 활짝 열자, 아늑한 내부의 모습이 드러났다. 유하가 집에 들어오지 못하고 우물쭈물 거리자 남자는 긴장 풀라며 가볍게 미소를 지어 주었다.

　"안은 춥지 않죠?"

　"네. 따뜻해요."

　유하는 거실 한가운데에 놓여 있는 각양각색의 소파들을 발견했다. 1인 소파만 6개나 둘러 있는데, 하나하나 다른 색상의 가죽 소파였다. 빨간색, 카키색, 노란색, 주황색, 연갈색 그리고 하얀색. 귀여운 색동처럼 모여 있는 소파들이 아기자기하고 귀여워서 절로 미소가 지어졌다. 신기했다. 천사가 살고 있는 집은 호화로운 궁전 같은 집일 줄 알았는데. 이곳은 일반 가정집과 별반 다를 것이 없어 보였다.

　"저 중에 좋아하는 색 있어요? 있으면 거기 앉아요. 기분 낼 겸."

남자는 질문을 가볍게 던지고, 오른편에 있는 장식장 안에서 검은 담요 하나를 꺼내었다.

"어, 저는 그럼 흰색을."

"좋아요. 이거 덮고 앉아 있어요."

남자가 내민 담요는 대충 허벅지만 덮을 크기의 기내담요였다. 유하가 담요를 받자마자 그는 주방으로 휙 들어가 무언가 달그락 달그락 준비하기 시작했다. 유하는 그가 미처 닫지 못한 장식장 문을 소리 나지 않게 닫아주었고, 그의 지시대로 하얀 소파에 앉아 담요를 무릎위에 펼쳤다. 덩그러니 혼자 앉아 있다 보니 거실 풍경이 눈에 하나씩 들어오기 시작했다. 주방 통로 바로 옆에는 크지 않은 TV 한 대가 벽에 걸려있었고, TV 왼쪽으론 고풍스런 느낌의 나무 장식장들이 서로 키를 재며 세워져 있었다. 대부분이 와인을 담고 있었는데, 세 개의 장중에 하나는 액자들로 가득했다. 그 중 금빛으로 된 사각형 액자 하나가 유하의 눈길을 끌었다. 남자의 가족사진이었다. 붉은 머리의 꼬마 신사와 노인 한 명이 사진 속에서 늠름하게 웃고 있었다. 유하는 노란 나비넥타이를 맨 채, 히죽 웃고 있는 꼬마 신사의 미소를 무의식적으로 따라 지었다.

유리가 죽기 전엔 유하가 살던 집 거실에도 저런 **훈훈한** 가족사진이 문짝 만하게 걸려 있었다. 유하와 유리는 똑같은 살구색 드레스를 입고, 공주님처럼 배꼽위에 손을 우아하게 올린 채 찍었다. 유리는 성격이 워낙 쾌활하고 애교가 있어 어딜 가든 사랑받는 아이였다. 당시엔 앞니 하나가 빠져 있어서 유리가 활짝 웃을

84

때면 사진 기사는 자기 딸내미 보듯 귀여워했다. 그렇게나 사랑스러웠던 아이가 우리 곁을 떠난 뒤로, 유하가 보는 세상은 온통 흑백이었다. 건조하고 추운 흑백겨울. 유하는 오랫동안 그 흑백겨울 속에 갇혀 살았다.

"뜨거우니까 조심히 마셔요."

그가 유하 앞에 둥근 하트모양의 머그잔을 조용히 내려놓았다. 초록빛을 띄는 차에서 시원한 향이 풍겨져 왔다. 아까 마을에 도착하자마자 유하를 매료시켰던 그 익숙한 향이었다. 유하는 고개를 갸웃거리다 남자의 시선이 느껴져 얼른 잔을 들었다.

"정말 감사합니다."

"아. 아니에요."

대화는 이어지지 않고, 고요함만 흘렀다. 그도 그녀도 어색한 분위기에 눈동자만 굴리느라 바빴다. 그가 헛기침을 하며 왼편에 있는 창가를 지그시 바라보았다. 남자의 옆선이 10년 전 나무를 바라보던 그의 영상과 겹쳐 보였다. 자세히 보니 그의 얼굴은 선이 완벽하게 아름다웠다. 이마에서 콧대로 떨어지는 굴곡은 서양인의 느낌이 물씬 나서 조금 비현실적으로 느껴지기도 했다. 남자는 정말 천사 같은 존재인 걸까.

"아 참. 저는 윤시후라고 해요."

그에게서 잠시 넋을 빼앗기고 있던 유하는 움찔하고 놀랐다.

"사실 올리버가 본명이긴 한데. 뭐, 그냥 이름이 두 개 예요."

"아. 그러시구나."

올리버라. 유하는 본명을 듣고 나서야 그의 서구적인 얼굴을 납득할 수 있었다. 그는 전 세계 언어를 구사할 수 있는 걸까. 각 나라별로 이름도 수 만개는 될 것만 같았다. 유하는 궁금한 것이 너무나도 많았지만, 일단은 천사의 속도에 맞춰보기로 했다. 곧 있으면 무언가 지령이 떨어질지도 모르는 일이었다.

"그쪽은 이름이 뭐예요?"

"저, 저는 한유하라고 합니다."

"유하요?"

"네."

"그렇구나. 유하."

시후는 유하의 눈을 지그시 바라보며 이름을 속삭이듯 읊었다. 그의 잔잔한 눈망울을 보고 있자니 볼이 달아오르는 것 같아 유하는 시선을 이리저리 피했다. 이유는 모르겠지만, 갑자기 심장도 두근두근 뛰었다.

"여기는 어떻게 들어 왔어요?"

"아, 어, 어떻게 들어왔냐구요?"

"네."

"어, 그. 들어왔다기보다는."

시후는 다소 냉정한 투로 본론을 물었고, 유하는 그의 질문이 조금 혼란스러웠다. 그녀는 이 마을의 정체가 사후세계로 가기 전에 거쳐 가야하는 하나의 관문쯤으로 생각하고 있었다. 현실에선 일어날 수 없는 상황들을 겪어서인지 만화책에 나오던 판타지를 지금 이 상황에, 그리고 이 남자에게 저절로 대입하고 있었던 건지도 몰랐다. 그래서 유하는 자신이 이곳을 비둘기와 함께 날아서

왔다는 걸 그가 당연히 알고 있을 거라고 생각했다. 시후는 답을 않고 안절부절 못하는 그녀에게 손을 휘휘 저으며 불편해하지 말라했다. 그저 확인하고 싶은 게 있어서 물은 거라고. 부드러운 미소를 지어 주었다. 그 미소는 원래 그의 본 모습인 냥 자연스럽고 편안해보였다. 이진철의 미소, 최성진의 미소와 다른 느낌이었다.

"이놈아. 좀 도와라."

뒤에서 문이 활짝 열리는 동시에 늙은이의 목소리가 들렸다. 찬 바람이 기다렸다는 듯이 집안을 휭 하고 들어왔다가 잠잠히 가라앉았다. 양손 가득 짐 꾸러미를 들고 들어 온 백발의 건장한 노인 한 명과 그 옆에 방긋 웃으며 들어오는 키가 큰 여자를 보고 유하는 소파에서 벌떡 일어섰다. 여자는 모르겠지만 노인은 가족사진 속 꼬마 옆에 있던 사람이었다.

"안, 안녕하세요."

일순간, 정지화면처럼 네 사람은 어색하게 멈춰있었다. 유하 머릿속이 꼬일 대로 꼬여버렸다. 아무래도 이곳은 천국도 아니고, 이들은 천사도 아닌 것 같았다. 여기는 어쩌면 평범한 가정집일 수도 있겠단 생각이 들었다. 유하는 얼굴이 화끈거려 고개를 푹 숙여버렸다.

"할아버지. 손님이 왔어요."

시후가 짐을 부엌으로 옮기며 턱 끝으로 유하를 가리켰다.

"아, 안녕하세요."

유하는 한 번 더 인사를 건넸지만 어찌할 바 몰라 발을 동동 거렸고, 그런 유하에게 다가오며 노인은 뒤늦게 껄껄 웃었다.

"반가워요. 난 이 집 주인이고, 저 녀석 할아버지 되는 사람입니다. 유하양도 편하게 할아버지라고 불러요. 한국 사람들이 부르는 그 호칭들이 나는 듣기 좋더군요."

시후의 깔끔한 미성과는 달리 노인의 목소리엔 탁한 울림이 있었다. 유하는 그의 낮고 차분한 음성에서 세심한 배려를 느꼈고, 덕분에 정신없이 뛰던 심장박동이 조금은 느려졌다. 눈으로 활짝 웃으며 악수를 청하는 노인의 손을 양손으로 조심스레 잡으며 유하도 자신을 소개했다.

"저는 한유하라고 합니다. 갑자기 이렇게, 지, 집에 들어와서 너무 죄송합니다."

"에이. 죄송할 거 없어요. 환영해요, 유하씨."

노인의 눈동자가 붉게 빛났다. 시후처럼 진하진 않지만, 적색 빛이 살짝 물들어 있어 그 역시 특유의 신비감을 느끼게 했다. 시후는 아까서부터 노인이 들고 온 짐들을 부엌에서 하나하나 정리하고 있었다.

"참. 이쪽은 진이라고 해요. 어여쁜 여자 손님이 와서 진이가 좋아하겠어요. 서로들 인사 나눠요. 장을 봐오면 재료들을 미리 먹어치우는 놈이 하나 있어서 나는 주방에 좀 가 있을게요."

노인은 익살스러운 표정을 짓곤 주방으로 걸어갔다.

"전 김 진이라고 해요. 유하씨라고 했죠?"

"네. 아, 안녕하세요."

유하는 그녀의 단아한 분위기에 조금 놀랐다. 진은 귀밑까지 오는 짧은 단발에 진한 흑발이었고, 얼굴이 유하의 손바닥만큼 작아서 꼭 요정 같아 보였다.

"아깐 들어와서 모르는 사람이 있어서 조금 놀랐어요. 혹시 우리 반응에 서운했다면 미안해요."

"아닙니다! 그럴 리가요. 제가 죄송하죠. 이렇게 대뜸 남의 집에."

"풋. 괜찮아요. 나도 이곳에 대뜸 왔었는걸요."

진은 유하의 얼굴을 유심히 살피다 코끝을 찡긋하며 웃었다. 이유는 모르겠지만 그녀의 미소를 보니 신기할 정도로 마음이 편안해졌다.

"저기 두 사람은 가족이고, 난 아니에요. 나도 유하씨처럼 손님이에요."

"아. 그러시구나."

진은 다시 한 번 코를 찡긋하며 예쁘게 웃었다. 웃을 때의 습관인 것 같았다. 그녀가 한 걸음 가까이 다가오니 벨벳재질의 연하늘색 롱 원피스가 그녀의 얇은 발목라인에서 나풀거렸다. 오른 발목엔 얇은 은색 발찌가 채워져 있었고, 마른 발등은 아주 희었다. 만약 구름위에 궁전이 있다면 진은 그곳에 사는 공주님이 틀림없었다.

"저 둘이 매일 장난치는 걸 보면 하루가 금방 흘러요. 시후가 은근 애 같은 구석이 있거든요. 유하씨도 조금 더 친해지면 알 수 있을 거예요."

"아, 네."

그녀는 시종일관 밝고 생긋했다. 보는 사람까지 절로 웃고 싶게 만드는 힘이 있었다.

"우리도 주방으로 가요! 오늘 장을 넉넉히 봐오길 잘했네."

유하는 그녀가 내민 하얀 손을 조심스럽게 잡으며 쑥스럽게 눈을 깜박거렸다.

"윽. 짜."

시후는 미간을 모아 헛바닥을 날름거렸다. 얼결에 이들과 점심 식사를 하게 된 유하는 맞은편에서 괴로워하는 시후를 곁눈으로 훔쳐보았다. 그런데 그는 모순되게도 포크를 아이 주먹처럼 쥔 채, 윤기 나는 미트볼 스파게티를 허겁지겁 떠먹었다. 노인은 식탁 아래에서 시후의 정강이를 세게 한 대 걷어찼다. 시후는 걷어채인 정강이를 대충 쓸면서 핀잔하다 다시 면발을 입 속에 후루룩 넣었다.

"유하씨. 어서 먹어요."

"네. 자, 잘 먹겠습니다."

유하는 이들 사이에 있는 게 쭈뼛하고 어색했지만 왜 인지 기분이 좋았다. 속에서 뭔가가 간질간질 거려 자꾸 입 꼬리가 씰룩 하고 올라가려 했다. 접시 옆에 놓인 디너 포크를 들고 연기가 풀풀나는 면을 돌돌 말아 들었다. 노인이 능숙한 솜씨로 단숨에 만들어낸 미트볼 스파게티는 아까부터 새콤하면서도 담백한 고기 향을 진하게 풍겼다. 맛은 말 할 것도 없이 일품이었다.

"둘은 서로 괴롭히는 게 그렇게 재있데요."

진이 유하에게 슬쩍 다가가 귀띔 하듯 말했다. 계속 두 사람의 대해 얘기하는 그녀가 저들을 얼마나 좋아하고 있는지 유하는 확연히 느낄 수 있었다.

"그러게요. 사이가 좋아보이셔서 저도 웃음이 나요."

"그쵸? 절로 웃게 된다니까요."

진은 마치 둘의 엄마가 된 것 마냥 뿌듯해했다. 유하는 이렇게 포근한 느낌의 사람들을 만난 게 정말 오래간만이란 생각이 들었다. 너무 비현실적으로 평화로워서 눈물이 날 것 같았다.

"저기."

네 개의 접시가 거의 바닥을 보일 때 쯤. 유하가 모두를 번갈아보며 입을 열었다. 그들은 한껏 기대에 부푼 표정들을 하고 그녀에게 집중했다.

"혹시 여기는 어딘가요? 천국이 아닌 건가요?"

유하의 질문이 끝나자마자 적막이 가라앉았다.

"아. 여, 역시 아니었군요. 죄송합니다. 이상한 질문을 드려서."

"어쩜. 유하씨 저랑 정말 똑같네요."

진이가 갑자기 옆에서 물개처럼 박수치며 웃었다. 유하는 영문을 모른 채로 그녀를 따라 실실 웃긴 했지만, 반면 시후와 노인은 굳은 표정을 일관하고 있어 괜스레 마음이 불편했다.

"이곳은 천국이 아니에요."

시후가 유하의 얼굴을 빤히 바라보며 말했다. 괜히 한 번 꾸짖음을 당한 느낌이었다.

"그럼, 이곳은 어딘가요?"

"캘리포니아 주에 있는 몬터레이라는 곳이에요. 정확한 번지수도

91

알려줄까요?"

노인이 살벌한 눈을 쏘아 그의 입을 막았다. 시후는 어딘가 화가 난 사람 같았고, 진은 씁쓸해보였다. 유하는 자리에서 일어나야겠다 싶어 몸을 움찔거렸지만 앞날이 막막해서 움직일 수가 없었다. 어디로 가야하지. 어떻게 가야하지. 그러다 문득 시후의 대답이 뒤늦게 인지되기 시작했다.

"어, 잠시 만요. 죄송한데 여기가 미, 미국이라고요?"

"네."

여전히 심통 나 보이는 시후가 답했다. 입안이 순식간에 말랐다. 유하는 찬물을 한꺼번에 벌컥 벌컥 들이켰다. 단숨에 잔이 비워지자 노인은 곧바로 유하 물 잔에 생수를 가득 채워주었다. 모두가 유하를 바라보며 조심스레 걱정의 눈빛을 보냈다.

"제가 어떻게. 제가 어떻게 미국을."

세 사람은 눈치를 주고받았다. 어떻게 하면 그녀를 안심시킬 수 있을지 눈으로 대화하는 것처럼 보였다.

"유하씨는 한국에서 온 거죠?"

이번엔 노인이 몹시 다정한 톤으로 말을 건넸다.

"네. 한국에서 온건 맞는데요. 그니까. 그게."

날아서 왔다는 걸 말하면 과연 이 사람들이 믿어줄까. 말을 잇지 못하고 입술만 물어뜯는 유하에게 진이 등을 토닥여 주었다.

"조금 특별하게 왔군요. 그쵸?"

유하는 그녀를 휘둥그레 쳐다보았다. 어떻게 알았냐고 묻자 진은 다소 진지하게 돌아와 자신의 이야기를 시작하려 했다. 노인은 후식을 주겠다며 과일을 씻었고, 시후는 유하를 빤히 바라보며 진의 말을 귀담아 들었다.

"유하씨. 저는 사실 앞이 안 보이는 맹인이에요."

진은 유하의 눈을 더욱 똑바로 마주보며 놀라운 얘기들을 시작했다.

"그리고 나도 유하씨처럼 한국에서 왔어요. 거기서는 앞이 전혀 보이지 않는데, 이 마을에만 오면 희한하게도 지금처럼 아주 잘 보인답니다. 여길 만나게 된 뒤로 가끔은 뭐, 한국에서도 흐릿하게 색깔이 보일 때도 있어요."

"정말?"

시후도 그 얘기는 처음 들었는지 조금 놀란 표정을 지었다.

"응. 정말 가끔? 아무튼 저는 이 마을에 좋은 에너지가 있다고 생각을 해요. 그 에너지가 대체 무엇인지 우리도 잘은 몰라요. 그동안 굳이 원인을 찾아보진 않았거든요."

유하는 셋의 얼굴을 천천히 번갈아보았다. 하나같이 똑같은 표정을 짓고 있었다. 눈은 슬펐고, 입은 애써 웃고 있었다.

"이 마을엔 어떻게 오셨는데요?"

"참, 그 얘길 하려던 건데."

진은 노인이 씻어온 머루포도 한 알을 오물오물 씹다가 꿀떡 삼켰다.

"밖에 나가서 쭉 직진하다보면 파란색 우체통이 하나 세워져 있어요. 저는 그걸 통해서 이곳에 순간이동해서 와요. 와! 이렇게 말로 설명한 건 처음인데. 나 되게 마법사 같다 그쵸."

진이 아이처럼 해맑게 웃었다. 웃을 때마다 그녀의 입술 끝이 한쪽만 올라가는데, 그 모습이 굉장히 매력적으로 보였다.

"우체통이요? 편지 넣는 우체통?"

"네. 그거요."

유하는 머릿속으로 진이 우체통에 들어가는 상상을 했다. 무언가 이상했다.

"거기에 사람이 들어갈 수가 있나요?"

세 사람이 피식 웃었다.

"하하. 아니요. 제가 우체통에 편지를 써서 넣으면요. 어느새 이곳에 와있어요. 한국으로 돌아갈 때도 마찬가지고요."

"아. 한국."

마법 같은 신기한 이야기를 듣다가 갑자기 현실의 문이 코앞에 쿵 떨어진 느낌이었다. 그래. 이곳은 천국이 아니지. 다들 천사가 아니고 나와 같은 사람이었구나. 유하는 한숨을 작게 뱉었다. 이곳에 온 순간부터 어쩌면 유리를 만날 수 있지 않을까 하는 바보 같은 기대를 하고 있었다. 이곳이 천국이라면 유리도, 엄마도, 나도. 모두 이 사람들처럼 어딘가에 모여 있을 거라 생각했다.

"유하씨는 우체통으로 온 게 아니에요?"

묵묵히 턱을 괴고 앉아 있던 시후가 질문을 던졌다. 유하는 전보다 부드러워진 그의 눈빛을 보고 시선을 아래로 내렸다. 부끄럽고 이상했다. 그를 바라보고 있으면 심장이 찌릿 거렸다.

"네. 저는 우체통이 아니구요."

세 사람의 눈망울이 유하를 향해 초롱초롱 빛났다.

"믿어주실지 모르겠지만, 사실 저는 날아서 왔어요."

"어머! 하늘을 날았다고요?"

진이 눈을 동그랗게 뜨며 경탄했다.

"우와."

"정말 멋지군요."

"저, 저도 아직 믿기지가 않고 뭐가 뭔지 하나도 모르겠어서요. 근데 저는 분명히 날았었어요. 하늘을."

유하의 얼굴이 터질 듯 붉어졌다. 몹시 쑥스러운 기분이 들었다. 말도 안 되는 말을 내뱉고 있는 자신도 이상하고, 이런 말을 바로 믿어버리는 세 사람도 이상하다고 느껴졌다. 하지만 부정할 수도 없는 노릇이었다. 모두 사실이니까. 유하는 아직도 생생했다. 밤하늘의 냉기와 반짝이는 별들, 가느다란 실구름, 그리고 이곳으로 데려다주었던 하얀 비둘기들의 평안한 날갯짓 소리가 선연하게 들려왔다.

"하늘을 날았다니. 진짜 멋지네요."

시후가 흥미롭다는 듯 반응했다.

"저도 순간이동, 뭐 그런 걸 한 게 된 건가요? 정말 여길 한 순간에 왔거든요. 한국에서 미국은 비행기로 하루가 넘게 걸리잖아요. 근데 저는 단 몇 분 만에, 아니 몇 초 만에 도착한 기분이었어요."

유하의 물음에 셋은 골똘히 생각하며 고개를 자신 없이 끄덕였다. 노인의 표정이 유독 무겁고 진지했지만, 그도 이 상황에 대해서 잘 모르고 있는 눈치였다.

"그리고 다시 돌아가려면, 왔던 방법으로 똑같이 한국에 돌아가면 되는 걸가요?"

이번엔 유하의 목소리가 풀이 잔뜩 죽었다. 세 사람은 또 슬픈 눈을 했다.

"그래야겠죠 뭐."

잠깐이었지만, 시후 얼굴에 그늘이 지다 사라졌다. 그는 애써 표정을 숨기려 괜히 마른세수를 하곤 기지개를 켰다.

"할아버지. 그러고 보니 제가 여기 온 게 벌써 2년 전이네요."

진이 말했다.

"시간이 정말 빠르구나. 아주 무섭게 빨라."

"앞으로 20년은 더 이곳에 꾸준히 놀러올 거예요. 할아버지 허리 굽어서 요리 못하게 되면 제가 해야 하지 않겠어요?"

노인이 기분 좋게 껄껄 웃었다. 진과 노인은 굉장히 친밀해보였다. 유하가 보기엔 노인의 핏줄인 시후보다도 두 사람은 더욱 각별해보였다.

"너는 이제 우리 가족이지, 뭐."

시후가 무뚝뚝한 얼굴로 말을 툭 던졌다. 꽤나 통명스러웠음에도 진은 그를 보며 싱글벙글 웃었다. 아마 가족이란 단어가 듣기 좋아서일 거라고. 유하는 생각했다. 누구라도 그 말을 들으면 행복해하지 않을까 하고.

"아무튼. 진이 다음으로 누군가가 또 이렇게 오게 될 줄은 몰랐어요. 우리 마을에 정말 뭔가가 있는 거라면 세 번째, 네 번째도 있을 건가 봐요. 인원이 많아지면 어쩌지."

"우리 마을은 무슨. 여긴 내 마을이다 이놈아."

팔짱을 끼고 고민하는 시늉을 하던 시후의 정수리를 노인이 콩하고 꿀밤을 놨다. 이번엔 좀 아팠는지 그가 얼굴이 새빨개져선 머리를 감싸 맸다. 진이 큭큭 거리자 집안 가득 네 사람의 웃음소리가 퍼지기 시작했다. 이들과 이렇게 정들어도 되나 싶은 걱정도 들었지만, 한 번 흘러나온 유하의 웃음은 금방 멈춰지지 않았다.

마을은 참 신기한 곳이었다. 텅 비어 있는데도 비어 보이지 않았다. 푸른 색감의 넓은 들판과 마을을 지키는 커다란 나무들의 조화는 예술작품이 따로 없었다. 세상에 단 하나밖에 없는 초록빛깔 같았다. 이 초록빛들의 아름다움은 왠지 옛 동네에 있던 사랑천의 물결을 떠올리게 했다. 두 곳 모두 영원히 변하지 않을 것 같은 꿋꿋함이 느껴지는 곳이었다.

"유하씨. 아까보다 표정이 훨씬 좋아 보여요."

진이 생긋하게 웃으며 유하 옆으로 다가왔다. 남자들은 그녀들보다 앞서서 조곤조곤 대화하며 걷고 있었다.

"산책해보는 게 간만인 것 같아서요. 마을이 너무 예쁘기도 하고요."

"어쩜 유하씨는 나랑 이렇게나 닮았을까?"

유하가 고갤 돌려 진을 바라보았다. 그녀는 바람에 흐트러지는 머리칼을 귀 뒤로 넘기며 씨익 웃어주었다.

"그럴 리가요. 저보다 훨씬 예쁘시고, 성격도 밝으신데."

진은 유하에게 자연스레 팔짱을 걸었다. 그녀 행동에 잔뜩 긴장이 되어서 유하는 몸이 어정쩡하게 굳었다. 누군가와 팔짱을 끼고 걸어본 기억은 어릴 때, 아버지가 마지막이었다.

"여기 와서 정말 많이 변한 거예요, 저."

"원래는 어떠셨는데요?"

"음. 글쎄요. 많이 우울한 사람? 조금 괴팍하기도 했고."

"괴팍이요?"

유하는 믿을 수가 없다는 표정을 지었다. 그녀와 전혀 어울리지 않는 단어였다.

"풋. 그렇다고 유하씨가 괴팍하다는 소린 아니에요. 저도 처음 이곳에 와서 저 둘한테 이렇게 물었거든요. 이곳은 천국인가요?"

"앗."

진은 멋쩍어하는 유하가 귀여워서 걸고 있던 팔을 툭툭 치고는 괜찮다고 다독여 주었다.

"저는 우리 둘이 그런 질문을 한 게 같은 이유라고 생각해요."

그녀가 신중하게 말을 조곤조곤 뱉었다. 그리고 유하는 정성스럽게 뱉은 그녀의 말을 곱씹다가 발걸음을 슬며시 멈췄다. 무슨 뜻인지 뒤늦게 이해가 된 것이었다.

"유하씨."

"네?"

"저도 2년 전에 삶을 끝내려고 했었어요."

그녀를 흔들던 바람이 유하에게로 전해졌다. 유하는 가만히 서서 아무런 반응을 하지 못했다. 긍정을 하지도, 부정을 하지도 못 하겠어서 그저 슬프게 서있었다. 멈춰있는 그녀에게 진이 다가와 따뜻하게 안아주었다. 꽤 멀리 앞서가고 있던 시후와 노인도 걸음을 멈추고 뒤를 돌아보았다. 둘은 그녀들을 묵묵히 바라보았다.

"얼마나 힘들었으면 그런 결정을 했겠어요. 나는 이해해요."

유하의 등을 부드럽게 쓸어주는 그녀의 손은 그 무엇보다 따뜻했다. 코끝이 찡하게 매워온다. 나의 아픔도 슬프고, 무엇인지 모를 그녀의 아픔도 마냥 슬퍼서 눈물이 날 것 같았다.

"감사합니다."

유하는 오늘 그녀를 통해 중요한 사실을 알게 되었다. 시들어버린 꽃이 다시 살아나기도 한다는 것. 그 사실 하나가 아주 큰 위로였다.

넷은 나무 앞에 나란히 서서 자연이 주는 무한한 에너지를 느꼈다. 설명하기 힘든 어떤 건강한 힘이 이 나무에게서 많이 느껴졌다. 유하 옆에 나란히 있던 시후가 고개를 든 채, 눈을 감고 미소를 짓고 있었다. 그는 콧속으로 들어오는 시원한 공기를 기분 좋게 만끽하는 듯 보였다. 유하는 또 다시 그에게 넋을 빼앗겨버렸다. 태양빛을 만난 그의 붉은 머리는 더욱 신비스럽게 빛났다. 이 남자를 실제로 보게 될 줄이야. 그녀는 속으로 몇 번을 놀랐다.

"엄청 잘생겼죠."

시후가 오른쪽 눈만 가늘게 떠서 유하를 쳐다봤다. 유하는 삽시간에 얼굴이 달아올랐지만, 애써 침착한 연기를 했다.

"네."

"어? 아니 그렇게 말하면 내가 민망하죠."

시후가 훤히 치아를 드러내며 내숭 없이 웃었다. 그의 웃는 모습에 유하도 결국 실소를 터트렸고, 어느 새 나무 반대편에 가있던 노인과 진도 둘의 웃음소리를 따라 키득거렸다.

"뭐, 더 궁금한 것은 없어요?"

시후가 잔디 풀에 털썩 앉으며 유하를 올려다보았다.

"으음."

없을 리가. 궁금한 게 너무 많아서 탈이었다. 유하가 곰곰이 질문을 고르는 동안 시후는 그녀의 얼굴을 뚫어지게 관찰했다.

"난 하나 생각났어요."

여전히 유하에게서 눈을 떼지 못하는 시후가 먼저 선수 치듯 말했다.

"저한테 궁금한 거요?"

"네."

"뭔데요?"

"다시 돌아갈 거예요? 한국으로?"

유하는 머리를 긁적였다.

"아, 아마도 갈 수 밖에 없지 않을까, 싶어요."

"왜요?"

그녀도 그의 옆에 쪼그려 앉아 눈높이를 맞췄다.

"한국에 가서 일을 해야 하니까요. 돈을 벌려면."

"그리고?"

"그리고, 음."

문득 이유를 억지로 만들어내고 있다는 기분이 들었다. 그녀는 처음 길을 잃었던 열일곱 살 때보다 지금이 훨씬 막막한 상태라는 걸 깨달았다. 한국에 다시 돌아가서 아무 일도 없던 것처럼 살아 갈 수 있을지 자신이 없었다.

"어쨌든 가서 할 일이 태산이시다?"

그가 빈정거렸다. 그게 기분이 나쁘진 않았다.

"그렇다기보다는요. 그냥, 뭐 그냥."

"그럼 진이처럼 여기 왔다 갔다 할 거예요? 아님 영원히 안 올 겁니까?"

시후는 입술을 미세하게 삐죽거렸다. 유하는 대답을 뭐라고 해야 할지 몰라 바람에 흔들리는 그의 셔츠 자락만 가만히 바라보았다. 자세히 보니 단추들이 제 짝에 채워져 있지 않았다. 이 사람은 그 냥 빈틈이 많은 소년이구나. 유하는 혼자 피식 웃었다. 그가 귀엽 기도 했고, 그를 신처럼 생각했던 자신이 웃겼다.

"멍청한 놈. 가는 게 싫다고 말하면 될 걸. 빙빙 둘러서 원."

"아 할아버지!"

둘의 대화를 엿듣고 있던 노인이 다가와 한심하다는 듯 시후를 다그쳤다. 시후는 벌떡 일어나 노인에게 성을 냈지만, 항상 싸움 의 승자는 노인인 것 같았다.

"쟤가 나한테는 저런 말 한 적이 없었는데."

진이 유하를 향해 보란 듯이 고개를 과하게 갸우뚱거렸다.

"어쩌죠? 시후씨가 기분이 또 안 좋아 보여요."

"풋."

그의 마음을 읽지 못하고 쩔쩔매는 유하를 보며 진은 말없이 예쁘게 웃었다.

해가 떨어지기 시작했다. 커다란 촛불이 일렁이는 것처럼 주황빛 노을은 은은하게 빛을 뿜었다. 유하는 집으로 돌아갈 마음의 준비를 했다. 가슴이 답답하고, 두렵기도 했다. 이대로 시간이 멈췄으면 하고 생각도 했지만, 이곳은 천국도, 꿈속도 아니었다. 어서 정신 차리고 현실을 직시해야 했다. 시후는 유하의 부탁으로 1층 창고에서 기다란 사다리를 끌고 왔다. 그가 가져온 사다리를 넷이 힘을 합쳐 위로 길게 세우기 시작했다. 워낙 길어서 접고 피는 게 가능한 사다리였고, 다 뽑아보니 대략 10m는 넘어 보였다. 그들은 불안한 마음으로 그것을 조심스레 커다란 나무에 기대놓았다. 바람이 불자 청량한 이파리들이 우두두 떨어졌다. 꽃비가 내리는 것 같았다.

유하가 이 사다리의 원래 용도는 무엇이냐고 노인에게 물었다. 노인은 껄껄 웃더니 시후를 가리키며 저 녀석에게 한 번 물어봐요. 라고 했다.

"끝까지 올라가기엔 길이가 많이 부족해요. 괜찮겠어요?"

"네. 괜찮을 것 같아요."

시후가 먼지 묻은 목장갑을 탈탈 털어내며 한숨을 푹 쉬었다. 그의 얼굴이 너무 진지해서 유하는 사다리에 대한 호기심을 삼키기로 했다.

"이젠 가볼게요."

유하가 비장한 표정으로 말했다. 순전히 자신의 의지로 날아보는 건 첫 시도인 만큼 긴장이 배가 되어 그녀 손바닥에 땀이 흥건해졌다.

"유하씨. 자신을 믿어요. 그냥 아무것도 의심하지 말아요. 알았죠?"

강한 눈빛으로 메시지를 전하는 진의 마음이 유하에게 고스란히 전해졌다. 그녀의 말에 용기를 얻고, 유하는 고개를 힘차게 끄덕였다. 그 누구도 이것저것 캐묻거나, 걱정으로 가득 찬 잔소리를 늘어놓지 않았다. 유하는 한 발짝 뒤에서 근심 가득한 얼굴을 하고 있는 시후에게 다가가 마주섰다.

"감사했습니다."

유하가 시후에게 꾸벅 인사했다. 그 옆에 노인에게도 몸을 깊이 숙여 감사한 마음을 전했다.

"그래요. 잘 가요."

시후는 하고 싶은 말들을 뒤로하고, 싱거운 인사만 짧게 건넸다. 이번에도 그의 섭섭한 마음을 읽지 못한 유하는 사다리에 올라타기 시작했다. 한 칸씩 디딜 때마다 심장이 미친 듯이 뛰었다. 숨을 진정시키기 위해 유하는 호흡을 가다듬었다. 겨우겨우 반쯤 올라갔을 때, 아래를 한 번 내려다보았다. 노심초사 마음 졸이고 있는 세 사람이 보였다. 그새 그들과 정이 들었는지 먹먹함이 몰려왔다.

"나중에 꼭 다시 올게요!"

유하는 그 어느 때 보다 힘 있게 외쳤다. 목소리가 그곳까지 닿았는지는 모르겠지만, 진과 노인이 손을 들어 좌우로 흔드는 게 보였다. 근심이 가득하던 시후도 활짝 웃는 얼굴을 하고 있었다. 사실 제대로 보이진 않았지만 그냥 느낌이 그랬다.

남은 길이를 올려다보니 생각보다 꼭대기가 꽤 멀게 느껴져 기운이 빠지려 했다. 그래도 유하는 엉켜있는 얇은 나뭇가지를 손으로 씩씩하게 걷어냈다. 오를수록 앞이 캄캄해졌지만, 금방 어둠에 익숙해져서 굵직한 가지들의 방향이 눈에 보이기 시작했다. 가지가 뻗어있는 방향대로 조심히 올라가다 보면 정말 이 나무의 끝에 설 수 있겠다는 믿음이 생겼다. 유하는 사다리 없이 맨몸으로 나무를 타기 시작했다. 나무 특유의 알싸한 향이 점점 진하게 느껴졌다. 달콤하면서도 시원한 기분 좋은 냄새였고, 한편으론 가슴이 간질거리는 익숙한 향이었다. 아직도 이 향기를 어디서 맡았었는지는 그녀에게 의문이었다.

"아야!"

보지 못하고 지나친 날카로운 가지에 발목을 찔렸다. 살짝 내려다보니 오른쪽 복숭아뼈 옆자리에 붉은 핏방울이 생기려 하고 있었다. 유하는 상처를 보자 쓰라림이 느껴져 다시 한 번 심호흡을 후 내뱉으며 꼭대기를 향해 집중했다.

바람이 조금 더 거세게 불었고, 유하는 하늘을 올려다보았다. 시야에 뒤엉켜 자라있는 나무의 이파리들을 살짝 걷어내 천천히 발을 딛고 일어섰다. 드디어 그녀는 나무 가장 꼭대기에 아슬아슬하게 섰다. 높은 하늘을 올려다보며 유하는 두 눈을 감고, 양팔을 넓게 들어 보았다. 아니나 다를까. 유하의 몸이 조금씩 떠오르기 시작했다. 유하는 다시 느껴도 신기한 이 상황이 벅차올라 웃음을 뱉어냈다. 이 마을에 처음 도착한 순간이 떠올랐다. 어두운 밤하늘 아래에서 밝게 빛나던 이름 모를 마을. 다정하고 상냥한 저들과 인연을 맺어준 이 고마운 마을을 내려다보며 유하는 쓴웃음을 지었다.

"왔구나!"

눈에 익숙한 무언가가 날아오고 있었다. 하얀 비둘기 떼들이었다. 그들은 빠르게 날아와 유하의 몸을 둘러쌌고, 강한 힘으로 날갯짓을 휘젓기 시작했다.

"안녕."

그녀는 놀라움과 반가움이 섞인 인사를 건넸다. 이 친구들을 만나니 행복한 기분이 들었다. 유독 보름달이 환하게 빛을 내던 밤. 유하는 한 마을에 소중한 기약을 남기고 **훨훨** 하늘 높이 날아올랐다.

8. 꽃봉오리

"매니저님이 너 그만 뒀다던데. 아니니?"

테이블 세팅 중이던 유하에게 윤정이 다가와 물었다. 그녀는 정식당 웨이트리스들 중 가장 오래된 경력자였다.

"제가 아직은 그만 둘 형편이 안 돼서요."

윤정은 헛웃음을 치더니 유하가 들고 있던 세팅지를 뺏었다.

"그럼 디너 시작하기 전에 우리한테 사과를 좀 해야 하지 않을까? 어제 너 그러고 나간 다음 수습하는 데 꽤 힘들었거든."

하나 둘씩 세팅 중이던 직원들이 두 사람에게로 몰려왔다. 너그러운 표정들은 아니었다. 유하가 무슨 말을 해도 잡아 뜯을 기세였다.

"정말 죄송합니다. 죄송합니다."

유하는 한 명 한 명에게 고개 숙여 사과했다. 어떤 이는 멋쩍어했고, 어떤 이는 비소를 머금었다. 그들이 속으로 어떤 생각을 하고 있든 간에 유하가 바라는 건 하나였다. 아무 일도 없었던 것처럼 지나가는 것. 그래서 당분간은 조용히 이곳에서 일을 할 수 있게 되는 것이 작은 바람이었다.

"근데요 언니, 둘이 헤어지고 그런 거 아니죠? 우리 눈치 안 봐도 되는 거죠?"

소라가 작게 속삭이듯 물었다. 그녀는 윤정과 가장 친하게 지내는 막내직원이었다.

"소라야 쉿."

준비실에서 성진이 나오는 걸 보곤 직원들은 제자리로 흩어졌다. 성진은 출근한 유하를 발견하자마자 너무하다 싶을 정도로 얼굴을 일그러트렸다. 끔찍한 벌레라도 보듯 그는 걸음을 멈추고선 유하를 경멸하듯 노려보았다. 그렇게 2초. 유하는 당장에 윽박지르고 싶은 충동이 일었다. 끔찍한 벌레새끼는 당신인데 왜 나를 그렇게 보느냐고. 네가 나한테 무슨 짓을 했는지 다 까발리겠다고. 하지만 유하는 다른 직원들과 함께 다시 세팅 작업을 시작했다. 그리고 아무 일 없이 지나갔다는 것에 대해 안도했다.

밤 11시. 파트 별 직원들이 모두 나간 고요한 정식당 안에는 어느새 성진과 유하만 남게 되었다.

"귀신, 유령, 그런 거 봐요? 유리는 누굽니까?"

"그 이름 함부로 말하지 마세요."

"픔."

살다보니 사람들의 웃음소리는 참 신기했다. 나도 모르게 저절로 웃게 만드는 행복한 소리가 있고, 심장을 칼로 도려내는 듯한 악마의 소리가 있다. 성진의 웃음소리는 들어 본적이 많았다. 악마 중의 가장 영악한 악마. 천사인 척 탈을 쓰고, 칼을 들기 전 비웃음으로 사람을 짓누르는 아주 영악하고 비열한 악마. 그게 최성진이고, 이진철이었다.

"미친년. 친구가 없어서 귀신이랑 친구 먹나보네."

그가 작은 소리로 욕을 곱씹었다.

"욕은 하지 마세요."

"아 왜요? 한유하씨 미친년 맞더만. 유리야 도망가. 유리야. 유리야."

성진은 입술을 삐죽거리며 유하의 겁먹은 표정을 따라했다. 그의 저급함에 죽어도 반응하기 싫은데도 유하는 울음이 터져 나올 것 같은 자신이 싫었다. 본능적으로 머릿속에 마을을 그렸다. 따뜻하고 평화로운 꿈만 같았던 그들의 집. 그곳의 잔상이 잔잔한 파도가 되어 눈앞에 밀물처럼 다가왔다. 그러자 불안정했던 호흡이 차분해지는 것 같았다.

"여기서 조금 더 일하게 해주세요. 다른 일을 구할 때 까지만요."

유하는 입술을 부들부들 떨며 말했다. 성진이 무서워서 이러는 건지, 참을 수 없이 화가 나서 이러는 건지 알 수 없었지만 그녀는 이를 악물고 이 시간을 견뎌내려 노력했다.

"너 같은 애들이 은근 깡이 좋아."

그가 한 걸음 다가왔다.

"못 다니게 하면 어떻게 돼? 궁금하네. 빙의라도 하나? 유리인가 뭔가 하는 년이 너한테 들어와서 나를 막 혼내나?"

성진은 꺽꺽거리며 웃기 시작하더니 유하 어깨에 양손을 올리곤 허릴 숙였다. 그의 눈을 마주하고 있자니 구역질이 날 것만 같았

108

다.

"생긴 건 진짜 내 스타일인데."

그가 침을 꼴깍 삼켰다.

"유리는 어떻게 생겼으려나."

몸 속 어딘가에서 잠금장치가 풀린 듯 뜨거운 피가 흐르기 시작했다. 유하는 이제 더 이상 참을 수가 없었다. 저 더러운 입을 찢어버리고 싶다고 생각했다.

"너 무섭구나."

유하의 차분한 음성이 낮게 깔렸다.

"뭐?"

"그날 정말 누가 있었을까봐? 아님 정말 내가 귀신이라도 보는 걸까봐?"

"야!"

그는 흥분을 했는지 냅다 고함을 지르기 시작했다.

"맞잖아. 아까부터 유리, 유리, 유리. 유리가 무서워서 그런 거지?"

당황한 성진은 입에 담을 수 없는 욕설을 뱉으면서 유하의 뺨을 사정없이 내리쳤다. 바닥에 힘없이 쓰러진 유하는 성진을 올려다보았다. 그를 무서워하고 싶지 않았다.

"인간 말종 쓰레기 새끼."

유하는 성진의 기에 눌리지 않으려 눈이 빠져라 노려보았고, 그는 그런 그녀가 가당치도 않다는 듯 고개를 저었다.

"으악!"

그가 유하의 머리채를 아무렇게나 잡고, 뺨을 한 대 세게 내리쳤
다. 유하의 왼쪽 입가에서 피가 조금 흘러나왔다. 유하는 두 손으
로 성진의 팔을 세게 잡았다. 그를 힘껏 밀어내 보았지만, 밀어낼
수록 그의 악력은 더욱 강해져서 두피가 찢어질 것만 같았다. 더
이상 맞설 수 없는 무력감이 너무나도 비참했다.

"매니저님."

갑자기 성진을 부르는 남자 목소리에 둘은 동시에 출입문을 바라
보았고, 그곳엔 웨이터 직원 한 명이 얼떨하게 서 있었다. 유하는
그의 얼굴이 눈엔 익었지만, 이름이 바로 기억나지 않았다.

"지금 뭐 하시는 겁니까."

성진은 걸걸하게 숨을 뱉으며 상황파악을 하기 시작했다.

"일단 그 손 놓으세요."

직원은 떨지 않았다. 오히려 떨고 있는 건 성진이었다. 유하 머
리채를 잡고 있던 성진의 손이 느슨하게 풀어졌고, 그는 여유로운
척 주머니에 손을 찌른 채 직원에게 느릿느릿 걸어갔다. 유하는
엎어져 있는 가방 속에서 핸드폰을 얼른 찾아 들었다. 경찰에 신
고를 해야 할 것 같았다.

"아. 아."

불안 증상이 시작되려 했다. 속이 울렁거리더니 눈앞이 흐려졌
다. 유하는 목구멍이 조여 오는 아픔에 엎어진 채로 보이지 않는
고통을 토해냈다.

언니.

유리 목소리가 들렸다.

"유리야."

갑자기 눈앞에 그날의 사고가 재생되었다. 유하는 주먹으로 가슴을 내리치고 머리를 내리쳤다. 그날을 절대 잊어선 안 된다는 걸 알면서도 막상 이렇게 떠올려지는 날에는 그날로부터 어떻게든 도망치고 싶어지곤 했다.

"미안해. 미안해."

그 아이를 위해 당당히 싸웠어야 했는데. 그 날, 유하는 그러지 못했다. 경찰에게도, 판사에게도 아무 말도 하지 않았다. 유리의 죽음이 억울하게 묻히도록 내버려두었다.

"경찰입니다. 신고하신 김명진씨?"

"네. 접니다."

식당 안에 건장한 체격의 경찰 두 명이 다급히 들어오면서 가게 안이 부산스러워졌다. 유하는 자신에게 성급히 다가오고 있는 명진을 바라보다 울음을 터트리고 말았다.

"흐, 흐흑."

유하는 성진이 경찰에게 잡혀가는 모습을 보며 뜨거운 눈물을 계속 떨어트렸다. 안도감에 눈물이 난 것이 아니었다. 아직도 12년이나 지난 사건을 어제 일처럼 느끼는 게 끔찍해서였다.

경찰서는 많은 소음으로 시끄러웠다. 유하는 몸에 벌레가 기어다니는 것 마냥 가만히 앉아 있을 수가 없었다. 몇 번을 집에 보내 달라 사정했지만, 그녀에겐 와줄 수 있는 보호자가 없어서 잠시 대기를 해야만 했다. 유하 옆엔 목격자인 명진이 앉았고, 그들

과 먼발치 떨어진 곳에서 성진이 조사를 받고 있었다. 항상 단정
하던 그의 머리가 새둥지처럼 삐죽삐죽 날이 서 있었다.

"누나."

명진이 유하를 작은 소리로 불렀다.

"저 새끼 오늘이 처음 아니죠."

직원은 혀를 끌끌 차면서 성진을 노려보았다.

"신고를 하던가. 아님 그냥 다른데서 일하지. 왜 굳이 참으면서
다녀요? 바보같이."

바보라는 단어가 귓가에 멈춰서 지나가지 않았다. 유하는 성진보
다도 더 큰 죄를 지은 사람처럼 고개를 아래로 푹 꺾었다. 부끄러
움이 한꺼번에 몰려왔다. 이런 일이 나한테만 일어나는 것 같아
서. 내가 다 자초한 일 같아서. 바보 같아서. 멍청해서.

"일자리를 구하는 게 쉽지 않아서요."

유하는 명진을 향해 애써 웃어 보였지만, 입가에 경련이 일었다.
일을 구할 때마다 이력서에 가족란과 학력란은 항상 빈칸으로 놔
두었다. 경력이 조금 쌓였어도 저 두 가지 정보가 비어있으면 사
람들에게 의심을 샀다. 그들이 꼬치꼬치 물어볼 때면 유하는 어찌
할 바 몰라 매번 침묵으로 일관했다. 유하는 회상하기 싫은 장면
들이 머리에 가득 찰 때마다 환청을 듣거나 헛것을 보곤 했다. 당
연히 불면증은 따라왔고, 잠을 못 자니 눈 밑에 어두운 다크서클
이 낯빛을 나날이 어둡게 만들었다. 빈칸 투성이 이력서와 그녀의
귀신같은 몰골을 보고도 직원으로 채용해준 건 정식당이 유일했
다. 하지만 입사하고 며칠 뒤에 유하를 받아줬던 사장은 다른 이

에게 가게를 인수했다. 그렇게 하루아침에 바뀐 사장은 성진을 데려왔고, 그가 정식당에 들어온 시점부터 유하의 악몽은 다시 시작된 것이었다.

"누나 괜찮아요?"

직원이 바들바들 떠는 유하를 흔들어 깨웠다.

"네."

"정말요?"

언니.

유리의 모습은 보이지 않고, 아이의 새초롬한 목소리만 가늘게 들려왔다. 유하는 고개를 저으며 귀를 강하게 막았다. 등줄기에 식은땀이 흘러내렸다.

"명진아!"

한 남자가 경찰서 안을 허겁지겁 들어왔다. 하얀 의사 가운을 입고, 삼선 슬리퍼를 끌며 들어온 남자는 의심 없이 유하가 아는 사람이었다.

"형. 바쁜데 미안."

"아니야. 무슨 일이야 이게."

명진이 형이라 부른 남자는 다름 아닌 호진이었다. 호진은 숨을 가쁘게 고르며 동생 옆에 앉아있는 유하를 놀란 눈으로 내려다보았다. 그는 그녀가 누군지 바로 알아챌 수 있었지만, 선뜻 말을 걸기가 쉽지 않았다. 시간이 많이 흘렀음에도 유하의 얼굴엔 아직도 어두운 그림자가 묻어있었다. 잔뜩 겁을 먹은 채, 떨고 있는 열일곱 소녀가 안쓰러워서 시선을 뗄 수가 없었다.

"누나. 합의는 절대 안 돼요. 저런 새끼는 콩밥 먹여야 해."

명진이 형사에게 조사받는 동안 유하는 쓰러질 듯 불안정한 자세로 두 다리를 덜덜 떨고 있었다.

"저기. 안녕."

호진이 10년 만에 유하에게 건넨 첫 인사는 이번에도 역시나 소극적이고 어색했다.

"보내."

"응?"

"보내주세요. 제발."

유하 눈에서 눈물이 뚝 하고 떨어졌다. 그는 그녀의 눈물을 보자마자 형사에게 양해를 구한 뒤, 유하를 밖으로 데리고 나왔다. 얼결에 그가 유하의 보호자 노릇을 하게 되었다.

"너 병원 가야 할 것 같아."

"괜찮아요."

"입술이 찢어졌어. 그거 그냥 두면 흉 질 거야."

"저 가볼게요. 감사합니다."

유하는 중얼거리듯 말하며 큰길가로 걸어갔다. 다행히 증상은 수그러들어 호흡이 정상적으로 돌아온 상태였다.

"그냥 집에 가려고?"

호진이 쩔쩔매며 유하 뒤를 계속 따라왔다. 그는 어른의 모습이었다. 하마터면 알아보지 못 할 정도로 근사했다. 하지만 유하에겐 전혀 반갑지 않은 사람이었다. 조금도 함께 있고 싶지 않은 사람이었다.

“제가, 제가 아, 알아서 할 테니까 제발 가주세요.”

그가 걸음을 멈췄다. 너무 상처를 줬나 싶어 뒤를 돌아보았더니 그는 순박한 얼굴로 머리를 긁적이고 있었다. 헷갈린다. 그는 좋은 사람인지, 나쁜 사람인지.

“그쪽 보면 진경이가 생각나서 그래요.”

“진경? 혹시 김진경?”

유하는 고개를 한 번 끄덕였다.

“네. 어릴 때 걔한테 매일 맞았었거든요. 그쪽이 저한테 고백해서요.”

“머, 뭐?”

유하의 실토에 호진은 충격에 빠진 표정으로 유하를 쳐다보았다. 그는 전혀 모르고 있던 사실이라며 억울함을 토해냈다. 그저 자신을 잘 따르는 여동생 같은 친구였을 뿐이라고. 원치 않는 해명을 늘어놓기 시작했다. 호진은 흥분을 가라앉히고 나서도 오해를 풀려고 노력했다. 하지만 이제 와서 그런 사실들은 전혀 유하에게 위로되지 않았고, 해결이 되지 않았다.

“갈게요.”

유하는 차도로 걸어가 손을 위아래로 휘저었다. 노란색 택시 한 대가 그녀 앞에 정차했다.

“아, 잠깐만!”

그가 성큼 다가와 허공에 뻗어있는 유하의 손을 덥석 잡았다.

“힘들 때, 연락 해.”

그는 번지르르하게 코팅된 자신의 검은 명함을 억지로 쥐여 주었

115

다.

유하는 택시에 탑승 하고서도 멀어져가는 호진의 모습을 창가로 바라보았다. 가슴이 왜 쓰린지 모르겠지만 몹시 쓰라렸다. 그녀는 이내 고개를 저으며 기사에게 말했다.

"사거리에서 우회전으로 들어가 주세요."

택시 안 라디오에선 우아한 목소리를 가진 이름 모를 여자 디제이의 음성이 흘러나오고 있었다. 그녀는 익명의 사연을 읽어주며 그 사연의 주인공에게 응원의 메시지를 주거나 혹은 자신도 그런 경험이 있다면서 나긋한 목소리로 공감해주었다. 누군가의 친구가 되어주는 게 그녀의 역할인 것 같았다. 유하는 디제이가 하는 멘트를 귀에 담으며 창밖에 빠르게 스쳐가는 풍경들을 멍하니 흘려보냈다.

참, 쓸쓸했다.

"5935님. 지금 순간을 만끽하세요. 그 무엇도 비교하지 마시고 지금 본인의 모습과 본인의 상황을 만족해보려고 해보세요. 이 순간이 지나가면 모든 게 바뀝니다. 언제나 제자리일 것 같지만 그렇지 않아요. 가장 예쁘고 가장 행복한 순간이라 생각하며 매번 지금을 기억하고 소중히 해보세요. 상황은 해결이 안 될지라도, 우리의 기분은 좀 더 나아져야 하지 않을까요?"

무심코 그들이 보고 싶어졌다. 그들과 함께 맛있는 식사를 하고, 넓은 들판을 거닐던 꿈같은 순간들이 모두 허상이 되어버린 것 같았다. 가슴에 먹먹함이 몰려왔다. 이런 기분은 지금 상황에 너무 잔인했다. 차라리 꿈을 꾼 거라고 생각하는 편이 나았다.

한국으로 다시 돌아갈 거예요?

시후가 생각났다. 그때 그 질문을 한 건 혹시 나를 붙잡고 싶어서였을까. 유하는 또르르 흘러내리는 눈물을 소리 없이 소매로 닦아내었다. 아냐. 내가 그렇게 생각하고 싶은 거겠지. 그건 꿈이었어. 간만에 찾아온 행복한 꿈.

"아이고. 안쓰럽게."

눈물을 몰래 훔치는 손님이 신경 쓰였는지 기사는 걱정스러운 눈빛으로 휴지를 내밀었다.

"어이쿠, 떨어졌네요. 새 휴지 줄게요."

그와 타이밍이 안 맞아 휴지가 바닥에 툭 떨어졌다.

"아니에요. 그냥 이거 쓸게요. 감사합니다."

유하는 백미러에 비친 기사를 향해 가벼운 묵례를 하고는 몸을 숙여 떨어져 있는 휴지를 집었다.

"어?"

복숭아뼈에 긁힌 상처 하나가 보였다. 그녀의 입가에 미소가 번졌다. 이렇게 행복을 주는 상처는 처음이었다.

"꿈이 아니었구나."

유하는 아무도 없는 조용한 집에 들어와 침대에 털썩 앉았다. 그리고 손에 쥐어있는 호진의 검은 명함을 눈으로 읽었다. [종로 신경센터 김호진 원장] 그것은 고민 없이 쓰레기통에 버려졌다. 집안엔 나나의 흔적이 아직 많이 남아 있었다. 아직도 나나의 하얀 털들이 침대보에 묻어있었고, 거무칙칙하게 익은 바나나 몇 송이

117

와 손으로 꾹 누르면 동요가 나오는 작은 공, 그리고 죽기 전, 마지막으로 자신의 몸을 숨겼던 소파도 유하 눈에 슬프게 밟혔다. 유하는 축 늘어져 있던 어깨를 펴고, 자리에서 일어났다. 그 다음 곳곳에 남아있는 나나의 흔적을 빈 상자 속에 담기 시작했다.

모든 정리를 끝내고 시간을 확인했을 땐 한 시간이 **훌쩍** 넘어 있었다. 유하는 눈물 젖은 박스와 무거운 소파를 현관문 앞에 끌어다 놓고, 좁은 화장실로 들어갔다.

"휴."

얼굴 꼴이 말이 아니었다. 하도 울어서 두 눈덩이는 두꺼비처럼 볼록하게 튀어 나와 있었고, 입가엔 피딱지가 굳어 있었다. 유하는 파뿌리처럼 헝클어진 머리를 다시 높게 고쳐 묶었다. 세면대 물을 틀어 굵은 물줄기가 따뜻해질 때까지 손끝으로 온도를 확인했다. 하얀 세면대 위로 맑은 물이 계속해서 빨려 들어갔고, 유하는 혼이 나간 듯 거울 속 또 다른 유하를 바라보았다. 그러다 그녀는 다시 수도꼭지를 잠갔다. 끝까지 눌러 잠갔음에도 고장 난 수도꼭지에선 애기 물방울이 같은 템포로 떨어졌다. 뚝. 뚝.

"보고 싶다."

유하의 눈물샘도 고장이 났다. 말을 내뱉음과 동시에 눈물이 주르륵 흘러 세면대에 뚝. 뚝. 하고 떨어졌다. 푸르고 찬란했던 나무 앞에서 꾸밈없이 밝게 웃어 보이던 시후를 잊을 수가 없다. 그 모습이 얼마나 예쁜지. 그는 수년간 웃어 본 적 없던 유하도 금방 털털하게 웃게 만드는 사람이었다. 유하는 입가에 굳어 있는 피를 조심히 닦아내었다. 옷을 모두 벗어 제치곤 따뜻한 온수로 샤워도

118

끝마쳤다. 식탁 위에 손거울을 올려놓고, 다 써가는 샘플용 스킨 로션을 꺼내와 얼굴에 골고루 바르기 시작했다. 바르는 내내 유하의 시선은 벽에 걸린 액자에 향해있었다.

"갈 수 있다. 할 수 있다."

유하는 자리에서 얼른 일어나 그림을 가방 안에 소중히 넣었다. 밤하늘 공기가 무척 차갑다는 걸 알기에 그녀는 오랜만에 두터운 갈색 코트도 꺼내 입었다.

그녀는 반갑게 느껴지는 고층빌라에 하얀 입김을 뿌리며 도착했다. 이 고층빌라가 영원히 지어지지 않길 바라며 유하는 계단으로 옥상까지 뛰다시피 올라갔다. 한 층씩 올라갈 때마다 가슴이 콩닥콩닥 뛰었다. 내가 또 날 수 있을까? 있겠지? 마을로 다시 갈 수 있을 거야. 그렇게 그녀는 어둠을 뚫고, 간절하게 외치며 쉬지 않고 올라갔다. 꼭대기에 도착해 유하는 낮게 깔린 풍경들을 바라보았다. 처음 난간에 섰을 때의 기분과는 확연히 다르다는 걸 깨달았다. 윗세상을 올려다보니 밤하늘의 색은 오늘도 은은하게 보랏빛을 담고 있었다. 그리고 보일 듯 말 듯 하게 옅은 구름 사이로 둥그스름한 달이 흐릿하게 보였다. 어제 뜬 보름달이 참 예뻤는데. 유하는 기대에 차 미소를 지었다.

"할 수 있다. 할 수 있다."

두 눈을 감았다. 눈을 감으니 몸이 좌우로 흔들. 흔들. 움직이는 게 느껴졌다. 귓불 아래로 차가운 바람이 스쳤고, 유하는 그 차가운 바람들을 몸에 머금듯 양팔을 넓게 벌렸다. 몸이 떠올랐다. 이

내 그녀의 발끝이 난간에서 떨어지며 허공에 매달리듯 정지되어 있었다.

유하씨. 자신을 믿어요. 그냥 아무것도 의심하지 말아요. 알았죠?

이번엔 진의 메시지가 들려왔다.

"그래. 할 수 있다. 한유하."

유하는 안심이 된 듯 활짝 웃으며 더 높은 하늘로 날았다.

9. 힌트

"콜록. 콜록."

29일이 지났다. 달력엔 칸칸마다 빨간 색연필로 그은 X표시가 가득 채워져 있었다. 하루하루 조금씩 챙겨놓은 짐들은 현관 앞에 쌓여만 갔다. 대부분이 여분의 옷들과, 속옷, 양말 따위의 것들이었다. 그동안 유하는 마을을 가기 위해 매일 밤하늘을 날았다. 비가 무수히 많이 쏟아진 날에도 그녀는 우비 하나 걸친 채, 하늘을 무모하게 헤집었다. 유하는 윗세상에서도 혼자였다. 하얀 비둘기들은 날아오지 않았고, 빛이 나던 마을도 보이지 않았다. 그녀는 또다시 흑백겨울 속에 갇히게 되었다. 시간이 흐를수록 두려움이 점점 커져만 갔다. 그들이 자신을 잊어버리게 될까봐 두려웠고, 그 생각들이 모든 걸 포기하게 만들까봐 두려웠다. 나뭇가지에 긁혔던 상처도 이제 아문지 오래였다. 그 날의 기억은 생생한데, 남아있는 흔적이 없다. 날 수는 있지만, 갈 수가 없다. 유하는 이제 혼자 있는 밤하늘이 외롭고 무섭기까지 했다.

똑똑똑.

유하는 노크소리에 침대에서 몸을 천천히 일으켰다.

"누구세요."

그녀는 지독한 독감에 걸려 어제 낮부터 끼니를 거르고 있는 상태였다. 굶주려 있는 배를 움켜잡고 문밖을 향해 몇 번을 되물었지만, 역시 그녀의 목소리가 닿지 않는지 밖에선 묵묵부답이었다. 유하는 이불 밖으로 나와 몸을 질질 끌다시피 현관문 앞으로 걸어갔다. 어쩌면 집주인 아주머니일 수도 있겠단 생각이 들었다. 그녀는 종종 일요일마다 직접 구운 빵을 집집마다 돌리곤 했다.

"한유하씨?"

문이 열리자마자 기다렸다는 듯 유하의 이름을 확인하는 여자는 집주인이 아니었다. 제복을 아주 단정하게 차려입은 경찰 두 명이 엄숙한 얼굴로 서 있었다.

유하는 식탁에 나란히 앉아 있는 두 경찰에게 뜨거운 녹차를 내밀었다.

"감사합니다. 저는 정의연 순경이라고 해요"

차를 받으며 자신을 소개하는 정순경은 매서운 눈매를 가진 여경이었다. 그리고 그녀의 옆에 앉아 있는 순경은 유하와 또래처럼 보이는 미소년 스타일의 남자였다. 그는 정순경과 달리 수첩과 펜을 꺼내 들어 잔뜩 긴장한 티를 내고 있었다.

"이렇게 불쑥 찾아와 죄송합니다. 하지만 유하씨와 컨택하기가 쉽지 않던데요."

정순경은 가벼운 미소를 보였다. 그녀는 날카로운 눈으로 유하와 눈을 맞추려 애썼지만, 유하는 고개를 푹 숙인 채 눈만 끔벅일 뿐이었다.

"유하씨. 근무하시던 곳에서 상사인 최성진한테 폭력을 당하신 건 맞으시죠?"

정순경의 물음에 유하는 대답 대신 미간을 찌푸렸다. 유하는 경찰과 이렇게 마주 앉아 얘기하는 시간이 괴로웠다. 매일 걸려오는 전화에 시달리다 유하는 몇 주 전부터 핸드폰을 꺼놓았다. 그저 매일 밤마다 마을을 찾는 데에만 온힘을 썼다. 유하는 다른 건 다 포기해도 그들을 찾는 걸 포기할 순 없었다. 그냥 마음이 그랬다.

"제가 많이 불편하실 거예요. 유하씨 마음 저도 잘 압니다. 최성진의 체벌을 원하신다고 사인만 해주시면 절차는 저희가 알아서 하게끔 돕겠습니다. 처벌을 원하시는 거죠?"

정순경은 자신의 안경 끝을 살짝 올리며 물었다. 그녀의 눈빛은 너무 매서워서 2초 이상 마주보기가 힘들었다.

"그냥 없던 걸로 해 주세요. 저는 괜찮아요."

유하가 힘들게 입을 열었다. 눈치만 보던 남자 순경이 들고 있던 수첩을 천천히 내렸다.

"유하씨. 다시 한 번 생각을."

"정말 죄, 죄송한데, 그냥 없던 걸로 해주세요."

유하의 단호한 대답에 그녀는 고개를 떨어뜨렸다.

"이유를 여쭤 봐도 될 까요?"

기분 탓인지 정순경의 날카로웠던 눈빛이 갑자기 슬프게 변했다.

"왜 무작정 피하시는 건지. 지금도 그렇고, 12년 전에도 그렇고."

이어지는 그녀 말에 유하의 동공이 흔들리기 시작했다.

"12년 전이요?"

"사건기록을 봤습니다. 이진철. 최성진. 이 둘은 처벌 받아 마땅한 놈들이에요. 이진철 기록을 보니 그때도 유하씨가 묵언하셨더군요. 그건 저런 새끼들 도와주는 꼴밖에 안 돼요. 하. 왜 묵언하셨는지, 왜 이렇게 피하고 싶으신 건지 압니다. 하지만 이렇게 계속해서 피하기만 하면 나중엔 더 큰 상처가 될 수 있고, 어딘가에서 또 피해자가 생깁니다. 주제넘지만요, 피하기만 하는 건 바보 같은 짓이에요, 유하씨."

유하는 비장한 표정으로 설득하는 정순경의 얼굴을 똑바로 응시했다. 걱정 가득하게 자신을 바라봐주는 남자 순경과도 눈이 마주쳤다. 이들은 좋은 사람들인 걸까. 과연 이들은 12년 전, 유하에게 윽박지르던 경찰들과 확연히 다른 사람들이라고 할 수 있는 걸까. 모르는 일이다. 유하는 눈을 질끈 감아버렸다. 끔찍한 과거의 상자를 열어볼 자신이 없었다. 그동안 그 상자가 덜커덩 덜커덩 열리려고 할 때마다 죽을힘을 다해 뚜껑을 덮어야만 했다. 아픔을 감당해낼 힘이 터무니없이 부족했기 때문이었다.

"가주세요. 부탁이에요."

유하의 창백한 낯빛이 더욱 파리해졌다.

"정말 가만히 있는 게 최선이라 생각하는 거예요?"

"네. 전 괜찮아요. 다 잊었어요."

그녀의 꺾이지 않는 고집에 두 사람은 한숨을 크게 내쉬었다, 그리곤 자리에서 일어나 차를 벌컥벌컥 마신 뒤, 빈 컵을 싱크대에 올려두었다.

"이만 돌아가겠습니다. 저희가 최성진한테는 100m 접근금지만 내려놓은 상태예요. 위험한 일 생기면 바로 서에 전화 줘요. 기훈아 가자."

기훈이라는 남자 순경은 아무것도 적지 못 한 수첩을 가방에 넣고, 쭈뼛쭈뼛 자리에서 일어났다. 셋은 서로 말없이 고개 인사를 나눴고, 그렇게 현관문은 쓸쓸하게 닫혔다.

"해열제 하나만 주세요."

유하는 아픈 몸을 겨우 이끌어 근처 약국에 들어왔다. 온몸 곳곳에 지독한 바이러스가 세포 하나하나를 괴롭히는 기분이 들어서 참을 수가 없었다.

"2500원이요. 쌍화차도 하나 드릴게."

이곳은 노부부가 하는 동네에서 가장 오래된 약국이다. 유하는 병원을 싫어해서 아플 때마다 약국만 들락거리는 편이었다. 머리가 흰 할머니뻘의 약사와도 안면은 텄지만, 대화를 나눠본 적은 없었다.

"감사합니다."

약국 안은 곧 문 닫을 시간이라 손님이 없어 적요했고, 유하는 계산이 끝나자마자 문 옆에 있는 정수기 앞으로 걸어갔다. 동그란 알약 두 개를 얼른 입속에 넣어 미지근한 물을 집어삼켰다. 빈속이 매슥거렸다.

"여보. 정리하고 나와. 먼저 가 있을게."

안에서 약사의 남편으로 추정되는 덩치 큰 노인이 주섬주섬 나왔다. 그는 두꺼운 파카를 걸치며 아내에게 다정히 말했고, 그가 밖으로 나가자마자 약사는 쓰레기통을 하나씩 비우기 시작했다. 유하는 혹 방해가 될까 봐 마시고 있던 뜨거운 쌍화차를 급하게 들이켰다.

"아이고. 미안해요. 빨리 나가라고 눈치 준 것 같네. 천천히 드셔도 되는데."

약사는 멋쩍게 웃어 보이며 이어 말했다.

"저 양반이 보름달이 뜨는 날엔 꼭 달 사진을 찍어요. 오늘도 그래서 저리 급하게 나가네요. 새벽에 비 오면 흐려지니까."

그녀는 바닥에 눈에 띄게 떨어져 있는 쓰레기들을 하나씩 주우며 말했다.

"왜 보름달만 찍으세요?"

유하가 나가려다 말고 걸음을 멈춰서 물었다. 질문을 던져놓고도 그녀는 속으로 자신의 행동에 놀랐다. 생각을 거치지 않고 말이 그냥 툭 튀어나왔다.

"음."

약사는 잠시 허공을 쳐다보며 기억을 가져오는 듯했다.

"그러게요. 왜 저리 좋아했더라. 기억이 안 나네. 그이가 한참 젊었을 때부터 찍었었거든요. 음, 뭐. 그저 좋으니까 하는 거죠. 좋은데 이유 있을까요."

좋아하는 것이라. 유하 머릿속에 가장 먼저 떠오른 것은 나나였다. 짝사랑이 아닌. 서로가 서로를 아끼고 좋아했던 유일한 관계.

유일한 가족.

"달에 사람이 살고 있을 것 같다나. 어휴. 남자들이란."

약사가 피로한 듯 고개를 돌리며 중얼거렸다.

"신기하네요. 아이들만 그런 상상을 하는 게 아니라는 게."

"그러게나 말이에요."

유하는 어릴 때부터 하늘나라가 있다고 믿었다. 세상을 떠난 사람들이 밤하늘의 별이 되는 것이라고. 엄마의 죽음을 슬퍼하던 어린 유하에게 아버지가 해준 위로의 말이었다. 그 말은 유리가 죽고, 나나가 죽으면서 믿지 않으면 안 되는 말이 되어버렸다. 만약 그들이 어디에도 존재하지 않고, 완전히 사라진 것이라면 평생 고문 받는 기분일 것 같아 끔찍했다. 그들은 저 위에서 행복하게 잘 살고 있어야만 한다. 꼭 그래야만 한다.

"괜찮아요?"

지쳐 보이는 유하에게 약사가 한걸음 다가왔다.

"아. 네. 괜찮습니다. 그럼 안녕히 계세요."

유하는 어색하게 머리를 조아리며 인사하곤 차가운 유리문을 어깨로 밀었다.

집에 가는 길. 바람이 살얼음처럼 느껴졌다.

"콜록. 콜록."

목에 가시가 걸린 것처럼 칼칼하고 따가웠다. 연신 날카로운 기침을 뱉어내며 유하는 걸음에 속도를 붙였다. 집이 시야에 들어올 때쯤. 먼저 나간 약사의 남편이 앞에서 느린 템포로 터벅터벅 걷고 있었다. 그의 뒷모습을 보고 있자니 조금 전 약사와 나눴던 대화가 뇌리에 스쳤다. 시선은 자연스레 하늘로 향했고, 어두워진 잿빛 하늘에 실타래처럼 뒤엉켜있는 구름들이 보였다. 몇 초 뒤에 구름이 지나간 곳에 보름달이 모습을 드러냈다. 저렇게 선명하고 정교한 보름달을 꽤 오랜만에 보는 느낌이었다. 유하는 그간 하늘을 날며 눈에 담았던 것들을 찬찬히 떠올렸다. 저 노인도 알고 있겠지. 밤하늘은 매일 다르다는 걸. 그렇게 생각하니 덜 외로워지는 것 같았다.

잠깐.

"보름달?"

유하의 발걸음이 멈췄다. 동시에 모든 사물과 공기마저 멈춰버린 느낌이 들었다.

"보름달."

머리끝부터 전기가 흐르듯 온 신경이 소름끼치게 저릿했다. 약봉투를 들고 헐레벌떡 집으로 뛰어온 유하는 커다란 검은 배낭에 그동안 챙겨두었던 옷들을 무작위로 집어넣었다. 그리고 시후를 그린 그림과 지갑까지, 꼼꼼하게 다른 가방 안에 넣어 양쪽 어깨에 멨다.

"윽."

가방의 무게는 상당했다. 급한 와중에 식탁 위에 엎어져 있는 손거울로 몰골도 확인했다. 입술은 핏기 없이 갈라져 있었고, 눈 밑이 거무스름해서 퀭해 보였다. 그 어느 때보다 가장 초췌한 꼴이었지만, 어쩔 도리가 없었다. 그녀의 심장이 어서 가라고 재촉하

128

듯 빠르게 뛰었다. 유하는 순식간에 건물에 도착했다. 역시나 계단을 빠른 속도로 뛰어 올라갔다. 몸이 붕- 하고 떠오르는 듯한 가벼운 느낌이 들었다. 누군가 뒤에서 밀어주는 것처럼 걸음에 가속도가 붙었고, 드디어 꼭대기 층에 도착한 그녀는 주저 없이 허공에 몸을 던졌다.

"제발!"

오늘은 왠지 그 친구들을 만날 수 있을 것 같았다. 유하는 별들과 가까워지기 위해 최대한 높이 헤엄쳤다. 날아오를수록 차가운 바람이 볼을 마구 때리는 듯해서 얼얼한 볼을 두 손으로 문질렀다. 아래에 블록 같은 집들이 엄지손톱만큼 작아졌을 때쯤. 익숙한 날갯소리가 들렸다.

"왔구나! 왔어!"

눈물이 볼을 타고 흘렀다. 기쁨의 눈물을 흘려보는 건 태어나서 처음이었다. 모습을 드러낸 하얀 비둘기 떼는 금세 코앞으로 다가와 유하 곁을 둘렀고, 유하는 환한 미소로 그들의 등장을 반겼다.

하지만 기쁨도 잠시. 그녀는 몸을 축 늘어트리기 시작했다. 풍선에 바람이 빠지듯 몸속 기운이 사라져가는 느낌이었다. 눈을 뜰힘도 없었고, 관자놀이에선 심장이 쿵쿵 뛰어댔다. 얼음장 같은 바람이 유하와 비둘기들을 휘갈기자 그녀의 희미한 정신이 블랙홀에 빠져 들어갔다.

"어지러워."

유하는 차가운 허공에서 홀로 쓰러져버렸다.

10. 재회

　창문 틈새로 들어오는 햇살이 잠들어있는 유하의 얼굴을 비췄다. 의식은 언제부턴가 돌아와 있었다. 유하는 눈을 감은 채로 어두운 세계에 먹물처럼 번지는 붉은 빛들을 보고만 있었다. 두 눈동자를 천천히 좌우로 굴려보다 미간에 힘을 잔뜩 모아 보았다. 무겁게 가라앉아 있던 눈꺼풀이 서서히 가벼워지면서 밝은 시야가 보이기 시작했다. 하얀 천장에 보이는 기다란 형광등이 두 개에서 하나로 오버랩 되듯 포개졌다. 천천히 햇볕을 향해 고개를 돌리자 테이블 의자에 앉아 책을 읽고 있는 붉은 머리의 남자가 보였다. 그는 시후였다. 유하는 아무것도 기억이 나지 않았다. 분명 몸을 못 가눌 정도로 아팠는데. 지금은 바이러스가 득실득실 거리던 느낌도 아예 사라지고, 가슴이 굉장히 편안했다. 유하는 구부정히 책을 읽고 있는 시후의 모습을 빤히 바라보았다. 그의 뒤로 햇살이 더 강하게 퍼졌다. 마치 그가 스스로 빛을 내는 것처럼.

　"저."

　자신의 걸걸한 목소리에 민망해진 유하는 흠칫 말을 멈췄다.

　"유하씨!"

　시후는 들고 있던 책을 내팽개치며 그녀가 누워있는 침대 옆으로 단숨에 다가왔다.

"괜찮아요? 나 보여요?"

그는 무릎을 꿇고 앉아 유하와 눈높이를 맞췄다. 얼마나 걱정을 한 건지 그의 눈망울이 애잔하게 흔들렸다.

"이거 꿈인가요?"

"당연히 아니죠."

시후가 아이처럼 예쁘게 미소를 지어주었다. 저도 모르게 흘러내리는 유하의 눈물을 시후가 손등으로 계속 닦아내주었다. 그는 계속 왜 울고 그러냐며 다정히 달래주었고, 유하는 차오르는 황홀감을 꾸역꾸역 삼키면서 울음을 참으려 노력했다.

"대체 무슨 일이 있었던 거예요. 유하씨 나무 앞에 쓰러져 있었어요."

"그랬군요."

그녀는 그에게 너무 보고 싶었다고 말하고 싶었다. 다신 못 볼까봐 불안해서 한 달 동안 잠도 제대로 못 잤다고 투정까지 부리고 싶었다.

"독감에 걸렸었는데 지금은 괜찮아요. 기분도 몸 상태도 너무 좋아요."

전하고 싶던 많은 말들이 꼴깍 삼켜졌다. 그의 여린 마음을 안심시키는 게 먼저인 듯 했다.

똑똑.

"반가워요, 유하씨."

"몸은 괜찮아요?"

131

진과 노인이 방문을 열고 함께 들어왔다. 그들을 보자마자 유하는 두 손으로 얼굴을 감싼 채 울었다. 가슴이 찡하게 메어와 엉엉 소리 내어 울었다. 진은 그런 유하를 말없이 다가와 안아주었고, 노인과 시후는 잠시 자리를 피해주겠다며 거실로 나갔다. 유하는 그동안 간신히 참으며 모아두었던 서러움을 몽땅 쏟아내었다. 눈물샘이 고장 난 건 확실한 것 같았다. 진은 숨넘어가듯 울어버리는 유하의 빼빼마른 등판을 계속해서 쓰다듬어 주었다. 따뜻한 손길이었다.

시간이 조금 지나고 나니 거칠게 뱉어내던 유하의 숨소리는 어느새 진정되어 한결 편안하게 들렸다. 진은 그녀의 헝클어진 머리칼을 단정히 쓸어 넘겨주었다.

"유하씨. 보고 싶었어요."

그녀의 말은 봄 같았다. 속에서 단단히 얹혀있던 얼음덩어리가 그녀 덕분에 녹아내리는 기분이었다.

"빨리 오고 싶었는데, 올 수가 없었어요."

"왜죠?"

"아무래도 저는 이곳에 보름달이 뜨는 날에만 올 수 있나 봐요."

진은 이해가 안 된다며 잠시 고개를 기울였다.

"보름달이요?"

"네. 저 정말 한 달 동안 매일 찾아 다녔어요. 여기 오려고."

"고생을 많이 했겠네요."

진은 조금 흥분한 유하를 한 번 더 안아주었다. 기특하다는 말도 되풀이해주었다.

132

"하. 이제 숨이 편안히 쉬어져요. 이런 느낌 너무 오랜만이라 자꾸만 꿈속을 여행하는 기분이 들어요. 정말 꿈 아닌 거죠?"

"네. 꿈 아니에요. 너무 잘 왔어요. 유하씨 정말 잘 왔어요."

두 사람은 오랫동안 부둥켜안고 있었다. 조금도 불편하지 않았다. 유하는 진의 품을 느끼며 엄마를 생각했다. 엄마 품이 딱 이런 포근함이었던 것 같았다.

"마음이 이상해요."

유하가 말했다.

"어떻게 이상한데요?"

"이곳이 내 집 같고, 다들 제 가족 같고 그래요. 너무 웃기죠. 이제 두 번 본 사인데."

진이 유하에게 떨어져 눈을 맞췄다.

"참 신기하네요. 우리도 유하씨를 오래 기다렸거든요. 다들 왜 기다리는지 모르고, 매일 기다렸답니다. 혹시 우리 하늘이 맺어준 인연이 아닐까요? 풋."

그녀가 코를 찡긋거리며 웃었다. 따라 웃고 싶을 정도로 매력적인 표정이었다. 유하는 심장이 두근두근 거려서 손으로 왼쪽 가슴팍을 톡톡톡 쳤다. 묘한 행복감이 그녀를 휘감고 놔주질 않았다.

둘은 거실로 나왔다. 옹기종기 모여 있는 색색의 귀여운 소파들을 다시 만나게 되어 유하는 미소가 절로 새어 나왔다. 그녀들의 발소리를 들었는지 부엌에 있던 시후와 노인도 서둘러 나와 모습을 드러냈다. 시후와 눈을 마주치자 유하의 심장이 다시 두근두근 뛰었다. 그녀의 양쪽 뺨도 불그스름하게 달아올랐다.

"몸은 어때요?"

노인과 시후가 동시에 물었다. 서로 장난스럽게 노려보는 두 남자 때문에 그녀들은 피식. 하고 웃음이 나왔다.

"너무 좋아요."

이렇게 완전체로 모인 네 명은 거실에 둘러있는 소파에 하나 둘 앉았다. 오늘도 역시 유하의 선택은 깨끗한 하얀색 소파였다.

"입술에 상처는 어쩌다 다친 겁니까?"

빨간 소파에 앉은 시후가 물었다.

"아! 이건."

흉이 질 거라던 호진의 말이 생각났다. 시간이 꽤 흘렀는데도 찢어진 상처가 잘 아물지 않았다.

"일 하다가 넘어져서요."

유하는 어쩔 수 없이 거짓말을 했다. 이들에게 굳이 성진의 얘기를 하고 싶지 않았고, 떠올리고 싶지도 않아서였다.

"잎을 따서 치료 하는 게 좋겠어요."

"잎이요?"

시후가 끄덕 거리며 바깥에 있는 나무를 가리켰다.

"저 나무가 만병통치 약이예요."

"아. 약재로도 쓰이는구나. 좋은 나무네요."

"그죠. 아무튼 아까 유하씨 누워있던 방이 내 방이에요. 치료해 줄 테니 이따가 그 방으로 와요."

유하는 그에게 머리 숙여 인사했다. 부드럽게 웃어주는 그의 미소에 또다시 심장은 간질간질 말썽을 부렸다.

"열이 거의 40도였어요."

노인이 쓰린 표정을 지으며 말했다. 유하는 순간 **훨훨** 날아가는 비둘기들을 봤던 게 드문드문 기억이 났다. 볼을 간질이던 차가운 초록 풀의 느낌도 되살아났다. 나무도 보였던 것 같고. 끊겼던 기억 필름들이 서서히 이어졌지만 그래도 그때 상황이 전부 기억이 나진 않았다.

"감기에 심하게 걸렸었는데, 너무 무리 했었나 봐요. 간호해주셔서 정말 감사합니다. 매번 이렇게 도와주시, 어? 그러고 보니."

유하가 말하다 말고 주위를 어수선히 둘러보았다. 세 명도 얼떨결에 엉덩이를 들썩이며 그녀의 행동을 따라했다.

"무슨 일이에요?"

시후가 눈이 동그래져선 물었다.

"제 검은색 가방이요. 혹시 보셨나요? 제 짐을 담아왔는데. 가방이 두 개예요. 거기 제 짐들이 다 들어있는데!"

그녀가 큰일이 난 것 마냥 당혹스러워했다. 노인과 시후는 가방을 본 기억이 없다고 말하며 미안한 표정을 지었다. 정신을 잃으면서 물건들을 다 떨어트린 것 아니냐는 진의 말에 유하는 울상을 지어버렸다. 그 안에 10년 동안 간직한 시후의 그림이 있었다. 보잘 것 없는 그림이지만 꼭 전해주고 싶었는데.

"저런. 도와줄 수 있는 게 있었다면 우리도 도왔을 텐데요."

진이 놀란 가슴에 손을 얹고 시무룩해했다. 유하는 자신보다 더 어쩔 줄 몰라 하는 이들을 위해 그림에 대한 아쉬움을 어서 덜어내버렸다. 정말 덜어낸 건 아니지만 그런 척 했다.

날이 어두워지고, 넷은 파란 우체통에 도착했다. 진이 유하에게 신비한 우체통의 모습을 보여주겠다고 해서 다 같이 저녁산책을 나선 거였다. 가을이 슬슬 가려는지 밤바람은 칼날이 스치듯 무척 차갑고 거세졌다. 시후가 펄럭거리는 진의 점퍼 단추를 하나하나 끝까지 잠가주었고, 그런 그의 모습은 꽤 자상해보였다. 유하는 털모자가 달린 노인의 카키색 파카를 빌려 입었다. 무게감 있는 묵직한 오리털 덕분에 풍채가 두 배로 커져서 몸이 둔하게 뒤뚱뒤뚱했다. 시후는 혼자서 지퍼를 올리려고 겨우겨우 애쓰는 유하의 모습을 몰래 주시했다.

"가서 도와주지 왜 보고만 있어?"

진이 시후에게 얼굴을 들이밀더니 볼에 공기를 넣으며 우스꽝스러운 표정을 지었다. 그녀가 가끔 시후를 놀릴 때 짓는 시그니처 표정이었다.

"잘 했네, 뭐."

시후는 코를 쓱 비비며 무심한 척 답했다. 그의 말대로 유하는 지퍼를 턱 끝까지 올린 채, 얼굴만 둥둥 내밀고 있었다.

"윤시후 바보래요."

진이 시후를 한 번 흘겨주고는 유하 옆으로 쪼르르 걸어갔다. 나무처럼 홀로 외롭게 서 있는 우체통은 깊은 바다색이었다. 뾰족한 삼각 지붕이 있는 새집 모양인데, 자세히 보니 지붕에 비둘기 마크가 그려져 있었다. 괜스레 평화로움이 느껴졌다. 노인은 이 우체통 앞에서 진을 처음 봤던 순간에 대해 이야기 해주었다. 그녀는 한 시간 동안 시후 품에 안겨 울었다고 했다. 하늘이 너무 맑다고. 초록색 나무들이 너무 예쁘다고. 그게 진을 그토록 눈물 나게 한 이유였다고 했다. 태어나 처음으로 눈앞이 보인 순간, 이 마을을 보고 그녀는 얼마나 가슴이 벅찼을까. 감히 상상할 수도 없었다.

"혹시, 언니라고 불러도 돼요?"

슬그미 다가오는 진에게 유하가 살가운 말을 던졌다. 진은 멈칫하더니 곧 입가에 미소가 번져 그럼요. 라고 기꺼이 허락했다.

진은 한국으로 돌아갈 때, 바로 이곳에서 감쪽같이 사라진다고 했다. 반대로, 나타날 때도 음산한 연기나 반짝이는 빛도 없이 갑자기 나타난다고. 진의 순간이동은 영화에서 보는 거랑은 느낌이 많이 다르다고 했다.

"처음엔 신기했고, 그 다음은 시시했고, 또 그 다음은 불안했어요."

시후가 유하 옆으로 와서 이어 말했다.

"불안해요?"

"네."

"왜 불안해요?"

"갑자기 사라지니까요. 그거 보면 다신 안 올 것 같은 느낌이 들어요."

유하는 어쩐지 그의 말에 동감이 갔다. 진이 눈앞에서 사라지는 그런 무서운 광경은 왜인지 보고 싶지 않았다. 사라지다니. 생각만 해도 아쉽고, 슬프다. 유하는 그녀가 한국으로 가지 않았으면.

137

하고 조금 이기적인 생각을 했다.

"다들 배고프지?"

노인이 이제 들어가자는 눈치를 슬슬 줬다. 분명 배고프지 않았는데, 그가 물으니 거짓말처럼 속이 헛헛해졌다. 다 같이 파란 우체통을 등지고, 초록 지붕 하우스를 향해 즐거운 발걸음을 내딛었다. 커다란 나무를 지나 집이 어느 정도 가까워졌을 때쯤, 유하가 그들에게 물었다.

"제가 이곳에 계속 머물러도 될까요?"

단어를 뱉을 때마다 하얀 입김이 뿜어져 공중으로 흩어졌다. 유하는 비장한 표정으로 셋의 얼굴을 번갈아 보며 잠시 움직임을 멈췄다.

"그럼요. 되고말고. 환영합니다."

노인의 흔쾌한 대답에 시후와 진은 환호성을 질렀다.

"감사합니다. 정말 감사합니다."

유하는 앞으로 이들과 함께라면 뭐든 가능할 것 같았다. 이젠 절대 한국으로 돌아가고 싶지 않았다. 영원히 이 동화 속에 갇혀있고 싶었다. 이들에게 신세도 지고, 도움도 주는. 그런 쓸모 있는 룸메이트가 되고 싶었다.

"오늘 메뉴! 오므라이스!"

"오예!"

넷의 행복한 웃음소리는 그칠 줄 모르고, 메아리처럼 울려 퍼졌다.

11. Memory of Scent

 윤장호 노인의 초록지붕 하우스는 2층으로 되어있는 컨트리주택 형식으로 만들어졌다. 1층과 2층엔 양쪽으로 열리는 여닫이창문이 총 여덟 개씩. 앞문에 네 개, 뒷문에 네 개 배치되어 있다. 각 창틀의 색도 지붕과 같이 초록색으로 예쁘게 칠해져 있어, 작은 숲 새들이 종종 눌러 앉다 가곤 했다. 지붕과 창틀을 제외한 나머지 벽채색은 모두 새하얗게 덮여있는데, 가까이 다가가서 보면 삐뚤삐뚤한 귀여운 낙서들을 발견할 수 있었다. 특히 하우스 뒷문에서 많이 보였고, 사람 손이 많이 닿는 문고리 주변엔 흐릿한 연필자국들이 다소 지저분하게 지워져있었다. 유하는 그것들을 하나하나 유심히 읽어보았다. 대부분은 알파벳이나 미스터리한 숫자들이 제멋대로 적혀 있었는데, 그 중 눈에 띄는 낙서가 하나 있었다.

 메리는 멍청헤.

 유하는 맞춤법이 틀린 깜찍한 문장을 발견하곤 피식 웃어버렸다. 개구쟁이였던 꼬마 시후의 짓이 분명하다고 유하는 생각했다. 메리는 어떤 아이일까. 그녀는 이 귀여운 낙서를 알고 있을까. 유하는 콧노래를 흥얼거리며 뒷문을 열고 들어갔다. 뒷문은 부엌과 곧장 연결되어 있었다. 문의 양옆으로 길게 싱크대가 보였다. 오른

쪽엔 가스레인지와 연두색 커피포트가 한 팀으로 모여 있었고, 왼편엔 캄포나무도마 두 개가 반듯하게 올려져있었다. 둘러보니 집안가구의 거의 90%는 목재로 되어있었다. 수납용도의 서랍장들이나, 거실 한가운데 자리 잡고 있는 티 테이블. 그리고 천장에 존재감 없이 매달려 있는 실링팬까지. 저 실링팬은 집안 자태와 영 어울리지 않게 먼지투성이 채로 소외되어있었다.

"뭘 그렇게 봐요?"

빨간 바구니 채를 안은 노인이 들어왔다. 밭갈이를 하고 온 그의 이마엔 추운 아침에도 땀이 송골송골 맺혀있었다.

"저거 제가 닦아 드릴까요?"

유하가 실링팬을 가리키며 말했다. 노인은 감자에 묻은 흙을 꼼꼼히 물에 씻어내며 신경 쓰지 않아도 된다고 상냥히 말해주었다. 마땅히 하는 거 없이 신세지는 것은 마음이 참 불편한 일이었다. 유하는 멀뚱히 서 있다가 노인이 내려둔 바구니 안에서 고구마 네댓 개를 꺼내었다.

"제가 도와드릴게요."

유하가 노인 옆으로 바짝 다가서며 소매를 걷었다. 부산스러울 정도로 적극적인 그녀를 노인은 다소 놀란 눈으로 쳐다보았고, 이내 그녀의 어깨를 토닥이며 말렸다.

"불편해 하지 말고 방에 들어가 쉬어요. 어제도 찬 곳에 오래 있었으니."

노인은 친절하게 소녀의 성심을 거절했다. 그는 고구마를 깨끗이 씻어낸 뒤에 칼로 아무렇게나 토막 내기 시작했다. 주글주글한 노

140

인 손등에 화상자국이 보였다. 얼마나 아팠을까 마음이 아프기도 했지만, 멋있다는 생각이 제일 크게 들었다. 노인은 젊었을 적에 월남전을 참전했던 군인이었다고 들었다. 그건 어제 저녁식사 중 알게 된 정보였다. 몇 가지 더 기억나는 건, 시후가 아일랜드계 미국인이라는 것과 진이 제일 좋아하는 음식은 고구마튀김이라는 것. 그래서 한 주에 한 번씩은 지금처럼 노인이 뒷밭에 자란 고구마를 캐온다고 말했다.

"유하씨."

"네?"

"그러고 보니 시후네 가게에서 일손을 구한다던데요."

그가 이번엔 냄비에 기름을 부었다.

"꽃집에서요?"

시후는 시내에 있는 꽃집에서 일한다고 했다. 이것 또한 어제 알게 된 정보들 중 하나였다. 처음엔 그의 일터를 듣고 굉장히 의외라고 생각했는데, 하는 얘길 들어보면 식물에 대한 애정이 있어보였다. 어젯밤 잠들기 전에 그가 입가의 상처를 치료해주곤 아카시아 꿀을 선물해주었다. 아카시아는 면역력을 높여준다면서 손바닥 크기의 유리병에다가 꿀을 가득 담아 주었다. 그의 다정했던 모습을 떠올리니 갑자기 얼굴이 후끈 달아올라 유하는 손부채질을 해댔다.

"더워요? 가스 불 때문인가."

"아, 아니요! 아니에요."

그래도 노인은 불을 약하게 줄여주었다. 곧이어 깍둑 썰어진 고

141

구마들이 잔잔한 기름 탕에 넣어졌고, 거품이 지글지글 먹음직스
러운 소리를 냈다.

"제가 예전에 꽃집에서 잠깐 일을 해본 적이 있긴 하거든요. 겨
우 일주일 해본 거였지만 포장도 해봤고, 청소도 자, 잘하고."

유하가 냄비 안을 응시하며 슬며시 어필했다. 자신감 없는 목소
리와 다르게 그녀의 눈이 초롱초롱 거렸다. 노인은 껄껄 하고 웃
음을 터트리더니 바지 주머니에서 핸드폰을 꺼내 시후에게 전화를
걸었다.

"지금 한가하면 잠깐 와."

빵빵.

노인이 통화를 끝낸 지 이십 분 만에 문밖에서 자동차 경적소리
가 경쾌하게 두 번 울렸다. 운전석 안에서는 시후가 한껏 들뜬 표
정으로 대기하고 있었다. 유하는 허겁지겁 나와 그가 타고 있는
자동차를 향해 걸어갔다. 어두운 블루컬러의 포드 몬데오 한 대가
부르르 추위에 떨고 있었다.

"유하씨! 시후네 가게 간다면서요."

진이 유하를 향해 2층 창문에서 밝게 손을 흔들었다. 그녀는 분
홍색 잠옷 차림에 머리가 부스스한데도 예쁘게 빛나 보였다.

"네! 같이 가실래요?"

유하가 입가에 손을 모아 소리쳤다.

"아뇨. 저는 할아버지랑 있을게요. 둘이 오붓하게 다녀와요!"

"앗."

오붓하게라니. 쑥스러웠다. 유하는 붉어진 볼을 손으로 비비며 진을 향해 웃어주었다. 진의 하얀 피부가 햇볕을 받아 광이 났다. 그녀는 정말 볼수록 신기하고 아름다운 공주님 같다고 유하는 생각했다. 진과 가벼운 인사를 끝내고 유하가 조수석에 들어가 앉자, 시후가 긴장한 듯 옆을 제대로 바라보지 못했다.

"안전벨트요."

"네."

유하는 말 잘 듣는 착한 어린이처럼 척척 움직였다. 가슴이 두근두근 설레었다.

"오늘부터 일 하는 건 아니고, 어떤 곳인지 보여주려고 가는 거니까 긴장하지 않아도 돼요."

"네. 알겠습니다."

시후는 유하의 행동 하나하나에 입 꼬리가 싱글벙글 계속 춤을 추었다. 유하도 그와 눈을 맞추곤 설레는 마음을 숨길 수 없어 덩달아 함박웃음을 지었다. 드르륵. 기어 맞추는 소리와 함께 차가 출발했다. 그들의 등 뒤로 초록지붕 하우스는 점점 멀어져 갔다.

울창한 나무들 사이에 숨어있는 마을의 좁은 출구가 정면에 보이기 시작했다. 출구의 오른편 구석엔 보일 듯 말 듯 키가 작은 나무 푯말이 꽂혀있었다. 아주 선명하게 < LEWIS > 라고 쓰여 있었는데, 하얀색 페인트로 몽글몽글하게 쓴 글씨체가 깜찍해서 유하는 푯말을 지나쳐서도 뒤를 돌아 한 번 더 눈에 담았다.

"루이스?"

"할아버지 이름이에요. 영어이름."

"아!"

"그래서 이 마을의 이름이 루이스예요."

"그렇군요. 루이스 마을. 이름도 근사하네요."

온통 나무와 흙길로만 이어진 숲 사이를 그들은 열심히 달렸다. 창문을 살짝 내리자 초록 숲 냄새가 진하게 풍겨왔다. 가꾸어져 있지 않은 각기 다른 나무들이 뒤엉켜 자라 있는데도 숲길은 그런대로 매우 아름다웠다.

"무슨 생각해요?"

시후가 물었다.

"동화 속 같아서요. 이곳은 정말 특별하게 느껴져요."

"유하씨가 사는 동네는 어떤데요? 한국은 한 번도 못 가봤거든요"

"거긴 이렇게 아름답진 않아요."

유하의 시선이 바닥으로 떨어졌다. 시후는 흘끔 유하의 표정을 확인했다. 그동안 어떤 삶을 살았기에 저리 슬프고 어두울까. 그녀의 온도가 가끔은 너무나도 쌀쌀하게 느껴졌다.

"안타깝네요. 아직 거기선 감동을 못 받았다니."

감동이라. 그곳을 생각하니 마음이 시려왔다. 분명 아름다웠던 풍경도 보았을 테고, 아름다웠던 추억도 있었을 텐데. 유하에게 그곳은 이미 지옥이라고 판명이 내려져버렸다.

"갑갑하면 창문 조금 내려도 되요. 히터를 세게 틀어놔서."

그가 난방 온도를 낮추며 말했다. 말투가 다정했다. 처음엔 조금 차가운 사람인 줄 알았는데 볼 때마다 그의 인상이 부드러워지고 있었다. 시선이 어쩌다 그의 날카로운 콧대에 머물렀다. 누군가 손수 조각해 놓은 것처럼 콧날의 선이 곧고 예뻤다. 자세히 보니 그는 속눈썹도 굉장히 길었다.

"내 얼굴은 탐내지 마요. 이건 줄 수가 없네요."

그의 농담에 화들짝 놀란 유하는 얼결에 죄송하다 외쳤다. 얼굴 전체가 터질 듯이 달아올랐다. 유하는 차창을 끝까지 내려 고개를 바깥으로 돌려버렸다. 이유는 모르겠지만, 붉어진 얼굴을 그에게 들키고 싶지 않았다.

숲길을 십 여분 쯤 달리고 나니 어느새 둘은 한산한 고속도로를 달리고 있었다. 서울과 다르게 도로 위엔 달리는 차가 많이 보이지 않았다. 멀지 않은 곳에 바닷가도 보였고, 바닷물은 막바지 가을별에 반짝반짝 빛을 내고 있었다. 오랜만에 맡아보는 바다의 짠 비린내가 은은히 바람 따라 흘러들어와 유하의 마음을 간지럽혔다. 시내는 얼마 가지 않아 도착했는데, 길가에 상가들은 3층 이상 되는 건물들이 없었다. 덕분에 넓은 하늘이 뻥 뚫려 잘 보였고, 뭉게뭉게 핀 커다란 구름들이 하늘을 가르며 움직이고 있었다. 글로리라는 백화점 건너편엔 낚시용품점들이 눈에 띄게 많이 보였다. 1년에 한 번씩 바다에서 낚시 대회가 열린다고 했다. 대회에 나가 본적 있냐는 유하의 질문에 그는 고개를 저으며 질색했다. 낚시를 좋아하지 않는 모양이었다.

"좀 걸을까요?"

그가 물었다.

"좋아요."

145

차는 글로리 앞에 주차 되었고, 둘은 반대편으로 길을 건넜다.

"악기도 파네요."

멀리선 보이지 않았던 작은 악기상점 하나가 그녀의 발목을 붙잡아 걸음이 우뚝 멈춰졌다. 쇼윈도 안에서 크고 작은 통기타들의 매끄러운 자태가 유하를 열심히 유혹했다.

"왜요? 악기 좋아해요?"

"아, 아니요."

그는 눈치가 빠른 편이었다. 유하의 거짓말을 당연히 알아챘겠지만, 슬퍼지는 그녀의 표정을 읽고, 얼른 모른 척 가게를 지났다.

"쿠소쿠라에. 단골끼린 줄여서 쿠쿠라고 통해요."

악기상점 옆에 일본어로 적혀 있는 맥줏집 간판을 올려다보며 시후가 말했다. 공간이 협소한 간이 술집이었다. 문 앞에 서 있는 메뉴판 속엔 각 세계별 맥주들과 이 가게만의 시그니쳐 맥주. 그리고 두 종류의 치즈피자가 그림과 함께 설명되어 있었다.

"쿠소쿠라에? 사장님이 일본분이신가 봐요. 무슨 뜻이에요?"

"아뇨. 사장님 아내분이 일본사람이에요. 여기 사장님이 오래전에 알코올 중독자셨는데, 아내분이 앞에서 매일 혼자 중얼거리셨대요. 쿠소쿠라에라고. 똥이나 처먹어. 빌어먹을. 뭐 이런 뜻이라던데."

"정말요?"

"네. 웃기죠."

두 사람은 별난 맥주집 앞에서 함께 실소를 터트렸다. 지나가는 사람들의 시선을 신경 쓰지 않고, 꽤 오랫동안 웃었다. 웃다보니 서로의 웃는 모습이 좋아서 더 웃게 되는 행복한 순간이었다. 유하는 시후 덕분에 잠시 먹먹했던 감정을 까맣게 잊을 수 있었다.

<Memory of Scent>

쿠쿠에서 한 블록 더 걸어가니 드디어 시후가 일하고 있는 꽃가게가 나왔다.

"와."

유하는 하얀 간판에 검은 글씨로 심플하게 적혀있는 가게 이름을 눈으로 읽었다. Memory of scent. 벌써부터 느낌이 좋았다.

"향기에도 기억이 있다. 라는 뜻이에요. 손님들은 줄여서 모스(MOS)라고 불러요."

시후는 젠틀한 신사처럼 가게 문을 열어주며 그녀를 안으로 먼저 들여보냈다.

"감사해요."

입구는 밝은 색의 꽃들이 많이 피어있었지만 과하게 화려한 느낌은 들지 않았고, 은은한 여러 꽃향기가 한꺼번에 코를 찔러 기분좋게 취하는 느낌이 들었다. 꽃집 안은 유하가 상상했던 것 보다 훨씬 규모가 큰 집이었다. 내부 한 가운데 기둥을 감싸고 있는 우아한 장미꽃들이 빨간 꽃잎을 활짝 열어 유하에게 환영 인사를 했다.

"유하씨?"

카운터에 서 있던 앞치마를 입은 한 여자가 유하에게 냉큼 달려왔다. 그녀는 아주 반가운 눈으로 유하를 요리조리 구경했다.

"어휴. 또 그런다 또."

147

시후는 겉옷을 카운터 위에 올려놓으며 말했다. 여자는 유하가 너무 귀엽다면서 시후에게 앙증을 떨었다.

"반가워요. 저는 정하영이라고 해요. 여기 사장이랍니다."

"반갑습니다. 한유하라고 합니다."

하영은 꽃집과 참 어울리는 분위기를 갖고 있는 한국여성이었다. 눈빛은 고혹적인데 웃을 때의 눈꼬리는 굉장히 발랄한 느낌을 주었다. 흰 셔츠에 남색 앞치마를 두르고 머리는 어깨까지 단정히 내려와 찰랑거렸다. 그녀는 마치 알고 지내던 친구를 오랜만에 만난 것처럼 유하를 편하게 대해 주었고, 카운터 안쪽을 안내하며 작은 접이식 의자 두개를 가져와 둘을 앉혔다. 바닥에 잘려진 꽃 줄기들이 수두룩하게 쌓여있어 하영은 그것들을 발로 대충 쓸어 구석으로 몰았다. 의외로 털털한 성격인 하영 덕분에 둘 사이의 어색함은 금방 사라졌다.

"얘기 많이 들었어요. 드디어 보네요."

하영이 진심으로 반가워했다. 그녀의 얼굴에서 미소가 가시질 않았다. 따듯하고 포근한 느낌이 진과 겹쳐 보이기도 했지만 둘의 분위기는 많이 달랐다. 진은 왠지 따뜻한 원두커피 같고, 하영은 시원하게 들이키는 탄산음료 같은 여자랄까.

"이 근처에서 꽃집은 우리 가게 하나예요. 그래서 거의 매일 바쁠 텐데 괜찮겠어요?"

"네. 뭐, 뭐든지 열심히 하겠습니다."

유하는 강한 의지를 보이기 위해 눈을 크게 뜨고 말했다. 하영은 어찌나 발랄한 지 합격! 하고 쩌렁쩌렁하게 소리쳤다. 시후는 그녀들이 사소한 담소를 나누는 동안 종이컵에 뜨끈한 레몬차를 만들었다. 한 잔은 본인 입에다 물고, 나머지 두 잔은 조심스럽게 두 여자에게 배달했다. 새콤한 레몬 향은 냄새만으로도 입 안에 침이 가득 고이게 만들었다. 하영은 뜨거운 차를 연속으로 홀짝홀짝 마시면서 난 세상에서 레몬이 제일 좋아. 라고 말했다. 유하 눈에 하영과 레몬은 정말 잘 어울리는 짝꿍이라고 생각했다.

"흐음."

반면에 시후는 즐겁게 웃고 있는 유하의 모습을 물끄러미 바라만 보고 있었다. 유하를 보고 있는 건지, 자신의 생각을 보고 있는 건지. 그의 옅은 눈매가 진하게 날이 선 채로 표정이 굳어져 갔고, 이어서 두 명의 유하가 눈앞을 어지럽게 교차하며 나타났다. 모든 걸 내려놓은 듯 옥상 난간에 서 있던. 몸을 파르르 떨며 살고 싶다고 외쳐대던 그 여자.

"확실한데."

시후는 비어있는 종이컵을 깨물며 나직이 말했다.

12. 동행

꽃집에서의 첫 날은 혼이 쏙 빠질 정도로 바쁜 하루였다. 대부분 예약하거나 배달을 부탁하는 손님들이 많아서 전화벨이 울리는 일이 잦았고, 하영이 꽃을 손질하면서 더럽혀지는 바닥을 유하가 쉼 없이 쓸고 닦아야 했다. 제때 쓸어 담지 않으면 발밑이 미끄러워서 넘어질 위험이 있었다. 무엇보다 유하가 가장 힘들었던 건 영어로 하는 소통이었다. 이곳에선 식물들의 중요한 정보나 흥미로운 꽃의 이야기, 혹은 각 손님들의 기념일에 대해서도 관심을 가져주어야 했다. 아직 영어가 서툰 유하에겐 버겁고 힘든 부분이지만, 이상하게 자꾸 웃음이 나왔다. 당황해 할 때마다 히어로처럼 등장하는 시후 때문일까. 문득, 미국에 살면서 어떻게 그는 한국어도 막힘없이 구사할 수 있는지 궁금해지기도 했다.

잠시 손님들의 발걸음이 끊긴 타이밍이 왔다. 유하는 가게에서 문지기를 담당하고 있는 스투키 화분에 물을 골고루 뿌렸다. 스투키는 도마뱀 꼬리처럼 길고 뾰족하게 생긴 식물이었다. 이 친구들은 실내에 안 좋은 화학 물질을 제거해준다고 했다. 이제야 알았지만 아주 작은 풀들도 다 저마다의 역할이 있었다. 유하는 이곳에 몇 백 개의 수두룩한 식물들이 제각각 맡은 임무를 잘 수행할 수 있도록 정성껏 보살펴주고 싶었다. 이 친구들의 엄마가 되어주고 싶은 마음이랄까.

"집중! 오늘 유하씨 첫 출근기념으로 우리 한잔 합시다. 오케이?"

앞치마를 푸르며 하영이 청량한 하이톤의 목소리로 크게 외쳤다.

"벌써 닫아?"

쭈그려 앉아 포장지를 정리하던 시후가 물었다. 아침부터 바빴던 탓에 꽃다발을 만들며 사용했던 한지들이 뒤죽박죽 섞여있었다.

"오늘만. 응?"

하영이 아랫입술을 삐죽 내밀며 시후에게 투정 아닌 투정을 부렸다. 조용히 생각에 잠기던 시후가 바지를 탁탁 털고 일어나며 오케이. 라고 외쳤다. 유하 역시 어리둥절 그들을 번갈아 보다가 저도 오케이요! 라고 따라 소리쳤다. 하영은 기분이 좋은지 엉덩이를 실룩 거리며 춤을 추었다. 그녀의 어디로 튈지 모르는 상큼함은 적응이 될 듯 안 될 듯 했다.

셋은 가게 문을 닫고, 길에서 한참을 웃게 만들었던 <쿠소쿠라에> 맥주 집에 들어왔다. 가게에 벽 한 면을 장식하고 있는 수백 개의 맥주 병뚜껑들이 조명처럼 반짝거렸다. 이곳을 오고가는 손님들이 그 날 마셨던 맥주 뚜껑을 하나씩 붙여 놓은 거라 했다. 낡은 분식집 벽에 친구들과 방명록을 쓰고 가듯이. 여길 다녀갔다는 인증 도장 같은 거라고 하영이 친절하게 설명해주었다.

"혹시 좋아하는 맥주 있어요?"

하영이 들뜬 소리로 유하에게 물었다.

"아, 저 실은 술을 마셔본 적이 없어서요."

유하는 머리를 긁으며 민망하게 웃어보였고, 하영은 oh, my god 을 연발했다. 시후도 적지 않은 충격을 먹었는지 눈이 휘둥그레 커졌다.

"설마요. 마셔보면 다 들통 날 텐데?"

그가 메뉴판 속 어지럽게 그려져 있는 맥주들을 가리키며 유하를 놀렸다.

"정말이에요."

그는 씨익 웃더니, 손을 들어 직원을 불렀다.

"시후 넌? 운전하니까 콜라?"

"어."

맥주는 거의 일 분만에 테이블 위에 올려졌다. 잔 위로 하얗고 복슬복슬한 거품수염이 흔들거렸다. 하영이 잔을 들며 건배를 외치자, 세 개의 잔은 허공에서 쨍 하고 부딪혔다. 유리잔이 부딪히는 소리는 여린 핸드벨 소리처럼 듣기 좋았다. 유하는 입 안에 금빛 맥주를 한 모금 머금어 보았다. 포도향이 섞인 아주 독한 탄산이 달콤 쌉싸래하게 목구멍을 적시며 내려갔다. 속에서 물방울이 톡톡 터지는 느낌이 나면서 트림이 올라올 것만 같았다.

"우와. 생각했던 것 보다 훨씬 맛있네요. 포도향이 나요."

유하는 나오려는 트림을 간신히 참으며 소감을 말했다.

"맞아요. 포도즙이 들어간 맥주라서 굉장히 달아요. 달달한 술은 위험하다는 말 들어봤죠? 호호."

하영의 발랄함이 한층 더 업그레이드 된 듯했다. 그녀는 쉬지 않고 맥주를 벌컥벌컥 들이켰다.

"오늘 첫 날이라 쉽지 않았을 텐데, 힘들지 않았어요?"

시후가 콜라가 든 잔을 내려놓으며 걱정스레 물었다.

"전혀요. 오히려 저 때문에 두 분이 더 고생하신 것 같아요. 평소에 영어공부를 좀 해둘걸."

"그건 우리가 할 수 있으니 너무 걱정하지 마요. 난 그냥 유하씨가 편하게 즐기면서 일했으면 좋겠어요."

시후의 편안하고 부드러운 미소가 나왔다. 저 미소만 보면 얼굴에 열이 올랐다. 유하는 그의 시선을 피해 앞에 맥주잔을 냉큼 들고 다시 한 모금 홀짝 마셔버렸다. 하영처럼 꿀꺽꿀꺽 멋있게 들이키고 싶었지만 목이 너무 따가워서 그녀를 따라 할 수 없었다. 찬찬히 시선을 옮기다 우연히 주방 옆에 친필로 쓴 글들을 발견했다. 주인이 쓴 것 같은데 휘날리듯 쓴 필기체여서 조금도 읽을 수가 없었다. 유하에겐 그저 외계어 같았다.

"해석해줘요?"

유하를 지켜보고 있던 시후가 슬쩍 물었다.

"네. 무슨 내용인가요?"

그녀의 질문에 하영이 팔짱을 끼곤 시후 대신 이야길 시작했다.

"원래 이 집 사장님이 아내분과 거의 원수지간이었대요. 어릴 때부터 가까이 사는 이웃이었는데, 만나기만 하면 사장님이 아내 분을 막 괴롭히기도 했나 봐요. 근데 아내분도 주먹이 장난 아니었다고 쓰여 있어요."

153

하영은 표정을 다채롭게 지으며 얘기했다. 그녀의 잔을 보니 벌써 맥주가 한 모금도 채 안 남아 있었다.

"어른들은 서로 좋아하는 거 아니냐고 매일 놀리셨는데, 둘은 그렇게 부정했대요. 그러다 고등학교 때 아내분이 마약 거래 하는 사람들한테 붙잡혀서 위험한 상황이었는데, 그걸 알고 사장님이 구하러 갔대요 글쎄."

"마약을요?"

영화에서나 나올법한 단어였다. 마약이라니. 유하는 두 사람을 계속 번갈아보며 심각한 표정을 지었다.

"네. 미국에 곳곳 지역에선 워낙 흔한 일이거든요. 다행히 그 나쁜 놈들이 잡히기는 잡혔는데, 문제는 구하러 갔을 당시에 사장님이 허벅지에 총을 맞았대요. 자리가 안 좋았는지 다리 한 쪽을 잘라냈고, 그게 미안해서 아내 분은 그 사건 이후로 사장님 옆에 매일 있어줬나 봐요. 무슨 영화 이야기 같죠?"

"세상에. 총이라니."

유하는 예상치 못한 전개에 입을 다물지 못했다. 그런 그녀에게 하영이 안심시키듯 계속 말을 이어 나갔다.

"두 분은 잘 살고 계세요. 물론 그 때, 사장님이 우울증에 시달려서 알코올에 빠지셨지만, 아내분의 사랑으로 마음까지 치료가 됐더라는 이야기. 가게 이름은 경악스러워도 스토리는 아름답죠? 사랑은 참 대단한 감정이에요."

이야기 내내 밝았던 하영의 얼굴빛이 잠시 먹구름을 머금은 마냥 어두워졌다.

"너무 대단한 감정이라 무섭기도 하지만."

조금전만해도 신이 나서 펄쩍펄쩍 뛰던 그녀가 갑자기 차분해졌다. 유하는 그녀에게 무슨 일이 있나 걱정이 들어 두 사람의 눈치를 살폈다. 시후는 팔짱을 낀 채, 아무런 표정도 짓고 있지 않았다. 딱히 관심이 없어 보이기도 했고, 애써 관심을 안 두려하는 것 같기도 했다.

"유후! 드디어 나왔다."

타이밍 좋게 먹음직스러운 치즈피자가 등장했다. 하영은 함박웃음을 지으며 피자에 대한 애정을 드러냈다. 고소한 치즈냄새를 맡으니 유하도 배가 헛헛해지며 입안에 침이 고였다.

"여긴 피자가 정말 맛있어요."

시후가 제일 큰 한 조각을 유하 접시에 올려주었다.

"감사합니다."

유하는 그와 함께 있으면 노인이 겹쳐서 생각나기도 했다. 아무나 따라할 수 없는 다정한 말투와 깊은 배려심이 두 사람은 똑 닮아 있다고 느껴졌다.

"많이 먹어요. 호호."

하영이 피자를 입 안 가득 물면서 행복하게 웃었다.

그 많던 조각들이 없어지는 데엔 긴 시간이 걸리지 않았다. 테이블위엔 빵가루뿐인 커다란 피자 접시와 6개의 빈 맥주잔이 볼링핀 마냥 가운데 모여 있었다. 직원은 능숙하게 빈 잔들을 한꺼번에 정리해 가져갔고, 다시 시원한 맥주가 담긴 쿠쿠 세잔을 테이블에 올려주었다.

"나 남는 옷 무지 많아요. 다 가져가 다."

취기가 올라온 하영은 오디오 테이프가 늘어진 듯한 말투로 싱글 벙글 웃으며 떠들었고, 시후는 그런 하영의 표정을 옆에서 흉내 내며 놀리기 바빴다.

"주신다면 정말 감사히 입을게요. 그리고 더 열심히 일할게요."

유하가 잔을 들며 외쳤다. 유하의 발음도 하영 못지않게 어눌해져버렸다.

"예! 아주 좋아! 건배!"

세 개의 잔이 또 다시 허공에서 흥겹게 부딪혔다. 해가 떨어지자 다른 테이블에도 하나 둘 손님들이 앉았다. 유하는 점점 내 몸이 흔들거리는 건지, 사람들이 흔들거리는 건지 분간이 안서는 상태가 되었다. 시끄럽게 떠들던 하영도 완전히 만취되어 결국 테이블에 엎어져 잠이 들고 말았다.

"하영이 룸메이트가 밖에서 기다리고 있대요. 차에 금방 태워주고 올게요."

시후는 유하 옆으로 몸을 기울여 그녀의 귀에 대고 조그맣게 말했다. 시후의 목소릴 이렇게나 가까이서 듣다니. 그의 부드러운 음성이 한 번 더 재생되며 유하의 귓가를 맴돌았다. 동시에 가슴도 콩닥콩닥 뛰었다. 시후는 하영을 보내고 가게 안으로 들어와 유하 옆에 앉았다. 그는 반 쯤 눈이 감겨 광대가 벌겋게 물들어 있는 그녀를 보곤 웃음을 삼켰다.

"많이 어지러워요?"

유하의 시각에선 코앞에 있는 그의 얼굴이 시계 종처럼 좌우로 흔들렸다.

"많이 어지러운 건 아닌데, 많이 어지러워요."

고개를 갸우뚱 기울이는 그를 보고나서야 자신이 뱉은 이상한 말이 다시 머릿속에 입력되어 버렸다. 유하는 창피함에 고개를 푹 숙이곤 더욱 이상한 말을 중얼거렸다. 누구도 알아들을 수 없는 투정이었다. 이거야말로 외계어가 아닌가.

"우리 밖에 나가서 좀 걸읍시다. 어지러운 게 조금 나아질 거예요."

"좋아요."

유하는 고개를 강하게 끄덕이며 찬성했다. 의자 손잡이를 잡고 겨우 엉덩이를 뗀 그녀는 바닥이 꿀렁거리는 느낌에 뒤쪽으로 중심이 넘어가버렸다.

"으억!"

그녀가 의자 뒤로 넘어지려 하자 시후는 능란하게 유하의 팔뚝을 빠르게 잡아챘고, 순간적으로 유하는 기겁하며 그에게서 한 걸음 물러났다.

"아. 시후씨 미, 미안해요. 도와주시려고 한 건데."

반사적으로 나온 행동이었다. 유하는 어쩔 줄 몰라 하며 비틀거리다가 그 자리에 풀썩 주저앉고 말았다. 술에 취한다는 건 꽤나 괴롭고 민망해지는 거구나 싶었다.

"유하씨 때문에 여길 어서 벗어나야겠네요."

그가 장난스레 말했다.

둘은 가게 문을 등지고 서서 멀리 보이는 바닷가를 응시했다. 육지와 바다를 잇는 잔교 하나가 보였고, 그 근처에 아주 높은 등대 모양의 건물이 노을빛 조명을 바다에 내리 비추고 있었다. 태양은 거의 머리끝만 남겨두고 바다 속에 몸을 담갔다. 발갛게 물든 하늘과 바다를 비추는 조명이 만나니 세상에 불꽃이 팡 하고 튀어버린 것처럼 아름다운 풍경이 되었다. 일렁이는 잔파도를 보고 있자 속에서 메스꺼움이 올라온 유하는 고인 침을 힘겹게 삼켜냈다.

"저기 등대처럼 생긴 건물은 뭐 하는 곳이에요?"

"전망대예요. 가볼래요?"

"좋아요."

시후는 유하의 느린 걸음속도를 맞추며 나란히 걸었다. 혹여나 넘어질까 불안해서 흔들흔들 거리는 그녀를 놓치지 않고 계속 주시했다.

"혹시 취객도 들여보내주나요?"

비틀대던 유하의 스텝이 곧은 선을 따라 밟으려는 게 보였다. 경계가 풀어진 모습이 귀여워서 그는 그녀를 보며 짧게 웃어버렸다.

"그대로만 걸으면 들어 갈 수 있을 거예요."

"정말요?"

"네."

"노력해볼게요."

유하는 괜한 오기가 생겨 한 줄 타기 하는 곡예사처럼 걸음 하나 하나에 집중했다. 하지만 바닥이 꿀렁대며 요란하게 춤을 췄다.

흔들림 없이 걷는 게 지금은 제일 어려운 미션이었다. 술을 마시면 원래 이렇게 되는 거구나. 그녀는 괴로우면서도 신이 나는 기분이 들었다. 뭐든 할 수 있을 것만 같은 에너지가 생기는 것 같기도 했다.

"참. 전부터 정말 궁금한 게 있었는데요. 할아버지랑 시후씨는 한국말을 왜 이렇게 잘하세요? 두 분은 미국에 살고 있고, 미국인이잖아요."

그녀의 질문에 시후가 몇 초간 오래된 기억을 가져왔다.

"전 할아버지한테 배웠어요. 할아버지가 한국어를 정말 좋아하시거든요."

시후 쪽에서 바람이 불어와 유하는 자연스레 그를 쳐다보았다. 술김에도 그의 완벽한 옆선은 감탄을 자아냈다. 지금은 그의 얼굴을 넋 놓고 바라볼 용기가 생겼다.

"할아버지가 절 혼자 키우셨거든요. 정말 한글을 하루도 빠지지 않고, 매일매일 가르쳐 주셨어요. 그래서 전 영어만큼 한국어도 편해요."

"와 신기해요. 대단하기도 하고요."

"대단하기까지야."

그가 수줍게 웃었다.

"근데 시후씨 부모님은 다른 곳에 계시나요? 어디 계세요?"

알딸딸한 술기운이 그녀를 호기심 소녀로 만들었다. 평소 같았다면 꿀꺽 삼켰을 질문들을 생각 없이 뱉어놓고서도 그에게 괜한 미안함이 생기지 않았다. 그걸 아는지 시후도 크게 불편해하지 않는 기색이었다.

"네 살 때였나. 부모님이 갑자기 도망가셨어요. 왜 도망가셨는지 아직도 이유를 모르겠어요."

그가 가볍게 히죽 웃어보였지만, 잠시 동안 흐른 정적은 슬프고 무거웠다.

"남겨진 기분은 어땠어요?"

"슬펐죠. 아프고."

그는 유하 눈을 보며 한 번 더 웃어주었다. 편안해 보이는 미소는 아니었다.

"요즘 유하씨 오고 나서 신기하단 생각이 들어요. 우리들이 이렇게 만나려고 내가 한글을 배운 건가 하는 생각도 들어요. 혹시 우리 할아버지 마법사인거 아니에요? 미래를 내다보는?"

"마법사요?"

"네. 할아버지는 우리가 이렇게 만나게 될 거란 걸 다 알고 있었던 거죠."

일부러 화제를 바꾼 그의 농담은 엉뚱했지만, 꽤 신빙성이 있었다. 유하는 정말 노인이 최고령 마법사여서 우리를 마법의 힘으로 도와주는 건가. 하고 진지하게 생각했다. 하지만 왜 하필 나와 진이 언니를? 우리에게 무슨 연결고리가 있는 걸까.

"전망대에 거의 다 왔어요. 유하씨 술 좀 깼어요?"

시후가 갑자기 코앞에 얼굴을 들이밀었다. 그도 이정도 간격은 예상 못했는지 당황한 표정으로 한 발 물러섰다.

"미안해요. 너무 가까웠죠."

"괜찮아요."

쿵쾅거리는 심장소리를 그가 들을 것만 같아서, 그녀는 씩씩한 걸음으로 앞질러 걸었다. 두 사람은 귓바퀴가 새빨갛게 달아오른 채, 전망대 안으로 들어갔다.

"우와. 오기를 잘했네요."

"예쁘죠?"

"네. 너무요."

어두운 밤이 서서히 떠오르는 시간이 되었다. 밤에게 자리를 순순히 내어주는 노을빛은 마지막까지 찬란하게 빛을 내었고, 시새움 없이 맞물리는 낮과 밤의 아름다운 경계를 바라보며 두 사람은 황홀감에 흠뻑 취해버렸다. 유하는 차가운 전망대 유리창에 코끝을 아이처럼 문대었다. 조금 더 가까이, 더욱 선명하게 보고 싶은 욕심이 앞섰나보다. 주머니에 양 손을 꽂은 채, 유하와 나란히 서 있던 시후는 말없이 몬터레이의 고요한 야경을 응시하다가 그녀에게로 눈을 돌렸다.

"유하씨."

시후가 조용히 불렀다.

"네?"

"하늘을 날면 무슨 기분이에요?"

"아."

그 질문의 대한 답은 상상 할 시간이 조금 필요했다.

"음. 하늘을 날 때는요."

161

유하는 잠시 두 눈을 감았다. 꼭 감은 눈동자 속에서 이리저리 하늘을 헤집는 또 다른 유하가 보였다. 밤하늘을 가로지르던 회백색의 은하수가 유하의 몸을 감싸 반짝반짝 빛을 냈다. 그저 상상 속이지만, 이 세상 모든 것을 다 품은 듯이 마음이 벅차오르는 느낌이 들었다.

"부자가 된 느낌이에요. 세상을 다 가진 느낌."

유하가 그를 향해 활짝 웃어 보였다.

"부자가 된 느낌이라."

"네. 근데 저 위에서도 외롭고 쓸쓸한 건 똑같아요."

"외롭고 쓸쓸해요?"

"아. 그게."

아차 싶었다. 유하는 멋쩍게 웃으며 어깨가 닿을 듯 나란히 서 있는 그를 바라보았다. 그는 미동 없이 유리창 너머에 혼을 뺏긴 듯 서 있었다. 그가 바라보는 낮과 밤의 경계는 정말 아름답게 맞물려 있었다.

"유하씨. 위험한 짓을 해볼까 하는데."

"네? 위, 위험한 짓이요?"

"네. 같이 할래요? 아니, 같이 해요."

무언가 고민을 하던 시후가 뜬금없는 제안을 해 유하를 놀래 켰다. 그는 노인처럼 개구쟁이 표정을 지으며 눈빛을 야릇하게 바꿨다.

"좋아요!"

그의 제안을 거절할 이유는 없었다. 그녀는 유혹에 넘어가 그가 이끄는 대로 따르길 결심했고, 아무도 없는 틈을 타서 그와 함께 비상구 계단통로로 들어왔다.

※Staff only※

그들이 있던 전망대에서 대략 일곱층 정도 더 올라가면 관계자만 출입이 가능 한 건물 옥상이 나왔다. 예상대로 그 문은 잠겨 있어서 아무나 들어 갈 수 없게 되어 있었다. 이제 곧 전망대 마감시간이 임박해 혹여나 직원들이 올라올까봐 유하는 시후 옆에서 가슴을 졸이고 있었다.

"괜찮을까요?"

"쉿."

그는 주머니에서 큰 옷핀 하나를 꺼내더니 열쇠구멍에 넣어 요리조리 돌리기 시작했다.

"만약 걸리면 어떻게 돼요?"

술이 깨니 유하는 다시 겁쟁이 소녀로 변해있었다.

"문을 딸 때는 소리에 집중해야 해요. 조용히 있어 봐요."

불안해서 발을 동동 구르는 유하와 달리 그는 여유 있는 미소를 짓곤 문고리에 귀를 바짝 대었다.

덜컥. 문이 열리는 소리에 둘은 입을 틀어막았다. 정말 성공할 줄이야. 시후는 최소한의 소리도 나지 않게 좀도둑처럼 주위를 조심히 살폈다. 둘은 옥상에 아무도 없다는 걸 확인하고선 빠르게 들어와 다시 문을 잠가버렸다.

"후우. 1단계 미션 성공."

그가 씨익 웃으며 말했다.

바로 정면에 보이는 옥상 난간엔 열기구 머리처럼 생긴 커다란 노란 전등 여섯 개가 여전히 바다를 향해 빛을 쬐고 있었다. 시후는 좌우로 두리번거리더니 서로 엉켜있는 퍼런 배수관들을 향해 걸어갔다. 그 배수관 뒤편엔 각종 잡스러운 용품들이 들어있는 상자가 여러 개 쌓여져 있었다. 일단 지금은 상자 뒤로 몸을 숨기고 있는 게 낫겠다며 시후가 유하를 그곳으로 끌고 갔다.

"곧 직원이 올라올 거예요."

"지, 직원이요? 우리 들키지 않을까요?"

"글쎄요."

"만약 들키면요. 그럼 어떻게 되나요?"

겁을 잔뜩 먹은 유하가 몸을 벌벌 떨며 물었다.

"경찰서에 끌려가지 않을까요."

눈썹을 찡긋거리며 그는 무서운 얘길 아무렇지 않게 했다. 어쩜 이리 태평한지. 유하는 시후 때문에 헛웃음이 새어나왔다. 그는 그녀의 웃음소리에 다시 쉿, 하고 검지를 자기 입술에 붙였지만, 이내 그도 같이 숨죽여 키득키득 웃고 말았다.

그 때였다. 철컹철컹 문이 열리는 소리가 들려왔다. 둘은 긴장이 바짝 들어 숨도 크게 쉬지 않고, 귀를 쫑긋 세웠다. 발자국 소리를 들어보니 한 명 뿐이었다. 직원이 여섯 개의 전등 스위치를 모두 끄자 한 순간에 주위가 어둠으로 가라앉았다. 바로 옆에 있는 시후의 얼굴도 잘 보이지 않게 되었다. 다행히 직원의 임무는 그 뿐이어서 바로 퇴근하는 듯 했고, 뒤이어 문이 잠기는 소리와 함께 고요함이 찾아왔다.

"하아."

유하는 참고 있던 숨을 한꺼번에 몰아서 뱉었다.

"우리 미션을 모두 성공했어요."

시후가 자리에서 일어나 뻐근한 허리를 붙잡고 태평하게 말했다.

"이래도 되는 건지 모르겠어요."

"이런 짓 옛날에 할아버지랑 수없이 해봤어요. 나 혼내려면 그 전에 할아버지부터 혼내요."

"휴."

유하는 옆에 있는 옥상 난간에 바싹 기대어 아찔한 풍경을 내려다보았다. 문득 이런 곳에 올라섰던 당시의 기억들이 파노라마 사진처럼 빠르게 스쳐지나갔다. 삭막한 사각 건물들은 곧 죽을 사람에게 상당히 무관심했었다. 이대로 떨어져 죽게 되도 세상은 조용할 것 같아서 슬프기도 했었다. 하지만 지금보고 있는 몬터레이의 야경은 살아 숨 쉬고 있었다. 잔잔히 움직이는 바다 물결과 파도가 부딪히는 시원한 소리는 심장을 기분 좋게 뛰게 했다. 우리를 반겨주는 것 같았다.

"잇차. 시후씨도 올라와요."

유하는 무리 없이 난간에 폴짝 올라서서 시후를 손짓으로 불렀다.

"유하씨! 내려와요!"

위태로워 보이는 그녀를 보고 그는 어서 내려오라며 작게 외쳤다. 그의 겁먹은 토끼표정은 처음 보는 것 같았다.

"이렇게 제대로 보고 싶어서 올라온 거 아니었어요?"

165

"와. 내가 아주 위험한 여자를 데려왔네요."

가까스로 난간에 걸터앉길 성공한 시후는 유하와 나란히 같은 풍경을 내려다보았다. 그의 긴장 되어있던 굳은 표정이 사르르 녹아 어느 새 평온을 되찾았다. 유하는 보이지 않는 바다 끝을 묘연하게 바라보았다. 그리고 웅장하면서도 잠잠한 파도소리 위에 자연히 흘러나오는 자신의 허밍음을 실어보았다. 시후는 옆에서 그녀가 흥얼거리는 작은 멜로디에 귀 기울이며 몸을 좌우로 천천히 흔들었다.

"무슨 노래예요?"

"어릴 때, 동생이랑 만든 곡이에요."

"만들었어요? 노래를?"

"네."

"자매가 엄청 대단한데요? 제목이 뭐데요?"

"별이 내리다."

유하는 고개를 푹 숙여 두 눈을 깜박였다. 갑자기 눈물이 나올 것 같았다.

"저랑 동생은 별을 참 좋아했었어요. 그래서 우린 매일 밤마다 창문을 열고, 하늘을 감상하는 게 습관이었어요. 어느 날 아무 멜로디를 지어서 흥얼거렸는데, 그걸 제대로 만들어서 우리끼리 연주를 해봤어요. 동생은 리코더, 저는 통기타."

"역시. 유하씨 기타를 치는군요."

유하가 씁쓸한 표정을 짓자 시후가 흠칫했다.

"지금은 치지 않아요."

"왜죠?"

"예전에 살던 집에 기타를 그냥 두고 나와 버렸어요. 그 이후로 한 번도 쳐본 적 없어요."

"그렇군요."

유하는 그에게 남겨진 기분이 어떠냐고 한 번 더 묻고 싶어졌다. 아직도 술기운이 남은 건지 아니면 그가 편해 진건지 모르겠지만, 시간이 지나서 괜찮다는 대답을 듣고 싶었다. 그저 위안을 삼고 싶은 마음이었다. 내가 도망쳐서 아버지는 편했을 거야. 더 행복하게 살고 있을 거야. 라고 믿고 싶었다.

"그리고 제 여동생은 저기 있어요."

유하가 손으로 하늘을 가리켰다. 해맑게 웃는 유리의 모습이 아주 또렷하게 그려졌다. 그 아이의 얼굴은 시간이 오래 지나도 희미해지지 않았다. 유하는 가슴이 메어져 심장에 손을 얹고, 심호흡을 천천히 뱉어냈다. 그 아이가 또 나타나서 말없이 눈물을 흘릴 것만 같았다. 유리가 울 때, 안아줄 수 없다는 건 너무나도 고통스러운 일이었다.

"이름은 유리예요. 한유리."

유하는 애써 무덤덤하게 말했다. 그를 쳐다보진 않았지만, 말이 없는 걸로 보아 적잖이 놀란 듯 했다. 시후가 그녀를 애잔하게 바라보았다. 따듯한 붉은 눈빛이 반짝거렸다.

"저 유리 얘기를 이렇게 누구에게 꺼내는 게 처음이에요. 유리가 부끄러운 존재도 아닌데, 정말 사랑스러운 아이인데. 오랫동안 그 아일 제가 꽁꽁 숨긴 것 같아서 미안해지네요."

"그건 슬퍼서 그런 거잖아요."

그의 나직한 음성에 강한 진동이 울려 유하의 마음을 툭 건드렸다.

"소중한 만큼 슬픔의 무게가 견딜 수 없이 무거웠겠죠. 그래서 뱉어내질 못 하는 거예요. 유하씨가 잘못한 건 아니니까 그렇게 죄짓는 표정 짓지 마요. 슬퍼하는 건 나쁜 게 아니에요."

염치없게도 그의 말에 위로가 되었다. 지난 시간 동안 지독히도 자기 탓을 했던 나날들이 괴로웠던 건 사실이었기에. 시후의 한마디 한마디가 잔인한 흉터들을 지워 주었다. 둘은 마주보고 서로를 향해 잔잔한 미소를 지어 보였다. 거센 바람이 한결 불어와 유하의 머리를 엉키었다. 그는 뒤죽박죽 헝클어져 버린 유하의 긴 머리칼을 정돈해주기 위해 그녀 얼굴에 손을 뻗었다. 하지만 이번에도 유하는 흠칫 움츠리며 그의 손을 피해버렸고, 얼굴 앞을 가린 무질서한 머리칼들을 빠르게 넘겨 정돈해버렸다. 이번엔 그가 당황스러움을 숨기지 못했다.

"미안해요."

그녀의 사과에 그는 또 웃어준다. 그는 그녀에게 정말 괜찮다는 걸 보여주고 싶었는지 별이 내리다를 엉성하게 흥얼거렸다.

"우와. 유하씨 하늘 좀 봐요. 별이 많아요."

시후는 어색하게 하늘을 가리키며 말했고, 그녀는 그저 아랫입술을 잘근 씹었다. 그가 새카매진 밤하늘을 올려다보며 입김을 불었다. 조심스레 뿌려진 하얀 입김을 따라가다 보니 하늘에 무수하게 박힌 보석들이 보였다.

"끝내주네. 그쵸?"

그는 시선을 밤하늘에 고정시킨 채, 감탄을 연발했다. 별빛 아래 그의 모습은 별보다도 눈이 부셨다. 유하의 심장이 쿵쿵 문을 두드렸다. 뜨거운 기운이 목부터 얼굴을 감싸 공기가 후끈하게 느껴지고, 동공도 미세하게 떨렸다. 그녀는 붉어진 얼굴을 들킬까 시선을 얼른 떨어트렸다. 그러다 난간을 짚고 있는 시후의 고운 손을 발견했다. 그는 속으로 무슨 노랠 떠올리는지 손끝을 바닥에 톡톡 찍으며 리듬을 타고 있었다. 유하는 그의 손등 위에 자신의 손을 슬며시 얹었다. 손끝에 전기가 흐르듯 저릿거렸다. 그는 어떨까 표정을 확인하니, 밤하늘을 넋 놓고 구경하던 시후의 눈은 동그랗게 커져 있었고, 긴 속눈썹이 파르르 떨리고 있었다. 모든 시공간이 멈춰버린 것 같은 순간에 다시 한 번 찬바람이 몸을 한 번 슥 하고 훑고 지나갔다. 그 바람은 시후에게서 풍기는 채취를 유하에게 전해주었다. 새뜻한 나무 향이었다. 그 향기는 결정타였다. 심장이 터질 듯이 뛰어 유하는 자리에서 벌떡 일어나 난간 위에 섰다.

"시후씨. 여기 일어 설수 있겠어요?"

대답이 돌아오지 않는 그를 향해 유하는 두 손을 내밀었고, 시후는 가만히 유하를 올려보다가 이내 도움을 받으며 간신히 난간 위에 올라섰다.

"가끔 누군가의 손이 망치로 보일 때가 있어요. 어릴 때 학대를 당했었거든요. 그래서 저에게 누가 갑자기 손을 올리면 자동적으로 몸이 움츠러들어요."

그의 입술이 무언 가 말하려다 멈췄다. 굳이 말하지 않아도 그가 속상해하고 있다는 건 표정만으로도 충분히 알 수 있었다.

"시후씨가 싫어서 피한 게 절대 아니라는 걸 말해주고 싶었어요. 혹시 저 때문에 상처 받았다면 정말 미안해요."

유하는 포개진 그의 두 손을 꼬옥 쥐며 솔직한 마음을 전했다. 그와의 거리는 반걸음 정도의 간격으로 마주 서 있었고, 요동치는 심장은 동공까지 흔들어댔다.

"유하씨 손이 많이 차네요."

"아! 죄송해요. 너무 차갑죠."

유하는 황급히 손을 빼려고 했지만, 그가 더욱 강한 힘으로 꽉 쥐어 버리는 바람에 실패했다.

"얘기해줘서 고마워요. 솔직히 말하면, 내가 유하씨를 불편하게 한 걸 까봐 조금 걱정하고 있었거든요."

"절대 아니에요. 시후씨한테는 매순간 고마울 뿐이에요."

시후가 처음으로 어쩔 줄 몰라 했다. 꽉 잡은 두 사람의 손은 석고상처럼 단단히 굳어 손바닥 사이에 땀이 몽글몽글 찼다. 유하는 오늘 왠지 그에게 특별한 선물을 줄 수 있겠단 생각이 들었다.

"아까 하늘을 나는 기분이 어떠냐고 물어보셨죠?"

다소 진지한 투로 묻는 그녀를 보며 시후는 설마. 라고 고개를 저었다. 아니나 다를까 어느 새 발밑이 가벼워지는 느낌이 들어 그는 이상한 듯 난간 주위를 휘휘 둘러보았다.

"맙소사."

그의 예상은 적중했다. 시후는 유하와 함께 점점 몸이 떠오르며 전망대와 조금씩 멀어지려 하고 있었다. 위로 올라갈수록 강해지는 바람이 허공에 있는 둘을 마구 괴롭혔다. 머리칼과 옷깃들이 질서 없이 강하게 펄럭거려 정신이 하나도 없었다.

"이건, 이건 정말 말도 안 돼요."

그의 표정은 거의 울기 직전이었다. 붉은 눈망울이 가엾게 촉촉해져 있었다.

"내려다보지 말고, 하늘을 봐요. 별이 많다면서요."

둘은 몬터레이와 작별인사라도 하듯이 계속해서 하늘위로 떠올랐다. 도시가 까마득하게 멀어지자 시후는 아담한 유하의 두 손을 부서질 듯 움켜쥐었다.

"괜찮아요. 저를 믿어요. 저도 경험상 큰일 난 적이 없거든요."

유하는 그 어느 때 보다 평안하고 안정적이었다. 그녀가 이렇게 대범한 성격이었나. 시후는 오늘 여러 가지로 놀란 탓에 정신이 아득했다.

늦은 밤의 몬터레이는 자취를 꽁꽁 숨긴 비밀의 도시처럼 캄캄했다. 담흑빛의 모래가 세상을 단숨에 삼켜내려 하는 것 같았다. 공포심에 벌벌 떨던 시후는 새로운 세상에 익숙해지고 있었다. 아래로 깔린 먹색 구름들을 만지고 싶다고 해서 막상 내려가면 구름은 연기처럼 사라졌고, 또 저 위에 다시 등장했다면서 그가 아이처럼 야단 떨면 유하는 같이 올라가주었다. 오락실에 있는 두더지 게임을 하는 기분이었다.

"나 왜 이렇게 신났죠."

시후가 눈을 또랑또랑 빛냈다.

"춥진 않아요?"

유하가 물었다.

"이상하게 안 춥네요. 같이 있어서 그런가."

순간 그녀는 그와 마주잡고 있는 손이 새삼 실감이 나버려서 부끄러움을 탔다. 인식하면 인식할수록 그의 손은 따듯했고, 심장소리는 빨라졌다.

"오늘 누구에게도 받을 수 없는 큰 선물을 받았네요."

"어때요? 부자가 된 느낌이 들어요?"

"네. 백만장자 안 부럽네요."

멀리서 촤아 하고 파도소리가 두리뭉실하게 들려왔다. 소리가 작아서 시시한 바람소리랑 헷갈리기도 했다. 그의 손을 잡은 채, 구름을 밟고 서 있는 이 순간이 문득 낭만적으로 느껴졌다. 다른 사람과 함께였어도 이토록 평화로웠을까. 유하는 그의 붉은 눈빛에 녹아 몽롱함을 느꼈다.

"전 하늘을 동경했었어요. 동경이란 표현이 맞는지는 모르겠는데, 어릴 때 동생이랑 같이 하늘을 올려보면서 밤마다 쉼 없이 수다를 떨곤 했어요."

"유리요?"

"네."

그의 입에서 유리 이름을 듣게 되니 알쏭한 기분이 들었다. 아예 다른 사람이름처럼 새롭고 낯설게 느껴졌다.

"유리가 가고 나서도 저는 하늘을 자주 올려다봤어요. 매일 달라

지는 풍경이 예뻐서 좋고, 닿을 수 없어서 좋았어요. 내 멋대로
저 윗세상을 상상할 때마다 은근히 위로도 됐고요."

"동경하던 하늘과 가까워진 소감이 어때요?"

그는 흐뭇하게 웃으며 물었다.

"조금 우습지만 정말로 내 것이 된 느낌이 들어요. 세상과 친구
가 된 것 같은?"

그녀가 여느 때보다 예쁘게 웃는다. 그 청초한 미소가 설레어서
시후는 양손으로 그녀를 품에 가득 안았다. 조금의 공간도 없이
그와 밀착 된 유하는 숨을 쉬는 방법을 망각해 버려 헛기침이 나
왔다. 그가 그녀의 등을 아기 달래듯 토닥토닥 두드려주며 안정시
켰고, 두 사람은 어두우면서도 어둡지 않은. 밝은 암흑 속에서 서
로의 어깨너머 세상을 보았다.

시후 눈앞에 부러진 앞니를 훤히 보이며 바보같이 웃는 한 여자
아이가 별들 사이에서 흐릿하게 나타났다. 그는 그 아이의 형상이
진해지려 하자 눈을 감고 애써 무시해버렸다. 그리곤 유하를 더욱
세게 끌어안았다.

13. 새싹

"됐다."

새것임을 티내며 반짝 거리는 핸드폰 하나를 들고, 시후와 유하는 거실 바닥에 앉아 작은 화면을 들여다보고 있었다. 노인이 어제 대뜸 새 핸드폰을 사왔다. 비스킷처럼 얇고 가벼운 블랙 컬러의 최신형 핸드폰이었다. 유하가 원래 가지고 있던 건 터치기능이 안 되는 오래된 폴더 폰이었던지라 그녀는 요즘 나온 최신형들의 터치 기능을 익히기가 어려웠다. 달칵달칵 버튼을 누르는 감각이 없어져서 신기하기도 하고, 서먹하기도 했다.

시후는 그녀 옆에 나란히 앉아 진과 할아버지, 하영, 그리고 본인까지 네 명의 전화번호를 모두 저장해주었다. 간소해진 주소록은 인생을 새로 시작하는 느낌을 주었다. 가슴이 두근두근 거렸다.

"한국에서도 쓸 수 있게 유심 칩을 따로 꽂아놨어요. 혹시라도 뭐, 한국에 돌아가게 되면 바꿔 끼워서 사용해요."

"안 가요. 거긴."

유하가 입 꼬리를 내리며 어리광 비슷하게 단호한 의사를 표현했다. 그런 유하를 마냥 귀여워하는 표정으로 시후가 머리를 한 번 쓰다듬자, 유하는 몸에 털이 솟으며 빳빳하게 굳어 버렸다.

"아. 미안해요. 왜 자꾸 손이 막 가는지."

유하의 얼떨떨한 얼굴을 보고, 시후는 어리숙하게 중얼거렸다.

그녀가 얼어버렸던 건 놀랐거나 불편해서가 아니었다. 그와 가까워진 만큼 부끄러움이 커졌을 뿐이었다. 요즘 따라 단둘이 있으면 묘하게 서먹한 공기가 자주 느껴졌다. 며칠이나 지났는데도 그를 안았을 때 느꼈던 포근한 감촉이 잊히지 않았다. 우리 둘 사이에 그런 일이 있었다는 게 믿기지 않고 꿈을 꾼 것만 같았다.

"아침 먹고 일 가야죠? 오늘은 진이 요리사예요. 나는 보조."

노인이 부엌에서 나와 둘을 불렀다. 식탁위에 때깔 좋은 샛노란 고구마 샐러드와 고소한 향을 풍기는 야채 토스트가 유하의 침샘을 자극했다.

"간만에 열심히 만들어봤어요."

진이 하얀 레이스가 달린 공주풍의 앞치마를 벗고 앉았다. 몇 개월 전에 노인과 마트에 가서 그녀가 직접 골라 산거라 했다. 평소에 입는 원피스나 유하에게 선물해준 몇 벌의 옷들만 봐도 그녀의 스타일은 무척 우아하고 고풍스럽다는 걸 알 수 있었다. 아름다운 루이스 마을의 공주님. 노인에게 미안하지만, 유하는 마을의 주인이 노인보다 진에게 조금 더 잘 어울린다고 생각했다.

"우와. 정말 맛있어요."

유하가 토스트를 한 입 크게 베어 물곤 감탄사를 뿜었다. 두 사람도 맛을 보더니 진에게 칭찬을 아끼지 않았다. 노릇한 빵 사이에 비좁게 눌려있는 가느다란 양배추에서 매콤하고 달달한 행복한

175

맛이 났다. 비결은 겨자소스였다. 오래된 키위를 어떻게 처리할지 고민하던 노인을 위해 진이 키위와 설탕을 함께 갈아 겨자 소스에 섞었다고 했다. 그녀는 뭐든 만능 해결사였다.

"여러분. 그거 아세요? 제가 여기 온 지 벌써 3주가 넘었어요. 시간이 휙휙 지나가는 것 같아요."

유하가 빵을 오물오물 씹으며 지난날을 회상했다.

"그 새 유하씨 얼굴이 전보다 좋아진 것 같아요. 어때요? 지낼 만 해요?"

진은 유하 입술에 묻은 하얀 빵가루를 떼어주며 다정하게 물었다.

"그럼요. 다들 이렇게 잘해주시는데. 열심히 일해서 저도 얼른 살림에 보탬이 될게요."

"아이고 예뻐라."

노인이 유하를 손녀 보듯이 하며 호탕하게 웃었다. 서로 훈훈하게 눈을 맞추며 즐거운 아침 식사가 마쳐갈 즈음에 출근하려고 일어나는 시후와 유하를 진이 다시 의자에 앉혔다. 노인이 어리둥절하는 걸 보니 그도 진이 무얼 하려는지 모르는 모양이었다.

"제가 한국을 자주 왔다 갔다 하는 이유는요."

셋은 고개를 동시에 끄덕였다.

"동생 때문이에요."

유하는 처음 듣는 얘기였다. 다른 두 사람의 얼굴을 보니 그들도 처음 듣는 것 같았다.

"네. 친동생은 아니지만 저한테 거의 가족이나 다름없는 친구가 한 명 있어요. 현재 그 친구가 정신적으로 많이 힘든 상태라 제가 돌봤었거든요. 근데."

진이 살짝 머뭇거리며 한 박자 호흡을 뱉었다.

"오늘 바로 한국에 돌아가야 할 것 같아요. 아마 한 달 정도는 못 오지 않을까 싶어요. 어쩌면 그 이상 못 올 수도 있고요."

진은 일부러 씩씩하게 얘기하는 것처럼 보였다. 그녀의 통보에 모두 같은 마음으로 아쉬워했지만, 아무도 진을 말릴 수는 없었다. 원래 살았던 곳에서도 나름 중요한 생활이 있었을 거니까. 유하는 그녀를 어른스럽게 보내주고 싶어서 약해지는 마음을 추슬렀다. 아까는 시간이 빨리 흐른다고 얘기했지만. 왠지 진이 없는 곳에서의 시간은 무척 더딜 것만 같았다.

"그렇게 오래 가 있는 건 처음이네. 큰 일이 있는 건 아니지?"

"응. 아니야. 걱정 안 해도 돼."

시후는 노인을 슬쩍 쳐다봤다. 평소에 진과 각별하게 지내왔던 노인은 묵묵히 팔짱을 낀 채로 싱크대에 기대 서 있었다. 그가 서운해 할 소식이란 걸 알기에 시후가 슬쩍 눈치 보는 것 같았다. 진은 말이 없는 노인에게 다가가 소중히 안아주었다. 그런 그녀를 노인도 두 손으로 등을 토닥였다.

"크리스마스는 같이 보내자."

노인이 부탁하듯 말했다. 그녀가 그 전에는 꼭 와서 파티에 동참하겠다고 환하게 웃으며 약속했다.

"아참. 유하씨."

그녀의 부름에 유하는 귀를 쫑긋 세웠다. 진은 둘이서만 얘기할

177

게 있다면서 뒷문 밖으로 유하를 이끌었다.

"저번에는 유하씨가 경황이 없을 거 같아 말을 못 했는데요. 저한테 그랬었잖아요. 보름달이 뜨는 날에만 이곳에 올 수 있다고."

"네. 맞아요."

갑자기 맞이한 아침 햇살이 따가워서 유하는 눈을 게슴츠레 떴다.

"그게 이상하다고 생각했어요. 전 처음부터 이곳을 제한 없이 왕래 했었거든요. 우리가 왜 다를까요?"

"글쎄요. 그 문제는 잠시 잊고 있었어요."

"대체 뭘까."

진은 새침하게 뻗쳐있는 자신의 머리끝을 손으로 빗었다. 그녀는 무언가 집중해서 고민 중이었다. 진지한 그녀와 달리 유하는 약간 알쏭해했다. 사실 이제 더 이상 마법을 못 쓰게 되도 상관없었다. 이곳에 온 뒤로는 더할 나위 없이 행복해서 실마리는 평생 안 풀어도 아무렴 어때 라는 생각이었다. 오히려 진의 얼굴을 한 달이나 못 본다는 사실이 유하에겐 더 큰 고민거리였다. 한 달 쯤이야 라고 위로하려해도 섭섭한 기분이 계속 쫓아다녔다.

"아무튼 유하씨! 제가 없는 동안 여기서 마법의 원천을 알아봐요. 나는 솔직히 우리 할아버지도 살짝 의심 간다니까요?"

그녀가 시후와 같은 소리를 했다.

"딱히 증거는 없지만, 가끔 할아버지 표정 보면 모든 걸 다 아는 사람 같아 보여요. 제가 없는 동안 유하씨가 한 번 취조 해봐요."

진은 큭큭 거리며 짧게 웃었다. 그녀는 이런 대화를 하는 게 영화 속 주인공이 된 것 같아서 너무 즐겁다고 말했다. 얼떨결이긴 하지만, 유하는 미스테리한 실마리를 풀어야 하는 막중한 임무를 맡았다.

"만약 우리가 마법을 많이 써서 빨리 죽으면 어떡해요. 너무 슬프잖아."

"에이. 그럴 일 없을 거예요. 왜냐면 언니가 주인공이잖아요."

둘은 십분은 더 그렇게 아이처럼 희맑은 대화를 이어갔다. 출근 시간 늦겠다고 재촉하는 시후가 없었으면 아마 반나절은 떠들었겠지. 유하는 바람대로 진을 어른스럽게 잘 보내주었다. 퇴근하고 오면 그녀가 없어서 씁쓸하겠지만, 그녀와 한 약속이 있어서 마음이 든든했다. 혹시 한 달 내내 외로워할 마음을 위로해주려고 일부러 그런 부탁을 한 건가. 하고 유하는 추후에 생각했다.

오늘은 손님이 몇 없어 가게 안이 썰렁했다. 동네에 꽃집은 달랑 이곳뿐이라 한가할 날이 많지 않다며, 하영은 오히려 나른한 시간을 즐겼다. 그녀는 카운터 의자에 편히 기대어 오래 된 만화책을 읽고 있었고, 시후는 며칠 전에 예약이 들어왔던 근처 웨딩홀로 배달을 나갔다. 어제 하얀 장미와 엷은 분홍빛이 도는 작약들로 작고 무성한 다발을 열두 개나 만들었다. 이번 꽃 장식은 유하의 손길도 많이 묻은 터라 식장 내부의 모습이 얼마나 화려하게 변신 했을지 그녀는 여느 때보다 궁금해 했다.

꽃집 안엔 소규모의 온실도 꾸며져 있었다. 겉모습은 그저 투명한 비닐이 구깃하게 씌워져 있어 볼품없어 보여도 막상 안에 들어가면 상큼한 풀잎냄새와 정갈하게 놓여있는 열대식물들이 온실을 품위 있게 만들었다. 식물을 사랑하는 하영의 마음이 곳곳에 고스란히 느껴져 유하는 그녀가 늘 존경스러웠다.

"그건 여인초라고 해요. 꽃말은 신비."

유하는 온실 안에서 큼직한 이파리를 정성스레 닦고 있다가 하영의 목소리에 뒤를 돌아보았다. 그녀는 문에 기대어 유하를 향해 씨익 웃고 있었다.

"여인초. 이름을 들으니까 애정이 가네요. 영어로는 뭐라고 해요?"

"그냥 Lady plant 이라고 설명해요. 그걸 사러 오는 손님이 지금 밖에서 주차하고 있어요. 어떻게 알고 유하씨가 열심히 닦고 있었네요?"

"엇. 오늘의 다섯 번째 손님!"

하영은 호탕하게 웃으며 유하를 향해 양 손바닥을 활짝 펴서 내밀었고, 유하는 그녀에게 쑥스럽게 다가가 손끝을 톡 쳐주고 나갔다.

가게 문이 열리자 바깥의 찬 공기가 살그미 들어왔다. 여인초의 주인공이라던 손님은 쉰 살은 훌쩍 넘어 보이는 중년의 동양인 여자였다. 그녀의 패션은 젊은 여성들 못지않게 센스가 좋았다. 형광 빛이 도는 핑크색 베레모를 귀엽게 머리에 얹고, 검은 퍼 재킷을 귀족부인처럼 어깨에 걸치고 있었다. 뒤뚱뒤뚱 풍만한 몸채를 자신감 있게 드러내며 그녀는 하영의 안내에 따라 온실 안에 들어갔고, 그 안에선 잠깐이었지만 깔깔깔 하고 웃는 두 여자의 명쾌

한 소리가 울렸다. 곧이어 하영은 잎이 무섭게 자란 여인초를 낑낑대며 들고 나왔다. 유하는 도와주기 위해 바로 달려가 그녀가 들고 있던 여인초를 옮겨 받고선 손님이 세워둔 하얀색 세단까지 들고 갔다. 타이밍 맞게 트렁크에 문이 열렸고, 유하는 고운 여인초가 혹여나 상처라도 날까 마음을 졸이며 화분을 조심히 실었다.

"Thank you very much."

손님은 귀여운 눈인사를 찡긋하며, 유하에게 고맙단 인사를 건넸다. 표정이나 발음이 많이 어눌했지만, 그녀는 상대방까지 웃게 만드는 묘한 매력이 있었다. 유하와 하영은 손님을 보내고 온실 안으로 들어와 자질구레하게 흘려있는 흙먼지들을 쓸어 담았다. 허하게 비어있는 여인초의 자리는 커다란 잎을 자랑하는 필라덴드론 콩고로 다시 메꿔졌다. 온실 안엔 핑크 베레모 손님의 향수 냄새가 아직 옅게 배어 있었다. 달달하면서도 묵직한 포도 향. 포도 향을 맡으니 쿠쿠비어가 생각났다.

"단골손님이신 것 같던데."

유하는 묘하게 여운이 남아 하영에게 손님 얘길 꺼냈다. 온실 정리를 마치고 둘은 다시 카운터로 와서 이야길 이었다.

"몇 개월에 한 번? 꼭 여인초를 찾아요. 그게 이유 없이 좋고, 또 이유 없이 좋다는 게 좋대요. 재밌죠?"

"좋은 이유네요. 유쾌하신 분 같아요."

하영은 유하를 지그시 바라보다가 커피포트에 물을 담아 끓이기 시작했다.

"그 분 언어장애가 있으세요. 처음 뵀을 때보다 많이 좋아지셨

181

네."

어눌하게 들렸던 발음이 장애였다는 걸 알고 유하는 숙연해짐을 느꼈다. 하영은 물이 보글보글 오르는 걸 확인 한 뒤에 포트 전원을 껐다. 그다음 카운터 테이블 아래에서 레몬 청이 가득한 작은 유리병을 꺼냈다. 그녀는 하루에 레몬차를 서너 잔 이상 마시는 것 같았다.

"마실 거죠?"

"네. 주세요."

그녀가 두 개의 컵에 청을 한 스푼씩 덜어냈다. 레몬의 향긋한 향이 콧속으로 들어왔다.

"저도 사장님처럼 레몬차에 중독 됐나 봐요."

유하는 풍겨오는 새콤달콤한 냄새에 침을 꼴딱 삼키며 그녀의 손길을 눈으로 따라 다녔다.

"근데 유하씨."

"네?"

"아까 그 손님, 남자예요."

"세상에!"

유하는 들고 있던 빗자루를 떨어트렸다. 기분이 오묘하게 벅차오르면서 머릿속에 지진이 일었다.

"그렇게 놀라워요? 눈치를 아예 못 챘구나."

하영은 컵 하나를 밀어 유하 쪽으로 건네주었다.

"남자분일 거라곤 전혀 생각을 못 했어요."

기억을 되새겨보면 목소리가 굵었던 것 같기도 했다.

"그리고 그분. 쿠쿠 맥주 사장님 아내분이예요."

"예?"

태어나서 처음 받는 신선한 충격에 유하는 혼란스러움을 느꼈다. 가게에서 들었던 둘의 스토리가 뒤늦게 기억이 났다. 유하는 부부의 관계를 정리해보려다가 버거운 기분이 들어서 하영이 내민 차를 홀짝 마셨다. 하영은 유하와 다르게 흥미롭다는 표정을 짓고 있었다.

"유하씨. 이참에 나 고백할거 있어요."

"고백이요?"

둘은 동시에 행동을 멈췄다.

"사실 나 동성애자예요. 유하씨한테 얘기 할 타이밍을 재고 있었는데, 지금이 딱 인 것 같아서."

하영은 천연덕스럽게 자신의 커밍아웃을 자처했다. 그녀의 너무나도 여유로운 모습에 함부로 놀랄 수도 없었고, 그렇다고 정말 아무렇지 않은 척 할 수도 없었다. 유하는 그저 고개만 어색하게 끄덕일 뿐이었다.

"가족들이 나 때문에 괴로워하는 꼴 보기 싫어서 미국으로 도망쳐 온 거예요."

그녀는 찻잔을 들고선 마시지는 않고, 잔속을 들여 보기만 했다.

"힘드셨겠어요."

"놀랐죠?"

"아니요. 괜찮아요."

유하는 놀라는 가슴을 들키지 않게 최대한 나긋하게 답했다.

"살다보니까 한 번씩 지나온 길을 돌아볼 때가 오더라고요. 참 전쟁터가 따로 없어요. 그런데 그 전쟁터 속에서도 살아 갈 희망이 자꾸 생기는데. 이유가 뭔지 알아요?"

유하는 고개를 절레절레 저었다. 조용히 한숨을 삼키던 하영이 찻잔을 카운터에 올려놓고, 앞치마 주머니에 손을 찔러 넣었다. 그녀의 눈빛은 슬퍼보였지만, 절대 무너지지 않을 것처럼 강렬했다.

"진부하게도 사랑이었어요."

사랑. 소리 내서 말해본적 없었다. 사랑. 참 예쁜 단어였다.

"전쟁 속에 내가 사랑하는 사람이 서 있다면 구하기 위해 몸 바쳐 달려 들어가는 게 사랑이에요. 내 목숨보다 그 사람이 소중해지는 거죠. 그런 성숙된 감정이 나를 자꾸 일으켜요. 동성을 좋아하던, 이성을 좋아하던 사랑의 힘은 똑같다고 봐요 난."

덤덤히 말을 이어가는 하영에게서 음울한 빛이 비쳤다. 그녀가 수많은 편견 속에서 자기 자신에게 채찍질 하며 살아왔을 거라 생각하니 속이 상했다. 그리고 한 편으론 그녀의 올곧은 신념이 대견스럽고 멋있어 보였다. 유하는 그녀의 좋은 기운에 힘입어 찻잔에 시선을 고정한 채, 조심스레 입을 열었다.

"저는 사랑이 뭔지 잘 몰라요. 어릴 때부터 사람들을 만나면 거부감이 먼저 들었었거든요. 그래서 사랑이란 감정에 대해 깊이 생각해 본 적이 한 번도 없는 것 같아요. 어쩌면은요, 제가 남자를 좋아하는 사람인지, 여자를 좋아하는 사람인지 모르고 있는지도 몰라요."

학창시절 끔찍했던 사건 이후로 유하 곁에 오는 사람들은 모두 칼을 들고 달려들었다. 그 칼로 언제 날 찌를까, 근데 날 왜 찌르려할까. 경계 하면서 매순간 불안하게 살아왔다. 사랑이란 무엇인지 또 희생이란 무엇인지. 유하에게 제대로 알려주는 사람도 없었고, 느끼게 해주는 사람도 없었다.

"사람이 두려웠어요. 다행히 지금은 조금 나아졌지만, 여기오기 전 까진 바깥에 나가야 할 때마다 힘들었어요. 그래서 저는 사장님처럼 사랑이란 감정을 느낄 수 있는 사람들이 부러워요. 행복해 보였거든요."

"어라? 유하씨 지금 시후를 사랑하고 있잖아요?"

가만히 듣고 있던 하영이 아무렇지 않게 돌 같은 질문을 던져 가슴을 때렸다.

"네? 아, 아니에요!"

유하는 흥분하며 절대 아니라고 손사래를 쳤다. 짓궂은 그녀가 계속해서 꼬치꼬치 캐물었지만, 유하는 그냥 이유 없이 부정하고 싶었다. 자신이 누군가를 사랑한다는 건 말이 안 되는 일이었고, 혹여나 그렇다 하더라도 들키고 싶지 않았다.

"전 사랑이 치료도 해줄 수 있다고 생각해요. 다른 건 다 부질없게 느껴져도 인간은 사랑 앞에 못 당해요. 사람한테 상처 받은 거 사람에게 치료 받아요 유하씨."

하영은 유하를 뚫어지게 바라보았다. 그녀의 처음 보는 진지한 눈빛이 낯설었지만, 왠지 진심이 담겨 있는 묵언의 메시지 같아 유하 역시 그녀의 눈을 피하지 않고 지그시 맞췄다.

"보고 싶고, 보고 싶고, 그리고 또 보고 싶으면 그건 사랑이에요. 피하지 말고 그런 마음을 실컷 즐겨요."

하영이 유하를 향해 윙크를 날렸다. 그녀가 다시 통통 튀는 상큼한 모습으로 돌아왔다. 보고 싶고, 보고 싶고, 또 보고 싶으면 사랑이다. 그 말은 곱씹을수록 기분이 이상했다. 갑자기 한 남자의 얼굴이 눈앞에 둥둥 떠다니는 환상이 보이기 시작했다. 유하는 허공에 손을 저어 지우려 했지만, 소용이 없었다.

"올리버 컴백!"

눈앞에 둥둥 떠다니던 그 남자가 등장했다.

"오. 우리 가게 꽃미남 올리버가 오셨네?"

하영은 조금 수상해보일정도로 오버를 떨며 그에게 달려갔고, 유하는 조마조마한 마음을 숨기려 애썼다. 그는 오늘따라 더 촐싹거리는 하영을 깔끔하게 무시해버리곤 유하에게 성큼 걸어왔다.

"내가 유하씨 보여주려고 사진 열심히 찍었어요. 이거 봐요."

그는 카메라로 찍어둔 화려한 식장 내부 사진들을 유하에게 보여주었다. 그리고 사진을 하나하나 넘기며 우리가 함께 만든 부케들이 어떻게 장식되었는지 자상하게 설명해주었다. 그러나 유하는 카메라가 아닌 그의 옆모습에 자꾸만 눈길이 갔다. 심장이 콩닥콩닥 울리기 시작하자 그녀는 반사적으로 그에게서 한발 피해버렸다.

"조명 때문에 색이 안 살 길래 그냥 여기는 비워뒀고. 아 여기. 여기도 예쁘죠."

유하의 움직임을 전혀 눈치 채지 못한 시후는 작업 물에 집중하

186

며 좀 더 진중하게 설명을 이어나갔다. 유하는 지금 그의 얼굴을 이렇게나 가까이서 보고 있는데도 그가 또 보고 싶어지는 이상하고도 신기한 마음이 들었다. 눈으로만 담기엔 부족했다. 온 마음으로 꼼꼼히. 오래오래 담아도 부족한 느낌. 하영의 말대로 난 그를 사랑하고 있는 걸까. 아니야. 아닐 거야. 사진에 집중해야지. 집중. 유하는 걸리지 않는 주문을 마음속으로 계속 외웠다.

여태 유하 혼자서만 모르고 있던 가슴 속 올망졸망한 새싹 하나가 이제 막 꽃을 피워 모습을 드러냈다.

14. 좋아해요

매주 일요일은 꽃집이 쉬는 날이다. 유하는 점심때까지 방에서 꾸물거리다 오늘따라 집안이 조용하게 느껴져 1층으로 내려왔더니 거실 창밖에서 시후와 노인이 열심히 세차 중이었다. 그동안 탁한 빛을 냈던 파란 자동차가 이제 말끔히 변신해 광을 내뿜고 있었다. 12월이 되면서 날씨는 극심한 한파에 접어들었다. 멀리서도 둘의 입김이 훤히 보여 살인적인 추위를 간접적으로 실감할 수 있었다. 한 달 뒤에 돌아온다고 약속했던 진은 감감무소식이었다. 유하는 진의 미소가 그리워질 때면 파란 우체통을 찾아가곤 했다. 그곳에서 가만히 멍을 때리고 있으면 그녀가 등 뒤에 갑자기 나타나서 워! 하고 놀래 킬 것만 같았다. 그녀가 걱정되어 시무룩해질 때마다 시후는 유하에게 말했다. 진은 크리스마스 날 깜짝 서프라이즈로 등장할 거라고. 작년에도 그렇게 우리를 놀래 켰었다고.

"으으. 추워라."

시후가 코끝이 빨갛게 얼어서는 요란하게 몸을 떨며 들어왔다. 뒤이어 노인도 입고 있던 두터운 파카를 벗으며 후다닥 집 안에 발을 들였다.

"나의 목욕타임을 아무도 방해 마쇼."

"아 할아버지! 나 먼저 한다니까!"

노인은 자신을 부르짖는 시후를 가볍게 무시하고 잽싸게 2층에 올라갔다. 욕조를 빼앗긴 시후는 패배자의 표정을 지으며 터벅터벅 소파에 다가와 울상을 지었다. 그는 샛노란 개나리 색의 후드 티를 입고 있었는데, 피부가 하얘서 그런지 밝은 색상의 옷도 잘 어울렸다. 오늘따라 청초한 매력을 뽐내는 시후가 유하 옆에 와서 앉았다. 그녀의 심장이 또 고장 나버렸다. 그녀는 시간이 지날수록 콩닥콩닥 뛰는 가슴을 가라앉히기가 점점 힘들어졌다.

"어디 아파요? 얼굴이 너무 붉어요."

그가 유하의 얼굴을 자세히 들여다보며 말했다.

"차, 차 드실래요?"

유하는 벌떡 일어나 그의 대답도 듣지 않고, 부엌으로 도망쳤다. 요즘은 그가 더 불편해졌다. 하영과의 대화 이후로 유하는 그와 있을 때 아주 작은 것에도 신경을 많이 쓰기 시작했다. 예를 들면 평소에 자신이 짓는 표정이나 말투, 혹은 말하는 타이밍까지 신경 쓰게 되었고, 그와 함께 밥을 먹을 때도 생각이 많아졌다. 먹는 모습이 예쁘지 않을까봐 걱정돼서 가끔 입술에 경련이 일어나곤 했다. 또 아침마다 거울로 자신의 부은 얼굴을 볼 때면 그 날은 시후와 마주하기가 몸서리치게 창피했다. 매일 매일 보아도 적응이 안 되는 시후 때문에 유하의 하루는 혼자서만 정신없이 시끄러웠다.

부엌으로 도망 온 유하는 차 끓일 준비를 시작했다. 싱크대에 나와 있는 찻잔들은 유하의 마음에 영 안 내켰다. 색이 더 예쁘고,

아기자기한 잔을 어디선가 본 기억이 나서 이곳저곳 찻장 문을 열어보았다. 그녀는 깊숙한 곳에서 분홍색의 둥근 하트모양 머그잔을 발견했다. 이 머그잔은 유하가 처음 이 집에 왔을 때, 시후가 건네주었던 잔이었다. 그 때의 시후는 다정하긴 했지만, 벽이 느껴졌었다. 유하를 이상하리만큼 빤히 쳐다보며 적대했던 것 같기도 했다.

"치. 왜 그랬대."

과거의 시후에게 괜히 토라진다. 유하는 싱크대 하부에 있는 3단 서랍들을 차례대로 열어 보았다. 우려먹기 좋게 정성스레 말린 이파리들은 마지막 서랍에서 까꿍 하고 나타났다. 이파리들은 색이 바란 채로 투명 유리병 속에 구겨져있었다. 병을 막고 있는 코르크마개를 열자 시원하고 새뜻한 나무향이 흘러왔다. 언제 맡아도 늘 향기로웠다. 유하는 아직도 이 향기와의 첫 만남을 기억해내지 못했다. 가끔 기억해내려고 나무 주변을 몇 바퀴씩 돌아보기도 했지만, 조금도 떠오르지 않았다. 드넓은 초원 한 가운데에서 나무의 시원한 향을 맡고 있으면 세상에서 가장 행복한 사람이 된 느낌이었다. 진은 항상 혼자 생각에 잠겨있는 유하에게 다가와 슬쩍 팔짱을 걸어주곤 했다. 고민 있냐고 물어보는 그녀의 말투는 돌아가신 엄마와 비슷했다. 그녀에게 엄마 얘길 해주면 박수치며 좋아했다. 왠지 칭찬인 것 같다면서. 진은 행복하게 웃었다.

제가 없는 동안 여기서 마법의 원천을 알아봐요.

진이 남기고 간 말이 떠올랐다. 장난스런 톤이었지만, 그냥 한 말 같지는 않았는데. 유하는 연기가 풀풀 나는 뜨거운 물을 머그잔에 또르르 부으며 그녀의 말을 골똘히 고민해보았다. 궁금한 게 대략 세 가지로 추려졌다.

나는 날 수 있게 된 힘을 어떻게 얻은 걸까.

왜 종착지는 이 마을이어야만 했을까.

언니 말대로 힘을 쓸 때마다 수명이 줄어드는 거면 어쩌지.

유하는 겸연쩍게 웃었다. 한유하가 죽는 걸 걱정하고 있다니. 참 별일이었다.

"무슨 생각을 그렇게 해요?"

뒤에서 시후의 맑은 음성이 들려왔다.

"아, 아무것두요."

"거짓말."

"정말이에요. 이거 드세요."

유하는 그에게 하트 잔을 수줍게 내밀었다. 잔 속에서 이파리가 춤을 추며 돌아다녔다.

"여기서 계속 지켜보고 있었는데, 가만히 멍만 때리던데요."

"아. 들켰네요."

시후는 미간을 모아서 화난 연기를 했다. 그는 가끔 독특한 표정을 지으면서 다양한 감정연기를 할 때가 종종 있었다.

"시후씨. 마법의 원인은 정말 뭘 까요?"

"음. 그걸 고민하고 있었군요."

"네. 사실 진이 언니가 숙제 내줬거든요. 궁금증의 실마리를 풀라고."

시후는 잔잔하게 미소를 지었다. 진의 얘기에 씁쓸해 하는 것 같았지만 티를 내지 않으려 하는 게 보였다. 유하는 그에게 몸을 가까이 붙여 할아버지를 취조해야 돼요. 라고 소곤소곤 덧붙였다. 히죽 웃으며 농담을 받아칠 줄 알았더니 그는 오히려 진지하게 표정이 바뀌었다.

"답을 아는 건 아니지만, 사실은 나 유하씨에게 예전부터 보여주고 싶었던 게 있었어요."

시후의 붉은 눈망울이 흔들렸다.

유하는 2층 왼편 끝에 항상 닫혀있는 작은 방이 창고로 쓰이고 있다는 걸 알고는 있었다. 문이 잠겨있진 않았지만, 그동안 창고에 들어갈 일이 없어 굳이 열어보지 않았던 방이었다. 지금 시후가 바로 그곳으로 유하를 데려왔고, 그녀는 처음으로 창고 안에 발을 디디며 긴장되는 마음을 가다듬었다.

"깔끔하네요."

"네. 할아버지가 여기에 소중한 추억들이 많이 있대요. 삼일에 한 번은 올라와서 꼼꼼히 청소 하세요."

축축한 종이박스 냄새가 진동했다. 평상시에 쓰는 각종 도구나 옛것을 버리지 못해 모아둔 물건들이 박스 안에 정돈되어 있었다. 결코 지저분한 창고의 모습은 아니었다. 여러 크기의 많은 박스들 중 유하 눈에 가장 튀는 애가 하나 보였다. 어두운 그레이 톤에 크기는 작지만, 튼튼해 보이는 선물용 박스였다. 시후가 그 박스를 가져와 뚜껑을 열어내니 쉬고 있던 자잘한 먼지들이 깜짝 놀라

192

며 공중에 우글거렸다. 창 너머 건너온 햇빛 한 줄기가 시후를 비췄고, 그는 빛 속에서 오래 비장해둔 빨간 공책 한 권을 유하에게 주저 없이 내밀었다.

"이게 뭐예요?"

유하가 흐릿한 목소리로 물었다. 공책 안에 특별한 비밀이 숨겨 있을 것만 같아서 침을 꼴깍 삼켰다.

"어릴 때 낙서용으로 쓰던 공책이에요. 일기 쓰려고 샀다가 도중에 포기한 거였지만."

그가 어깨를 한 번 으쓱이며 멋쩍어했다.

"제가 읽어도 되는 거예요?"

"네. 펼쳐 봐요. 보여주고 싶은 게 이 안에 있어요."

그의 허락 하에 유하는 공책을 한 장씩 넘겨보았다. 그의 말대로 처음 다섯 장은 빽빽이 일기가 적혀있었다. 유하는 대충이라도 읽어보고 싶었지만, 마구 흘겨 쓴 영어로 된 필체여서 그의 과거를 구경하는 건 포기해야 했다. 그 뒤로는 한글 낱말들이나 우스꽝스러운 만화 캐릭터 그림들이 너저분하게 그려져 있었다. 글씨체를 보니 하우스 뒷벽을 더럽힌 낙서 주인은 단연코 시후가 범인임을 확신할 수 있었다.

공책의 절반이 넘어갈 때쯤, 한 면을 가득 채운. 이전 보다 성숙해진 그림 한 장이 유하를 멈추게 했다. 건물 옥상 난간에 위태로이 서 있는 한 교복 입은 여학생이 그려져 있었다. 여자는 슬프게 울고 있고 하늘 가득히 커다란 보름달이 떠있었다. 유하는 몇 분간 그림을 주시하다가 장을 넘겨 다음 그림을 보았다. 그리고 또

193

그 다음 장을 넘겨 같은 그림을 보았다. 뒷장을 넘길수록 똑같은 여학생 그림이 점점 섬세하고, 깔끔하게 변해갔다. 공책이 파르르 흔들리기 시작했다. 유하는 떨고 있었다. 시후는 그녀에게서 공책을 가져와 맨 뒷장을 펼쳐 보였다. 그림 속 여자로 추정되는 애처로운 표정의 초상화가 크게 스케치 되어 있었고, 시후는 그림과 유하를 잠시 번갈아 보더니 이내 공책을 덮었다. 짧은 한숨이 들려왔다.

"10년 전에 나무 앞에서 이 여자를 봤어요."

유하는 눈을 질끈 감았다.

"그날은 괴로울 정도로 잠이 오지 않았어요. 그래서 바람 쐬러 나갔는데, 갑자기 나무 앞에서 저 장면이 눈앞에 보였어요. 아주 또렷이요."

그는 그때의 기분을 회상하는 듯했다. 당황한 유하는 그대로 얼어붙었고, 목덜미부터 등골까지 오싹하게 소름이 돋쳤다.

"목소리는 들리지 않았는데, 그 사람이 살고 싶다고 했어요. 이상하게 그런 메시지가 느껴졌어요. 자꾸 뭔가가 느껴지고, 불안하고, 걱정되고. 그 짧은 순간에 느꼈던 감정은 아직도 설명이 잘 안 돼요."

시후의 낮은 목소리에서 긴장감이 느껴졌다. 그리고 그의 눈가는 촉촉하게 젖어 충혈 되려 하고 있었다.

"시후씨."

"네."

"이 여자. 저라고 생각하는 거죠?"

유하의 질문에 그는 천천히 고개를 끄덕였다. 유하는 여러 개의 감정이 뒤섞여 그만 울음이 터지고 말았다. 머릿속이 혼란스러웠다. 그녀 곁에 서서히 그림자가 들고 품에 온기가 다가왔다. 시후가 유하의 얼굴을 가슴팍에 묻을 수 있게 안아주었다. 그리고 한동안 흐느끼는 등을 연거푸 쓰다듬어 주었다.

"저 실은, 열일곱 살 때 죽으려고 했었어요. 그땐 정말 죽고 싶은 건 줄 알았는데 다시 생각해보면 너무 살고 싶었던 것 같아요."

그녀는 어렵게 누그러진 감정을 잡고 침착하게 털어놓았다.

"어려서 그랬는지 몰라도. 죽은 유리와 엄마를 다시 만날 수 있을 거라고 기대 했어요. 그래서 그런 결정이 저한텐 오래 고민할 일이 아니었어요. 죽음이란 건 별게 아닌 거라고 믿고 싶었나 봐요."

시후는 작게 이해한다고 말했다. 그 누구보다 이해한다고.

"분명한 건 그 날 옥상에서 저는 주저 없이 뛰어 내렸다는 거예요."

그가 쓴맛을 삼킨 듯 미간을 찡그렸다. 어렴풋이 짐작은 하고 있었지만, 막상 그녀 입에서 끔찍한 사실을 들으니 심장이 찢어지는 것 같았다.

"근데요. 뛰어내린 건 분명 확실한데 제가 다시 살아났어요."

"음. 그때부터 날 수 있게 된 건가요?"

"아뇨. 정신을 차려보니 저는 옥상에 쓰러져 있었어요. 그리고 지금부터는 시후씨가 꼭 들었음 하는 얘기예요."

195

유하는 시후 옆에 덮어져 있는 빨간 공책을 빠르게 가져와 비어 있는 장을 찾아 펼쳤다. 그녀가 색연필이 있냐고 묻자 시후는 공책이 들어있던 상자 안에서 오래된 몽땅 연필과 먼지가 쌓인 크레파스를 꺼내어 주었다. 유하는 고민 없이 크레파스를 골라 들었고, 그 당시 자신도 보았던 장면을 빠르게 스케치하기 시작했다.

"뛰어내린 찰나에 이 장면이 눈앞에 그냥 보였어요. 너무 잠깐이라 헛것을 본 건가 싶기도 했는데."

그녀는 삽시간에 그림을 완성해서 내밀었다. 잎이 무성한 나무 한 그루와 그 나무를 바라보고 서 있는 빨간 머리 남자의 옆모습. 세월이 지나도 잔상은 또렷이 남아있었다. 뭐, 또렷하지 않아도 그릴 순 있었겠지만.

"저네요."

그는 종이를 손끝으로 가리키며 입을 열었다.

"네."

두 사람은 이내 조용해졌다. 달리 이 상황을 말이 되게 설명할 길도, 서로 증명할 확실한 방법도 없었다. 시후는 구부정한 자세로 오랫동안 그림을 바라보다 공책을 덮고, 상자 안에 넣어 정리했다. 그리곤 벽에 기대어 앉아 유하를 지그시 바라보았다. 그의 붉은 눈동자가 그녀를 아련하게 주시했다. 알 수 없는 오묘한 분위기에 유하는 어깨를 움츠렸다.

"절대 잊어버리고 싶지 않아서 그림을 그려 그동안 간직해왔어요. 조금 우습지만, 그림을 벽에 걸어두고 매일 말도 걸었어요. 당신은 누구냐고."

"10년 동안요?"

"네. 웃기게 들리겠지만 저는 정말 진심으로 시후씨가 저의 수호천사라고 생각했거든요. 그림을 보고 있으면 마음이 놓였어요. 저 사람이 실제로 존재한다면 온전히 내 편을 들어 줄 것 같은 느낌이 들었달 까."

"그렇군요."

세상에 이런 사람이 있을까 생각이 들 정도로 그녀는 맑고 순고했다. 시후는 깨질듯하지만 깨지지 않는 그녀를 오랫동안 곁에서 지켜주고 싶단 생각을 했다. 이 마음은 나무 앞에서 그녀와 처음 만난 순간부터 시작 된 거라고 그는 생각했다. 그 소녀가 살아 있었구나. 살아서 내가 있는 곳으로 왔구나.

"그림을 잃어버려서 속상했어요. 시후씨에게 전해주고 싶어서 가방에 넣어왔었는데."

"속상해하지 마요. 유하씨가 방금 그려준 걸 간직할게요."

시후가 눈꼬리를 가늘게 지으며 웃었다.

"네. 고마워요."

유하는 창밖 너머로 보이는 맑은 하늘을 바라보았다. 주먹만 한 크기의 작고 퉁퉁한 휘파람새가 창틀에 앉았다. 작고 둥근 머리를 좌우로 한 번 흔들더니 휘이 휘파람을 불며 어디론가 다시 날아갔다.

"좋아해요."

시후의 갑작스런 고백에 유하는 화들짝 놀라 그의 눈을 마주쳤다. 그는 처음 보는 애틋한 표정을 하고 있었다. 유하는 전기에 감전된 것처럼 온몸이 찌릿 거렸다. 지금 그의 눈빛은 불안정하게 떨고 있는 그녀와 달리 매우 차분하고, 강렬했다.

"유하씨. 좋아해요."

연달아 다시 들려오는 그의 나지막한 고백에 조용히 자리 잡은 침묵은 숨을 턱 막히게 만들었다. 유하는 어떤 뜻이 담겨 있는 말일까 생각했다. 그가 하영이 얘기했던 사랑의 감정으로 얘기했길 바랐다. 시후도 나를 사랑하게 된 거라고 믿고 싶었다. 온몸이 점차 뜨겁게 달아오르기 시작했다.

돌이켜 보니 유하가 고백을 들어 본 건 이번이 두 번째였다. 고등학교 교문 앞에서 꽃다발을 덜덜 떨며 고백했던 호진의 모습이 스쳐서 심장이 이상한 리듬으로 뛰었다. 유하는 지금에서야 깨달았다. 누군가에게 진심을 전하는 일엔 큰 용기가 필요하단 걸. 코끝이 시큰하게 저렸다.

"저도 좋아해요."

유하의 수줍은 고백이 종소리처럼 아름답게 울렸다. 벽에 기대있던 시후가 그녀에게 가까이 다가왔다. 그리곤 천천히 유하 손을 가져와 자신의 왼쪽 가슴 위에 얹었다. 유하는 그의 심장이 빠른 속도로 뛰는 걸 느낄 수 있었다. 누군가 문을 마구 두드리는 것처럼 그의 심장이 유하의 손바닥을 정신없이 때렸다.

"고마워요."

시후가 유하에게 스르르 다가와 입을 맞췄다. 그의 입술은 폭신하게 그녀의 입술 위를 덮었고, 잇따라 뜨거운 온기가 느껴졌다. 쿵. 쿵. 가슴속에서 북소리가 났다. 유하의 전신은 마비된 듯 꿈적

도 할 수 없었다. 감겨있는 시후의 눈을 게슴츠레 바라보다 유하
도 눈을 질끈 감아버렸다. 조금 더 파고드는 그의 입술은 부드럽
게 천천히 움직였고, 그에게서 항상 풍겨지던 새뜻한 나무 향이
유하를 완전히 매료시켰다.

  그와 그녀는 생애 첫 키스를 좁은 창고 안에서 오래오래 나누었
다

15. 반드시 오고야 말 행복

새하얀 함박눈이 흐르는 크리스마스이브의 밤이 되었다.

엊그제부터 내리기 시작한 눈바람 때문에 몬터레이의 모든 거리는 난장판이 따로 없었다. 남녀노소 사랑에 빠진 사람들이 꽃집을 드나드는 탓에 이곳 또한 난장판이 되어 셋은 하루 종일 혼이 빠지게 일했다. 12월의 정신없는 하루하루가 계속 반복되고, 노곤함에 찌든 어깨가 단단히 굳어갔지만, 요즘 사랑에 빠져버린 유하는 시후 덕에 더할 나위 없이 행복한 시간을 즐겼다. 때문에 코앞으로 성큼 다가온 화이트 크리스마스를 그녀는 온 마음을 다해 환영하고 싶었다.

"아이고 허리야."

하영은 앓는 소리를 내며 퇴근 준비를 하고 있었고, 그 옆에서 시후는 어제 오늘 매출기록을 진지하게 들여다보고 있었다. 어릴 적부터 숫자에 약하던 하영은 되도록 매출 관리를 시후에게 믿고 맡긴다고 했다. 꽃집의 사장은 하영이지만, 시후와 둘이 동업을 하는 거라 말해도 결코 과장된 얘기는 아니었다.

"정하영! 이거 저장 버튼 누르라고 몇 번을 말해."

뭔가 잘못되었는지 그가 컴퓨터 화면을 가리키며 하영을 다그쳤다.

"또 왜! 너 그리고 누나라고 하랬지. 맨날 버릇없이."

하영은 시후머리에 꿀밤을 놓으며 화면을 들여다보았고, 마침 온실정리까지 끝낸 유하도 검은 오리털 점퍼를 걸치며 모니터 쪽으로 걸어갔다.

"무슨 일인데요?"

유하가 물었다.

"할인금액 쓸 땐, 저장 버튼을 마우스로 직접 눌러야 한다고 그렇게 얘기했는데 얘가 자꾸 까먹어요. 우리 할아버지도 이런 실수는 안 하겠다."

"나보다 어린 게? 어? 사장한테? 어?"

"꼭 실수할 때마다 나이 내세우더라."

"야!"

하영은 분노했고, 시후는 그녀의 발끈하는 모습을 얄궂게 따라했다. 매일 볼 수 있는 흔한 풍경이었다.

"저는 사장님과 시후씨가 동갑일 거라고 생각했어요."

싸움을 구경하던 유하가 둘을 신기하게 바라보며 말했다.

"다들 그렇게 오해하는데, 얘가 저보다 일곱 살이나 어려요. 아직도 서른 발밑에 있는 것이 맨날 까분다니까요. 근데 유하씨, 얘 스물아홉인 거 알고 있었어요?"

"아뇨. 이제 알게 됐네요."

"어휴. 저 쪼끄만한 것이 말이야."

하영은 다시 씩씩거리며 시후를 째려보았다. 지금도 저렇게 해맑은 아이 같은 모습인데. 정말 아이였던 시절엔 그녀가 얼마나 말 괄량이였을지 상상해보았다. 왠지 하영은 양 갈레로 정성껏 땋은 삐삐머리가 어울렸다.

"누나라는 소리는 어색해. 이름이 낫지."

시후가 자기 팔뚝을 살살 문지르며 닭살 돋는 시늉을 했다.

"그리고 넌 나이랑 안 맞게 너무 애처럼 생겼어."

이어진 그의 말에 하영은 금세 또 발그레한 수줍은 소녀로 변신했다. 그녀를 웃게 만드는 건 세상에서 제일 쉬운 일이었다.

"그럼 시후씨가 저보다 두 살 오빠네요."

혼잣말처럼 조용히 뱉은 유하의 한 마디에 시후는 멍하니 서서 굳어버렸다.

"방금 뭐라고 했죠?"

"네?"

"오빠, 라고요?"

시후가 입을 막고 놀란 상태가 되었다. 그는 예상치 못 한 큰 상을 받은 사람처럼 감격스러워했다. 도저히 영문을 모르겠는 유하는 멀뚱히 눈만 끔벅였고, 하영은 깔깔깔 웃으며 배꼽을 잡았다.

"누나라고 하긴 싫고, 오빠 소린 듣고 싶냐? 이야, 외국남자들도 오빠에 죽는구나. 어이, 시후 오빠! 오빠!"

"하지 마라."

시후의 얼굴이 붉어지기 시작했다. 유하는 고작 오빠라는 두 글자에 얼굴이 새빨갛게 달아오른 그의 모습이 의외여서 더 귀여워 보였다. 유하도 괜한 장난기가 생겨 퇴근 안 해요 오빠? 라고 한 마디를 거들자 그는 푹 주저앉아 열이 올라버린 양쪽 귀를 감싸 쥐었다.

"오빠. 어서 옷 입어요!"

"오빠 여기요."

오늘은 하영과 유하가 똘똘 뭉쳐서 그를 괴롭히기 시작했다. 시후가 손바닥으로 귀를 막으며 이리저리 도망 다녔지만, 둘은 꼬떡 없이 그의 뒤를 쫓으며 모기마냥 앵앵거렸다. 저물어가는 크리스마스이브. 오늘따라 유독 발랄한 두 여인의 얄궂은 웃음소리가 곤히 잠들어있는 밤거리를 흔들어 깨웠고, 지금만큼은 다 큰 성인남녀가 아닌 네 살배기 아이들이 되어 성탄절의 시작을 해맑게 울렸다.

"참나. 유하씨도 놀릴 줄 아는 사람이란 걸 오늘에야 알았네요."

시후가 입술을 일부러 삐죽거리며 유하를 흘겨보았다. 그는 퇴근길 내내 차 안에서 투덜거렸다. 오늘은 독이 잔뜩 오른 사춘기 소년 컨셉으로 유하를 웃게 했다.

"장난인데 너무 오래 삐져있는 거 아니에요?"

"와 이것 봐. 정하영한테 물들었어."

둘은 함께 있는 내내 웃음꽃이 피었다. 말이 없는 순간에도 미소는 잠들지 않았다. 하늘에서 뿌려주는 예쁜 눈송이가 차창에 묻자마자 녹아버렸다. 유하는 눈이 와서 행복하다고 말했다. 시후는 눈도 와서 행복하다고 답했다. 세상에서 가장 따뜻한 겨울이 그들에게 찾아와 사랑을 축복하는 것 같았다.

"오늘도 고생한 하루였네요. 저희 얼른 들어가요."

초록 지붕 하우스 앞에서 그들의 파란색 포드 몬데오 한 대가 아직 시동을 끄지 못한 채 서 있었다.

"잠깐만요."

시후가 유하의 손목을 잡았다.

"낮에 식장 답사 갔다 오면서 샀어요. 보름달입니다."

그는 뒷좌석에 숨어있던 하얀 쇼핑백 안에서 사람 얼굴만 한 둥근 무드 등을 꺼내어 그녀에게 배달했다.

"우와! 정말 보름달이에요!"

그가 내민 구슬 같은 무드 등은 은은하게 주황빛을 냈고, 그것은 실제 달 표면처럼 사실적으로 만들어져 있었다.

"보름달을 손에 쥔 소감이 어때요?"

"너무 감동적이에요."

그녀의 마음이 점점 뭉클해지기 시작했다. 한국에서 그를 만나러 오기 위해 한 달 내내 허공을 헤맸던 나날들이 한 장면씩 스쳐 지나갔다. 새들이 나타나지 않는 하늘은 아름답지 않았다. 혼자 우두커니 떠 있으면 굉장히 공허하고 무서웠다. 그럼에도 불구하고 하루하루 밤하늘을 휘젓고 다녔던 무적의 유하를 아마 그 날의 달들만 알고 있겠지.

"여기 와서는 모든 게 다 선물 같아서 충분히 행복한데. 이렇게 예쁜 걸 주면 어떡해요. 좋아서 오늘은 잠도 안 올 것 같네요."

유하는 둥근 보름달을 품에 쏙 안으며 얘기했다. 그 모습이 사랑스러워 시후는 그녀의 볼에 기습으로 뽀뽀를 해버리곤 얼른 시동을 꺼버렸다.

"앗!"

그는 부끄러워하는 유하를 향해 해맑게 웃더니 차에서 바로 내려 조수석 문을 열어주었다. 보름달을 가슴에 꼭 안고 있던 유하가 그를 따스하게 바라보며 천천히 밖으로 나왔다. 얼음 속 같은 바깥 날씨에도 둘은 끄떡없이 서로를 향해 바보같이 웃었다.

"많이 좋아해요."

유하가 속삭이듯 말했다.

"알아요."

시후는 조금 거만한 표정을 지으며 눈썹을 움직였다. 장난 칠 때 나오는 야릇한 붉은 눈빛은 늘 변함없이 매력적이었다.

"사랑을 할 수 있게 해줘서 너무 고마워요."

그에게 꼭 해주고 싶은 말이었다. 유하는 그의 붉은 눈을 보면서 앞으로도 이 마음을 꾸준히 전할 수 있게 해달라고 속으로 빌었다.

"그 말 다시 해주면 안 돼요? 오빠 소리 보다 훨씬 좋네요."

"에이. 거짓말."

시후가 그녀의 이마에 키스해 주었다.

"당신이 매일매일 행복했으면 좋겠어요."

"저도 시후씨가 매일매일 행복했으면 좋겠어요."

둘의 진심이 소중하게 주고받아졌다. 그들은 서로를 꼭 껴안은 채, 아무 말 없이 사랑을 느꼈다.

방으로 들어온 유하는 선물 받은 보름달을 뚫어지게 관찰했다. 보고 있어도 또 보고 싶은 게 누구랑 참 비슷하다고 생각이 들었다. 유하는 주머니에서 핸드폰을 꺼내 여러 가지 각도로 선물을 사진에 담아 보았고, 그중 가장 밝게 잘 나온 사진을 하영에게 메시지로 전송했다. 그리고 사진과 함께 몇 글자도 덧붙여 보내었다.

사장님 말이 맞네요. 사랑이었어요.

오늘도 좋은 꿈꾸세요. Merry Christmas.

유하는 핸드폰 화면을 끄고, 환하게 빛나는 달을 가슴에 품은 채 누웠다. 희한하게 요즘 유리나 아버지의 모습이 자주 떠오르지 않았다. 어쩌다 떠오르게 된 날에도 괴로운 느낌이 강하지 않아서 금방 떨칠 수 있게 되었고, 손끝이 떨리거나 호흡이 어려워지는 증상도 현저히 줄어들었다. 매일 자신을 아프게 했던 기억들이 하나둘씩 연기처럼 사라지고 있는 것 같았다. 그게 좋은 현상인지 헷갈리기도 했지만, 걱정은 뒤로 미뤄두기로 했다.

유하는 포근한 이불에 얼굴을 묻었다. 이불에서도 진하진 않지만, 시원한 나무 냄새가 났다. 이제는 윤시후의 냄새로 기억되는 새뜻한 향. 갑자기 그의 품에 안겨있는 순간이 상상되어서 부끄러운 기분이 들었다. 유하는 그를 위해서 해줄 수 있는 게 무엇이 있을까 고민했다. 애플파이를 직접 만들어서 줄까, 아니면 멋진 옷을 선물해줄까, 길게 편지를 써볼까. 그에게 선물로 선사할 후보들을 몇 개 나열하다가 유하의 눈꺼풀이 스르르 감겼다. 푸르른 들판 한 가운데에 예쁘게 차려입은 진이 서있고, 시후와 유하가 그녀에게 힘껏 달려가는 꿈을 꾸었다. 유하는 꿈속에서 진에게 사랑을 알게 됐다고 자랑을 늘어놓았다. 다음 장면에서 그들은 들판에 나란히 누워 한참을 깔깔 떠들다가 서서히 사라졌다.

지잉.

그녀와 함께 잠들어있던 새 핸드폰이 갑자기 이불 속에서 환히 밝혀졌다. 하영의 메시지였다.

이 꽃의 이름은 메리골드.

꽃말은 반드시 오고야 말 행복.

Good night and Love Christmas.

그녀의 메시지에 뒤이어 사진도 함께 배달됐다. 꽃잎이 정교하게 꾸불거리는 노란 귤 색깔의 메리골드 한 송이었다.

16. 메리, 크리스마스

크리스마스 아침이 밝았다. 가게 안은 오히려 어제보다 한산했다. 온실 옆쪽 선반 위엔 화려한 색깔을 가지고 있는 꽃들이 무성하게 진열되어 있었고, 유하는 아까서부터 그곳을 살피며 무언 갈 찾는 기색이었다. 수상한 그녀의 행동을 유심히 지켜보던 하영이 잠시 하던 일을 멈추고, 그녀를 향해 걸어갔다.

"그거 여기 없어요."

하영이 유하 귀에 대고 속삭였다. 흠칫 놀란 유하는 눈이 휘둥그레져선 온실 쪽을 확인했다. 다행히 시후는 온실 안에서 썩은 이파리들을 잘라내는 데에 집중하고 있었다.

"메리골드 찾는 거죠?"

"앗. 네. 꽃말이 너무 마음에 들어요. 아침에 사장님한테 온 문자 보고 기분이 너무 좋았거든요."

유하가 비밀얘기를 나누듯이 조곤조곤 말했다.

"아쉽게도 가게에는 없어요. 그 사진은 집에서 키우고 있는 걸 찍어서 보낸 거예요."

하영이 핸드폰을 꺼내 그녀가 직접 가꾸고 있는 꽃 사진들을 보여주었다. 대부분 가게에서 보지 못한 낯선 꽃들이 많이 보였다.

"씨앗은 지금 있는데, 유하씨 줄까요?"

화면 속 메리골드 사진을 가리키며 하영이 물었다.

"우와. 직접 키우는 건 생각을 못 했어요. 진짜 좋은 생각인 것 같아요. 얼른 키워서 시후씨 줘야겠네요."

"그래요. 한 번 키워 봐요. 그 보람을 느껴보면 애정이 더 갈…. 어라?"

갑자기 하영이 하던 말을 멈추고, 잠시 무언 갈 생각했다. 그녀는 이리저리 고개를 갸우뚱 거리며 미간을 찌푸렸다. 그러다 눈을 번쩍 뜨더니 실마리를 찾은 표정으로 입을 열었다.

"맞다. 가게 안에 왜 메리골드가 없는지 지금 생각났어요."

유하의 동공이 커졌다.

"왜 없는 거예요?"

"시후가 그 꽃을 싫어해요."

"네? 시후씨가요?"

유하는 온실 안에 있는 그를 한 번 더 멀리서 바라보았다. 조금 이상했다. 사람들에게서 좋아하는 꽃 이름은 많이 들어봤어도, 싫어한다고 하는 꽃은 한 번도 들어 본 적이 없었다. 게다가 어떻게 콕 집어서 메리골드를 싫어한단 말인가. 유하는 괜히 섭섭한 기분이 들었다.

"혹시 이유를 아세요?"

"흐음, 나도 몰라요."

하영은 고개를 저었다. 5년 전에 시후가 처음 들어오고 나서 그는 일하는 내내 메리골드만 보면 표정이 안 좋게 굳었다고 했다.

209

왜 그러냐고 그에게 물으면 그는 항상 이 꽃을 가게에서 빼는 건 어떠냐고 제안할 뿐 이었다고. 하영은 가물가물한 기억을 되새기며 아리송해했다.

"저 녀석이 그렇게 싫어하는 기색을 떠는 데, 인심 쓰자 싶어서 미련 없이 빼버렸죠. 꽃이야 수두룩하니까."

하영은 유하의 어깨를 툭툭 치고, 다시 자리로 돌아가 업무를 시작했다. 유하는 기운이 쏙 빠졌다. 시무룩한 표정을 숨기기도 어려웠다. 이제 막 사랑하게 된 꽃인데.

"에효."

썰렁해진 공기가 유하 몸을 부르르 떨게 만들었고, 그녀는 아쉬움을 남긴 채 자리를 벗어났다.

인근 회사들의 점심시간이 시작되자 가게 안에 손님들이 한꺼번에 몰려들었다. 살인적인 바깥 추위와 달리 실내에는 열기가 후끈후끈 달아올랐다. 그 열기 탓에 셋은 모두 소매를 시원하게 말아올렸다. 유하는 가게 한 가운데 서서 손님들이 던지는 질문에 대해 친절히 답해주고 있었다. 대화 중간에 영어가 막히면 시후가 달려와서 도와주었기 때문에 유하는 마음 편히 웃으며 일 할 수 있었다.

한 젊은 남자와 얘기하고 있을 때였다. 그가 유하에게 장미색을 다채롭게 섞을지, 아님 빨간 장미로만 다발을 만들지 신중하게 의견을 구하고 있었는데, 몸집이 작은 꼬마여자 아이가 유하 허벅지를 콕콕 찌르며 방해했다. 대화중이었던 유하는 난감한 표정으로 시후와 하영을 찾았지만, 그들도 굉장히 바빠 보이는 상황이었다. 유하는 꼬마에게 잠시 기다리라며 주머니에 있는 포도 맛 젤리 하나를 손에 쥐어주었다. 여긴 복잡하니 저 온실 앞에서 조금만 기다리라고 또박또박 말해주었지만, 그 아인 멀뚱히 유하 얼굴만 쳐다 볼 뿐이었다. 아이를 흐뭇하게 내려다보던 남자손님은 빨간 장미로만 다발을 만들기로 결정했다. 그리곤 유하가 장미를 정성껏 손질하는 동안 남자는 아이를 온실 앞으로 데려가 놀아주는 듯 했다.

"사장님. 여기요."

유하가 카운터 테이블에 하얀색 포장지와 깔끔히 손질한 장미들을 올렸다. 베테랑인 사장은 매의 눈으로 상태를 이리저리 점검하더니 유하에게 엄지를 보여주며 활짝 웃었다. 하영은 현란한 손재주를 부리기 시작했다. 그리고 몇 분 만에 다발을 뚝딱 완성해냈고, 남자는 그 다발을 전해 받고는 흡족한 표정을 지었다. 그는 사랑하는 여자와 만난 지 2주년을 기념하러 가는 길이라고 했다. 꽃을 들고 나가는 남자의 뒷모습은 몹시 늠름하고, 또 아름다웠다. 사랑의 힘인가. 유하 마음이 간질간질 설레었다.

그녀는 뿌듯한 마음을 안고, 잠시 잊고 있었던 여자아이를 눈으로 찾았다. 그 아이는 이번엔 시후와 대화중이었다. 시후는 아이의 눈높이를 맞춰 앉아 다양한 손동작을 열심히 움직이고 있었다. 그리고 아이 역시 알 수 없는 손짓으로 그에게 무언 가를 간절하게 설명하고 있었다. 잠시 뒤, 그는 해바라기 한 송이를 뽑아 빠르게 손질하기 시작했다. 그다음 깔끔해진 꽃자루에 빨간 리본을 손수 묶어주었다. 리본을 보자마자 아이는 행복한 미소를 지었고, 시후에게 배꼽인사를 두어 번 하더니 자기 얼굴크기 만한 해바라기와 함께 밖으로 총총히 걸어 나갔다.

"수화인가요?"

유하가 시후에게 다가가 물었다.

"네. 맞아요."

"우와, 수화도 할 줄 아시네요."

"뭐, 잘 하는 건 아니고. 아주 조금요."

좀 전과 다르게 그의 얼굴이 어둡게 변했다.

"친한 친구가 아파서 병원에 입원했대요. 그 친구가 좋아하는 꽃이 해바라기라고. 그거 알아듣는 데 조금 헤맸어요."

시후는 아이 얘기를 마저 끝낸 뒤, 컵에 물을 따라서 벌컥벌컥 들이켰다. 방금 그의 얼굴에 비췄던 슬픈 빛은 뭐였을까. 그는 앞치마를 풀더니 문밖으로 급하게 나갔고, 찬바람을 쐬며 가벼운 스트레칭을 하는 듯 보였다. 유하는 어딘가 불편해 보이는 그의 모습을 자기도 모르게 집중해서 보게 되었다.

"유하씨. 이거 좀 도와줘요."

멍하니 그를 관찰하던 유하는 다급한 하영의 SOS에 정신이 들었다. 그늘졌던 시후의 얼굴이 뇌리에서 사라지지 않아 유하는 하루 종일 애꿎은 앞치마만 반복해서 조여 맸다.

밤 열시가 돼서야 모든 가게정리가 끝이 났다. 오늘은 크리스마스를 기념해서 하영과 그녀의 룸메이트까지 초대해 다 같이 홈파

212

티를 즐기기로 약속했다. 시후와 유하는 노인을 돕기 위해 평소보다 집에 일찍 귀가했다. 노인은 두 사람을 흘긋 쳐다보며 대충 손을 흔들었다. 그는 인사할 겨를 없이 무척 바빠 보였다.

"우와."

주방에 들어갔더니 식탁위에 반짝이는 적색 실크비단이 곱게 깔려있었다. 식탁보 하나로 주방은 평소보다 우아한 분위기를 풍겼고, 유하는 상 위를 스윽 만지며 실크의 보드라운 촉감을 느껴보았다. 노인은 싱크대에서 여섯 개의 스테이크를 집중해서 굽고 있었다. 그가 하나 씩 구워서 유하에게 주면 그녀는 깨끗한 흰 접시에 옮겨 담아 달달한 데미글라스 소스를 지그재그로 뿌렸다. 유하는 여섯 개의 접시가 식탁 위에 모두 둘러 놓인 후에야 노인이 진의 식사까지 준비했다는 걸 알게 되었다. 심장이 저릿했다. 오늘 진을 볼 수 있는 걸까.

"할아버지. 오늘은 로제로 꺼낼까요?"

"그래."

시후가 거실에 있는 와인 장에서 분홍 빛깔이 도는 와인 한 병을 꺼내왔다. 유하가 관심 있게 쳐다보자 그는 두르뜨 뉘메르엥 로제. 라고 생소한 불어를 썼다.

"푸흡."

그녀는 와인 이름이 왜 이리 어렵고 느끼하냐며 그를 향해 벙글거렸다.

파티 준비는 대충 끝난 것 같았다. 거실 벽에 빨간색과 초록색 풍선들을 하트모양으로 번갈아 붙이고, 새끼 손톱만한 장식용 미

213

니 전구들을 줄줄이 바닥에 놓아 소파 주변을 밝혔다. 편안한 노란 빛이 2초에 한 번씩 깜빡이며 거실을 빛냈다. 정말 산타가 방문할 것 같은 따스한 풍경이었다.

"저희 왔어요!"

때마침 하영의 반가운 목소리가 시간 맞춰 들려왔다. 그녀는 룸메이트와 함께 화려한 과일 바구니를 들고, 꼬리를 살랑살랑 흔들며 거실에 들어왔다. 파티 약속을 정하던 날, 하영은 같이 사는 친구랑 교제중인 관계라고 유하에게 넌지시 말을 해두었었다. 그녀가 사랑하고 있는 사람과의 첫 대면이라니. 유하는 꽤 긴장이 되어서 침을 꼴깍 삼켰다.

"Hi. I wanted to see you. I'm Jessica."

"Glad to meet you."

금발 머리에 백옥 같은 피부를 가진 제시카는 섹시한 느낌이 강한 여자였다. 헐리웃 액션 영화에서 총을 잘 다룰 것 같은 여배우의 아우라가 느껴져서 저절로 감탄이 흘러나왔다.

"모두들 잔 들어요!"

하영은 앉자마자 와인이 담긴 둥근 유리잔을 높이 들며 소리쳤다. 전에도 느꼈지만, 그녀는 술을 좋아하는 게 무척 티가 났다. 모두가 그녀의 텐션에 맞게 메리 크리스마스를 외친 후, 분홍빛 로제 와인을 한 모금씩 머금었다. 달달함 속에 미묘하게 떫은맛이 섞여 있었다. 유하는 시후에게 슬쩍 다가가 저는 쿠쿠 맥주가 더 맛있는 거 같아요. 라며 웃었다.

"근데 진이는요? 안 왔어요?"

하영이 고기를 질겅질겅 씹으며 물었다.

"어."

노인이 답했다. 아쉽게도 진의 서프라이즈 쇼는 일어나지 않았다. 그녀의 스테이크는 스텐 냄비 뚜껑으로 덮어졌고, 노인은 씁쓸함을 감추려 와인을 쉬지 않고 들이켰다. 시후가 노인의 어깨를 말없이 툭툭 쳐주었다.

"어, 여러분. 제가 오늘 커다란 카드 하나를 샀는데, 여기에 새해 소망 같은 걸 적어 보는 건 어떨까요?"

유하가 아이보리 색 에코백에서 A4용지 크기만 한 카드를 꺼냈다. 민무늬 하얀 바탕에 산타 한 명이 오른쪽 상단에서 루돌프를 끌고 있는 디자인이었다.

"아주 좋죠."

시후가 흔쾌히 답했다.

"저 이런 거 한 번쯤 해보고 싶었거든요. 조금 유치할 순 있지만, 나름 추억이 될 것 같아서요."

"유치하다니요. 너무 신나는데요?"

다들 들뜬 반응을 보이자 유하는 내심 뿌듯함을 느꼈다. 하영은 제시카에게 유하가 한 말을 통역해주었고, 듣고 있던 제시카는 손가락으로 동그라미를 만들며 유하에게 윙크했다. 이어서 시후와 노인도 엄지를 치켜 올리더니 제시카의 고급 진 윙크를 흉내 내었다.

"여기 펜도 준비했어요."

유하가 카드와 함께 준비해온 각기 다른 컬러의 펜들을 하나씩 나눠주었고, 첫 번째 순서인 하영부터 지금의 소망을 글로 적어 내려가기 시작했다. 그 다음은 제시카, 노인, 그리고 시후까지. 마지막으로 순서가 돌아온 유하는 어느새 컬러풀하게 채워진 카드를 건네받았다. 저마다 개성을 드러내는 내용이 가득했다. 내년에도 이 멤버로 파티를 열게 해달라는 소망과 백만장자가 되게 해달라는 소망, 그리고 모두 건강하고 오래 살자는, 진부하지만 진심이 느껴지는 소망까지.

"사장님. 백만장자가 되는 게 꿈이세요?"

"그럼요. 그거 꿈 아닌 사람도 있어요?"

하영은 가슴을 당당히 내밀며 허공에 돈 뿌리는 시늉을 했다. 모두가 그녀의 에너지에 깔깔 웃었고, 유하는 마지막으로 시후의 삐뚤빼뚤한 파란 글씨를 소리 내어 읽어보았다.

"할아버지의 음식이 맛있어지는 그 날까지 함께 합시다."

"이것이."

노인은 들고 있던 포크를 내려놓고, 시후의 등짝을 스매싱했다. 유하를 포함해서 다들 둘의 전쟁을 보며 눈물이 맺을 정도로 파안대소 했다. 시후는 주로 맞으며 끈기 있게 놀렸고, 노인 역시 손주를 우스꽝스럽게 때리면서 이 녀석, 이 녀석 반복했다.

"갑자기 시후씨한테 궁금했던 게 떠올랐어요."

웃음이 조금 사그라지고, 모두의 시선이 유하에게 집중됐다.

"뭐든 답해드리죠. 호기심 많은 아가씨."

시후가 노인의 걸걸한 목소리로 변조했다. 다들 와인을 한 번씩 들이키면서 들썩이는 웃음을 진정시켰고, 유하는 어릴 때와 한결

같은 그의 깜찍한 글씨체를 보면서 질문했다.

"메리는 누구죠? 집 뒷벽에 낙서가 돼 있던데."

시후의 표정이 일그러진 건 삼시간이었다. 처음 느껴보는 그의 차가운 기운이 유하를 단숨에 두렵게 만들었다.

"야. 너 왜 그래."

하영 역시도 그의 낯선 표정에 놀라 당황한 기색이었다. 제시카는 말이 없는 이들의 눈치를 보다가 들고 있던 포크를 접시 위에 내려놓으며 무슨 영문인지 하영에게 묻는 듯 했고, 노인은 입술을 꾹 다물곤 비어있는 자신의 잔에 와인을 또르르 따랐다. 시후의 얼굴에선 어떠한 감정도 느껴지지 않았다. 그는 그저 무뚝뚝한 표정으로 차가워진 분위기를 더 얼어붙게 만들고 있었다. 시후답지 않은 행동이었다.

"시후야. 가서 같은 와인으로 하나 더 가져와."

노인이 얼어있는 시후를 깨우려고 했다. 그 말을 듣고도 몇 초간 정적이 이어졌다. 하영의 얼굴을 보니 걱정이 가득했다. 그녀도 많이 놀란 것 같았다.

"제, 제가 가져올게요."

"아니에요. 앉아 있어요."

일어서려는 유하를 시후가 다시 앉혔다. 그다음 그는 애써 웃음 지으며 후다닥 거실에 가서 와인 한 병을 들고 왔다. 유하는 머릿속이 하얗게 변할 뿐이었다. 생각지 못하게 큰 실수를 벌인 것 같다. 메리. 그 사람이 누구 길래.

시후는 잠시 안 좋은 생각이 나서 그랬던 거라며 모두에게 미안

217

하다 사과했다. 그의 줄지은 사과에도, 많이 당황했던 이들은 눈만 깜빡이며 아무 말도 건네 줄 수가 없었다. 유하 역시 괜찮다. 라는 말이 나오지 않았다. 그의 기분을 다시 좋게 만들어 주고 싶단 조바심이 아무 말도 할 수 없게 만들었다. 의외로 얼어붙은 분위기를 풀어준 건 제시카였다. 설마 이대로 파티를 끝낼 거냐는 그녀의 말에 시후가 피식 웃었다. 그 다음부터는 다시 크리스마스란 게 실감이 날 정도로 우리는 함께 마시고, 깔깔 거리며 웃었다.

"진이 방 저희가 씁니다!"

"그래. 얼른 들어가서 쉬어라."

술에 취해 몽롱해져 있는 하영의 어깨를 노인이 토닥토닥 쳐주었다.

"사장님, 안녕히 주무세요."

그녀는 유하에게 대충 손을 흔들다가 제시카에게 업힌 채로 잠든 애기마냥 2층으로 옮겨졌다.

자정이 넘은 시간. 크리스마스는 허무하게 지나가고 루이스 마을에 적막이 가라앉았다. 오늘따라 밤중 울어대는 부엉이 소리가 슬픈 메아리로 울려 퍼져 마을의 고요함을 울적하게 만들었다. 시후는 뒷문 바로 옆에서 찬바람을 맞으며 쪼그려 앉아있었다. 유하가 나오자 그는 바로 얼굴을 숨기곤 안 그래도 작아진 몸을 더 잔뜩 움츠렸다. 그녀는 작아진 소년의 곁에 나란히 쪼그려 앉았다.

"날씨가 상당히 추워요."

유하가 시후의 굽은 등 위로 점퍼를 덮어주었다.

"유하씨."

그는 이름만 나직이 부르고 아무런 얘기도 하지 않았다. 뭐라도 좋으니 아무 말이나 꺼내주길 바랐지만, 정적은 생각보다 오래 흘렀다.

"아까 미안했어요."

그의 묵직한 저음이 들려왔다. 여전히 고개를 들지 않는 걸 보면 그는 정말 미안한 마음에 사무쳐 있는 것 같았다. 유하는 어떤 말을 해주어야 할지 떠오르지 않았다.

"어지럽진 않아요?"

그가 물었다.

"괜찮아요. 많이 안 마셨거든요."

"맛이 없어서요?"

"네."

시후가 드디어 고개를 들더니 유하를 향해 웃어보였다.

"우리 나중에 또 맥주 마시러 갑시다."

"좋아요."

두 사람은 찬바람을 느끼며 밤을 눈에 담았다. 특별할 것 없는 풍경인데도 루이스 마을은 항상 유하에겐 새롭고 특별한 곳처럼 느껴졌다. 들려오는 부엉이 소리도, 이 기분 좋은 풀냄새도 모두 유하를 위해 만들어진 곳처럼. 이곳은 매순간 완벽했다.

"저, 시후씨."

"네."

"메리라는 사람을 많이 좋아했나요?"

그에게 질문을 던지기까지 꽤 많은 용기가 필요했다. 항상 밝았던 시후가 한 순간에 무너져 버린 데엔 그만한 이유가 있을 게 분명했다. 한참을 미동도 하지 않던 시후는 자신의 머리칼을 한 번 쓸어 넘겼다. 그리곤 어깨에 어설프게 얹어있는 점퍼를 걷어 내더니 자리에서 천천히 일어났다.

"나중에 얘기해줘도 되죠?"

"그럼요."

대답은 그렇게 했어도 서운함이 몰려왔다. 유하는 괜히 울컥거리는 마음을 진정시키곤 고개를 두어 번 끄덕였다.

"유하씨. 또 감기 걸리겠네. 들어갑시다."

그의 어두운 표정이 발목을 잡았다.

"낯설어요. 이런 모습."

유하가 벌떡 일어나 말했다. 그와 눈을 마주하니 뾰족한 아픔이 그대로 전해졌다. 지금 그의 눈동자는 적색 핏물처럼 어둡게 번져 있었다.

"정말 미안해요. 일단 지금은 잠을 자야겠어요."

시후가 유하의 볼을 감싸 쥐고, 굿나잇을 속삭였다. 유하를 위해 애써 지어 보이는 그의 힘겨운 미소가 오히려 그녀를 애타게 만들었다.

그는 뒤도 돌아보지 않고, 매정히 자신의 방으로 들어가 버렸다. 유하는 그가 남긴 공허한 공간을 느끼며 부엌 식탁에 힘없이 앉아 남은 와인을 조금씩 들이켰다. 이상하게 아무 맛도 느껴지지 않았다.

"나랑 한 잔 더 할까요?"

노인이 부엌에 들어왔다. 그의 손에 레드와인 한 병이 들려 있었다.

"네."

유하는 저 한 병을 한 번에 들이키고 싶은 심정이었다. 그러면 하영처럼 바로 잠들 수 있을 테니까.

"파티가 끝났네요."

"그러게요."

노인은 그녀 바로 옆에 의자를 바싹 끌어와 앉았다.

"근데, 할아버지 안 주무셔도 되요? 피곤해 보이시는데."

"어휴. 이 주방 꼴을 보고 잠이 올 리가."

노인은 껄껄 웃으며 자신의 어깨를 주먹으로 탕탕 쳤다. 혼자서 이 많은 음식들을 준비했으니 몸이 무거워질 만했다. 유하는 잔을 내려놓고, 노인에게 다가가 그의 뭉친 어깨를 주물러주었다. 어찌나 단단한지 손목이 금세 욱신거렸다.

"손녀가 생기니까 좋네요."

노인이 부드럽게 말했다.

"저도 할아버지가 생겨서 좋아요. 살면서 할머니, 할아버지는 뵌 기억이 전혀 없거든요."

"왜? 일찍 돌아가셨나?"

"네. 어머니가 스무 살에 부모님을 잃으셨대요. 가족 여행 중에 차 사고를 당하셨다고 들었어요."

221

"저런."

잠깐의 정적 뒤, 다시 노인은 질문을 이었다.

"아빠 쪽은?"

"음, 친할아버지는 돌아가셨고, 친할머니는 호주에 계셔서 뵌 적이 없어요. 기억해보면 아빠가 재혼 하시고 나서 가족들과 완전히 멀어지신 것 같아요. 아 참. 저 친어머니는 제가 다섯 살 때 돌아가셨거든요."

노인이 뒤를 돌아 유하의 얼굴을 빤히 쳐다보았다. 그러더니 이제 그만하라며 유하의 작은 손등을 툭툭 쳐 주었다. 유하는 원래 자리로 돌아와 가족 이야기를 계속 이어 말했다. 어떠한 감정도 느껴지지 않았다. 오래전에 읽었던 소설책 스토리를 얘기해주는 것처럼 말이 건조하게 흘러나왔다.

"아버지가 절 억지로 호주에 보내려고 했던 때가 있었어요. 이상하게 자꾸 저를 그곳에 보내고 싶어 하셨어요. 할머니 생김새도, 성함도, 전 아무것도 모르는데. 엇. 그러고 보니 정말 할머니에 대해 알고 있는 것이 없네요? 하나도요."

그녀는 크면서 알 수 있었다. 그가 강조해 말하던 딸의 영어 공부는 핑계일 뿐이었다는 걸. 그 당시 자식을 포기하고 싶었던 아버지의 심정을 성인이 되고서야 깨닫게 되었다. 그 생각을 하면 화가 치밀다가도 금방 가라앉았고, 몹시 비참하다가도 미안한 마음이 생겼다. 그러다 계속 그를 미워할 바엔 차라리 이해하는 편이 낫겠다고 속없이 체념한 적도 있었다. 그땐 우리 모두 제정신이 아니었으니까.

"가족들이 유하씨를 알려고 하지 않았기 때문에, 유하씨도 그들을 잘 모르고 있던 거 아닐까요?"

노인이 조용히 쐐기를 박았다.

"갑자기 슬퍼지네요. 그 말이 맞는 것 같아서."

"유하씨가 미안할 필요는 없어요. 그건 어른들이 잘못 한 거니까."

그녀는 끝없이 어두웠던 시절을 떠올려 보았다. 파리한 소녀가 아무도 없는 텅 빈 길 위에서 차가운 비를 맞으며 꿋꿋이 견디고 있었다. 그 모습은 구슬프고, 처량하고, 또 불쌍했다. 누군가 소녀를 발견했으면 했다. 찢어진 우산이라도 좋으니 잠시 비를 피할 수 있게 씌워주었으면 했다. 하지만 소녀는 끝까지 혼자였다. 어려서 도움을 청할 용기가 없었던 건지 아니면 의외로 비를 맞는 게 좋았던 건지는 알 수 없었다.

"할아버지."

"네."

"메리라는 사람은 어떤 사람이었나요?"

유하는 오래 전 자신처럼 아직도 혼자 비를 맞고 있을 작은 시후의 모습이 머릿속에 새로 그려졌다. 그저 시후만은 처량하지 않았으면. 불쌍해지지 않았으면. 하고 간절히 바랐다.

"마음이 아주 예쁜 아이였죠."

노인의 슬픈 표정이 보였다. 그는 괜히 자신의 손등을 쓰다듬으며 꺼내기가 몹시 어려운 얘기라는 걸 온몸으로 표현했다.

"아이요?"

"네. 시후 저 녀석은 원래 성격이 활발하질 못했어요. 부모가 애를 나한테 맡기고 도망가 버렸거든."

심장이 저려왔다. 마음을 다쳐서 어쩔 줄 몰라 하는 어린 시후의 모습이 눈앞에 아른하게 서렸다.

"메리는 시후와 같은 반인 학생이었어요. 엄마가 말을 못 하는 사람이라 항상 수화를 공부하던 애였는데, 그 모습이 신기했는지 시후가 메리에게 먼저 말을 걸었대요."

"아. 그래서."

유하는 낮에 가게에서 여자 아이와 수화로 소통하던 그의 모습이 떠올랐다. 그리고 아이가 나간 뒤, 잠시 스쳤던 그의 어두운 표정도 뒤이어 떠올랐다.

"그럼 할아버지, 혹시 시후씨가 메리골드라는 꽃을 싫어하는 이유가."

"네. 그 아이가 좋아하던 꽃이에요. 단순히 자기 이름이 들어간 꽃이라 좋아했었죠. 시후가 어느 날 씨앗을 한 움큼 받아오더라고요. 그 아이가 줬다면서. 덕분에 우리 집 마당엔 한동안 메리골드가 가득히 피어있었어요. 정말 예뻤죠."

"그 많던 게, 왜 지금은 없어요?"

"흐음."

노인이 눈을 감았다. 그의 얼굴도 시후 못지않게 무척이나 힘들어 보였다.

"둘이 미들스쿨을 막 졸업하려던 시기였어요. 그때, 메리 어머니가 위암 판정을 받았는데 정말 신이 원망스러울 정도로 나도 마음이 아팠어요. 어쩔 수 없이 메리 엄마는 수술을 받기 위해 이 동네를 벗어나야 했고, 시후는 그 아이와 헤어지는 게 죽기보다 싫다고 밤마다 울었어요."

이별이란, 아이들에게 무서운 것이었다. 앞으로 어떻게 하루를 보내야 할지 코앞이 캄캄해서 이렇게 만든 세상을 온 힘으로 원망하게 되는 무서운 것이었다. 유하는 그 마음을 누구보다 알고 있다.

"이삿날. 시후가 메리네로 찾아가 자동차 바퀴에 몰래 구멍을 냈어요."

"구멍을요?"

"네. 그 당시 시후는 자동차가 고장이 나면 메리가 동네에 더 머무를 수 있을 거란 생각을 한 것 같아요."

"그럼, 설마 사고가 났나요?"

"네. 부모는 그 자리에서 즉사했고, 메리는 머리를 심하게 다쳐서 중환자실로 실려 갔어요."

유하의 눈에서 눈물이 뚝뚝 흘러내리기 시작했다. 눈앞에서 죽어가던 유리의 모습이 흐린 채로 일렁이기 시작했다.

"시후는 매일 마당에 핀 메리골드를 한 송이씩 꺾어서 병원에 찾아갔어요. 하지만 메리는 2주를 못 넘기고, 의사가 사망 판정을 내렸죠."

"어떡해."

노인이 충격 받은 유하의 등을 따뜻하게 어루만져주었다.

"근데, 알고 보니 메리네 자동차는 브레이크가 고장 난 상태였다

225

고 하더군요. 시후가 바퀴에 구멍을 내지 않았어도 사고는 났을지도 모르는 거였어요. 근데도 저 녀석은 자신이 메리를 죽였다고 자책하며 살아요. 이제는 시간이 지나 많이 괜찮아 진 줄 알았는데, 오늘 보니 전혀 아니네요. 저 녀석이 지금껏 날 속이며 살았네."

노인은 기운이 쏙 빠져있는 유하를 부추겨 그녀의 방까지 데려다 주었다. 그리곤 문 앞에서 그저 아무 말 없이 미소를 희미하게 비추었다. 그는 다시 1층으로 내려가 주방을 정리하는 듯 했고, 유하는 방문을 닫자마자 몸을 비틀비틀 거리며 침대에 털썩 앉았다. 가만히 앉아 창 밖에 보이는 밤하늘을 응시하는데, 술기운 탓인지 부엉이 울음소리가 바로 귀 옆에서 들려왔다. 소리는 또 어찌나 느리고 슬프던지.

"바보 같다."

유하는 오랫동안 죄책감 속에 시달려 살았던 자신이 한심하게 느껴져 견딜 수 없었다.

"어쩔 수 없는 일이었을 수도 있잖아."

그녀가 주문을 외웠다. 걸릴지 안 걸릴지 모르겠지만, 반복해서 주문을 외웠다.

"우리가 어떻게 했든 그 일은 일어났을지도 모르잖아요."

침대 위에 몸을 뉘었더니 눈물이 바로 툭 떨어졌다. 처음 맞는 몬터레이의 크리스마스. 끝이 몹시 아팠다.

언니. 여기는 별이 참 많네.

유리가 창틀에 앉아있다. 다시 유리가 보이기 시작했다. 아이의 뒷모습이 낯설었다. 왜 등을 돌리고 앉아 있는 걸까. 하나. 둘. 작게 중얼거리면서 유리가 창밖에 떠 있는 별들을 센다. 그날의 파란 대문 앞이 떠올랐다. 유리는 마지막까지 자신을 쳐다보며 눈도 감지 못하고 죽었다. 그렇게 몇 분을 유하는 아이의 굳어가는 시체를 바라보기만 했다. 그저 바라보기만.

"너무 미안해. 유리야."

주문은 걸리지 않았다. 그녀의 지겨운 죄책감이 다시 스믈스믈 피어올랐다. 유하는 오늘만큼은 죽어도 혼자 잠들고 싶지 않다고 생각했다. 지금이라도 진이 와주길 바랐다. 그녀가 등을 쓰다듬어 주면 금방 잠들 수도 있을 것 같은데. 보고 싶은 이들이 머릿속 가득 채워지는 밤이었다.

17. 약속

"차라리 잘 됐군."

굵은 장대비가 무섭게 쏟아졌다. 하영은 가게 문 앞에 서서 길바닥에 빗물들이 내리치는 광경을 구경하고 있었다. 눈길을 모조리 치워 버려라! 하고 허공에 명령을 외치는 그녈 보면서 시후는 혀를 끌끌 찼다.

비가 와서 손님도 없고, 더는 할 일도 없는 한가한 꽃집 안이 여느 때 보다 으스스하게 느껴졌다. 유하는 저번 달 월급으로 지른 베이지색 양털 점퍼를 어깨에 둘러 걸쳤다. 안감이 어찌나 두툼한지 입고 나서 몇 분 후면 몸이 축 늘어져 노곤해지기 일쑤였다. 그녀는 포근한 털의 감촉을 음미하며 하영과 함께 쏟아지는 빗물을 구경했다. 어마어마한 빗소리도 한 시간째 듣고 있으니 생활소음처럼 편안하게 들렸다.

"한국은 많이 변했겠죠?"

신나게 바깥 구경에 빠져있던 하영이 시선을 돌려 유하를 향해 물었다.

"안 가신지 얼마나 되셨는데요?"

"한 15년 정도?"

228

"와."

"엄청 오래 됐죠? 근데 15년이 15년 같지가 않네."

하영은 찡긋 웃고서는 카운터로 걸어가 커피포트에 물을 담았다. 물이 끓길 기다리며 그녀가 시후 어깨를 툭툭 찔렀지만, 그가 별 반응을 보이지 않아 금방 시시해했다. 시후는 카운터 옆에 자릴 잡고 앉아 책 읽는 데에 몰두하고 있었다. 그가 독서 하는 모습을 보는 건 이번이 두 번째였다.

"푹 빠져있네요? 그 책 재밌어요?"

유하가 그에게로 슬슬 걸어갔다.

"네. 나중에 유하씨도 한 번 읽어봐요. 이거 한국 소설이에요."

"그래요? 제목이 뭐예요?"

그녀가 상체를 숙여 책을 좀 더 자세히 들여다보았다. 정말로 모든 내용이 한글로 되어 있었다.

"사랑천이요."

"네?"

심장이 철렁 내려앉았다. 쉬는 날 없이 반짝반짝 빛을 내던 사랑천의 풍경이 떠올랐다. 유하는 시큰해지는 가슴위에 손을 얹었다. 감정이 울컥거린다.

"왜 그래요? 아는 책인가요?"

그가 책을 덮으며 물었다. 삽화 없는 깔끔한 자주색 표지에 사랑천 세 글자가 정중앙에 세로로 적혀있었다. 유하는 그에게서 책을 뺏어 내용들을 눈으로 빠르게 훑어 읽었다. 사랑천을 배경으로 한 소설이 나왔다는 건 오래전에 소식으로만 알고 있었다. 읽어 본적이 없던 터라 내용을 봐도 무언 가 알아낼 순 없었다.

"유하씨. 괜찮아요?"

그가 영문을 몰라 당황스러워했다. 하영도 걱정스런 눈으로 살며 시 다가와 두 사람 앞에 섰다.

"아. 죄송해요. 어릴 적 살던 동네에 강이 있었는데, 그 강 이름 이 사랑천이거든요. 너무 놀라서 그만."

그가 고개를 갸우뚱 기울였다.

"진이랑 같은 얘기를 하네요? 사실 이거 작년에 진이 선물해줬거 든요. 동네 출판사에서 점자책으로 나와 읽어봤는데, 괜찮다면서 저한테 원작을 선물해줬었어요. 사랑천이 흐르는 동네라고 했던 게 분명히 기억나요."

"진이 언니가 정말 그렇게 말했어요?"

옆에서 엿듣고 있던 하영은 둘을 흥미롭게 쳐다보았다.

"네. 정말이에요."

"그럴리가요. 설마 진이 언니 사는 동네가 양현리 인가요?"

"아음. 동네 이름이 뭐였더라. 예전에 진이가 적어 준 주소가 집 에 있을 거예요. 이따가 같이 확인 해봐요."

심장이 이상하게 뛰었다. 양현리는 도망쳐 온 뒤로 한 번도 가보 지 않았던 곳이었다. 생각만 해도 몸살이 나는 애증의 동네라 발 을 안 들였던 건데. 만약 진이 그곳에 있다면. 정말 그곳에 사는 거라면.

"이야. 기막힌 우연 일세?"

하영이 이번에 새로 산 캐모마일 티백을 꺼내며 말했다. 요즘 살이 찐 것 같다고 다이어트용으로 산 티백이었다.

"어쨌든 그 양현리라는 동네는 미인들만 사나봐. 나도 가야겠네."

그녀의 말에 유하가 낯이 붉어져 아니라며 손사래를 쳤다.

"어머? 유하씨가 그렇게 부인하면 진이가 섭섭해 하죠. 후훗."

"아! 그런 뜻이 아니고."

"정하영 그만."

"에에. 윤시후 할아버지 따라하는 것 봐. 안 어울리게."

"넌 왜 맨날 시비를 걸어?"

"심심하니까."

"네가 애냐?"

한가한 오후, 시후와 하영의 무료한 말씨름이 또 시작되었다. 그들 싸움놀이에 유하는 오늘도 가볍게 웃었지만, 진의 이야기가 신경 쓰였다. 왜 불안한 마음이 드는 걸까. 잊고 싶었던 동네를 떠올려버려서 이런 걸까. 유하는 요란하게 빗발치는 바깥풍경을 보며 아랫입술을 잘근 씹었다.

경기도 하안시 팔성면 양현리 58 - 5

"말도 안 돼."

유하는 거실 소파에 앉아 흘겨 적혀있는 진의 집 주소를 한참 동안 바라보았다.

"이런 우연이. 어떻게."

"정말 유하씨 살던 동네예요?"

231

"네. 확실해요."

글씨뿐인 데도 타격이 컸다. 어릴 적 배회하던 동네 골목들이 생생하게 그려졌고, 그러다 괴로운 장면들이 눈앞을 찔러 미간을 움츠리게 되었다.

"왜 그래요?"

"아니에요. 아무것도요."

"말해 봐요. 오늘 하루 종일 불안해 보여요."

시후가 걱정스런 얼굴로 유하의 머리를 쓸었다. 그를 바라보는데 갑작스럽게 서운함이 몰려왔다. 크리스마스 이후 그는 메리에 대해 조금도 언급하지 않았다. 아무 일 없단 듯이 원래의 강한 모습으로 돌아왔다. 유하는 그가 숨겨지지 않는 아픔을 힘들게 감추는 게 보여서 드문드문 불안을 삼켜내야 했다. 함께 이겨낼 순 없는 걸까. 같이 털어내 버릴 순 없는 걸까.

"진이 언니가 보고 싶어서 그래요. 너무 보고 싶어요. 약속했던 날짜도 훨씬 지났는데 언니는 왜 안 오실까요. 이제 한국에서의 삶이 더 행복해지신 걸까요."

유하는 욱하는 마음을 가라앉히곤, 조용히 읊조리듯 말했다.

"그러게요."

"하아."

먹먹한 공기가 둘 사이에 고였다. 주방에서 양파를 까던 노인도 둘의 씁쓸한 대화에 동참하려고 거실에 나왔다.

"할아버지. 진이 사는 곳이 유하씨가 살던 동네래요."

"그것 참 신기한 일이네."

노인은 소파를 지나쳐 바깥이 내다보이는 창문으로 걸어갔다. 그는 가만히 뒷짐 지고 서서 한 곳을 뚫어지게 보는 듯 했다. 표정이 보이지 않았지만, 그의 무거워진 분위기가 뒷모습에서 느껴졌다.

"오늘도 안 받아요?"

"어."

그동안 셋은 하루에 한 번씩 돌아가며 진에게 전화를 걸었다. 매번 신호음 서너 번 만에 아쉬운 안내멘트가 들려오다가 툭 끊어졌다. 시후는 그녀의 핸드폰이 계속 꺼져있는 거라고 말했다. 그가 약간씩 짜증을 부리며 예민하게 굴기도 했는데, 그럴 때마다 노인은 기다려라. 기다려라. 라고 부드러운 명령을 내렸다.

"할아버지. 뭘 그렇게 봐요?"

시후의 질문에 노인이 뒤를 돌아 두 사람을 번갈아 보았다. 무언가 망설이는 표정이었다. 소파에 기대앉아있던 유하는 낯설게 흐르는 분위기에 저절로 자리에서 일어났다.

"무슨 일 있으세요?"

언제나 잔잔함을 유지하던 노인이 지금은 뭔지 모를 감정에 흔들리고 있었다.

"얘들아. 저 나무 말이다. 케아 나무란다."

노인이 갑작스레 창밖을 가리키며 말했다.

"케, 뭐라고요?"

시후가 답답해하기 시작했다. 알 수 없는 노인의 행동에 두려움을 느끼는 것 같기도 했다.

"저 나무. 케아나무라는 것이다."

케아. 케아. 두 글자가 유하 머릿속을 헤집었다. 기분이 이상해졌다. 분명 어디선가 들어 본 적 있는 이름 같아서 유하는 심각한 표정으로 머리를 굴렸다.

"이름 모르신다면서요."

"알고 있었어."

노인은 결국 얼굴이 슬픔으로 일그러졌고, 그것을 들키지 않으려 다시 창밖에 시선을 두었다.

"맞다!"

유하가 제자리에서 펄쩍 뛰었다. 테이블 위에 펼쳐있던 수첩을 그녀가 무릎으로 치는 바람에 그것이 바닥에 툭 하고 떨어졌다. 꽤 큰 소리가 나버려서 노인이 아이고 심장아. 하며 숨을 크게 내쉬었다.

"유하씨, 왜 그래요?"

"나 그 일을 왜 잊고 살았지."

기억이 났다. 푸른색의 커다란 씨앗, 반지상자, 치매 걸린 할머니. 꿈이었는지 정말 겪었던 일이었는지 헷갈려서 기억들을 선명하게 복구해야 했지만, 어찌 됐든 십년 전에 받았던 케아 씨앗이 드디어 떠올랐다.

"유하씨. 뭔데 그래요? 오늘 둘 다 왜 이래. 무섭게."

시후가 어느새 다가와 겁먹은 아이처럼 그녀의 어깨를 흔들었다.

"어쩐지 향기가 익숙하다 했어요."

"무슨 향기요?"

"저 나무에서 나는 향이요. 할아버지. 저도 케아라는 걸 알아요. 씨앗을 받은 적이 있거든요. 와. 이제야 기억이 났어요."

노인이 그녀에게 느릿느릿 걸어와 혼란스러운 마음을 드러냈다.

"씨앗을 받았다니. 대체 누구에게?"

노인의 눈망울이 심하게 흔들렸다.

세 사람은 소파에 둘러앉아 긴 시간 동안 대화를 나눴다. 육교 위에 쓰러진 할머니 이야기로 시작했는데, 죽은 유리 이야기로 끝이 났다. 심난한 과거 이야기 따위 하고 싶지 않았지만, 유하는 결국 이들에게 모두 털어놔버렸다. 이게 다 시후 때문이라고 생각했다. 유하는 그에게 당신도 내게 직접 말해줘요. 같은 메시지를 담으며 모든 걸 이야기했다.

모두가 글썽인 채로 차오르는 슬픔을 간신히 눌렀다. 말을 꺼내려 하면 눈물이 또르르 떨어질 것 같아서 침묵이 길게 이어지기도 했다. 유하는 가슴이 아팠지만, 속이 시원했다. 과감히 과거 상자를 확 열어버린 느낌이었다. 그동안 두려움에 숨겨놓았던 마음의 병이 별일 아닌 것처럼 느껴지자 후련했다.

언니.

유하가 휙 고개를 돌렸다. 유리의 목소리였다.

나 버리지 마.

유리가 모습을 드러내지 않고 유하 곁에서 조그맣게 속삭이기만 했다. 버리지 말라니. 가슴이 찢어질 것 같았다. 유하는 결국, 울음을 터트렸다. 시후가 냉큼 다가와 유하를 안아주었고, 노인은

235

주방에서 티슈를 가져와 그녀 손에 쥐어주었다.

"많이 힘들었죠."

시후의 저음이 들렸다. 그와 노인이 유하 곁에서 등을 토닥토닥 함께 두들겨주었다. 숨 막히게 조여오던 심장이 이내 편안하게 돌아오려는 느낌이 들었다.

"물 좀 줄까요?"

시후가 자리에서 벌떡 일어나며 물었다.

"아뇨. 괜찮아요, 시후씨. 저는 나무 이야기를 하고 싶어요."

노인이 한숨을 깊게 내쉬었다. 그 한숨이 전이되어 시후 입에서도 옅게 뱉어졌다.

"후."

연신 한숨을 뱉어대며 노인이 다시 창가로 걸어갔다. 무슨 말을 하시려는 걸까. 오늘따라 유독 다른 사람 같은 노인의 뒷모습을 보며 유하는 긴장이 되어 침을 꿀꺽 삼켰다.

"릴리 베네민. 내 아내였던 사람이었어."

일각 시후의 눈빛이 다소 차갑게 얼었다.

"아내가 첫 애를 낳고서, 나에게 씨앗 하나를 내밀었어. 아주 중요하고, 소중한 것이라면서."

유하가 눈을 동그랗게 떴다.

"그게 케아 씨앗인가요?"

"맞아."

노인이 아까서부터 말을 놓고 있었다는 걸 유하는 지금에서야 인지됐다. 기분이 묘했다. 손님이 아니라 정말 가족이 된 것 같은 기분이 들었다.

"아내가 씨앗에 대해 알려준 건 딱 세 가지였어. 심으면 커다란 나무가 된 다는 것과 이파리는 약재로 사용할 수 있다는 것, 그리고 나무엔 엄청난 힘이 존재한다는 것. 그 외에는 궁금해 하지 말라고 했어. 어찌나 단호하던지."

"엄청난 힘이라, 그럼 진이 언니랑 제가 이곳에 온 것도 저 나무의 힘 때문인 걸까요?"

"글세다. 그런지도 모르지."

노인의 근심이 느껴졌다. 그동안 괜찮을 거라고, 좀 더 진을 기다려보자고 그는 우릴 안심시켰지만, 사실 속으론 무척 힘들어하고 있었던 걸까.

"난 처음 들어요. 저 나무 이름."

시후가 관자놀이를 주무르며 말했다. 그가 조금 예민해보였다.

"유하씨는 케아에 대해 얼마나 알아요?"

"저는 이름만 알아요. 당시에 할머니께서 너무 비밀처럼."

노인이 황급히 뒤를 돌아 유하를 바라보았다. 설명 할 수 없을 정도로 슬픈 눈으로 아무 말 없이 바라보기만 했다. 저 눈빛을 본 적이 있다. 분명 저 눈빛은.

"할아버진 그동안 나한테 왜 말을 안 해준 거예요? 어릴 때부터 한 마디도 안 해주고. 나무에 대한 것도, 할머니 얘기도, 자식 얘기도. 왜 나는 아무것도 몰라야 했어요?"

그간 서운했던 시후의 감정이 봇물 터지듯 팡 하고 사방에 튀어올랐다. 시후의 울분 섞인 마음이 유하에게도 그대로 전해졌다.

237

감정이 울컥 올라왔다.

"나무의 힘을 믿고 싶지 않았으니까."

노인은 손주의 슬픈 시선을 일부러 피하며 진심을 꺼냈다.

"아내가 생명력이 강한 신비한 나무라고 했어. 근데 저 나무를 열심히 키우던 내 아들은 사고로 죽어버렸지. 역시 위대한 마법 같은 건 없구나. 저 나무가 갖고 있다는 힘은 저주구나. 그땐 그렇게 생각했었지."

노인의 아픔이 드러났다. 가슴 아파 할 손주를 배려해서 긴 시간 꽁꽁 숨겨왔던 그의 서러운 아픔이 덧없이 드러나 버렸다.

"탓 할게 없으니 나무라도 탓 하고 싶었던 거야. 내 아들을 가져간 세상이 원망스러워서. 견딜 수가 없어서."

시후가 가만히 앉아 슬퍼하는 게 보였다. 노인이 자기한테 애쓸까봐 슬픈 티를 내지 않으려 하는 노력도 보였다.

"할머니는 어디 계시는데요."

"이십대 이후로 한 번도 만난 적 없어."

"살아는 계세요?"

"모른다."

남자들의 서툰 대화는 나무토막 잘리듯이 자꾸 뭉툭하게 끊어졌다.

"어떻게 몰라요?"

"아들이 죽고, 아내가 집에서 쫓겨났어. 난 붙잡지를 못했지. 그 이후로 저 우체통에 편지를 넣으면 담당 우체부가 아내에게 전해주곤 했는데, 돌아오는 건 없었다. 55년 동안 한 번도."

노인의 사연엔 젊은 우리는 앞으로도 경험해보지 못할 눅눅한 애절함이 가득했다. 옛날 옛적엔 다른 인종들이 땅을 차지하기 위해 총을 쏘며 전쟁을 했다던데. 노인은 그런 참혹한 세상을 견뎌온 나이테 많은 소나무였고, 그런 무서운 세상 속에서 아내와 아들까지 잃었다. 유하는 케아 나무를 잠자코 응시했다. 밤이 되어 형태가 검은 실루엣처럼 보였지만, 계속 보다보니 눈이 어둠에 익숙해져서 차차 선명하게 보였다.

"저주라고 하기엔 저 케아 나무는 진이 언니와 저를 살려주었는걸요."

두 사람의 눈빛이 금세 측은하게 젖었다.

"진이 언니도 씨앗을 갖고 계실지도 몰라요. 그쵸?"

"흠."

셋은 다시 골똘해졌다. 같은 생각을 하고 있는 것 같진 않았다. 시후는 노인의 아픔을 생각하고, 노인은 진을 걱정하고, 그다음 유하는 케아를 생각했다. 자세히는 모르겠지만, 십년 전 받았던 그 씨앗은 엄청난 씨앗이었던 거다. 유하는 어디다 뒀었나, 기억해내려다가 미간을 잔뜩 찌푸렸다. 금방 기억이 났다. 지금 그 씨앗은 어릴 때 살던 집에 숨어있다. 그녀의 방, 장롱 속, 기타 가방 주머니에.

"진이는 잘 있을 거야. 돌아올 거다. 돌아와야지."

노인은 나날이 커지는 진의 대한 근심이 우리를 우울하게 만들까 봐 일단은 안심시키고 싶었던 모양이었다. 그렇게 안심 시켜 주다 보면 스스로도 어느 새 위안이 돼 있을 거라 믿은 건 아닐까. 그

239

래서 양파를 까다 만 매운 손으로 거실에 나와 자기 속을 보여준 것이라고. 유하는 생각했다.

"유하야."

유하는 노인이 편하게 불러주니 정말 손녀가 된 것 같아 마음이 녹아내렸다.

"네."

"시후랑 산책 좀 다녀올래?"

"네. 그럴게요."

유하는 혼자 있고 싶은 노인의 마음을 읽었다. 노인은 둘이 나간 후에도 한참을 창가 앞에 서서 나무를 지켜보았다. 아내와 아들이 사이좋게 흙구덩이를 파내는 모습이 보여서 어두운 공터를 향해 희미하게 웃었다. 참으로 외롭고 쓸쓸하다. 케아나무도, 노인도. 몇 십 년 동안 누군가를 기다리던 견고한 눈빛의 노인은 많이 늙어 있었다.

"케니스."

고독한 세 글자가 늙은이의 입술에 고요히 머물렀다.

빛이 없는 루이스 마을은 밤이 되면 어둠에 잠겨버린다. 밤마다 처참하게 어두워진 이 땅을 비춰 주기 위해 하늘에 별들이 한데 모여 은하수를 이뤘다. 시후와 유하는 서로가 더 잘 보이는 곳에서 산책하기로 마음을 맞췄다. 어둠에 익숙해지길 기다리는 것보다 직접 밝은 곳에 찾아가는 쪽으로 선택했다.

둘은 세상이 보이지 않을 정도로 높이 올라갔다. 그러다 별빛을 쫓으려는 욕심이 과해 황무지 같은 밤하늘 속에 갇혀버리고 말았다. 하늘 높이 올라갈수록 공허함은 커졌다. 시후는 되레 공허해서 좋다고 말했다. 주위가 공허하니 가슴이 공허한 게 안 느껴진다고 했다. 유하는 그의 왼쪽 가슴에 손을 올려보았다. 심장이 그녀의 손바닥을 톡톡 치는 것 같았다. 마치 나 이안에 살아있다고 알려주는 것 같았다.

"뭐해요?"

"시후씨가 전에 내 손 가져다 이렇게 했잖아요. 따라해 보는 거예요."

"아. 그땐 떨려서 그랬어요."

"알아요. 근데 그게 너무 좋았어서 나도 한 번 해보는 거예요."

시후는 유하의 차가운 손 위에 자기 손을 포개어 녹여주었다. 그녀는 이런 그가 좋았다. 좋다고 하면 더 좋게 만들어주는 그가 너무 좋았다.

"근데 혹시, 제가 십년 전에 봤던 할머니가 시후씨 할머니면 어떡해요?"

그의 여린 눈이 흩날리는 머리칼에 반쯤 가려졌다.

"아까부터 그 걱정 하고 있었어요?"

"걱정이야 그뿐인가요."

둘은 흐릿하게 웃었다.

"유하씨가 만났던 그 분이 내 할머니라면, 이건 정말 하늘이 맺어준 기막힌 인연인거죠. 할아버지도 아마 확신하고 계실 거예요. 그래서 우릴 이렇게 내쫓았잖아요. 혼자 엉엉 울려고."

"두 사람은 어떻게 그렇게 덤덤해요?"

"덤덤한 척 하는 거예요."

심정을 고백해놓고도 그는 또 덤덤한 척을 멈추지 않았다.

"할머니 어떤 사람 같았어요?"

"음."

말해도 될까. 그녀는 잠시 고민하다 입을 열었다.

"상냥하고, 따뜻한 사람이었어요. 분명해요. 말투와 표정에서 다 느껴졌어요."

"그렇군요."

유하는 그날의 기억을 계속해서 가져왔다. 그러다 왜 그녀를 잊고 살았는지도 알게 되었다. 희망을 품는 게 두려웠던 거다. 행복해지는 게 두려워서 새롭게 피어나는 마음들을 싹둑 싹둑 자르며 살아왔다. 그러다 기억도 잘린 거겠지.

"시후씨."

"네."

"저 환청을 자주 들어요. 심할 땐 환각 증상도 있고요."

그가 기운 없이 웃었다.

"실은 나도 봐요. 환각, 그거."

유하는 마른 입술에 침을 발랐다. 그녀는 용기를 내서 그에게 메리 이야기를 해야겠다고 생각했다.

"저기, 시후씨."

"네."

"사실 저 할아버지한테."

"알아요. 메리 얘기 다 들은 거."

그가 유하를 향해 가볍게 웃어 보였다. 예상 밖의 반응에 놀라 유하는 얼떨떨하게 멈춰서는 입을 다물지 못했다.

"나 그날 안자고 있었어요. 다 듣고 있었어."

무슨 말을 해야 할지 막혀버렸다. 그는 당황해하는 유하를 안아주면서 괜찮다고 말했다. 같이 슬퍼해주고 고민해줘서 고맙다는 말도 덧붙여 해주었다.

"시후씨 탓이 아니라고 말해주고 싶어요."

"고마워요. 근데."

유하를 품에 안고 있던 시후가 그녀의 어깨를 잡고 마주 바라보았다. 그는 하려던 얘기를 서둘러 하지 못 했다. 속에서 무엇이 말을 막히게 하는 건지 복숭아 씨앗처럼 톡 튀어나온 그의 목젖이 오르락내리락 했다.

"나 있죠. 부모님이 도망간 지 백 일째 되던 날요."

그는 위축된 작은 목소리를 겨우 꺼내었다.

"혼자 나쁜 기도를 한 적이 있었어요."

"나쁜 기도요?"

"엄마 아빠가 죽었으면 좋겠다고요."

유하는 대꾸할 말을 찾지 못했다. 왜 그런 나쁜 기도를 했느냐고, 상처받은 어린아이를 도저히 꾸짖을 수가 없었다.

"다시 돌아오지 않는 건 내가 싫어서가 아니라 어쩔 수 없이 못 오는 거구나. 오는 길에 교통사고가 나서 죽었거나 지독한 병에 걸려서 죽었나보다. 라고 생각하고 싶었거든요. 못 됐죠?"

"못 되기는요. 아니에요."

그녀는 조용히 고개를 저었다.

"부모님한테 버림받았다는 사실을 믿고 싶지 않았어요. 다시는 엄마 품을 느끼지 못 한다는 게 죽을 만큼 슬펐어요."

유하는 그를 통해서 자신의 모습을 투영되는 걸 느꼈다. 새어머니에게 칼을 맞아 죽기 전에. 그리고 아버지에게 버림받기 전에. 그들이 자신을 포기할까 무서워서 미리 도망쳤던 그때의 유하와 많이 닮아 있다고 생각했다. 이상하게도 조금은 위로가 되었다. 가족에게 버림받은 아이들의 상처는 똑같이 거기서 거기라는 게 위로가 되었다. 세상에 아무것도 아닌 존재가 된 것 같은 처참한 상실감. 왜. 아무 잘못 없는 우리가 그런 끔찍한 기분을 느꼈어야 했던 걸까.

"메리도 미웠어요. 굳이 마지막이라고 영원한 이별을 하는 꼬맹이가 엄청 미웠어요."

"그 아이도 속상했을 거예요. 엄마를 위해 매일 수화를 공부할 정도로 사랑했는데, 그런 엄마를 잃을지도 모른단 생각에 슬퍼서 그랬을 거예요."

"유하씨 말이 맞아요. 근데 난 그때 메리를 위로해 주지 못했어요. 메리는 나의 상처를 위로해준 아이였는데, 난 끝까지 나만 생각하는 머저리였어요."

시후는 그때의 어린 생각을 자책하고 있었다. 결국은 자신의 이기심 때문에 메리가 죽은 거라고. 어쩌면 부모님도 내 기도 때문에 정말 죽었을지 모른다고 쓸쓸히 한탄했다.

"메리가 죽길 바라고 바퀴에 구멍 낸 건 아니었어요. 정말 죽기를 바란 건 아니었어요. 그땐 나쁜 기도 안 했단 말이에요."

그가 그녀 어깨위에 머리를 기댔다. 그의 뜨거운 눈물이 떨어져 손등을 스쳤다. 떨어진 작은 눈물방울은 새벽 여행을 하다가 바람에 휘날려 사라졌다. 그녀는 어린 시후의 실수도 그의 가슴속에서 자연스럽게 사라지면 얼마나 좋을까 생각했다.

"시후씨. 혹시 말이에요. 지금 진이 언니도 안 돌아올 까봐 두려워요?"

그녀는 그의 속을 알면서 물었다.

"네. 솔직히 많이 두려워요. 다신 못 볼 것 같은 느낌이 자꾸 들어요."

그는 진이 우체통에서 사라질 때마다 불안했다고 했었다. 다신 돌아오지 않을 것 같은 느낌이 든다고. 그 불안함이 이정도로 무거운 마음인줄은, 그땐 상상도 하지 못했다.

"사실 저도 두려워요. 저에겐 진이 언니도, 시후씨도, 할아버지도. 모두 가족이거든요. 저에겐 그래요. 내 진짜 가족 같아요."

그들을 비추는 달빛 앞에 의문의 빛 한 줄기가 포물선으로 떨어졌다. 유하는 그것을 별똥별이라고 유추했다. 그 후에 두 개가 더 반짝하며 떨어지더니 잠시 숨어있던 자그마한 별들이 촘촘히 모습을 드러냈다. 소름이 돋을 정도로 아름다운 풍경이었다. 두 사람은 허공에 둥둥 떠 있는 상태로 신비로운 광경을 함께 바라보았다.

"저희 엄마가 절 낳은 날, 병원에서 별똥별을 보셨대요. 마치 운명처럼 그 빠른 빛을 보게 된 게 로또 맞은 것처럼 기뻤대요. 그래서 제 이름이 유하예요."

시후가 서서히 고개를 들었다. 그의 얼굴이 금세 수척해져 있었다.

"엄마가 그랬대요. 인생에서 반짝 하고 빛나는 순간들이 있어야 한다고. 살면서 과연 나에게 그런 날들이 올까 했는데. 전 이 마을에 온 뒤로 빛을 찾을 수 있었어요."

별 하나가 한 번 더 반짝이며 떨어졌다.

"유하씨는 원래 빛나는 사람이에요."

"그렇게 말해줘서 정말 고마워요."

유하는 손바닥으로 촉촉해진 눈가를 비볐다. 서쪽에서 강한 풍이 불어와 둘의 몸을 잠시 흔들었고, 이번엔 유하가 시후의 헝클어진 머리를 다정하게 정돈해주었다. 그러곤 그의 입술에 천천히 다가가 키스했다. 차가운 두 입술이 맞물렸다가 끈적하게 떨어졌다. 새뜻한 맛이 났다.

"제가, 진이 언니를 데려올게요."

시후의 표정이 천천히 굳는다. 그는 마른 침을 삼키며 그녀의 굳센 통보가 무슨 의미인지 찾았다.

"한국에 돌아간단 소리예요?"

그는 잡고 있는 두 손을 바들바들 떨기 시작했다.

"대신에 저는 반드시 돌아올게요. 나는 꼭 시후씨에게 돌아올 거예요."

유하가 치아를 드러내며 밝게 웃었다. 꾸밈없이 아주 행복하게

246

웃었다. 그녀는 노인과 시후가 장난치는 모습을 오래오래 보고 싶었다. 매일 맞이하는 하루하루를 이 사람들과 함께 하고 싶었고, 루이스 마을에서 이들과 철없이 늙어가고 싶었다. 그러려면 이 마을의 아름다운 공주님이 가장 필요했다.

"다시 시작해요 우리."

그녀의 제안에 시후는 선뜻 소리 내서 대답하진 못 했다.

"지금 생각해보니까 할아버지랑 시후씨, 매일 티격태격 하는 거 진이 언니 때문이었나 싶어요. 언니가 너무 좋아하니까. 재밌어하니까. 맞죠?"

불안에 떠는 붉은 눈망울이 촉촉이 젖어갔다.

"우리 다시 함께 모여서 오순도순 앉아서 맛있는 식사해요. 제가 언니 얼른 데리고 올게요."

유하는 그가 또다시 나쁜 기도를 하게 되지 않도록. 이 약속을 반드시 지키고 싶었다.

"한 달은 걸릴 거예요. 저는 보름달이 뜨는 첫날에만 이동을 할 수 있더라고요."

유하는 심장이 터질 듯 뛰어서 몸이 떨리려고 했다. 대책 없이 결심부터 내려서인지, 마을을 잠시 떠나있어야 한다는 사실에 슬퍼서인지. 가슴 속에서 무언가가 우글거리는 기분이었다.

"한 달이나 걸려요?"

"네. 근데 걱정 마요. 꼭 올 거니까."

유하는 일부러 더욱 씩씩한 척 했다.

"알았어요. 그때처럼 쓰러져서 오지만 마요."

두 사람은 가볍게 실소를 뱉었다.

"네. 더 예쁘고, 더 건강하게 돌아올게요."

시후와 유하는 한 손씩 꼭 맞잡은 채, 같은 곳을 바라보았다. 지면에선 볼 수 없는 어두운 실구름들이 공중에 잔잔히 떠 있었고, 그 너머엔 곧 완성될 옥빛 보름달이 찬란하게 빛을 내고 있었다. 아주 진한 검은 빛이 겨울 밤하늘을 새카맣게 물들여 은하수처럼 흐르는 별들의 행진을 환영했다.

"시후씨, 혼자 비 맞지 말아요."

그가 고개를 돌려 유하를 바라본다.

"그게 무슨 말이에요?"

"그런 게 있어요."

시후는 눈썹을 찡긋하며 유하가 좋아하는 매력적인 표정을 지었다. 가야 할 목적지나 길 위에 표지판 같은 건 존재하지 않는 어두운 밤하늘 속에서 그와 그녀는 춤추듯이 빙빙 돌며 자유롭게 날았다. 몬터레이가 잠에서 깨어나기 전까지 그들은 손을 놓지 않았다. 새벽 내내 허공을 헤집으며 소중한 시간을 함께 나눴다. 유하는 벅찼다. 그 벅찬 감정이 격하게 밀려올수록 시후의 손을 강하게 쥐었다. 옆에서 아이처럼 해맑게 웃고 있는 유리 때문이었다. 어느새 부턴가 유리도 유하 옆에서 해맑게 날아다니고 있었다. 아이가 웃는다. 그래. 괜찮은 징조야. 유리가 웃잖아. 유하는 그의 귓가에 슬며시 다가가 마저 하지 못한 말을 속삭였다.

"저는 절대 도망가지 않을 테니, 시후씨도 그 자리에 오래오래 있어줘요."

오랜 시간 동안 두 사람이 가슴 속에 묵혀 뒀던 고장 난 시계태엽 하나가 또각 소리를 내며 작동하기 시작했다.

18. 동네 친구

  서울의 추위는 몬터레이 보다 훨씬 혹독했다. 그 때문에 거리에
다니는 사람들은 전투무장 하듯 옷을 겹겹이 싸매고 다녔다.

  "아, 어쩌지."

  유하가 문앞에 털썩 주저앉았다. 계획에 차질이 생겨버렸다. 집
열쇠가 없는 것 까진 예상하고 있었다. 잃어버린 가방 앞주머니에
넣어뒀으니까. 근데 벌써 두 시간 째 집주인이 나타나지 않는
다. 그녀가 살고 있는 집에 가서 초인종을 몇 번이나 눌러 보아도
안에선 인기척이 조금도 느껴지지 않았다. 안에는 없는 게 확실했
다. 그녀의 번호도 모르고, 열쇠도 없고. 마땅한 길이 떠오르지 않
아 유하는 문짝에 등을 기대선 채, 코를 훌쩍였다. 상상 이상의
추위와 집주인의 부재. 시작부터 꼬여버린 느낌이 들었다.

  "후우!"

  유하는 자신의 차가운 볼을 치며 기합을 넣었다. 지금은 쉽게 의
기소침해지면 안 된다고 생각했다. 어떻게든 될 거다. 그래야 한
다. 유하는 대충 생각해둔 두 번째 계획으로 넘어가기 위해 머리
를 다시 굴렸다.

  "옆집 아가씨 아니에요?"

커다란 풍채를 지닌 중년의 여자가 연두색 장바구니를 팔에 건 채, 유하에게 말을 걸었다. 그녀는 가끔씩 가벼운 인사만 하던 인상 좋은 옆집 아주머니였다. 서로 긴 대화를 해 본적은 없는 터라 오래간만에 마주하니 반갑기도 하고 뻘쭘하기도 했다.

"안녕하세요."

유하는 공손히 머리 숙여 인사했다. 그러자 여자는 허겁지겁 다가와서는 유하에게 심각한 표정으로 작게 말을 건넸다. 그러고 보니 이 사람에게 집주인 연락처를 알아내면 되는구나. 유하 얼굴에 화색이 돌았다.

"웬일이야! 아가씨 무슨 일 있었어요? 아휴 주인 아주매 화나서 난리였는데. 대체 어디 갔다 온 거예요."

"화가 나셨어요?"

"어후. 그 아줌마 그렇게 안 봤는데 욕을 남발하더라고. 아가씨 계약 연장 안했어?"

"아!"

유하는 서둘러 핸드폰을 꺼내 날짜를 확인했다. 맙소사. 계약기간 끝난 지가 일주일이 넘었다. 그동안 정신이 다른 곳에 단단히 홀려있긴 했나보다. 그녀는 삼 개월이 넘도록 이곳에서 누군가가 피해를 입고 있을 거라고는 생각도 못했다. 사실 생각하기를 몸이 거부한 느낌도 있었다. 어찌 됐던 무책임한 행동에 대한 대가는 치러야 하는 게 맞는 거라고 생각했다. 어떻게 해야 하지. 유하가 이래저래 생각이 꼬여서 연신 한숨을 뱉어대자 옆집 여자가 안쓰럽게 쳐다보며 말을 이었다.

"계약은 끝났는데, 아가씨는 코빼기도 안 보인다고. 짐은 다 그 대로라면서 그 아주매 괜히 엄한 사람들한테 얼마나 승질을 냈는지 몰라요."

여자는 격양된 목소리로 말했다. 그러다가도 누가 들을 새라 주위를 바삐 둘러보았다.

"피해가 가셨다면 정말 죄송합니다."

"아니 뭐 나한테 죄송까지야. 근데 아가씨는 이제 어디서 사는 거예요? 가방 큰 거 보니까 어디 여행 갔던 건가?"

그녀는 장바구니를 흔들거리며 유하가 매고 있는 커다란 배낭 가방을 가리켰다. 떠날 준비를 하는 유하에게 시후가 챙겨주었던 그의 여행용 배낭이었다. 그를 떠올리니 순간적으로 루이스 마을의 푸른 풍경이 잠시 눈앞에 일렁였다. 시원한 케아 나무의 향이 건너온 것처럼 콧속이 뻥 뚫렸다. 그곳은 상상만으로도 오감을 자극했고, 웃음 짓게 만들었다.

"네. 여행 다녀왔어요. 근데 다시 돌아갈 거예요."

수줍게 미소 짓는 유하를 보며 그녀는 새삼 놀라더니 웃을 줄도 아냐고 넉살 좋게 칭찬했다.

"아유 어쩐지! 내일 모레였나? 이제 여기도 새 사람 이사 온다고 해서 아가씨 일 처리 잘 됐나 부네 하고 예상만 하고 있었어요."

"네? 누가 들어오나요? 아직 짐들이 조금 남았는데."

"무슨 소리예요. 저번 주에 어떤 남자가 와서 아가씨 짐 다 가져 갔는데."

"남자요?"

얼이 빠져 서 있는 유하를 보고 여자는 혀를 끌끌 차더니 집에 들어가 무언가 한참을 찾는 듯했다. 몇 분 뒤에 그녀는 익숙한 검은색 명함 하나를 들고 나와 유하에게 전해주었다.

"어떤 잘생긴 총각이 댁 만나면 꼭 전해주라 했어요. 나는 아가씨 애인인 줄 알았는데?"

"하, 대체 이 사람은."

"왜왜?"

명함의 주인은 호진이었다.

"하."

이게 우리를 또 만나게 할 것 같아서 일치감치 버렸던 건데. 유하는 명함 쥔 손을 힘없이 툭 떨어트렸다.

"이 사람이 짐을 다 직접 가져갔나요?"

"응. 그랬다니까?"

"잠깐. 직접이면 저희 집에 그 사람이 들어왔었다는 건가요?"

"응. 그러던데."

유하는 불현듯 쓰레기통에 볼품없이 버려져 있었을 그의 명함이 생각났다. 그가 봤을까봐 신경이 쓰였지만 지금 그걸 신경 쓸 새는 아니었다. 옆집 여자는 몇 마디 더 묻다가 영혼 없이 위로하곤 본인 집으로 휙 들어가 버렸다. 유하는 가만히 검은 종이를 뚫어져라 응시했다. 지난 날 그에게 매몰찼던 자신의 행동을 곱씹어보았다. 이럴 줄 알았으면 좋게 대할 걸, 같은 영악한 후회인지, 화가 난 상대는 정작 자신이면서 괜히 그에게 화풀이 했었던 미안함인지. 서서 한참을 고민하다가 유하는 끝내 후자라고 결정짓고,

253

명함에 적혀 있는 번호로 전화를 걸었다.

　호진은 동네에서 작은 병원을 하나 차려 의사인 아버지와 함께 운영하고 있다고 말했다. 병원 내부 인테리어는 튀는 것 없이 베이지 톤으로 깔끔했고, 꽃집에서 문지기 역할을 맡았던 스투키 화분 몇 개가 이곳에서도 병원을 지키고 있어 유하는 몰래 웃었다. 평일 점심시간이라 대기 소파엔 기다리는 손님이 한 명도 없었다. 어릴 때 이후 병원을 거의 가지 않았던 유하는 감회가 새로워서 그와 마주 앉아서도 진료실 안을 두리번거렸다. 호진은 몸을 좀 녹이라고 따뜻한 보리차 한 잔을 내밀었고, 둥근 유리 찻잔을 보고 있자니 시후 집에 처음 들어갔던 날이 떠올라서 저려오는 가슴을 티 안 나게 쓸어내렸다.

"명진이가 네 걱정을 많이 했어."

"저를요?"

"응."

　유하는 일하면서 그 누구와도 친분이 없었기 때문에 명진이 자신을 신경 썼다는 게 놀랍고 의아했다. 그러고 보니 저번에 명진에게 고맙단 인사도 제대로 하지 못했다.

"그 날은 정말 감사했다고 전해주세요."

"응."

　호진은 정돈할 것 없는 깔끔한 머리칼을 몇 초에 한 번씩 만지작거렸다. 그가 어색해하고 있다는 게 느껴지니 유하도 좀처럼 편해지지가 않아 일부러 헛기침을 내게 되었다.

"담당 형사한테 물어보니까 네가 선처했다고 하던데. 그걸 듣고 명진이가 네 이력서 사진을 찍어 와서는 나보고 집에 가보라고 했었어."

유하가 적잖이 놀라자 호진은 동생이 워낙 불같은 성격이라 그런 거라며 부디 이해해달라는 양해를 구했다. 그녀는 알겠다고 했다.

"그럼 그게 저번 주예요?"

"응. 맞아."

호진이 뜨거운 잔을 연신 쓰다듬으며 유하의 눈을 맞추지 못했다. 그의 기죽은 모습은 왜인지 보고 싶지 않아서 그녀는 다시 한번 정말 괜찮다고 말해주었다.

"집주인 아주머니가 네 짐을 다 버리려고 내놓고 계셨어. 몇 개 나오지는 않더라. 그래서 일단 우리 집으로 챙겨 온 거야."

유하는 문득 그가 나타나는 타이밍이 신기하다고 생각했다. 고등학생 때도, 경찰서에서도, 그리고 지금도. 순간적으로 길을 잃을 때마다 등장해주는 거 보면 호진도 하늘이 맺어준 인연 같은 건가 생각이 들었다.

"고맙습니다. 진심이에요."

"아, 응."

호진은 유하가 조금 다른 사람이 된 것 같아 놀랐다. 툭 치면 모래성처럼 무너질 것 같던 그녀의 불안한 기운이 이제는 거의 느껴지지 않았다. 눈빛에 생기가 돌고, 목소리도 예전과 다르게 소리에서 단단한 알맹이가 느껴졌다. 둘은 잠시 침묵 속에서 동시에 차를 들이켰다. 유하는 그에게 사과를 하고 싶은 부분들이 있었다. 하지만 무엇부터 사과해야 할지 정리가 안 돼서 입이 쉽사리 떨어지지 않았다.

"그럼 짐은 어떻게 하지?"

호진이 조심스러운 투로 물었다.

"다 버려야죠 뭐."

유하는 말해놓고도 너무 무책임했나 싶어 그의 눈치를 보았다.

"다? 전부 다 버려?"

"아."

호진의 뒤로 갑자기 유리의 모습이 나타났다. 아이는 유하를 보지 않고 뒤돌아 가만히 서 있었다. 문득 부리에 상처 입은 원앙 한 마리가 떠올랐다. 맞아, 원앙. 그걸 가져가지 않으면 유리가 섭섭해 하겠지.

"어떡할까?"

호진의 물음에 정신이 들었다.

"아. 그니까. 그게."

그는 잠자코 고민하는 그녀를 보면서 무언가 궁리하는가 싶더니 슬쩍 간단한 제안을 건넸다.

"괜찮으면 우리 집 와서 짐 확인 할래? 버리는 거 도와줄게. 필요한 건 가져가면 되고."

호진은 이제야 유하의 눈을 똑바로 마주쳤다. 그는 지긋한 어른의 눈빛을 하고선 유하를 넌지시 바라보았다. 어리숙했던 십년 전과 많이 변한 것 같기도, 아닌 것 같기도 했다.

"자꾸 신세지는 것 같네요."

256

그녀는 그가 내미는 도움의 손길을 덥석 잡아도 될지 헷갈렸다. 온전히 그를 좋아한 기억이 없어서, 그리고 온전히 미안한 기억도 없어서 그의 선의가 고맙기보단 미안함이 훨씬 컸다.

"괜찮아. 원래 누군가한테는 신세 좀 지면서 살아도 돼. 그리고 우리 동네 친구잖아."

"동네친구요?"

그의 귓바퀴가 새빨갛게 달아올랐다.

"어, 응. 그리고 어차피 확인은 해야 할 테니까."

친구라는 말이 꽤 듣기 좋아서였던 걸까. 유하는 눈동자를 돌리며 깊게 고민에 빠졌다. 그러고 보니 어릴 적 동네에서 친하게 지냈던 친구가 단 한 명도 없었다. 모두 가시가 되어 유하를 찌를 때, 그나마 다정하게 다가왔던 사람은 지금 앞에서 순박한 얼굴로 앉아있는 호진뿐이었다. 애써 합리화 중인 건지 모르겠지만, 이 사람은 아마 좋은 사람일지도 모르겠다고. 유하는 생각했다.

"그럼 편하게 부탁할게요."

"그래."

호진은 친절히 자신의 안식처인 오피스텔까지 유하를 안내해주었고, 퇴근하면 다시 데리러 오겠단 말과 함께 그의 일터로 돌아갔다. 유하는 고요한 거실에 혼자남아 쭈뼛거렸다. 남자 둘이 산다고 하기에는 발 디디기가 염려될 정도로 깔끔했다. 전체적으로 모던한 집안 분위기가 그의 병원 내부와 얼추 비슷하게 느껴졌고, 욕실에서부터 새어나오는 아로마 방향제 냄새가 산뜻한 기분을 나게 했다. 원목으로 된 TV장에는 영어로 적혀있는 상장들과 금빛

트로피가 멋있게 진열되어 있었다. 사이사이에 하얀 태권도 유니폼을 입은 어린 형제의 늠름한 사진도 끼여 있었고, 고등학교 졸업장을 머리 숙여 받고 있는 어리숙한 호진도 유리액자 속에 갇혀 있었다. 그중 가장 눈에 띈 건 금빛 트로피를 높게 들고 있는 호진의 사진이었다. 사진 속엔 젖살이 덜 빠진 풋풋한 청년이 보조개를 뽐내며 금덩어리를 하늘로 번쩍 들고 있었다. 와이셔츠가 바지 바깥으로 삐져나와서 그의 하얀 뱃살이 수줍게 찍혔는데도 그는 상관없이 맑고 행복해보였다. 유하는 새삼스레 의사가 된 호진이 대단하게 느껴져 미소가 절로 지어졌다.

"다른 사람 같네."

유하는 호진이 몹시 부럽기도 하면서 마음에 존경심이 폈다.

그렇게 몇 분을 더 어슬렁거리다가 유하는 주방과 거의 붙어있는 작은 방으로 들어갔다. 들어가자마자 오른편 구석에 그녀의 짐으로 추정되는 작은 캐리어 두 개가 벽에 나란히 기대어 숨어 있었고, 나머지 공간엔 아기들이 가지고 노는 장난감과 모빌, 그리고 새것처럼 보이는 꼬까옷들이 오밀조밀하게 개어 있었다. 웬 아기 용품들이 이렇게나 많을까. 유하는 잠시 고개를 기울이다 금세 관심을 옮겨 자신의 짐들을 살피기 시작했다.

호진의 것으로 추정되는 진한 녹색 캐리어를 열어보니 눈에 익은 여러 잡동사니 물건들이 담아져 있었다. 오랜만에 보는 유하의 물건들이었다. 유하는 낡은 옷가지들 사이에서 비좁게 끼어있는 원앙을 발견했다. 어릴 때부터 집에서 존재감 없이 놓여있던 외로운 장식품. 유리는 가끔 이 친구의 짝을 만들어주고 싶다고 심드렁히 말하곤 했다.

언니. 얘는 몇 살일까?

유리의 코 막힌 맹맹한 목소리가 들려서 유하는 온화한 미소를 지었다. 원앙을 차마 버리지 못했던 이유는 꽤 많았다. 아무도 관심 갖지 않는 자신의 외로움과 닮아 있어서 버릴 수 없었고, 또는 혼자 세상을 떠난 후에 하늘에서 쓸쓸히 앉아있는 유리의 모습 같아서 도저히 버릴 수가 없었다. 그리고 새벽에 원앙으로 자신의 머리를 내려찍던 새어머니 때문이었다. 그 날 흘렸던 그녀의 뜨거운 눈물은 유하만 알고 있다. 유하는 그 눈물이 자신에게 한 짓에 대한 미안함도 섞여있을 거라고 착각했었다. 하지만 아니었다. 유하는 그녀의 딸이 아니었다. 그녀에게 유하는 살인자일 뿐이었다. 살인자. 그 수식어는 마음이 약해질 때마다 상기시키고 싶었다. 너 유리 죽을 때 가만히 있었잖아. 라고 자신에게 읊조리며 불행해질 권리를 찾았다. 그렇게 하면 불행한 인생도 타당하게 느껴질 줄 알았다.

유하는 원앙을 유심히 보았다. 바닥에 내려놨다가 다시 들었다 반복했다. 그러다 그녀는 가져온 배낭을 풀었다. 그 안에서 시후가 선물해준 보름달을 꺼냈다. 탁한 색을 갖고 있지만 보름달과 똑 닮은 무드 등이 유하 마음을 편하게 만들어 주었다. 유하는 둥근 달을 가슴에 품고 바닥에 풀썩 누웠다. 그가 보고 싶다. 이 울렁이는 마음을 그가 진정시켜주길 바랐다.

언니. 나도 보고 싶어?

노곤함에 잠이 들려 할 때쯤 유리의 목소리가 들려왔다. 새초롬했던 꼬마아이의 발랄한 목소리였다. 밝은 소리를 들으니 마음이 더욱 혼란스럽다. 원앙을 버리면 왠지 더 행복해질 것만 같은데, 자꾸 아이가 언니의 발목을 잡았다. 버리지 말아달라고.

"응. 너무 보고 싶어 유리야."

그럼에도 불구하고 언니는 동생이 늘 그립다.

호진의 차 안에선 옛날 가요 곡들이 나오고 있었다. 의외로 그의 플레이리스트엔 대부분 밝은 디스코 음악이 담겨있었고, 귀를 찌르는 경쾌한 비트가 둘 사이에 묘하게 흐르는 어색함을 풀어주려 시도하고 있었다. 음악이 조금은 효과가 있었는지 어느새 둘은 박자에 맞춰 함께 고개를 흔들거리게 되었다.

"터널 하나만 지나면 금방 도착할 거야."

호진이 사이드미러를 확인하며 말했다.

"네. 고마워요."

그는 퇴근 후 집에 돌아와서 유하의 계획을 듣고는 선뜻 양현리까지 태워다주겠다고 말했다. 유하는 당연히 기겁을 하며 괜찮다 말했지만, 그는 동네친구를 거론하면서 그녀의 거절을 완강히 거절했다. 서울에서 양현리까지의 거리는 차로 한 시간 정도 소요되는 거리였다. 혼자 기차를 타고 갔다면 세 시간은 넘게 걸렸을 텐데. 유하는 고마운 마음에 그와 눈만 마주치면 목을 꾸벅 하고 인사했다. 차가 한참 고속도로의 막바지를 달리는 도중 급작스럽게 빗줄기가 차창을 때렸다. 호진은 이번 주 비 소식이 없었는데 희한하다며 와이퍼를 켰고, 유하는 금세 거뭇하게 변한 하늘을 올려다보다 루이스 마을의 날씨는 어떠할지 소소한 것들을 상상해 보았다.

"진짜로 어디 아픈 거 아니지?"

"네. 괜찮아요."

출발 전, 호진이 퇴근하고 집에 들어왔을 때 유하는 작은 방에서 보름달을 껴안은 채로 가만히 누워있었다. 찬 바닥에 쓰러져 있던 그녀는 아무 숨소리도 내지 않았다. 그 상황은 누구나 살이 떨릴 정도로 놀랄 만한 상황이었다.

"풉."

유하는 잠에서 깨던 순간이 생각나 웃음을 뱉었다. 코앞에서 본 그의 놀란 얼굴은 뭉크의 절규라는 그림을 연상케 했기 때문이었다. 정말로 죽은 줄 알았던 건지 그의 눈자위가 그렁그렁했었다. 생각지 못하게 둘만의 우스운 해프닝이 하나 만들어져서 그들은 재미난 실랑이를 벌였다.

"그만 웃어. 나는 심각했다고. 네가 얼굴이 좀 하얘야지."

"미안해요. 생각하면 자꾸 웃음이 나서."

둘은 서로 눈을 마주치지도 않고, 어깨를 들썩이며 편하게 웃었다. 이제 그들의 얼어있던 어색한 분위기가 완전히 녹은 듯했다.

"껴안고 있던 건 뭐야? 달 모양 같던데."

"아. 무드 등이요. 누구한테 선물 받은 거예요."

호진은 누구? 라고 묻고 싶었지만 그냥 말았다. 왠지 그녀는 말해주지 않을 것 같았다.

"맞다. 방에 애기 용품이 엄청 많던데. 그게 다 뭐예요?"

261

유하가 자연스럽게 화제를 돌렸다. 마을에 대해서는 그 누구에게도 털어놓고 싶지 않았다. 자랑을 하라 그러면 이박삼일로도 모자를 사람들이지만, 그들이 너무 소중해서 다른 사람 입에 오르내리게 하고 싶지 않았다. 대부분의 사람들이 믿기 힘든 얘기이기도 하니까.

"다 새 거 던데."

대답이 돌아오지 않아 유하는 한 마디 더 덧붙였다. 불안하게도 침묵은 꽤 길어졌다. 운전석을 봤더니 그의 표정이 썩 편안해 보이진 않았다. 유하는 자신이 분위기를 깬 것만 같아서 우물쭈물거렸다. 둘은 양현리로 가는 마지막 터널 안에 진입했고, 긴 터널 속은 빗소리를 막아주었다. 바다 속 깊이 들어가 있는 잠수함처럼 조용했다. 천장 양쪽에 줄지어 있는 LED노란 조명 빛은 군데군데 이가 빠져있었다. 그녀는 심심해서 꺼진 조명들을 제외하고, 빠르게 지나가는 불빛들을 세었다. 한 오십 개쯤 셌을 때. 마침내 옆에서 늦은 대답이 돌아왔다.

"나 결혼 했었어."

생각지도 못한 소식이었다. 심지어 결혼을 했었다. 라니. 유하는 커다랗게 뜬 눈을 여러 차례 끔벅거렸다.

"근데 일 년 만에 파혼 당했어. 하아, 뭔가 멋없어 보일까봐 말 안하려했는데."

그는 갑자기 횡설수설하기 시작했다. 이 말 했다가 저 말 했다가 하면서 본인은 괜찮다는 걸 티내고 싶어 하는 것 같았다. 아무렇지 않은 표정으로 목소리는 덜덜 떨려가면서.

"와이프가 임신했다고 한 다음날부터 매일 애기 선물을 사놨어. 그러다 만삭이 됐을 때, 털어 놓더라. 사실 내 애가 아니라고. 처음엔 아내가 날 끝까지 속이려 했는가본데, 도저히 안 되겠다고 느꼈나봐."

호진이 힘없이 웃는다. 낮게 깔린 목소리가 덜덜 떨렸다.

"아까 네 물건 버리면서 그것들도 같이 버릴까 고민 했거든. 근데 난 아직 인가 봐. 그 조그만 것들 버리는 게 뭐라고. 아직은 좀 가슴이 아프다."

호진은 사이드미러를 자주 확인했다. 표정을 숨기고 싶어 하는 것처럼 느껴졌다. 유하는 그의 오른 어깨를 세 번 토닥여주었다. 뭐든 힘이 나는 말들을 해주고 싶었지만, 무엇이 적절할지 떠오르지가 않았다.

"오랜만에 만나서는 너한테 별 말을 다한다."

그의 한숨이 길게 들려왔다. 유하는 요즘 좋은 사람들의 아픈 과거를 많이 듣게 되었다. 같이 아파하며 깨달은 것 중 하나는 그들의 잘못은 없었다. 라는 것이었다. 유하는 나중에 띄엄띄엄 아플 것들이 한꺼번에 몰려오는 것뿐이라고 생각했다. 그들의 앞날은 아마 창창하게 태양빛만 쬘 거라고 확신했다. 꽃이 휘날리면 더 좋고.

"선배."

"응?"

길었던 진실의 터널을 빠져나오자 빗줄기는 훨씬 굵어져있었다. 우박 떨어지듯이 비들이 무시무시한 소리를 내는데, 잔뜩 긴장해

있는 호진을 향해 유하가 말을 걸었다.

"선배도 오빠라는 호칭을 좋아해요?"

"에? 갑자기 그게 무슨 소리야."

유하의 뜬금없는 질문에 호진이 깔깔 웃었다. 너랑 정말 안 어울리는 질문이라면서 장난스럽게 그녀를 타박했지만, 이윽고 그는 귀가 새빨갛게 변했다.

"역시 선배도 좋아 하는구나. 오빠."

"인정할게. 좋아해. 근데 네가 하는 건 뭔가 어색해."

"그런가?"

둘은 같이 웃었다. 순간 시후와 함께 웃던 날들이 생각났다. 나란히 앉아 함께 웃는 다는 거, 가슴이 참 따뜻해지는 순간인 것 같았다.

"힘내요."

"그래. 고맙다."

이것도 금방 지나갈 짧은 웃음이겠지만, 짧은 웃음이 모이면 행복한 순간이 되니까. 유하는 그에게도 언젠가 행복한 순간이 차곡차곡 쌓이길 바랐다. 진심으로 바랐다.

낯익은 동네가 눈에 들어오자 무거운 긴장이 조여 오는 걸 느꼈다. 유하의 호흡 소리가 불안해지는 걸 보고 호진은 양쪽에 있는 창문을 살짝 내려주었다. 차 안으로 싸늘한 바람이 들어왔고, 유하는 틈새로 들어온 쾌쾌하면서도 고소한 양현리 냄새를 맡았다.

"오랜만이다."

유하가 혼잣말을 낮게 뱉었다. 창밖 너머에는 예전 모습 그대로
인 사랑천도 있었다. 빗줄기가 많이 쏟아지는 데도 사랑천은 여전
히 잔잔했으며 눈부신 빛 가루가 흐르고 있었다. 나나 생각이 나
서 눈물이 날 것 같았다. 호진은 풍경에 눈을 못 떼고 있는 유하
를 위해, 육교 아래에다 즉흥으로 차를 세웠다.

"트렁크에 우산이 몇 개 있어. 나가자."

"비가 이렇게 오는데요?"

"그럼 나가지 마?"

"아뇨. 사실 나가고 싶어요."

바깥 날씨는 생각보다 바람의 강도가 무척 세서 몸을 휘청거리게
했다. 둘이 들고 있는 낡은 우산들은 거세지는 바람 탓에 이리저
리 춤을 추느라 바빴다. 덕분에 옷과 신발이 축축이 젖어갔지만,
그래도 유하는 굴하지 않고 육교 위에 올라갔다.

"애들 비가 오면 어디로 숨는 걸까요."

유하가 흐르는 강에 시선을 두며 말했다.

"아 고양이들?"

그녀 뒤를 조심히 따라오던 호진이 반응했다.

"네."

"걱정돼?"

"조금요. 어릴 때도 궁금했었어요. 애들 피신처는 어디일까."

유하는 아주 풋풋했던 나나의 모습이 떠올랐다. 당시에 나나는
신기하게도 그녀가 왔다는 걸 매일 귀신같이 알았다. 늘 얼굴을
비비며 등장했었는데. 왠지 지금도 이름을 몇 번 부르면 그때처럼

수줍게 나타나 애교를 부릴 것만 같았다.

"나나 기억나요?"

"응. 당연하지. 근데 어느 날부터 안 보여서 옛날에 찾아다닌 적 있었어."

그를 보며 유하가 씁쓸하게 웃었다.

"제가 데리고 갔어요. 집 나오면서."

"아, 그랬구나."

두 사람의 대화가 끊기자 빗소리가 더욱 시끄럽게 들려왔다. 유하는 사랑천에서 눈을 뗄 수가 없었다. 이유는 그녀도 몰랐다. 그저 아름다운 강의 모습 때문인지, 애기였던 나나의 여린 모습을 더 상상하고 싶은 건지. 비가 수없이 떨어지는데도 발길이 잘 떨어지지 않았다.

"유하야."

표정이 어두워지는 유하를 호진이 불렀다. 그가 이름을 불렀던 적이 있었나. 낯설게 느껴졌다.

"왜요?"

"네가 갑자기 동네에서 사라졌을 때 말이야. 너에 관한 이상한 소문들을 들었었어."

유하는 아무 표정 없이 빗소리와 함께 그의 말을 귀에 담았다.

"그때는 어려서 나도 소문을 다 믿었었어. 생각해보니 어렸다는 말도 변명이네. 그냥 내가 그런 사람 인건데."

그가 유하에게 조금 더 가까이 다가왔다. 유하는 뒤로 물러나지 않고, 다가오는 호진을 지긋하게 바라봐주었다.

"경찰서에서 너 다시 만난 날. 반성 하게 됐어."

"선배가 왜요."

"넌 투명해. 어떤 사람인지 보여. 그래서 널 오해하고 있던 세월이 미안해지더라."

"사과는 제가 해야죠. 선배한테 너무 못되게 굴었어요."

"아니. 난 괜찮아."

빗물이 바닥에 부딪혀 물고기처럼 펄쩍펄쩍 튀어 올랐다. 덕분에 둘의 신발과 바지 끝단은 이미 흠뻑 젖어 버렸고, 체온이 급격히 떨어져 몸이 오들오들 떨렸다. 호진은 꾹 다문 입술을 꼼지락꼼지락 움직이더니 유하에게 정말 하고 싶은 말을 건넸다.

"정말 미안해. 오해해서 미안하고, 당시에 난감하게 굴어서 미안했어. 꼭 사과 하고 싶어."

"선배도 참."

호진의 진심에 얼었던 몸이 녹았다. 순간의 감정이겠지만, 그의 한마디에 지난날이 모두 용서되는 기분이 들었다. 딸을 버리려 했던 부모와 말과 주먹으로 유하를 때렸던 친구들. 그리고 불필요하게 너무 많은 것들을 가슴에 품고 참았던 자신까지. 가슴에 뜨거운 열이 번지며 유하의 눈시울이 달궈졌다.

"사과는 제가 먼저 했어야 해요. 저도 선배를 오해했으니까요. 선배의 마음과 호의를 쉽게 뿌리쳤던 것 같아서 마음에 걸렸어요. 정말 미안해요."

둘은 서로 잘 익은 열매를 사이좋게 나눠먹듯이. 어른이 되어 성숙해진 마음을 깊숙하게 교감했다. 속에서만 갇혀있던 옹졸한 마음을 상대에게 꺼내는 일이란 오래 걸리더라도 반드시 해내야만 한다는 걸 느낀 순간이었다.

"이제 진짜 동네 친구 같네요."

그녀의 말에 호진은 거실에서 보았던 사진 속처럼 보조개를 드러내며 활짝 웃었다. 아주 행복한 웃음이었다. 좋은 사람의 웃음. 유하는 늘 아픈 동네였던 이곳 양현리에서 처음으로 숨이 쉬어지는 기분이 들었다.

"가자, 이제."

호진의 말에 유하는 생긋 웃으며 고개를 끄덕였고, 둘은 훨씬 가벼워진 발걸음으로 계단을 내려갔다.

19. 신데렐라

"다 왔어. 저긴가 본데?"

호진은 삐뚤게 걸려있는 녹색 대문을 가리키며 머리를 기울였다. 진의 집은 유하가 예전에 살았던 집과 두 블록 차이밖에 나지 않았다. 이집에서 언제부터 살았던 걸까. 만약 가까운 이웃이었다면 진과의 첫 만남은 이미 훨씬 전에 이뤄졌을 수도 있는 일이었다. 가슴이 간지럽게 설레기 시작했다.

"저 집이요?"

"응."

그가 가리킨 곳은 여러 세대가 살 수 있는 주택이었다. 겉모습은 아주 낡고 허물어져 갈색 벽돌로 이루어진 외벽들이 중간마다 깨져있었다. 유하는 얼굴을 차창에 바싹 붙여 구경했다. 2층에 청색 테이프를 덕지덕지 붙여 놓은 창문 하나가 눈에 들어왔는데, 그 집을 가만히 보고 있자니 괜히 음산한 기운이 돌아 유하는 눈살을 찌푸렸다.

"어? 잠시 만요."

유하가 무언가 보고 습기 찬 앞 유리를 소매로 쓱싹쓱싹 닦았다. 호진은 반사적으로 뿌옇게 닦여진 유리창에 얼굴을 들이밀어 그녀와 같은 곳을 바라보았다.

"왜?"

"저 분인 것 같아요!"

"정말?"

대략 십 미터 앞에서 파란 우산을 들고 있는 한 여자가 유하에게 포착됐다. 여자는 눈에 선글라스를 낀 채, 기다란 접이식 지팡이로 바닥을 좌우로 긁으며 걸어오고 있었다. 유하는 그녀가 진이 맞는지 확인하기 위해서 주저 하지 않고 차 문을 열었다. 머리 위로 검은 우산을 펼치자마자 점점 가까워지는 그녀에게 서둘러 다가갔다. 둘 사이가 좁혀질수록 빗줄기는 화가 난 듯 계속해서 거세졌다.

"언니."

유하 목소리에 여자가 우뚝 멈춰 섰다. 여자는 흠칫 놀랐다가 고개를 살짝 기울였다.

"유하씨?"

"네. 언니 저예요."

진은 유하가 기억하던 모습과 완전히 다른 몰골로 변해있었다. 짧았던 단발머리가 어느새 어깨까지 내려와 잔디처럼 뻗쳐 있었고, 안 그래도 홀쭉했던 턱선이 금방 빚어낸 토기마냥 더욱 날카로워져 안쓰럽게 말라 보였다. 무엇보다 오랜만에 본 반가운 그녀의 얼굴이 시퍼런 멍과 긁힌 상처들로 도배 되어있다는 게 유하는 믿을 수가 없었다. 유하는 쓰고 있던 우산을 길바닥에 내려놓은 뒤, 진에게 천천히 다가가 꼭 안아주었다. 그녀에게서 알싸한 파스 냄새와 담배 냄새가 역하게 풍겨왔다.

"유하씨. 어떻게 이리 먼 곳까지."

늘 차분하고 부드러웠던 진의 음성이 오늘은 조금 투박하게 들렸다. 누가 그녀를 이렇게 만들어 놓은 건지. 유하는 받은 충격만큼이나 가슴 속에서 화가 치밀기 시작했다.

"언니가 너무 걱정 돼서 왔어요."

유하 목소리가 불안하게 떨리자 진은 옅게 미소를 띤 채 말했다.

"그랬군요. 일단 추우니까 우리 집에 들어가는 게 어때요?"

진은 유하에게 팔짱을 끼고는 다시 기다란 지팡이를 휘저으며 자신의 집으로 안내했다.

"선배. 제대로 배웅 못 해줘서 미안해요. 오늘 너무 감사했어요."

유하는 진과 집으로 들어가기 전에 잠시 양해를 구하고 호진에게 냉큼 뛰어와 인사를 건넸다. 그리곤 꼿꼿이 조수석을 지키고 있던 자신의 배낭을 창문을 통해 받았다. 그 사이에 빗물들이 질세라 의자를 더럽혔다.

"급한 모양인데 어서 들어가 봐. 무슨 일 있음 언제든 전화하고."

"이번엔 꼭 전화할게요. 우리 이제 동네 친구니까요."

그녀가 반쯤 열린 차창 안을 들여다보며 호진에게 말했다.

"그래. 얼른 들어가."

호진이 활짝 웃어 준 덕에 마음이 안정될 수 있었다. 그의 맑은 미소를 눈앞에 잔여로 남겨둔 채, 유하는 다시 진에게로 부리나케

271

뛰어갔다.

"여기가 언니 집이예요?"

"맞아요. 어서 들어와요."

차 안에서 보았던 음산한 청색 테이프 집은 바로 진의 집이었다. 유하는 이상하리만큼 커진 불안감을 몰래 삼켜내며 그녀의 공간에 첫발을 들였다. 진은 바지 주머니에서 조그마한 복주머니를 꺼내곤 신발장 측면에 박혀 있는 녹슨 못에다가 걸어두었다. 복주머니는 형광 빛이 나는 연두색에 금가루가 뿌려져있었고, 가느다란 빨간 리본 끈으로 입구가 조여매어 있었다.

"조금 추울 수도 있어요."

그녀는 거실 바닥에 연분홍 이불 하나를 깔면서 가볍게 통보했다. 그녀 말대로 집안에는 온기가 많이 부족했다.

"언니. 이 주머니는 뭐예요?"

"못에 걸려있는 거요?"

"네."

"그건 제 부적이에요. 어릴 때, 아빠가 주셔서 주머니에 넣고 다녀요."

"아. 마을에선 한 번도 못 봤던 것 같은데."

"여기서만 가지고 다녀요. 거긴 부적 같은 거 필요 없으니까."

진이 작은 소리로 큭큭 웃었다. 그녀가 내뱉는 목소리와 행동들은 바뀐 게 하나도 없었다. 똑같이 포근하고 따뜻했다.

"하긴, 그렇긴 해요."

272

유하는 축축이 젖은 양말을 벗어서 운동화 위에 올려 두었다. 이미 얼어있는 맨발로 차가운 방바닥을 밟으려니 온몸에 솜털들이 삐쭉삐쭉 섰다. 진은 유하에게 털이 복실거리는 양말 한 켤레를 건네주었다. 덤으로 이걸 신으면 시집을 잘 간다는 미신이 있다며 우스운 농담도 던졌다. 건네받은 양말을 막 신으려고 보니 서로 색이 달랐다. 하나는 민무늬 검은색, 다른 하나는 민무늬 보라색. 마을에서 시후와 처음 대면한 순간에 보았던 그의 짝짝이 슬리퍼가 어렴풋이 스쳐 지나갔다. 가끔씩 빈틈을 보여주는 순수한 아이 같은 사람. 진도 그랬다. 그녀도 참 인간적이고 순수했으며 엄마처럼 포근한 사람이었다. 그 누구보다 아름다운 루이스 마을과 제일 잘 어울렸던 사람.

"잠깐 이불 위에 앉아서 기다려줘요."

진은 지팡이도 없이 앞이 다 보이는 사람처럼 성큼성큼 걸어 다녔다. 이제 편하게 걸어 다닐 만큼 이곳은 오랫동안 그녀의 습관들이 스며든 곳 같았다. 실내는 허물어져 가는 외부 모습과는 상반된 모습이었다. 퀴퀴한 냄새가 나기는 했지만, 새집처럼 대부분이 깔끔했다. 거실 벽 쪽엔 TV 대신 문짝만한 풍경화가 걸려 있었다. 똑같이 생긴 푸른색의 나무들이 줄지어 자라 있는 아름다운 연못가 그림이었다. 작아서 안 보일 뻔했지만, 하얀색 옷을 입은 의문의 두 여인도 그림 안에서 풍경을 감상하고 있었다. 유하는 작품의 제목이 궁금해지던 찰나에 오른쪽 아래 끝에 오돌토돌 박혀있는 점자를 발견했다. 이 그림의 제목인 듯했다. 점자를 손끝으로 한 번 스윽 만져보았다. 몇 번을 만져봐야 이 오돌토돌한 것

273

들이 글자처럼 읽힐 수 있을까.

유하는 옆에 놓여있는 액자들과 책장, 벽에 붙어 있는 인터폰 등 등 집안의 모든 가구에 박혀있는 점자들이 눈에 서서히 들어왔다. 지나온 시간 속에서 자연스럽게 묻은 그녀의 힘든 수고가 곳곳에 보였다. 그녀의 캄캄했던 생활과 그 간의 느꼈을 고독한 어려움들이 희미한 홀로그램으로 나타나 유하 마음을 적셨다.

"창문에 테이프는 언니가 붙이신 거예요?"

"음."

진이 뜸을 들이는 게 보였다. 그녀는 주스가 담긴 투명한 플라스틱 컵 하나를 유하에게 건넸다.

"지금 방에서 같이 사는 동생이 자고 있어요."

혼자 있는 줄 알았던 그녀의 집에 다른 누군가가 있다는 얘길 듣고 유하는 급히 데시벨을 낮추며 물었다.

"마을에서 잠깐 말해주셨던 동생분이요?"

"네. 저한테는 가족이나 마찬가지인 아이라서 사정상 같이 살고 있어요. 아까 약을 먹어서 잠들었을 거예요."

"그럼 이 집은 누구 집인 거예요?"

"동생 집이예요. 나는 여기 들어온 지 벌써 3년 됐네요."

"그러셨구나. 저는 물건에 점자들이 붙어있어서 언니 집인 줄 알았어요."

"아. 그거요? 예전에 동생이 붙여 논거예요. 귀엽죠? 안 붙여놔도 만져보면 뭔지 다 아는데, 굳이."

진은 얘길 하던 중 보호막처럼 쓰고 있던 까만 선글라스를 벗었다. 그녀의 오른쪽 눈이 심각하게 부어올라 멍이 들어있었다. 유하는 알 수 있었다. 색을 보니 최근에 맞은 멍 자국이었다. 대체 누가 그녀를 이렇게 만든 걸까.

"그나저나 유하씨는 어떻게 우리 집을 찾아 왔어요?"

그녀의 초점이 유하가 아닌 다른 허공을 맞추고 있었다. 유하는 이런 점들이 낯설었다. 그녀와 눈을 맞추지 못한다는 것과 그녀가 자신을 전혀 볼 수 없다는 것. 마음이 울컥거렸다.

"시후씨가 사랑천을 읽고 있었어요. 언니가 선물해주셨다고."

"아 맞아요. 그 책을 알아요?"

"사랑천을 알아요. 저 사실 이 동네 살았었거든요. 언니가 수첩에 적어 둔 집 주소를 보고 얼마나 놀랐는지 몰라요."

유하는 끝말을 흐렸다. 이 대사는 같이 손바닥을 치며 신나게 말하려고 했던 건데. 나름대로 계획해두었던 그녀와의 설레는 재회가 처음부터 어긋나 버려서 김이 빠지고 슬펐다. 대체 그동안 무슨 일이 있었는지 얼른 묻고 싶었지만, 퍼렇게 멍들고 망가진 그녀 얼굴이 말문을 순간순간 막히게 만들었다.

"어쩜 이런 우연이! 너무 반가워요. 아쉽다. 이웃일 수 있었는데!"

진은 손끝으로 조용한 물개 박수를 치며 해맑게 웃어 보였다. 멍투성이 얼굴을 하고선 행복하게 웃는 그녀가 보기 힘들 정도로 안쓰럽게 느껴졌다.

"그 주소는 제가 재작년 여름에 적어놓은 걸 거예요. 할아버지 생신 때였는데 와인을 마시고 잔뜩 취해서는. 풋. 내가 네 집을 아니까 너한테도 우리 집을 알게 해주겠다면서 시후한테 적어준 거였어요."

진은 뜨거웠던 마을의 모습을 회상했다. 여름이 되면 마을에 자라 있는 모든 잎이 더 짙은 녹색으로 풍성하게 변신했다. 밤마다 루이스 마을만의 특이한 푸른 향이 열기와 함께 풍겨져 진을 취하게 했었다. 노인의 생일날에 하영과 시후, 그리고 제니퍼까지. 새벽 내내 네 명이서 와인을 다섯 병이나 오픈했었다. 그 이후로 누군가의 생일만 되면 반드시 지켜야 하는 룰인 것 마냥 넷은 저녁마다 뭉쳐서 술과 함께 담소를 나눴다. 다음 날이 되면 머리가 지끈하게 아파서 하루 종일 침대와 한 몸이 되어야 했지만, 지나오니 그 시간 들은 아주 귀중하고 특별했다.

"시후는 참 따뜻하고 좋은 친구예요. 그래서 제가 잔뜩 취한 와중에도 언젠간 우리 집에 꼭 초대하겠다고 노래까지 불렀는걸요. 걔랑은 그 뒤로 가까워진 거예요."

유하는 목이 메는 것 같아 차가운 주스를 끝까지 들이켰다. 가볍게 맞장구를 치고 싶어도 자꾸만 눈앞의 현실이 행복을 가로막는 기분이 들었다.

"유하씨 얼굴 보고 싶다. 시후랑 우리 할아버지도."

곧 웃음소리가 작아지며 묘하게 어색한 공기가 흘렀다. 얼굴이 보고 싶단 말에 뭐라 말을 붙여야 할지 몰라 망설이던 유하는 벽에 걸린 연못가 그림에 관해 물었다.

"저 그림은 제목이 뭐예요?"

"아. 그거요? 우리, 예쁜 곳에서 죽자."

"네?"

"그게 제목이에요. 풋. 조금 섬뜩하죠. 예쁜 곳에서 죽자 라니."

유하는 그림을 다시 응시했다. 제목을 들은 후라 그런지 풍경보다는 조그마한 두 여인에게 시선이 꽂혔다. 얼굴이 보이지 않는 뒷모습이지만, 그 분위기에서 강한 메시지가 느껴지는 것 같기도 했다. 전체적으로 밝고 푸른 채색이 제목을 더욱 슬프게 만들었다.

"동생이 몇 년 전에 병원에서 그린 거예요. 우린 거기서 만난 사이거든요."

"병원에서요?"

"네. 이쪽 병원이요."

진은 검지 끝으로 관자놀이를 툭툭 쳤다. 유하는 아 하고 알아들었다는 티를 내주었다.

"그 친구는 그림을 그리거나 시를 써보는 활동들을 종종 했었어요. 처음엔 얘가 상태가 괜찮아진 건줄 알았는데, 알고 보니 발악하는 거였더라고요. 뭐로든 죽고 싶다는 티를 내고 싶었던 거죠."

시선이 저절로 다시 그림에게 향했다. 두 여인은 저렇게나 아름다운 곳에서 어떻게 죽으려 하는 걸까 생각했다. 혹시 둘 중 한 명은 언니인거냐고 속으로 애를 태워 물어보지만, 차마 그 말은 입 밖에 나오지 못하고 꿀꺽 삼켜져 버렸다.

"저도 그 때는 참."

진이 잠시 과거에 잠긴 듯 했다.

"언니는 그곳에서 어떠셨는데요?"

277

"동생보다 심했죠. 날이 갈수록 가슴에 한이 자꾸 쌓이는 것 같아서 동생에게 유서를 써 달라고 부탁한 적이 있어요."

그녀답지 않게 목소리가 심하게 떨렸다. 유하는 그런 진의 손을 꼬옥 잡아주었다.

"일곱 살 때, 부모님이 생활고를 못 견뎌서 집에 불을 지르셨어요. 거기서 저만 살아남았죠. 으음. 그때 다 타버리긴 했지만 아빠가 미리 써놨던 유서가 아직도 기억이 나요. 하느님 곁으로 가겠습니다. 부디 우리 세 가족, 천당 가서는 빛을 보게 해주소서. 이렇게 두 줄 적혀 있었어요. 지금 생각하면 웃기기도 해요. 우리 아빠 종교 없었거든요. 풋. 웃기죠."

진은 감당하기 힘들었을 엄청난 사건을 술친구에게 회포를 풀듯이 가볍게 조잘거렸다. 과거의 진과 현재의 진은 철저히 분리 된 사람처럼 느껴졌다.

"아무튼요. 기필코 죽겠다 마음먹고 병원에서 도망치던 날이었어요. 캄캄해서 어딘지도 감이 안 잡히는데, 지팡이 없이 무조건 앞으로만 달렸어요. 당시에는 무섭지도 않더라고요. 정말 콱 한방에 죽고 싶었거든요. 그런데요 글쎄! 갑자기 희미하게 뭔가가 보이는 거예요."

유하는 어느 순간 그녀에게 몰입했다. 그녀가 하도 전래동화 얘기하듯 털어놓으니 정말로 우리와 상관없는 사람의 이야기 같았다.

"뭐가 보였나요?"

"우체통이요. 그것도 파란 우체통."

"아! 그때였군요."

"네. 저는 그때 본능적으로 느꼈어요. 저 안에 뭐든 넣어야겠다고. 그래서 주머니에 있었던 유서를 집어넣었죠."

슬슬 방바닥이 달아올랐다. 진은 보일러가 고장 나서 들어오다 말다 한다고. 어쨌든 그건 중요한 게 아니라면서 다시 본인 이야기에 몰입하게 했다.

"그렇게 갑자기 푸른 초원에 맑은 하늘이 보이는데 저는 당연히 천국이라 생각하지 않겠어요? 솔직히 할아버지랑 시후를 만나기 전까지는 진짜 죽은 줄 알고 휴 다행이다 했어요."

진은 가슴에 손을 얹고, 정말 휴 하고 안심하는 재연을 했다.

"너무 공감해요."

"그쵸? 아참. 그러고보니 유하씨 제가 내 준 숙제는 했어요?"

진은 유하의 왼쪽 어깨를 보며 물었다. 갑자기 다른 길로 흐르는 그녀의 의식에 머릿속을 빠르게 정리했다. 그녀는 오랜만에 말을 해서 무척 신이 난 사람처럼 보였다. 억양도 평소와 다르게 매우 흥분되어 있었다.

"언니. 마을에 있는 나무가 케아나무 라는 거래요. 신비한 힘을 갖고 있다고 할아버지가 얘기해주셨어요. 제 생각에는 그 나무가 저희를 마을로 오게 한 것 같아요."

"역시. 할아버에게 열쇠가 있었던 거군요."

그녀가 피식 입 꼬리를 올렸다. 또 열심히 영화 시나리오를 짜는 모양이었다.

"혹시 언니 누군가에게 씨앗을 받은 적이 있으세요?"

"아뇨. 없어요. 갑자기 무슨 씨앗이요?"

"저는 받은 적이 있어요. 그게 케아 씨앗인데, 너무 오래전 일이어서 아예 잊고 살았거든요. 언니. 아무래도 그 씨앗이 연결고리인 것 같아요."

점점 진의 눈망울이 초롱초롱하게 빛났다.

"그럼 나는 연결고리가 뭐죠? 씨앗 같은 거 없는데."

"그러게요. 뭘까요."

둘은 잠시 각자 추리를 해보다가 피식 피식 웃기 시작했다. 인생이 갑자기 너무 재밌어졌다면서 진이 아이같이 웃었다.

"삶을 포기하려는 사람들에게 기회를 주는 게 아닐까 생각도 했어요. 저희가 그런 공통점이 있잖아요."

유하가 나무를 떠올리며 말했다.

"글쎄요. 생각보다 자살을 하는 사람들은 많아요."

그녀의 직설적인 단어선택에 유하는 흠칫 놀랐다. 그러던지 말든지 진은 또다시 판타지영화 속 주인공이 되어 추리하기 시작했다. 꽤나 진지한 표정이었다. 유하는 참지 못하고 하하 웃어버렸다. 때로는 엄마가 되었다가 또 아이가 되었다가 하는 변덕스런 그녀의 매력이 행복한 미소를 짓게 했다.

"개인적으로 궁금한 게 있어요. 언니는 갑자기 왜 우리 마법에 대해 궁금해 진거예요? 사실 저는 평생 몰라도 딱히 상관없거든요. 어디서도 만날 수 없는 소중한 사람들을 만났으니까요. 그거면 됐거든요. 그리고 언니도 처음엔 그랬었다고 말하셨잖아요."

진이 손깍지를 끼고는 한참동안 말을 망설였다. 그렇다고 불편한 표정을 짓고 있는 건 아니었다. 행복해보였다. 그녀의 몰골은 처참했지만, 표정은 아까부터 변함없이 밝았다.

"나도 처음엔 그랬어요. 하나도 안 궁금했어요. 그냥 저 다정한 사람들과 영원히 마을에서 함께 하고 싶단 생각뿐이었어요."

"근데 왜."

"솔직히 유하씨가 오고 나서 생각이 달라졌어요. 나 말고 누군가가 또 이 마을에 왔다는 건 내 동생도 가능성이 있다는 거 아닐까. 혹시라도 답을 얻게 되면, 동생도 마을에서 행복하게 살 수 있지 않을까 뭐 그런 생각."

"아."

그게 그녀의 이유였다. 마음이 위험한 친구가 자신처럼 행복해지길 바라는 마음. 그거였다. 유하는 진이 이렇게까지 하는 데엔 이유가 있다고 생각이 들었다. 그래서 돕고 싶었다. 그녀를 옆에서 끝까지 도와주는 영화 속 서브 주인공이 되고 싶었다.

"저 유하씨."

잠자코 미소 짓던 진이 낮은 톤의 진지한 목소리로 정의감에 빠져있는 유하를 건져냈다.

"한 달 안에 돌아오겠단 약속 못 지켜서 진심으로 미안해요. 나 때문에 유하씨 고생해서 이곳까지 오게 하고."

"전혀요. 마음 쓰지 마세요. 같이 돌아가면 되잖아요."

진이 턱밑의 상처를 더듬었다. 어색한 미소에서 그녀가 미안해하는 마음이 충분히 느껴졌다. 유하는 오늘 두 사람에게 미안하단 말을 들었다. 좋아하는 사람들에게 듣는 사과는 그 마음이 진심일

수록 애달파지는 것 같다. 유하는 그들에게, 당신이라면 뭐든 이해한다고 말해주고 싶었다. 나에게 미안해할 필요 전혀 없다고. 전혀.

"시간이 오래 걸리겠지만, 동생이 괜찮아지면 반드시 마을로 돌아갈게요."

유하는 그녀의 한 없이 부드러운 목소리에 겨우 눈물을 참았다.

"그동안 모두가 얼마나 보고 싶었는지 몰라요. 동생의 안 좋은 증상이 심해질 때마다 사실 너무 무섭고 힘들었거든요. 그래서 마을로 도망칠까도 생각했었는데 차마 그럴 수가 없었어요."

유하는 숨죽여 울었다. 진이 안쓰럽기도 하고, 또 부럽기도 했다. 그녀의 이야길 들을수록 유리가 보고 싶어졌다. 동생이, 동생은. 하면서 그녀에게 유리의 사랑스러움을 자랑하고 싶었다.

"유하씨."

"네"

평온해 보였던 진의 표정이 이제야 그늘지듯 어둠을 비췄다. 진은 옆에 벗어놨던 선글라스를 다시 얼굴에 씌었다.

"저 친구는 시간이 갈수록 악화되고 있어요. 근래에 그럴 만한 사정이 있었는데."

덜컥.

방문이 열리는 소리가 들렸다. 유하는 소리에 놀라서 자리에서 벌떡 일어났고, 아까부터 굳게 닫혀있던 바로 정면에 있는 방에서 창백한 얼굴의 여자가 부스스한 모습으로 걸어 나왔다. 유하는 여자의 얼굴을 확인한 뒤, 숨을 헐떡거리기 시작했다. 동공이 마구 흔들리는 와중에도 여자의 얼굴이 또렷하게 서렸다.

"하아. 하아."

휘청거리는 몸을 겨우 끌며 유하가 여자에게 다가갔다. 그리곤 있는 힘을 다해,

여자의 뺨을 망설임 없이 내리 쳤다.

20. 최후

아수라장이 되었다. 여자의 뺨을 유하가 연속으로 두 번 내리치자 동시에 두 여자의 비명이 귀를 때렸다. 방에서 나온 초췌한 모습을 한 여자는 스물일곱이 된 김진경이었다. 산발이 된 머리칼로 얼굴을 반 이상 가리고 있었지만, 유하는 진경을 단번에 알아볼 수 있었다. 세 사람은 사진처럼 멈춰서 숨을 쉬는 일도 망각해버렸다. 누군가의 어금니 부딪히는 소리가 요란하게 들려왔다. 진경이었다. 그녀는 창백한 얼굴을 한 채 귀신이라도 보고 있는 것 마냥 온몸을 떨었다.

"욱."

유하가 거실바닥에 헛구역질을 해댔다. 곧 비릿한 위액이 넘어올 것처럼 귀밑에 소름이 돋았다. 왜 너야. 왜 대체 너야. 유하는 진경을 향해 눈으로 말했다. 진경은 결국 흔들리던 눈망울에서 굵직한 눈물을 떨어트렸다. 한 방울이 떨어지니 그 뒤로는 주체할 수 없이 흐르기 시작했다. 이 아이의 눈물을 봐도 마음이 아프지 않았다. 오히려 분노가 치솟았다. 누군가 몸을 잡고 흔드는 것 마냥 가만히 서려 해도 중심이 잡히질 않았다. 사방이 지진이 난 듯 흔들리는 와중에, 유하 눈앞에 양 갈래 소녀가 다시 나타났다. 아이

284

는 아무 말 없이 주방에 서서 슬픈 눈을 하고 있었다. 유하가 가장 가슴 아파하는 눈빛. 새어머니와 닮아있는. 그녀와 쏙 빼닮은 저 애처로운 슬픈 눈빛.

"진경아. 진경아, 괜찮아?"

진이 진경아. 라고 했다. 유하는 듣고도 믿기지 않아서 고개를 떨궜다. 심지어 그녀는 왜 사람을 때리고 그러느냐고 유하를 먼저 타박하지 않았다. 그녀는 동생의 몸 상태가 어떤지, 마음에 깊은 상처를 받은 건 아닌지. 그 걱정이 먼저인 듯 보였다. 유하는 왠지 조금 서글퍼졌다. 머릿속도 뒤죽박죽 난장판이 되어버렸다. 얼얼하게 부은 오른 손은 아직도 떨고 있었다. 부모에게 맞고 자란 아이는 나중에 커서 똑같이 닮는다고, 어디선가 주워들은 적이 있었다. 유하는 혹시 내가 그런 케이스인가 하고 자신의 정신 상태를 의심했다. 살면서 누군가를 때린 적이 있었나. 결코 없었다. 유하는 지금 이 순간 감정을 억제할 수 없을 것만 같아서 무서웠다.

"날 알아보는구나?"

유하가 아주 작은 소리로 진경에게 날카롭게 물었다.

"왜? 왜 너야? 왜?"

말씨 하나하나 따가운 가시가 돋았다.

"언니. 마을에 새로 왔다는 애가 얘였어?"

진경의 첫 마디는 그녀의 보호막이 되어 줄 진에게 던져졌다.

"내가 묻고 있잖아."

유하의 흔들리지 않는 강렬한 눈빛에 진경이 두려움을 떨었다. 그 방에서 왜 네가 나오느냐고 유하가 다시 막무가내로 따지기 시

285

작했다. 이런 식의 분노는 난생 처음 느껴봐서 마음이 쉽게 추슬러지지가 않았다. 여전히 손바닥은 불이 난 듯이 따가웠다. 분명조금 전 까지만 해도 주방에 서 있던 유리가 진경의 옆으로 바짝다가왔다. 그 눈빛을 피하려 뒤를 돌아보면 유리는 또 진의 옆에꿈쩍 않고 서 있었다. 시선을 바꿀 때마다 유리가 쫓아다녔다.

"하아. 하아."

호흡이 불안정해진다. 느낌이 안 좋았다.

"유하씨. 일단 진정해요."

"언니. 언니."

유하가 몸을 휘청거리며 진을 향해 돌아섰다.

"진짜로 얘가. 김진경이."

버퍼링 걸린 듯 말이 제대로 나오질 않았다.

"진정하고 나서, 그 다음 다 같이 이야기를 해봐요."

"얘가, 얘가 언니를."

맥은 풀리는데 심장에 지펴진 불씨는 무서울 정도로 활활 타올랐다.

"내 얼굴에 이런 상처들은 너무 나쁘게 생각 말아요. 말했다시피동생이 지금 많이 아파요. 동생이 악의를 품고 날 때린 게 아니란소리에요."

진의 뾰족한 목소리가 유하 마음을 아프게 했다. 그녀도 화를 간신히 참고 있고 있는 것 같았다.

"언니 잠깐 방에 들어와 봐."

진경은 또다시 보호막에게 말했다. 두 사람은 어느 캄캄한 방 안

286

으로 사라졌고, 결국 유하는 몸을 사정없이 떨기 시작했다. 손끝, 발끝, 머리 전체를 부들부들 떨며 차츰 괴로워했다. 지금은 약이 없기 때문에 이 증상을 혼자 힘으로 멈춰야했다. 심장이 쿵 한 박 자 크게 뛰었다가 금방 멈춰버릴 것처럼 적막을 유지했다. 이제는 거의 나았다고 생각했는데, 나약해진 자신을 또 마주하게 된 순간 이었다. 유하는 그 자리에 주저앉아 목청을 긁으며 소리 질렀다. 무릎 사이에 얼굴을 묻고 오열했다. 귀가 찢어질 듯한 비명 소리 와 함께 그동안 참아온 아픔들이 흩뿌려졌고, 자제력을 잃어버린 가엾은 유하에게는 누구도 다가오지 않았다.

쾅쾅쾅.

누군가 현관문을 악패듯 두드렸다.

"유하야! 한유하!"

밖에서 흥분된 호진의 목소리가 들렸다. 그가 문을 여러 번 부서 질 듯 두들겼지만, 안에 있는 세 여자는 혼비백산이 된 채로 멈춰 있을 뿐이었다. 잠시 뒤에 무언가 부딪히는 큰 소리가 몇 번 나더 니 문고리가 떨어지며 현관문이 활짝 열렸다. 호진은 들고 있던 새빨간 소화기를 내려놓고, 유하에게 달려왔다. 그다음 혼란스러 움이 가득한 얼굴로 유하에게 외투를 덮어주고는 어떻게 된 상황 인지 집안을 살폈다. 그때, 문이 달칵 열리며 진경이 얼굴을 내밀 었다.

"너, 진경이 맞지?"

그가 망연자실한 상태의 진경과 눈이 마주쳤다. 호진을 바라보는 그녀 눈빛 속엔 원망스러움이 가득 차 있었다. 갑자기 고장 난 로

287

봇 인형처럼 그녀는 입을 다물지도, 눈을 깜빡이지도 않았다. 호진은 유하가 왜 이런 상태가 되었는지 알 것만 같았다. 만나게 되면 서로가 괴로울 사람들끼리 부딪혀 버렸다. 그는 마음이 불편해서 오랜만에 만난 진경에게 어떠한 인사도 건네지 못했다.

"씨발, 나 드디어 벌 받나 보다."

진경이 아랫입술을 깨물며 말했다.

"그런 말 하지 마. 괜찮아. 괜찮아."

진은 혼자 조용히 울고 있는 진경을 뒤에서 안아주었다. 동생의 어깨를 연거푸 살살 쓸어주는데, 유하는 둘의 모습을 보고 마음이 서운하리만큼 이상해졌다. 너무 속상해서 배신감이 들었다. 공주는 이렇게 살면 안 되는 건데. 얼굴이 저 꼴이 나면 안 되는 건데.

"남자 분은 누구세요."

"죄송합니다. 비명소리에 놀라서 그만. 저는 김호진이라고 합니다. 유하 친구고, 저기 그니까, 유하가 차에 핸드폰을 두고 가서."

"나가 주세요."

진이 저렇게나 경계를 갖는 건 처음 보는 모습이었다. 호진은 어정쩡히 일어나선 유하와 진을 번갈아보며 당황스러워했다.

나한테 어떻게 그러지.

유리의 목소리인지. 자신의 목소리인지. 유하는 이제 헷갈리기 시작했다. 자신의 목소리가 자꾸 귓가에 울리는 것 같았다.

언니. 어떻게 나한테 이럴 수가 있어.

"유하씨. 정말 미안한데 지금 당장 돌아가 줘요. 동생이 쉬어야 할 것 같아요. 유하씨 얘기는 다음에 들을게요."

처음으로 유하와 진 사이에 냉랭한 기운이 감돌았다.

"그래 유하야. 우리 일단 나가자."

몸을 축 늘어트려 앉아있는 유하를 호진이 어떻게든 일으키려 했다. 하지만 유하는 그를 밀어내버렸다. 그리곤 매서운 눈빛으로 진경을 노려보았다.

"진이 언니는 나에게 정말 중요한 사람이야."

유하가 좁은 문틈으로 보이는 두 사람을 향해 말했다.

"설마 너 나한테 했던 것처럼. 너 그렇게 진이언니 때린 거야?"

유하의 말에 진이 자기 입을 막으며 흐느끼기 시작했다. 진경은 무슨 생각하는지 전혀 알 수 없을 정도로 멍하게 멈춰있었다.

"네 옆에 있는 언니 모습을 봐. 네가 얼마나 언니를 망가트리고 있는지 두 눈으로 똑똑히 보라고."

"미안해."

유하는 순간 귀를 의심했다.

"한유하. 미안해."

진경은 정확히 미안해. 라고 반복해서 말하고 있었다. 진경에게 들은 미안해라는 말은 대체 어떻게 받아들여야 할지 유하는 숨이 막힐 정도로 막막했다. 고장 난 현관문이 활짝 열리며 매정한 겨울바람이 쉴 새 없이 들이 닥쳤다. 차가운 바람은 의외로 따사로운 곳을 좋아했다. 그 얼음장 같은 바람은 집안 곳곳에 눌러앉기 시작했다.

지이이잉. 지이이잉.

핸드폰 진동 소리가 바닥에 엎어져있는 호진의 점퍼 속에서 눈치 없이 울려댔다.

"차 바닥에 너 핸드폰이 떨어져 있더라."

그는 연신 울려대는 핸드폰을 꺼내 유하 손에 쥐어주곤 현관문 쪽으로 걸어갔다. 그는 안 되겠다 싶었는지 소화기로 문이 열리지 않게 최대한 고정시킨 뒤 자신의 축축한 양말을 벗어서 문고리 구멍에 쑤셔 넣었다. 유하는 화면에 떠 있는 이름 두 글자를 뚫어지게 보고만 있었다. 시후의 전화였다.

"전화가 계속 오더라."

그가 다시 돌아와 유하 옆에 앉았다. 싸늘한 공기를 흔들던 진동은 이내 잠잠해졌고, 그러자 유하의 얼굴은 더 끔찍이 괴로운 표정으로 일그러졌다. 그녀는 시후의 전화를 받을 수 없었다. 적어도 지금은 이 참담한 상황을 그에게 전할 용기가 나지 않았다. 은하수가 떨어지던 밤하늘 품에서 단 둘이 자유를 만끽했던 밤이 떠올랐다. 반드시 진을 데려올 테니 함께 다시 시작하자고 당차게 말했던 그와의 약속도 떠올랐다.

"두 사람은 우리가 돌아갈 기다리고 있는 것 같은데. 오늘은 일단 가는 건 어때?"

호진은 망설이던 말을 유하에게 조심스레 꺼냈다. 자세히는 몰라도 그가 보기에 지금 이 상황은 유하가 생각하는 대로 흘러갈 것 같지 않았다. 진과 진경이 방안으로 휙 들어가 버린 지 몇 십분 지났다. 그래도 유하는 아무런 말도, 아무런 움직임도 없이 한 자

290

리에서 고뇌에 빠져있었다.

"약속했거든요."

"응?"

"언니를 데려가겠다고 약속했어요."

"누구랑?"

대답은 돌아오지 않았다. 그녀의 꿋꿋한 침묵은 호진에게 넌지시 알렸다. 보름달을 선물 한 사람이라고. 호진은 유하 옆에 쪼그려 앉아 힘든 기다림을 같이 버텨주기로 마음먹었다. 그녀가 무슨 생각을 하든 무슨 행동을 하던 지금만큼은 끝까지 버텨줄 생각이었다. 동네 친구니까.

그렇게 십여 분이 더 지나서야 냉정하게 닫혀있던 방문이 무겁게 열렸다. 문을 열고 모습을 비춘 사람은 진이었다. 그녀는 여태 한 번도 볼 수 없던 그늘진 표정으로 검은 세상을 향해 천천히 입을 열었다.

"유하씨. 거기 있는 거죠."

진이 갈라진 목소리로 유하를 불렀다. 유하는 자리에서 일어나 그녀 앞으로 한달음에 걸어갔다.

"네. 저 여기 있어요."

바로 코앞에서 들리는 목소리에 진은 푹 눌려 있던 고개를 들어 눈으로 유하를 찾는 듯했다. 하지만 역시 앞이 보이지 않는 그녀와 정확히 눈을 마주치기란 쉽지 않았다.

"방은 좀 더 따뜻하니까 두 분 들어오세요."

그녀와 들어간 방은 쪽방처럼 공간이 매우 비좁았다. 방 한가운

291

데에 놓여 있는 캠핑용 석유난로 한 대가 보였다. 작은 먹색 통 안에 갇힌 주황 불빛이 안전망 틈 사이로 뜨거운 열을 내뿜고 있었다. 어두컴컴한 방 안에서 둘이 몸을 녹이며 볼 수 있는 것이라고는 고작 저 작은 난로 한 대와 군데군데 찢겨있는 접이식 매트리스뿐이었다.

"등이 나갔나요?"

어두운 방 안이 답답했는지 호진은 불이 꺼져있는 형광등을 올려보며 진에게 물었다.

"아뇨. 얘가 밝은 걸 싫어해서 평소엔 잘 안 켜요. 저도 뭐, 보시다시피 불을 켜나 안 켜나 똑같아서. 혹시 많이 답답하세요?"

"아, 아닙니다. 괜찮습니다."

호진은 머쓱하게 목덜미를 쓸며 자세를 바르게 고쳐 앉았다. 두 사람이 들어와도 꿈적 않는 진경은 낡은 매트리스 위에 쭈그려 앉아 있었다. 그녀의 긴 머리가 산발이 되어 얼굴을 거의 가렸지만, 부들부들 떨고 있는 촉촉한 눈동자는 불빛에 비쳐 선명하게 보였다.

"다 들었어요. 유하씨랑 진경이랑 고등학교 동창이었다고."

"그 말만 하던가요?"

자꾸만 말이 뾰족하게 나갔다. 유하는 벽에 기대어 있는 진경의 모습을 최대한 보지 않으려 애썼다. 망가져있는 그녀를 보고 감정이 변덕스럽게 뒤엉키는 게 싫었다.

"아뇨. 모두 다 들었어요."

진의 손에는 그녀의 부적이라던 복주머니가 쥐여 있었다. 그녀가 주머니 안에 있는 물체를 손으로 공을 굴리듯이 만졌다. 유하는 그것의 정체가 궁금했지만, 진의 무거운 분위기에 눌려 가만히 보고만 있을 뿐이었다.

"으. 으."

갑자기 진경이 피 물든 손톱으로 머리를 박박 긁기 시작했다. 무서울 정도로 불안한 모습을 보이는 그녀의 행동은 유하 뿐 아니라 호진에게도 몹시 큰 충격으로 다가왔다. 진은 아주 능숙하고 침착하게 진경의 불안 증상이 격해지지 않도록 품에 안고 진정시켜주었다. 아기 달래듯 섬집아이와 비슷한 동요도 흥얼거리면서 동생이 자신을 괴롭히지 못하게 막았다.

"간혹 이래요. 감정이 불안해지거나 억압받으면 이런 식으로 자신을 괴롭혀요. 가끔은 남에게 폭력을 쓰기도 하고요. 그래서 유하씨한테도, 어쩔 수 없이 그랬던 게 아닐까."

진이 유하의 눈치를 보다가 고개를 숙였다. 당신의 상처는 이해하지만, 이제는 이 친구를 용서해달라는 엄마의 표정으로.

"그렇다고 진경이의 폭력이 정당화 될 순 없어요."

옆에 있던 호진이 유하대신 화를 내주었다.

"네. 알고말고요."

유하는 진경을 용서해야 하는 건지 혼란스러웠다. 차라리 용서하는 게 마음 편한 일일지 몰라도 과거가 발목을 꽉 붙드는 느낌이었다. 몇 번을 생각해도 이렇게 마무리되기엔 너무 억울했다.

"언니."

유하가 진을 애잔하게 바라보며 불렀다.

"언니 나랑 마을로 같이 돌아가요."

진의 시선이 유하에게서 다시 진경을 향해 옮겨졌다. 몸을 조그맣게 웅크려 겁에 질린 아이처럼 울고 있는 동생이 가엾어서 그녀는 이내 고개를 좌우로 저었다.

"안돼요. 유하씨 혼자 돌아가요. 아직은 안 돼요."

늘 잔잔해 보였던 그녀 마음속에서 거친 파도가 일렁이고 있었다. 예상했던 답이었어도 가슴이 아팠다. 새푸른 기억이 떠올랐다. 첫 만남, 첫 식사, 첫 산책, 그리고 첫 작별. 가짜 같던 그곳이 오히려 유하에겐 진짜였다. 우리는 반드시 그곳에서 행복해져야만 했고, 언제나 함께여야 한다. 유하는 진경을 유심히 노려보았다. 그녀는 마을 이야기 따위엔 관심도 없어보였다. 달덩이만 겨우 보일만한 채광창을 올려다보면서 무얼 떠올리는 중인지 눈 한 번 감지 않았다. 마치 어딘가에 빨려 들어간 사람처럼 영혼은 먼 곳에, 육체는 이곳에. 길바닥에 버려진 인형처럼 앉아있었다. 그래. 벌받고 있구나, 너.

"어차피 지금 당장은 저도 못 가요. 한 달 뒤에 보름달이 뜨면 그날 저랑 같이 마을로 돌아가요. 언니도 시후씨랑 할아버지 보고 싶잖아요."

유하는 단호했다.

"같이 가요, 언니."

진이 순간 글썽거렸다. 꾹꾹 눌러 참아왔던 그리움이 와르르 엎어진 것처럼 얼굴에 슬픔이 번졌다. 동시에 유하 눈에서 눈물이 뚝 떨어졌다.

"제가 도와줄 수 있는 게 있다면 뭐든 말씀해주세요. 네? 그러니까 한 달 뒤에 같이 마을로 가요. 꼭이요."

말이 생각을 거치지 않고 속사포로 나왔다. 유하는 간절한 눈빛을 그녀에게 보냈다. 제발 그녀에게 이 간절함이 전해지길 바랐다.

"생각은 해 볼게요."

"네. 감사해요."

유하는 매일 이곳에 와서 진을 설득해야겠다고 다짐했다. 알 수 없는 용기 같은 게 샘솟았다. 하영이 해주었던 말처럼 정말 사랑하는 이를 위해서 지금 당장 전쟁터에도 뛰어들 수 있을 것 같았다. 유하는 시후와 진, 노인을 몹시 사랑하고 있었다. 그들을 위해 못 할 일은 없을 거라는 강한 확신이 들었다.

"저 내일 또 올 거예요. 모레도 올 거예요."

유하가 적극적일수록 진은 부적을 안고 고개를 푹 숙였다. 아직도 그녀 마음속엔 어둡고 거친 파도가 무언 갈 덮치고 있는 모양이었다.

언니. 나는?

유리 목소리가 좁은 방안에 귓속이 아프도록 울렸다. 유하는 눈을 질끈 감고 자리에서 벌떡 일어났다.

"문고리는 내일 아침에 제가 사람 불러드릴게요."

유하의 만만치 않은 태도에 진은 그저 고개만 까딱 끄덕였다. 호진도 눈치 보며 유하를 따라 일어섰고, 그녀들을 향해 정중히 머리 숙여 인사했다.

"한유하."

뒤에서 진경의 갈라진 목소리가 들려왔다. 유하는 뒤돌아 그녀를 쳐다보았지만, 그녀는 쳐다보지 않았다. 여전히 쓸쓸하게 달빛만 쬐고 있었다.

"정말 미안했어. 진심이야."

유하는 그녀의 초라한 옆모습을 뚫어지게 쳐다보았다. 간당하게 나뭇가지 끝에 매달려 떨어 질까봐 두려워하는 건조한 잎사귀 같았다. 대신해서 기억을 지워주고 싶을 정도로 진경은 몹시 불안해 보였다.

"널 용서하고 싶진 않아."

"그딴 거 안 바래."

"네 사과도 안 받아."

"마음대로 해."

성질부리는 말투는 그대로였다. 그녀는 아직도 진짜 자기 모습이 아닌 다른 사람의 모습을 하고 있었다. 진이 사랑하는 사람을 함께 사랑하고 싶었는데. 진을 공감하고 위로하고 싶었는데. 유하는 세상이 참 야속하다 느껴졌다. 또 다시 과거의 늪에 빠져버리기 전에 유하는 그녀들을 뒤로 하고 호진과 바깥으로 서둘러 나와 버렸다. 나오자마자 눈물이 쉴 새 없이 흘렀다.

"테이프는 어디서 났어요?"

"식탁에 있더라고. 이건 잠시 임시방편."

그가 구멍 난 문짝을 청색 테이프로 열심히 붙였다. 그 다음 소화기로 문이 열리지 않게 고정시켜뒀다.

296

"이 정도면 된 것 같아. 가자."

둘은 계단을 내려와 기울어진 녹색 대문을 열었다. 무수히 내렸던 비로 인해 길바닥엔 곳곳마다 물웅덩이가 생겨 있었다. 공기를 크게 들이 마시니 촉촉한 푸른 향기가 났다. 잠시나마 답답했던 가슴이 뻥 뚫리는 것 같아 시커먼 하늘을 올려다보았다. 흑구름이 가득한 윗세상은 평안하고, 고요했다.

"많이 아끼나봐. 서로."

호진이 그녀들의 낡은 집을 올려다보며 말했다. 창문에 덕지덕지 붙어있는 청색 테이프는 보는 이의 마음을 여전히 불안하게 만들었다.

"그러게요."

"세 사람 너무 복잡하더라. 에휴."

유하가 힘없이 웃어보이곤 앞장서서 걸었다.

"근데 마을얘기는 뭐야? 어디 여행 갔었어?"

"네."

"어디 있는 곳인데?"

"저거죠? 선배 차."

둘은 골목길 모퉁이에 세워져 있는 호진의 승용차를 향해 걸어갔다. 그가 몹시 궁금해 하는 게 느껴졌지만, 지금은 아무 얘기도 하고 싶지 않았다.

"선배. 사실 전 가볼 곳이 있어요."

"어디 가려고? 시간도 늦었는데."

"그러니까 선배 어서 출발해야죠. 내일 일도 가시는데."

첫 번째 계획도, 두 번째 계획도 실패 했다. 세 번째 계획도 실패하면 어쩌지. 유하는 시종일관 불안했지만 쉽게 포기할 생각은 하지 않았다. 희망을 가지려 노력했다. 호진은 정말 혼자 두고 가도 괜찮겠냐고 재차 물었다. 걱정 하는 그를 위해 유하는 편하게 웃어 보이며 그를 안심시켰고, 오늘 고마웠다는 이야기도 빼먹지 않았다. 그가 아무 말 없이 옆자릴 채워줘서 너무 든든했다고. 마음이 더 강해진 것만 같다고 감사한 마음을 그대로 전했다.

"아참, 선배."

"응?"

유하가 양팔을 뻗어 그를 꼬옥 안아 등을 토닥여주었다. 그녀의 몸에서 나는 새뜻한 풀냄새가 호진의 마음을 한 번, 두 번, 그리고 세 번. 쓰다듬었다.

"뭐, 뭐하는 거야."

"마을에서 배운 거예요. 누가 이렇게 해주면 따뜻하고, 포근하더라고요."

호진이 미소 짓고 있다는 게 느껴졌다.

"이상한 마을은 아닌가 보네."

"가끔 이렇게 위로해줄게요. 선배도 힘내요."

"그래. 고맙다."

호진의 차에서 경쾌한 엔진 소리가 가뜬하게 들렸다. 유하는 운전석에 앉아 있는 그를 향해 손바닥을 흔들어주었다. 시커먼 창 때문에 보이진 않지만, 그도 안에서 따스운 보답인사를 했겠거니 생각했다.

"편하게 오빠라고 불러."

그가 운전석 창문을 찔끔 내리고 말했다.

"풋."

창은 다시 올라가고, 차는 부릉부릉 큰 소릴 내며 힘차게 멀어졌다.

"오빠라."

유하는 귀가 빨개지도록 부끄러워하던 시후의 모습이 스쳐서 외롭게 실소를 터트렸고, 어둠을 걷어 내는 달빛을 따라 발걸음을 천천히 옮겼다. 옆에서 하늘을 보라는 유리의 목소리가 끊임없이 들려왔다. 동생과 같이 걷고 있는 기분이 드는 것 같았다.

21. 숲새야, 꼭 다시 날아와 줘

루이스 마을의 아침은 변함없이 두 남자가 티격태격 대는 소리로 시끄러웠다. 어젯밤 유하를 한국으로 보내고, 새벽 내내 잠을 이루지 못한 시후는 해가 뜨자마자 유하에게 전화를 걸었다. 그녀와 연락이 되지 않자, 그는 아침 식사를 앞에 두고 붉은 머리칼을 쥐어짜며 괴로워했다. 노인은 그런 시후에게 한심하다는 듯 숟가락 꿀밤을 콩 하고 선사했다.

"아파요."

시후는 씩씩거리며 노인을 노려보았다. 하지만 그의 눈은 다시 슬픈 고양이처럼 변했다.

"이렇게 죽을상 지을 거면 보내지 말지 그랬냐?"

노인은 하얀 우유에 담긴 시리얼 한 숟갈을 입안에 우물거리며 말했다.

"느낌이 안 좋단 말이에요."

"쯧쯧쯧. 유하를 못 믿는구먼."

노인은 시후를 향해 날카로운 눈초리를 쏘았다.

"그런 거 아니에요. 할아버지는 모르는 그런 게 있어요. 우리는 서로 연결되어 있다니까요."

"연결?"

시후의 진지한 어투에 노인도 잠시 숙연해지나 싶었지만, 이내 노인의 꼭꼭거리는 웃음소리가 분위기를 망쳤다. 어찌나 얄미워 보이던지. 슬퍼하는 손주 앞에서 노인은 시리얼을 맛있게 퍼먹었다.

"진이는 걱정 안 되고?"

무심하게 툭 건너온 질문에 시후는 한숨을 크게 내쉬었다.

"걱정이 왜 안 되겠어요."

두 사람이 기운 없이 눈빛을 교환했다.

"그래도 진이는 애가 씩씩하니까."

"그래? 나랑 반대로 느끼고 있구나."

시후가 들고 있던 우유 잔을 내려놓았다.

"무슨 뜻이예요?"

"진이는 겉으론 밝고 씩씩해 보여도 속은 늘 슬펐단다."

"진이가요?"

노인은 고개를 끄덕였다.

"반면에 유하는 툭 치면 쓰러질 것처럼 약해보이지만, 속은 강한 아이야. 마을에 온 뒤로 더 강해지고, 씩씩해졌지. 다행히도."

"그렇긴 해요."

"나는 그래서 유하를 믿어."

시후는 멍하니 생각에 잠겼다. 그녀에겐 늘 진한 아픔이 느껴져서 항상 조심스럽게 대했다. 건들면 깨질 것 같고, 그냥 두면 사라질 것 같았다. 그러다보니 그녀를 은연중에 약한 사람이라고 생각했다는 걸 방금 깨달았다. 어쩌면 지금까지 견뎌온 힘이 그녀를 강하게 만들었을 수도 있는 건데. 그리고 어쩌면 나보다 강한 사람일 수도 있는 건데.

"할아버지 말이 맞아요. 유하씨는 용기 있는 사람이에요."

노인은 골똘히 생각에 잠긴 손주를 측은하게 바라보았다. 지금 무얼 두려워하고 있는지 눈에 훤히 보였다. 시후는 잠깐의 작별이 영원한 이별이 되버릴까봐 두려워하고 있다. 그러다 사랑하는 사람을 미워하게 될까봐 심장을 부여잡은 채 떨고 있다.

"잠깐 있어봐라."

"어디 가세요?"

노인이 자리에서 일어났다. 그는 대답 없이 부엌을 나가 뚜벅뚜벅 느린 걸음으로 2층에 올라갔다. 그런 노인의 모습을 흘낏 훔쳐 보고는 시후는 식사를 마저 끝내버렸다. 맛이 없다. 당분간은 입맛이 죽어있을 예정이었다. 몇 분이 흐르고, 다소 그늘진 표정의 노인이 주방으로 돌아왔다. 그리고 시후 옆에 나란히 앉아 작은 무언가를 건넸다.

"이게 뭐예요?"

시후는 노인이 내민 물건을 집어 들고, 요리조리 관찰했다. 타원 형으로 곱게 깎인 작은 유리조각품이었다. 조각 속에는 케아나무 이파리 하나가 갇혀 있었다. 그것은 굉장히 묘려한 분위기를 풍겼다.

"이렇게 해놓으니까 되게 예쁘네. 할아버지가 만들었어요?"

노인이 고개를 저었다. 그의 얼굴은 굳어 있었다. 쓸쓸한 마음이 동요가 돼서 시후도 애써 웃고 있던 입가에 힘을 풀어버렸다. 아침 이 시간이면 지저귀는 숲새소리가 멀리서 들려왔다. 맑게 울려오는 새 울음소리에 노인은 한숨을 푹푹 쉬며 손자를 바라보았다.

"살다보면 부적이 필요할 때가 있어. 그건 오래전에 나를 지켜주는 행운의 부적이었는데, 상자에 묵혀둔 지 너무 오래 됐구나."

반듯한 조각품이 반짝거렸다. 젊은 시절의 루이스를 지켜줬던 것이라고 하니 소중하게 느껴졌다.

"줄을 끼워서 목에 매달고 다녀. 유하가 돌아올 때까지."

"알겠어요."

"잃어버리지 마라."

노인은 표정 없이 일어나서 빈 그릇들을 수거해 설거지통에 가져다 놓았다. 그는 고무장갑 한 짝이 사라졌다고 궁시렁 거리기 시작했다. 허리를 숙여 이리저리 장을 뒤져보는데, 시후는 그의 뒷모습을 영 탐탁지 않은 표정으로 바라보았다.

"할아버지."

"왜."

노인은 여전히 장갑을 찾는 중에 있었다.

"할머니 얘기는 왜 자세히 안 해주는 거예요? 나 많이 궁금한데."

"출근해라."

"어떻게 한 번도 얘기를 안 해줘요. 나도 옛날 옛적 얘기 같은 거 듣고 싶단 말이에요. 할아버지가 자꾸 그러니까 내가 아직도 애 같지."

숲새가 한 번 더 노래를 부른다. 소리가 가까워진 걸 보니 뒷문에 자라있는 노란 괭이밥 위에 앉아 있나보다. 시후는 노인에게 다가가 허리춤 근처를 두 팔로 안았다. 단단히 굳은 그의 어깨위로 턱을 기대어 좌우로 비볐더니 노인이 아프다고 손주의 정수리를 콕 때렸다.

"무시무시한 대장군은 어디 갔어요. 할아버지 많이 작아졌네."

"네놈이 큰 거지."

"그런가."

시후는 여전히 노인의 어깨에 턱을 기댄 채, 그가 어디 못 가도록 묶어두었다.

"징그럽게 안고 그러냐."

말은 그렇게 해도 노인의 얼굴엔 미소가 번져있었다.

"할머니 보고 싶어요?"

"어휴."

그는 손주의 팔을 얼른 풀어 버렸다. 곧이어 수돗물이 콸콸 쏟아지고, 노인은 그릇을 일부러 달그락 거리며 맨손으로 설거지를 시작했다. 시후는 작게 한숨을 쉬었다. 세월도 오래 지났을 텐데. 오랜 기간 시름시름 앓았던 그리움, 그냥 허심탄회하게 털어내면 속이라도 시원하지 않을까 생각했다. 네 살배기였던 올리버는 이렇게 훌쩍 컸는데, 그는 언제까지 누구를 지켜주기만 할 것인가.

"새벽에 잠이 안와서 창고에 갔었어요."

"출근 하라고 했다. 늦겠어."

"할아버지 사진들을 봤고, 그리고 일기도 조금 봐버렸어요."

노인은 퐁퐁질을 멈추지 않았다. 둥근 하얀 접시를 박박 문지르면서 시후를 곁눈질하다가 그 다음 머그잔들을 정성스레 닦았다.

"알고 있었어."

시후가 뜨끔 몸을 움직였다.

"아셨어요?"

"그럼. 나는 잠을 잘 잤게?"

노인이 콧방귀를 뀌며 고개를 저었다. 넌 아직도 멀었다는 듯이.

"우리 집 가정부로 왔던 여자의 딸이었다."

식기들이 뽀드득 야무진 소리를 내며 물기 없이 깨끗해졌다. 노인은 건조대위에 깔끔해진 그릇을 쓰러지지 않게 정돈해서 올려두곤 무심하게 이야기를 시작했다.

"우리 집에선 릴리를 아주 싫어했어. 그래서 나는 내 부모를 싫어했지."

"할아버지가 일기장에 욕 써 놓은 거 봤어요."

"이놈이."

노인이 시후 얼굴에 수돗물을 튀겼다. 손주가 생긋 웃고는 다시 진지한 표정으로 경청의 자세를 취했다.

"스무 살에 일찍 애가 생기고 어쩔 수 없이 아내가 우리 집에 들어와 살았어. 숱한 구박을 받으며 갓난 애기를 키웠지. 그 애 이름은 케니스였단다."

둘은 자연스럽게 식탁 의자에 앉아 노인의 과거에 집중했다.

"케니스가 여섯 살 때, 아내가 둘째를 임신했어. 그 애가 에이미인 건 알겠지."

"엄마 얘기는 됐어요."

시후는 자식을 두고 도망 간 사람을 그딱 떠올리고 싶지 않았다. 이젠 떠올리려 해도 부모라는 그들이 어떻게 생겼는지 기억도 나지 않았다. 가끔가다 끄집어낼라 하면 유명한 영화배우들의 얼굴과 겹쳐져서 혼란스럽기만 했다.

"나는 매일 군사훈련을 나가야 했고, 릴리는 만삭인데도 집안일을 도맡아 하느라 바빴어. 쪼그만 아들 녀석이 엄마를 잘 챙겨줬기 때문에, 나는 매일 집을 나서면서도."

갑자기 노인이 말을 멈췄다. 그의 눈엔 눈물이 가득 고여 있었다. 시후는 숨죽여 우는 노인이 안쓰러워 굽은 등을 토닥여 주었다. 긴 세월 간 그 아픔은 낡아 있을 줄 알았다. 조금만 노력하면 사라질 수 있을 아픔이라 생각했다. 하지만 노인은 고통을 켜켜이 쌓아왔다. 그의 표정에서, 눈물에서 모든 게 느껴졌다.

"그 착한 녀석은 배가 커진 엄마가 걱정됐을 테지. 그래서 시장을 따라갔던 거야. 그래서 시장을."

노인은 이야기를 끝내지 않았다. 그 참혹한 슬픈 결말을 몇 십 년이 지난 지금까지도 받아들이지 못하고 있었다. 시후도 더 이상 들으려 하지 않았다. 집요하게 물어본 것이 후회 될 정도로 노인이 몹시 아파했다. 숲새의 울음소리는 아까부터 들리지 않았다. 혹여나 노인의 눈물이 닿을까봐 일찌감치 도망가 버렸나보다.

저는 행복을 전해줘야 해서 눈물과 가까이 하지 않아요.
당신들이 울음을 그치면 내일 아침에 다시 찾아오도록 할게요.

꼬마 시후에게 들려줬던 노인의 숲새 이야기였다. 아침마다 문 앞에 나가 새의 노랠 따라 부르던 가엾은 소년에겐 산타클로스 같은 이야기가 필요했다. 네가 울음을 멈춰야 새가 날아온단다. 네가 행복해져야 새들은 노래를 부른단다. 그렇게라도 노인은 꼬마를 웃게 해줘야 했고, 더욱 행복한 아이로 키워야 했다.

지이이잉.

시후의 핸드폰에서 진동 소리가 시끄럽게 울렸다. 유하인가 싶어 급하게 화면을 확인했지만, 하영의 전화였다.

"뭐야, 올리버. 아직 집이면 안 될 텐데."

"곧 갈게."

"빨리 와. 나 혼자서는 정리 다 못한단 말이야."

"아참. 화분 오는 날이지. 금방 갈 테니까 나랑 같이 시작해."

"이거, 이거! 유하씨 없다고. 어?"

시후는 하영의 전화를 서둘러 끊고 노인에게 어서 가봐야겠다는 눈짓을 보냈다. 차마 발을 떼지 못하고 가만히 서 있는 시후를 향해 대장군은 활짝 미소 지어 주었다. 역시. 언제나 그의 미소는 든든했다.

"다녀올게요."

"그래."

많은 감정이 섞여있는 둘만의 짧은 인사였다. 그들은 서로가 모르게 환히 미소 지었다.

307

22. 추락

　1층 계단부터 항상 코코넛 향이 감돌던 빌라였다. 좋아하는 향은 아니었지만, 어디선가 우연히 그 향이 코를 찌를 때면 향수를 불러일으키는 먹먹한 냄새였다. 하지만 언제 바뀌었는지 이제는 고급스러운 장미꽃 향내가 이곳에 오래 머물러 있던 것처럼 건물 안에 배어있었다. 유하는 캄캄한 빌라 계단에서 한층, 한층 올라서던 발걸음을 멈추었다. 씨앗 때문에 온 거야. 씨앗 때문에. 유하는 주머니 안에서 핸드폰을 꺼내었다. 그리고 오랜 시간 소식을 끊었던 그녀의 아버지 번호를 눌렀다가 다시 지우길 반복했다.

　"후."

　얼어붙은 숨을 억지로 크게 내쉬었다. 유하는 도로 핸드폰을 주머니 안에 넣고, 계단을 오르기 시작했다. 잘 쉬어지지 않는 무거운 숨들을 계속해서 힘겹게 뱉어냈다. 그리고 어느새, 다신 올 일 없을 것 같았던 어릴 적 자신의 집 앞까지 도착했다. 많이 녹슬어 있는 잿빛의 현관문은 지나간 풍파를 느끼게 했다. 유하는 눈을 질끈 감고, 초인종을 두어 번 눌렀다. 누르고 나서야 손끝이 바들바들 떨리기 시작했다. 집안에서 슬리퍼를 끄는 익숙한 발소리가 들렸다. 인터폰 화면을 확인했는지 그 발소리가 잠시 끊긴 채로 몇 분이 흘렀다. 두 사람은 문 하나를 사이에 두고 우두커니 두려운 대면을 기다렸다. 유하는 작은 귀를 쫑긋 세우고선 계속 묵묵히 서서 기다렸다. 이마에 맺혀있던 식은땀 한 방울이 턱 밑으로 또르르 떨어졌다. 현관문이 천천히 열렸다. 드디어 유하는 아버지와 십년 만에 어색한 재회를 하게 되었다. 그의 눈가가 퉁퉁 부은 채로 충혈 되어 있었다. 어떻게든 울음을 참아 보려 하는 노력이 그의 꼭 다문 입술에서 느껴졌다. 단 한 번도 아버지의 우는 모습을 상상해 본 적조차 없던 유하는 당황스러움에 시선을 떨어트렸다. 그리고 결국 유하의 눈물이 신발 끈을 적셨다. 어쩌면 반가움도 섞여 있을 뜨거운 눈물을 흘리며 유하는 아버지에게 다가가 세게 안아주었다. 아버지는 딸의 등을 소중히 쓰다듬었다. 그는 잘 왔다. 잘 왔다. 속삭였다.

둘은 집안으로 들어와 부엌 식탁에 마주 보고 앉았다. 갑작스러운 재회치고는 침묵이 오래 이어지지 않았다. 유하는 아버지의 낮은 목소리를 귀에 담았다. 그동안 그가 어떻게 지냈는지 어떤 감정들로 복잡했는지 덤덤하게 들어주었고, 이야기의 과정에서 새어머니와 갈라선지 오래됐다는 소식에 적잖은 충격을 받았다. 듣고 나서 보니 거실에 크게 걸려 있던 둘의 결혼사진이 사라져 있었다. 유하는 아무것도 없이 깨끗하게 비어있는 벽지를 잠시 뚫어지게 응시했다. 그녀와 만났어도 이렇게 아무렇지 않을 수 있었을까. 유하는 아랫입술을 잘근 씹었다.

"뭘 보고 있니?"

"아무것도 아니에요."

아버지 목소리에 다시 정신을 차리고, 둘은 대화를 이어나갔다. 유하는 그의 스토리에 울지 않았고, 그는 유하의 스토리에 울었다. 얼굴을 구겨가며 그는 딸에게 힘들지 않았냐고 자신을 탓했다. 유하는 그런 아버지의 마음을 위로해주고 싶었지만, 그냥 가만히 앉아 있었다. 아직은 시간이 필요했다.

"많이 피곤해 보이는구나. 내일 다시 얘기할까?"

"네. 방으로 들어갈게요."

"그래. 늦었으니 얼른 자라."

유하는 아버지의 눈을 바라보며 희미하게 웃었다. 그러자 그도 머쓱해하며 인자하게 웃어 보였다. 그녀는 바닥에 내려놓았던 배낭을 들고, 어린 날의 은신처였던 방으로 들어갔다.

방은 구조적으로 변한 건 하나도 없었다. 하지만 분위기와 냄새가 달랐다. 오랫동안 사람의 온기가 없었던 팍팍한 먼지 냄새가 났다. 남의 방에 몰래 들어온 것 같은 기분도 들어서 유하는 경연쩍은 표정을 지었다. 장롱을 열었더니 곰팡이 냄새가 쿰쿰하게 났다. 몇 벌 안 되는 어두침침한 옷가지들 사이에 허름한 교복이 걸려있었다. 유하는 추억에 잠겨 옛 교복을 꺼내 전신거울 앞에 섰다. 매일 파스냄새가 진동하던 이 방에서 간만에 교복 입은 소녀와 마주한 순간이었다. 그 소녀는 하얗고 예쁘게 변했다. 영원할 것 같았던 흉터들이 아물고, 새싹이 돋아있는 새로운 사람의 모습이 되었다. 교복에선 아직도 소각장 냄새가 나는 것만 같았지만, 그것이 더 이상 유하를 아프게 하지 않았다.

310

"하아. 오랜만이야."

유하는 또 다른 추억과 만났다. 장롱 안에서 긴 시간 갇혀있던 자신의 아이보리색 기타를 꺼내 들었다. 그때 그 자리에 변함없이 기대어있는 기타를 보곤 자동으로 눈물이 차올랐다. 유하는 간만에 단단한 여섯 개의 기타 줄을 튕겨보았다.

"튜닝이 엉망이네."

조심스럽게 기타 상판에 묻어있는 먼지들을 손으로 스윽 닦아내보았다. 가슴이 쓰라렸다. 유하는 과거에 버림받은 건 자신뿐만이 아니었단 걸 알아버렸다. 어떻게 아직도 여기에 살고 있느냐고 아버지에게 묻고 싶었다. 화도 내고, 가슴을 때리면서 소리도 치고 싶었다. 내가 당신을 버린 게 아니라, 당신이 날 버린 거라고 우기고 싶었다. 하지만 그녀는 따질 수 없었다. 이곳에 여전히 남아있는 건 아버지니까. 이젠 누구에게도 미안하고 싶지 않은데 미안한 마음이 가슴 속 가득하게 자리 잡았다. 유하는 무릎 위에 얹어있는 기타를 응시했다. 다시 한 번 검지 하나로 줄들을 무작위로 튕겨보았다. 방치된 지 오래돼서 예전만큼 깨끗한 소리는 나지 않았지만 유하의 마음을 위로하는 데엔 충분한 소리였다. 그녀는 자연스럽게 기타를 바로 잡고, 왼손으로 코드를 짚었다. 매일 옥상에서 혼자 외로이 쳤던 곡을 천천히 연주하기 시작했다. Track 1번. 소리가 잔잔히 울리면서 싸늘한 방 안에 온기가 피었다. 그 온기가 느껴지니 유하는 저절로 미간에 힘이 풀리며 웃음 짓게 되었다. 예전엔 울지 않고는 칠 수 없던 곡이었다. 이제 유리를 좋은 추억으로 떠올릴 수 있다는 것이 감사하고 기뻤다. 곡이 중반

부에 들어서자 매번 피하고 싶었던 유리의 모습이 어느새 투명하게 나타났다. 조그마한 아기 천사 모습이었다. 유하는 이번엔 도망치지 않고, 유리를 눈에 고스란히 담았다. 곡이 끝날 때까지 아이는 눈앞에서 사라지지 않았다. 마치 언니를 지켜주기라도 하는 것처럼 늠름한 표정을 짓고 있었다. 후반부 마지막 두 마디를 남겨둘 무렵, 속삭이는 듯한 유리의 목소리가 아주 작게 들려왔다.

괜찮아.

마치 봄바람 같은 유리의 작은 따스한 울림이 유하의 심장에 스몄다.

"정말 괜찮아?"

응.

"그땐 언니가 정말 미안해. 다 미안해."

괜찮다니까.

연주가 끝나자 멜로디와 함께 유리가 사라졌다. 아이가 떠난 자리는 고즈넉했다. 그리고 몹시 따뜻했다. 유리가 정확히 괜찮아. 라고 말했다. 유하는 비로소 몸이 날아갈 듯 가벼워짐을 느꼈다. 드디어 해냈다. 무얼 해냈느냐 묻는다면 그건 대답할 수 없는 질문이지만 유하는 무언가를 해냈다는 느낌에 가슴이 몹시 벅차올랐다.

툭.

기타를 다시 가방에 넣으려는데, 뭔가가 바깥으로 또르르 굴러나왔다. 금으로 덮인 반지상자였다. 주워서 뚜껑을 열자 매끈하고 단단한 씨앗 하나가 광택을 내고 있었고, 반가운 케아 나무의 새뜻한 향이 기다렸다는 듯 방 전체에 확산되었다. 유하는 반지상자를 두 손에 꼭 쥔 채, 아주 밝게 웃었다.

비가 그치고 난 후, 세상은 자욱하게 깔린 밤안개에 점령당했다. 뿌연 안개로 인해 윗세상은 신비스럽게 가려져 버렸고, 유하는 옥상에서 시후에게 몇 번이고 전화를 거는 중이었다. 그는 끝까지 받지 않았고, 그녀는 어쩔 수 없이 서둘러 음성 메시지를 남겼다.

"시후씨. 전화 못 받아서 정말 미안해요. 조금 복잡한 일이 생겨서 그랬어요. 근데 좋은 소식이 생겼어요. 예전에 살던 집에서 씨앗을 찾았는데, 몸에 이상한 기운이 돌아요. 그니까 그게, 좋은 쪽으로요! 지금 당장 마을에 갈 수 있을 것 같은 느낌이 들어요. 제 생각엔 이걸 가까이 지니고 있으면 힘이 강해지는."

흥분하던 유하의 목소리가 차츰 작아졌다. 안개 사이사이로 붉은 무언가가 보이는데, 어디선가 큰 불이 난 것 같았다. 지독한 탄 냄새가 바람과 함께 몰려와 유하는 독한 기침을 몇 번 뱉어냈다. 갈수록 활개 치는 검은 연기 때문에 눈이 매워서 유하는 얼굴을 잠시 가렸다. 몇 대의 앰뷸런스 소리가 시끄럽게 울렸다. 얼마나 큰불이 난 건지 긴급 경보음은 멈출 생각 없이 동네 사람들을 잠에서 깨웠다. 유하는 얼굴이 하얗게 질린 상태로 눈을 비비고 또 비볐다.

"안 돼. 안 돼."

불이 난 위치가 보였다. 그곳은 너무 익숙했다. 유하는 제발 진의 집이 아니길 바라면서 힘겹게 난간 위에 올라섰다. 두 다리가 사시나무처럼 떨렸다. 불안하게 후들거리는 다리로 중심을 겨우 잡으면서 그녀는 진의 집이 어디쯤 이었나 기억을 되짚어보았다. 머리가 어지러울 정도로 울려대던 경보음은 급하게 끊겼고, 하늘 위로 새카맣게 탄 연기가 서서히 사라졌다. 불길 속에 묻혀있던 집이 초라하게 모습을 드러냈다. 유하는 큰 눈을 게슴츠레 뜨며 새카맣게 그을린 외벽을 따라 무언가를 급히 찾았다. 불이 꺼짐과 동시에 뿌옇던 안개도 걷히면서 시야가 선명해졌다. 문제의 집이 보였다. 그리고 깨져있는 창문틀에 너덜너덜하게 붙어 있는 청색 테이프도 보였다.

"언니."

유하는 망설임 없이 난간에서 높이 뛰어올랐다. 바로 날아가서 직접 확인할 생각이었다. 하지만 그녀의 몸은 공중에서 무겁게 멈춰 나아가질 못했다. 금방이라도 마을로 갈수 있을 것 같던 강력한 힘이 완전히 소멸해버린 느낌이었다. 유하의 보이지 않던 투명한 날개가 이제는 사라진 것일까. 그동안 그녀를 도와주던 신비한 힘이 이제는 효력을 다 한 것일까.

그녀는 결국, 아래로 추락했다.

23. 무사하기를

"날씨가 흐리네."

하영은 잿빛색의 먹구름을 올려다보며 넌지시 말했다. 그녀는 새벽 내내 꽁꽁 얼어있던 가게가 따듯하게 데워지길 기다리면서 캐모마일 한 잔으로 몸을 녹이고 있었다. 거리에는 사람이 지나다니지 않았고, 벌거벗은 나무들이 초라하게 서있었다. 참으로 칙칙한 겨울 풍경이었다. 요즘 따라 하영은 마음이 어수선해짐을 느꼈다. 아무래도 한국이 그리운 것 같았다. 처음엔 이 마음을 부정하고 또 부정하려다 실제 몸살이 나기도 했다. 하영은 자기 가슴 깊숙한 곳에 무엇이 꽂혀있는 걸까 궁금했다. 마음의 뿌리를 확인하고 싶어서 뽑아 보려 용을 써 본적도 있었지만, 무엇인지 알 수 없었다. 허탈하게 내린 결론은 항상 이거였다. 아 나도 늙었구나.

"어쭈."

파란 포드 몬데오 한 대가 가게 앞에 섰다. 운전석에서 다급하게 나오는 시후를 향해 하영은 혀를 끌끌 차며 보란 듯이 삿대질을 했다.

"늦어서 미안."

시후가 추위에 몸을 부르르 떨며 가게로 들어왔다.

315

"지각 쟁이. 끝나고 맥주 한 잔 사."

"안 돼. 오늘은 빨리 가야 돼."

"이렇게 단번에 거절한다고? 대체 왜?"

하영이 그의 뒤를 쫓아다니며 실망한 기색을 과하게 드러냈다.

"오늘은 할아버지랑 좀 있으려고."

"무슨 일 있었어?"

"아니. 그냥. 진이도 없고, 유하씨도 없잖아."

그녀가 아아. 라고 뱉고는, 한 발 물러 후퇴했다.

"얼른 시작하자."

오늘은 새로운 식구들이 많이 들어오는 날이었다. 아홉시가 되기 전에는 도착한 화분들을 모두 정리해야 해서 둘은 평소보다 바쁜 아침을 시작해야 했다. 괜히 공허함에 투정 부리던 하영도 머리를 질끈 묶고, 작업을 시작했다. 화분들은 총 마흔 개가 넘는 양이었다. 운반하기가 비교적 간단한 애들도 있었지만, 크기가 큰 애들은 흙 때도 많이 묻어 있고, 무게가 꽤 나가기 때문에 시간이 비교적 오래 걸렸다.

"아. 이걸 보니 유하씨 생각난다."

하영이 여인초의 기다란 이파리를 손으로 쓸었다.

"그래? 유하씨가 좋아했었나?"

시후는 옆에서 무거운 화분을 옮기는 중이었다. 무게가 15kg 이상 나가는 고무나무였다.

"있잖아. 유하씨는 진짜 따뜻한 사람 같아. 그 왜 작은 행동 하나만 봐도 그 사람의 온도가 느껴질 때가 있잖아? 아무튼 그날 내

316

가 유하씨한테 처음 반했다니까."

유하의 모습을 떠올리며 하영이 잎이 무성한 여인초를 조심스레 들었다.

"그날이면 언제?"

"어찌나 얘네 들을 정성스레 닦던지. 유하씨는 꼭 모든 것과 소통하는 사람 같다니까."

"계속 그렇게 혼자만 말할 거면 속으로 해라."

시후의 턱밑으로 땀 한 방울이 뚝 떨어졌다. 하영은 그를 향해 메롱 하고 혀를 내밀곤, 여인초와 함께 온실 안으로 들어갔다. 둘의 작업 방식은 이랬다. 시후가 대략 큰 화분들을 온실 근처로 옮겨다 놓으면 그걸 하영이 깨끗이 닦고, 상태를 확인하는 식. 온실은 하영이 특히 애정 하는 공간이라 웬만하면 그녀가 정리하려고 나섰다. 이제 여덟 종의 화려한 꽃잎들만 남았다. 심심한 곳에 하나 둘씩 끼워 넣어주면 되는 장식 역할을 하는 애들이었다. 장미나 양귀비, 다알리아, 등등.

"이런."

그가 뜻밖의 순간에서 과거와 마주했다. 주황빛 도는 메리골드가 장미 사이에 숨어있었다. 시후는 쪼그려 앉아 손끝으로 곱실거리는 꽃잎을 스윽 하고 스치듯 만졌다. 그의 가슴이 미어진다. 메리가 아닌. 유하가 생각나서였다. 어떻게 위로해줘야 할지 몰라 당혹스러워하던 그녀가 눈앞에서 아른거렸다.

"후우,"

지나간 일을 지금까지 안고 있던 게 죄였다. 시후는 그날 밤 유하에게 너무 솔직했던 것에 대해 굉장히 후회하고 있었다. 아픈 걸 드러내지 말걸 그랬나보다. 그는 그러다 아차 싶었다. 유하씨를 못 믿냐는 노인의 말이 생각나서였다.

"괜찮아?"

밖에서 생각에 잠겨있는 시후를 발견하곤 하영이 다가와 물었다.

"응?"

"메리골드 말이야. 허락 없이 주문해서 미안. 너 몰래 유하씨 주려고 했는데."

그는 대꾸 없이 남은 화분들을 가게 안으로 마저 옮겼다. 그러고 나서 풀이 죽은 하영을 안심시켰다.

"이제는 괜찮아. 전엔 보기 힘들었는데, 지금은 그냥 괜찮아."

"그냥?"

"아무것도 아니야. 지금 몇 시지?"

그의 시선은 카운터에 세워져 있는 새파란 펭귄시계에 꽂혔고, 게슴츠레 시곗바늘을 읽었다.

"여덟시 오십분? 오케이. 십분 남았네. 마무리 하자."

시후는 몸을 바삐 움직이며 화분들을 선반으로 옮기기 시작했다. 아홉시가 조금 지나서야 모든 작업을 다 끝낼 수 있었다. 둘은 잠시 나란히 의자에 앉아 티타임을 가졌다. 군데군데 식물들이 다양한 종류로 새롭게 바뀌었다. 전보다 건강한 화초들이 떠나간 빈 자리를 예쁘게 메꿔줄 때마다 하영은 헤어스타일을 바꾼 것처럼 기분전환이 되었다. 그녀가 뿌듯한 표정으로 가게 안을 둘러보다 시후와 눈을 마주치곤 괜히 그를 타박하기 시작했다.

"야. 올리버."

"왜."

"담엔 늦지 마. 늦으면 월급에서 깐다."

"네네."

묘하게 어두워진 그가 자꾸 신경 쓰여서 그녀는 별거 아닌 말들을 시시콜콜 재잘거렸다. 매일 싸우기는 했어도 가장 아끼는 동생이기에 그가 우울해 하는 건 꼴 보기가 싫었다.

"너 지금 유하씨 걱정 되서 그러지?"

하영이 콕 집어 말하는 바람에 시후는 뭉그적대며 괜히 머리를 긁었다.

"진이 만나러 간 거라며. 좀 더 기다려봐. 같은 동네라 둘이 이미 만났을 거야."

"그래. 그랬을 건데. 왜 불안한지 모르겠어."

"연락은 해봤어?"

"응. 근데 전화를 안 받네."

"야야. 기다려. 유하씨 떠난 지 얼마나 됐다고."

하영은 자신의 양쪽 팔을 비비며 닭살 돋는다고 덧붙였다. 평소 같았다면 그녀의 표정을 익살스럽게 따라했을 시후가 오늘은 조용히 입 꼬리만 올리다 말았다. 처음 보는 모습이었다. 5년 동안 단 한 번도 무언가에 초조한 모습을 보인 적이 없었는데. 하영도 괜히 마음이 불안해졌다.

"내가 전에 유하씨한테 이런 말을 했었다? 보고 싶고, 보고 싶고, 또 보고 싶으면 사랑이라고. 네가 그때 유하씨 표정을 봤어야 했는데."

그녀의 말에 시후는 흥미롭단 표정을 지으며 자세를 고쳐 앉았다.

"표정이 어땠는데?"

"유하씨 얼굴이 엄청 빨개지더라. 훗. 내가 그걸 캐치했지. 네 얼굴을 떠올렸던 모양이야."

"또 유하씨 난감하게 했고만. 안 봐도 뻔하다."

그가 잠시 일어나서 골반을 좌우로 돌리며 몸을 풀었다.

"사랑을 이길 수 있는 건 없어. 그니까 유하씨 믿고 기다려봐. 네가 유하씨 사랑하는 만큼 유하씨도 너 많이 사랑하고 있어. 내가 장담해."

"알아. 아는데."

그가 다시 풀썩 앉았다. 당최 알 수 없는 초조함이 사라질 기미를 보이지 않아 괴로웠다. 아침부터 심장이 불안하게 뛰는 것이 이유를 알 수 없어 답답했다. 그녀에게 무슨 일이 벌어진 것만 같아 진정이 되지 않았다.

"유하씨 보면 생각나는 사람이 있어. 나 한국에서 살았을 때, 내가 처음 좋아했던 사람. 그 사람도 꼭 유하씨처럼 수줍음이 많고, 체구도 작았거든."

하영의 목소리 톤이 미세하게 달라졌다. 오늘따라 그녀는 유독 추억에 젖어 있었다.

"그 사람은 날 기억이나 하려나."

"같이 일했었다며. 기억하겠지."

"뭐야. 내가 너한테 그 사람 얘기했었어?"

"응. 술 먹고."

"그랬구나."

가끔가다 나오는 그녀의 그늘진 표정이 슬쩍 드러났다. 시후는 멍하니 하영의 상태를 살피다가 무심코 떠오른 생각을 던졌다.

"너 말이야. 그 사람과의 추억이 좋게 남아 있나 봐."

시후의 말에 하영은 조금 놀란 표정을 지었다.

"그래 보여?"

"응. 가만 보면 넌 마냥 슬퍼하는 게 아니야. 그리워하는 거지."

"아. 그리워하는 거였구나, 내가."

하영이 미간을 찡긋거리며 가볍게 웃었다.

"좋은 추억들을 악마가 잡아먹게 두지 마. 난 어릴 때부터 속에 악마를 키웠었거든. 그 악마가 내 추억들을 다 갉아먹어버렸어."

"말이 좀 무섭네. 무슨 뜻이야?"

"그런 게 있어."

시후가 오랜 시간 아파했던 건 사실 메리 때문이 아니었다. 돌이킬 수 없는 그 때의 자신이 끔찍이도 싫었던 건데 애꿎게도 메리를 원망했다. 그리고 그 시간으로부터 멀리 도망치려고 했다. 생각해보면 그 꼬맹이와는 좋은 추억들 투성인데.

"에효. 가게가 썰렁하네. 우리 유하씨가 없어서 그런가."

하영은 잠자코 시선을 내렸다. 깊은 생각에 잠긴 듯 보였다. 유하가 없는 몬터레이는 칼날 같은 찬바람이 휘몰아치는 한겨울의 정점이었다. 그녀의 빈자리가 이들의 마음을 갈피도 못 잡게 마구

321

흔들었다. 언젠가부터 아무도 모르게, 조용한 소녀가 이들 삶에 중심이 되어있었다.

"나 방금 전에 결심했어. 그 사람에게 사과할거야. 갑자기 도망가서 정말 미안하다고. 진심으로 사과하고 싶어. 얼굴보고 직접."

"우리 사장님 멋있네."

시후가 하영에게 엄지를 치켜 올려 보여주었다.

"하핫! 음악을 틀어야겠다."

뒤이어 하영은 유하가 없는 슬픔을 달래보겠다고 말했다. 처음 들어보는 처량한 색소폰 음악소리가 가게 안을 울렸다. 그녀는 시후 앞에서 몸을 흐느적거리며 연주하는 흉내를 냈다. 어디로 튈지 모르는 정하영이 간만에 컴백한 느낌이었다.

"유하씨한테 전화해봐야겠다."

그가 주머니에서 핸드폰을 꺼내며 말했다.

"지금? 지금 거긴 새벽 한 시야. 괜찮을까?"

그는 주저 없이 유하에게 전화를 걸었다. 무사한지. 그것만 확인하고 싶었다.

"어서 오세요!"

문종 소리와 함께 오늘의 첫 번째 손님이 들어왔다. 하영은 자리에서 벌떡 일어나 시후에게 눈치를 주었고, 그는 어쩔 수 없이 전화를 끊었다. 첫 손님이 나간 후에 가게 안은 다시 고요해졌다. 둘은 바닥에 수북이 떨어진 잔꽃잎을 쓸어 담았고, 너저분히 삐져나와있는 포장지도 보기 좋게 정리했다. 매일 하던 일을 유하 없이 하려니까 괜스레 버겁게 느껴졌다. 축 처져버린 이들의 고적한 한숨소리가 조용한 가게 안을 연이어 울렸다.

"그냥 유하씨한테 연락 올 때까지 기다려. 아무 일 없을 거야."

"알았어."

밖에서 강풍이 부는지, 가게 문이 덜컹덜컹 흔들렸다. 두 사람은 비가 오나 싶어 잠시 하늘을 확인했다가 새카만 먹구름을 보곤 우울해지는 기분을 조용히 삼켰다. 빗줄기를 얼마나 모았다가 터트리려 그러는지, 커다란 구름들이 독을 가득히 품고 있는 듯 보였다.

"맞다."

시후가 바지 주머니에서 작은 조각품을 꺼내었다.

"하영아. 혹시 가게에 실리콘 줄 남았나?"

온실에 들어가려던 하영이 뒤를 돌았다.

"응. 많지."

그녀는 계산대 서랍들을 뒤적거리다 깊숙이 숨어있는 실리콘 줄 묶음을 겨우 찾아냈다. 작년에 삼 개월 간 하영이 액세서리를 직접 만들어 판매 한 적이 있었는데, 그 때 사뒀던 재료들이 한 가득 남아있었다.

"인기가 너무 없긴 했지."

그녀는 당시를 기억하며 노련한 솜씨로 목걸이를 몇 분 만에 완성시켰다. 달랑 투명한 얇은 줄 하나에 매달아놨을 뿐인데, 시중에 팔아도 될 만큼 예뻐 보였다. 시후는 카운터 뒷벽에 걸려 있는 동그란 거울 앞에 다가가 목걸이를 찼다.

"예쁘네. 유하씨한테 받았어?"

323

거울 앞에 한참 서있는 시후에게 하영이 물었다.

"아니. 할아버지가 주셨어. 행운을 가져다준다고 차고 다니래."

"어머나. 우리 할아버지에게 그런 낭만적인 면이 있었나?"

그는 넋 나간 표정으로 목걸일 만지작거렸다. 기분이 오묘했다. 불안했던 마음이 수그러들고, 평화를 찾은 느낌이 들기도 했다.

"괜히 할머니가 생긴 기분이 드네."

"쉿. 시후야."

온실로 발걸음을 옮기려던 하영이 갑자기 멈춰 섰다. 하영의 시선은 가게 밖에 집중되었고, 시후도 그녀를 따라 밖을 내다보았다.

"들리지."

"응."

어디선가 앰뷸런스 사이렌이 작게 들려왔다. 사건 사고가 흔히 일어나는 동네는 아니어서 오랜만에 듣는 무서운 사이렌 소리에 사람들 관심이 쏠렸다. 주변 가게에서 하나 둘 주민들이 길가에 나오기 시작했다. 하영과 시후도 점퍼를 헐레벌떡 걸치고, 문을 열었다.

"무슨 일인 걸까?"

"그러게."

바깥 냄새가 탁해진 게 느껴지긴 했지만, 시후도 딱히 보이는 게 없어 눈살을 찌푸렸다.

"Over there?"

장난감 가게 주인인 톰의 목소리였다. 톰이 가리키는 곳은 가게 뒤쪽이었고, 그의 한 마디에 모두가 뒤를 돌아보았다. 어느 다른 동네에서 검은 연기가 하늘 높이 풀풀 피어오르고 있었다. 불길함을 느낀 시후는 가게 안으로 뛰어 들어가 계산대에 올려뒀던 핸드폰을 집어 들었다. 노인에게 급히 전화를 걸었지만, 그는 받지 않았다. 두 번, 세 번. 계속 걸어도 그는 받지 않았다.

"왜 그래. 아닐 거야, 시후야."

하영의 목소리가 강하게 떨렸다.

"할아버지는 샤워하다가도 받아. 무슨 일이 있는 거야."

"그럼. 그럼 어떡해."

하영이 울먹거리자 시후가 그녀의 등을 토닥이며 진정시켰다.

"일단 너무 걱정하지 말고 있어. 나 집에 좀 갖다올게."

"응. 꼭 연락해줘."

그가 나가자마자 하영이 바닥에 주저앉았다. 팔다리에 힘이 풀려 그녀의 몸이 덜덜덜 떨렸다. 그들은 하영에게 가족과도 같은 사람들이었다. 절대 어떠한 나쁜 일도 그들에게 일어나서는 안 되었다. 무사할거야. 괜찮을 거야.

한 마리의 백조와 닮은 해오라비 난초 하나가 하염없이 울고 있는 하영의 옆에서 꽃잎을 흔들었다.

24. 아니라고 말해줘요

새하얀 비둘기 떼가 티끌 없이 맑은 하늘을 이리저리 가로지른다. 저 새들의 날개 짓은 마치 축제 속 화려한 무영과 같다. 따스한 바람을 타고 내려가 보니 푸르다 못해 눈이 부시는 초원과 커다란 나무 한 그루가 보인다. 나무는 초원 한 가운데에서 라임 빛깔의 잎을 강하게 좌우로 흔든다.

오감이 행복해지는 루이스 마을의 풍경.

그 풍경 속에서 향긋한 봄바람을 느끼는 유하와 시후. 그리고 진.

저 멀리서 반가운 노인의 목소리가 들린다. 그는 색이 바란 초록색 앞치마를 두르고 셋에게 들어오라며 손짓한다. 어느 때보다 밝은 미소로.

나무 아래에 앉아있던 셋은 노인의 부름에 하우스까지 달리기 시합 내기를 한다.

비장한 표정의 유하와 그녀를 사랑스럽게 바라보는 시후.

출발!

예고 없이 외쳐버린 진의 활기찬 신호로 그들의 달리기 시합은 어수선하게 시작된다. 시원한 숲향이 코를 찌른다. 결코 잊을 수

326

없는 루이스 마을의 냄새.

유하와 시후가 문 앞에 거의 도착할 시점에 그들보다 한참 뒤쳐져 있던 진이 잔디 위에 넘어지고 만다. 유하는 그녀에게 냉큼 다가가 손을 내밀었고, 진은 특유의 인자한 미소를 지으며 유하에게 말한다.

고마워요 유하씨.

달콤한 냄새가 풍기는 부엌에 들어가니, 그들을 반기는 손님들이 식탁에 둘러 앉아있다. 자글자글한 눈주름을 보여주며 활짝 웃고 있는 유하의 어머니와 그 옆에 머리를 양 갈레로 예쁘게 땋은 꼬마 유리. 그리고 부러진 앞니를 드러내며 시후에게 달려와 안기는 메리까지.

뒤늦게 하영과 제니퍼가 나란히 등장해 집안을 떠들썩하게 만든다. 노인은 따끈한 토마토 스튜를 모두에게 배달하곤, 마지막으로 싱크대 구석에 조용히 숨어있는 나나에게 다가간다. 노인은 그 녀석에게만 특별히 잘 구운 소고기 한 접시를 대령해준다.

다들 어서 와.

10명의 가족이 모두 모였다. 믿을 수가 없다. 보고 싶은 이들이 한 자리에 모여 있는 이곳은 천국이었다.

유하가 시후에게 말한다.

이보다 더 한 행복은 없을 거라고.

시후는 그녀에게 말한다.

너무 슬퍼하지 말라고.

슬퍼하지 말라니요? 지금 전 너무 행복해요.

327

유하의 손끝이 움찔거렸다. 몸이 마치 묶여있는 것처럼 마음대로 움직여지지 않았다. 천장엔 기다란 형광등이 켜져 있는데 밝기가 몹시 강해서 눈을 제대로 뜰 수가 없었다. 유하는 겨우겨우 고개를 오른편으로 돌렸다. 처음 보는 서랍장 위에 작은 스투키 화분이 놓여 있었고, 허물처럼 벗어 둔 엷은 녹색의 환자복도 올려져 있었다. 이곳은 병실 안이라는 걸 알 수 있었다. 그녀는 자신의 오른쪽 다리에 붕대가 칭칭 감겨있는 것을 보게 되었다. 발목을 움직여 보려고 했지만, 힘이 들어가지 않았다. 조금 전에 마을에서 초원 위를 달렸던 게 아직까지도 생생한데, 그 모든 게 꿈이었다니.

"유하야!"

유하의 아버지가 병실 문을 열고 들어왔다. 그는 눈물을 그렁거리며 달려와 딸의 손을 덥석 잡았다. 그리곤 연신 미안하다고 울먹였다. 자신 때문에 유하가 옥상에서 투신 한 거라 생각하는 모양이었다. 그녀는 고개를 저으며 아버지를 안심시키려 했지만, 그는 그것과 상관없이 계속 고통스러워했다.

"어! 한유하님 깨어나셨네요?"

유하 담당 간호사가 환자 체크리스트를 가슴에 안고 들어왔다. 선한 인상의 그녀는 의식이 돌아와 다행이라고 좋아해 주었다. 그러곤 서랍장 위에 널브러져 있던 환자복을 챙기면서 수액이 잘 들어가는지 확인했다.

"선생님께 보고할게요. 그 전에 한유하님 체온이랑 혈압 좀 재겠

328

습니다."

간호사는 체온계를 꺼냈다. 다행히 모두 정상범위로 나와 옆에서 눈물을 훔치던 아버지는 감사하다고 고개를 숙였다. 유하는 간호사에게 가장 물어보고 싶은 게 있었다. 하지만 목소리가 나오지 않아 가슴이 답답했다. 문짝에 조그맣게 붙어있는 벽걸이 달력을 주시했다. 시야가 선명하지 않아 멀리 있는 숫자들이 전혀 보이지 않았다. 대체 나는 얼마나 누워있었던 걸까. 몸이 심각하게 무거웠다. 힘겹게 눈만 깜빡이는 유하를 보면서 그녀의 아버지는 딸의 이마를 손으로 부드럽게 쓸어주었다.

다시 잠에 들었었나보다. 웅성웅성 말소리에 눈을 떠보니 어느새 담당 의사가 유하 침대 옆에 서 있었다. 여전히 기운은 나지 않았다. 의사 목에 걸려있는 직사각형 명찰이 눈에 아른아른하게 보였다. 좌승택. 세상에 좌씨인 사람도 있구나. 하고 그녀는 잠시 시시한 생각을 했다.

"예, 보호자님. 몸에 크게 이상은 없습니다."

의사가 유하의 검사결과지를 보며 말했다. 모두 생소한 영어로 쓰여 있어서 그녀의 아버지는 미간을 모은 채, 낯선 종이만 들여다보았다.

"어떻게 이상이 없는데, 한 달이 넘도록 안 깨어나나요?"

"음. 최근에 극심한 스트레스나 갑자기 큰 충격을 받았던 사건이 있었는지 파악을 해봐야 할 것 같습니다. 검사 결과에 이상이 없는 걸로 봐서는 심리적인 요인이 클 수 있어요."

그녀의 아버지는 가슴을 치며 울었다. 딸이 잠들어 있으니 마음껏 속 시원하게 울어버리는 것 같았다. 의사의 어쩔 줄 몰라 하는 모습이 꿈틀대는 손끝에서 느껴졌다. 유하는 아버지가 모르게 다시 눈을 감았다.

이후로도 한동안 깊은 잠에 빠지길 반복했다. 잠들어 있는 동안은 루이스마을의 푸르고 신비한 풍경 속에 갇혀서 허상뿐인 행복을 누렸다. 아주 긴 시간동안 따스한 그들과 함께 늙어가는 꿈이었다. 어쩌다 눈을 뜨면 병실에 누워있는 현실이 괴로워서 유하는 다시 눈을 질끈 감고, 잠에 들려고 애를 썼다. 그런 식의 애석한 하루하루가 나흘째 반복되던 어느 날. 햇살이 가장 쨍하게 반짝이는 정오에 한 여인이 유하의 병실에 들어왔다. 긴 목덜미가 다 드러나게 커트 머리를 한 그녀는 다름 아닌 하영이었다. 하영의 모습이 어딘가 모르게 달라져 있었다. 매력적이었던 그녀만의 상큼한 분위기는 온데 간데 사라지고, 어딘가 어둡고 진중한 여인의 모습을 하고 있었다.

"이제 그만 일어나요. 유하씨."

"사장님."

유하는 여전히 꿈속인 줄 알고 혼자 횡설수설했다. 오늘은 퇴근하고 시원한 맥주를 마시자고. 너무 바빠서 힘들었다고.

"이젠 깨어날 시간이에요. 유하씨 이러다 영영 누워있겠어."

샤워를 끝내고 온 유하의 아버지가 문을 열고 들어왔다. 둘은 서로 구면인 듯 가볍게 인사했고, 유하는 그 광경에 놀라 멍해졌다.

"이제 아예 한국에 들어오신 거예요?"

330

아버지가 하영에게 물었다. 그는 목에 걸쳐둔 젖은 수건을 머리에 털며 그녀에게 인자한 웃음도 건넸다.

"네. 아저씨 이거 받으세요. 루드베키아라는 꽃인데 집에다 꽂아놓으면 참 예뻐요."

"아이고. 저것도 감사한데 또 이런 걸. 고마워요 아가씨."

그렇게 유하는 스투키를 놓고 간 우렁이 각시가 누군지 알게 되었다. 그녀가 아버지에게 건넨 꽃다발 속에는 아주 작은 노란 꽃잎이 초록 풀들 사이에서 듬성듬성 고개를 내밀었다. 해바라기가 새끼를 낳는다면 루드베키아가 될 것 같았다. 유하는 고혹미가 진하게 풍기는 하영의 모습을 뚜렷이 보고 싶어서 눈을 비볐다. 지금 꿈을 꾸고 있는 게 아니었다.

"사장님. 진짜 사장님이네요."

"안녕 유하씨. 나 반갑죠?"

하영이 조금은 슬프게 웃었다. 유하는 아버지의 도움을 받아 몸을 일으켜 앉았다. 그리고 하영이 싸온 뜨끈한 야채 죽을 호호 불어가며 먹었다. 다리에 단단히 감겨있던 깁스는 어젯밤에 간호사가 풀어주었다고 했다. 유하는 전혀 기억은 나지 않아 그저 고개만 끄덕였다. 아직 걷는 건 힘들지만 이제 다리를 움직일 수는 있었다. 그녀가 옥상에서 추락했을 당시에 발목이 골절 되었다고 했다. 지금은 거의 붙었을 거라고 유하의 아버지가 모든 걸 상세히 말해주었다. 그는 유하가 깨어나지 않는 사이에 전신 MRI를 두 번이나 촬영하게 했다고 말했다. 발목 부상뿐이라는 게 아직도 의심스럽다고 한숨을 푹푹 내쉬었다. 그의 불안한 마음이 느껴져서 딸은 조용히 가슴 아파했다.

"아저씨. 저 유하씨 좀 잠깐 빌릴게요."

"그래요. 추우니까 밖에선 너무 오래 있지 말아요."

"네."

하영은 둘만의 시간을 갖기 위해서 유하를 휠체어에 태워 어디론가 데려갔다. 병원건물 뒤쪽에 짧은 산책로가 만들어져 있는데, 시원한 바깥공기를 마시라며 그녀가 풀이 있는 곳으로 끌고 갔다. 바퀴가 구를 때마다 얼어있던 흙길이 부서지면서 우드득 소리가 났다. 얼음을 씹는 소리 같기도 하고, 마른 낙엽들을 천천히 밟는 소리 같기도 했다.

"유하씨."

하영이 산책로 끝자락에 휠체어를 세워두고, 유하 앞에 쪼그려 앉았다.

"무슨 꿈 꿨어요?"

"되게 평범하면서 행복한 꿈이요."

"그런 것 같았어요. 유하씨 자는 내내 웃고 있더라고."

말투는 다정했지만, 그녀의 눈은 계속 울먹이고 있었다. 하영은 유하 무릎 위에 덮여 있는 환자용 담요를 괜히 정리해주면서 속에서 일어나는 무언가를 억누르고 있었다.

"우리 모두 루이스 마을에서 같이 사는데요. 점점 시간이 지나더니 다들 할머니 할아버지가 돼버린 거예요. 근데 누구는 안 늙고, 누구는 폭삭 늙고. 신은 불공평하다면서 우리끼리 막 싸우기도 했어요."

미소 짓던 하영의 입술이 파르르 떨리다가 이내 그 입술은 웃음을 포기했다. 유하는 그녀의 슬퍼지는 표정을 피하고 싶어서 시선을 멀리 두었다. 높은 아파트들이나 뭉툭한 산꼭대기를 의미 없이 바라보며 행복했던 꿈 이야기를 계속 이어나갔다.

"언제는 시후씨가 요리를 망친 거예요. 칠면조를 까맣게 태워 먹은 바람에 주방 안에 연기가 피어올랐어요. 할아버지는 깔깔 웃으면서 놀리기도 하고. 참! 그 자리에 사장님도 계셨는데, 사장님은 아무렇지 않게 까만 고기를 맛있게 먹는 거예요. 다들 격하게 말리는 데도요."

"유하씨."

하영이 유하를 무섭게 흔들었다. 이제 꿈은 그만 꾸라고 말하는 것 같았다.

"지금 유하씨는 병원에 있어요. 다리가 다 나았으니까 곧 퇴원을 하겠죠? 이제는 그 꿈속에서 빠져나와요. 아버지가 고생하시잖아요."

유하가 고개를 좌우로 저었다. 눈에 물이 가득 고인채로 현실을 부정하려 애썼다.

"진의 소식 들은 거 다 알아요. 엊그제 간호사에게 물어봤다면서요."

하영은 말하다말고 벌떡 일어나서 몇 걸음 앞으로 걸어갔다. 잠시 고갤 들어 바람의 방향을 확인하고는 살짝 더 오른쪽으로 이동했다. 그녀는 주머니에서 하얀 담뱃갑과 투명한 플라스틱으로 된 라이터를 꺼내었다. 그녀가 담배 피는 모습은 생각보다 어색하지 않았다. 예전의 하영이라면 담배보단 레몬처럼 상큼한 과일이 어울렸을 텐데, 지금의 하영은 확실히 텁텁한 담배향이 잘 어울렸다. 그녀 입에서부터 뿜어져 나오는 고독한 연기가 바람이 이끄는 대로 높이 날아갔다. 유하의 시선도 점점 연기 길을 따라 올라갔고 그러다 평온한 윗세상에 머물러지게 되었다.

김 진 환자분은 현장에서 즉사하셨다고 적혀있네요.

며칠 전, 믿을 수 없던 간호사의 말이 윙윙 맴돌아 유하를 쓰러트렸다. 편하게 몸을 뉘어 깊은 잠에 들면 꿈속에서 진을 만날 수가 있었다. 왜 그렇게 가버렸냐고 물어볼 때마다 그녀는 꿈속에서도 거품처럼 꼬르륵 사라졌다. 하영은 담배 한 개를 다 태우고 유하에게 돌아왔다. 표정이 어찌나 무거운지 다른 사람 같았다. 유하는 혹시 그녀도 가짜 일까봐 손을 뻗어 하영의 코트 끝자락을 잡았다.

"아니라고 말해줘요. 제발."

유하의 목소리는 옅은 바람 소리 같았다. 하영은 소녀의 작은 손을 움켜잡고 몸을 떨었다. 그다음 덜덜 떨리는 손으로 코트 주머니 안에서 무언 가 꺼내 유하 손에 쥐어주었다. 연두색 복주머니. 그것은 진의 부적이었다.

"발견했을 때 진이가 이걸 안고 있었데요."

연두색 복주머니는 상태가 멀쩡했다. 불에 그을 린 검은 자국 하나 없었다. 그녀의 부적이 너무 깨끗하고, 무구해서 더욱 슬펐다.

의식을 잃어가는 와중에도 이것을 품에 꼭 안고 있었을 진의 모습이 떠올라서 괴로웠다. 왜 마법은 일어나지 않았지. 나무에게 생명력이 있다면서 왜 이번엔 힘이 발휘되지 않았지. 대체 왜.

"유하씨. 받아들여야 해요."

자꾸만 심장이 쿵 내려앉았다. 심장이 약했던 유리가 밤마다 하던 말이 있었다. 자려고 눕기만 하면 누가 주먹으로 심장을 내리친다고.

"사장님. 심장이 너무 아파요. 누가 자꾸 때려요 내 심장을. 너무 괴로워."

거짓말이라도 좋으니 진이 살아있다는 소리를 듣고 싶었다. 잠시 그녀가 어디 여행을 떠난 거라고 상상하고 싶었다. 그녀의 가짜 편지를 받아도 좋다. 이곳에 날씨는 환상적이고, 이웃 사람들이 전부 친절하다는 누군가의 가짜 편지. 진이 언니가 여행이 즐거워서 돌아오지 않는구나, 그래. 내가 이해해야지, 나중에 보면 되지. 라고 생각하며 평범하게 살아갈 수 있도록 누가 좀 도와주길 바랐다.

"저. 있잖아요."

하영은 고통스러워하는 유하의 얼굴을 바라보기 힘들어서 등을 돌린 채로 말했다.

"있잖아요. 유하씨. 사실."

하영이 부러질 듯 쥐고 있는 그녀의 맨주먹이 바들바들 떨렸다. 목이 맨 목소리로 어떻게든 말하려고 하지만 차마 뱉을 수가 없어 포기했다. 유하는 괴로운 마음을 못 이겨 몸을 이리저리 흔들었

335

다. 휠체어 바퀴에서 삐그덕, 삐그덕 요란한 소리가 났다. 정말 이러다 죽을 것만 같았다. 한 낮의 태양빛이 화사하게 둘을 뜨겁게 비추고 겨울의 마지막을 장식하는 찬바람은 그들 곁에서 춤을 춘다. 유하는 따사로운 겨울햇빛 속에서 펑펑 울었다. 하영도 결국은 얼굴을 가리고 하염없이 눈물을 흘렸다. 그리고 그녀가 또 다른 이의 죽음을 알렸다.

"할아버지가 돌아가셨어요."

25. 내가 너의 편지가 되어줄게

　매일 다니던 길인데. 시후는 자꾸 누군가 가지 말라 방해하는 것처럼 느껴졌다. 바람이 길을 막고, 나뭇잎들이 시야를 가리고. 차에 이상은 없는 것 같았다. 근데 속도가 몹시 더뎠다. 가는 길 내내 노인에게 몇 번을 전화했지만, 그는 단 한 번도 받지를 않았다. 밭에서 고구마를 캐느라 못 받았다고 말해주길 바랐다. 잠깐 주방에 핸드폰을 두고 벨소리를 못 들었다고. 이 노인이 무슨 일 날까봐 걱정한 거냐고 철없는 손주를 놀려줬음 좋겠는데. 그는 단 한 번도 받지를 않았다. 유하가 좋아하던 루이스 마을의 나무푯말이 보였다. 사실 그 전에 이미 손 쓸 수도 없이 활활 타오르는 무서운 불길이 먼저 보였다. 총 아홉 대의 구급차가 들판에 질서 없이 주차되어 있었다. 그토록 아름다웠던 노인의 마을이 무자비한 불길 속에서 점점 사라져가고 있었다.

　"할아버지. 할아버지."

　시후는 노인을 급하게 찾았다. 아마 할아버지는 머리가 좋아서 어디 안전한곳에 미리 대피해 있을 거라 생각했다. 혹시 나한테 오고 있었는데 엇갈렸나 싶어 뒤를 돌아보았다. 그때까진 시후도 노인이 분명 살아 있을 거라 확신했다. 겨자 색과 가까운 노란 유니폼을 입은 몇 명의 소방관들이 시후의 팔을 한 쪽씩 잡고 제재했다. 불길이 세서 위험하니 멀리 떨어지셔야 한다고 소리치는 전사들의 고함이 들려왔다. 시후는 몸에 힘이 풀려서 넘어질 듯 말 듯 위태롭게 불길 속을 걸었다.

"할아버지."

그가 드디어 노인을 발견했다. 노인은 불타는 케아 나무를 부둥켜안은 채, 쓰러져 있었다. 하늘위로 타오르는 나무처럼 그의 몸은 형체를 알아볼 수 없게 점점 시커먼 재가 되어가고 있었다. 다섯 명의 소방관들이 힘을 모아 나무 앞에 쓰러져 있는 노인을 겨우 빼내왔다. 하지만 그는 이미 극도의 화상으로 숨이 멎은 상태였다. 소방관 중 한 명이 눈살을 찌푸리며 새카만 시신에게 하얀 천을 덮어주었다.

루이스 베네민. 그가 사망했다. 우리들의 윤장호 노인이 사망했다.

시후는 딱딱한 구급침대에 누워 있는 노인의 뜨거운 손을 잡았다. 오래 된 나뭇가지를 만지는 느낌이었다. 바스락 바스락 피부가 벗겨지고 핏물이 곳곳에 고여 있었다.

할아버지는 왜 맨날 이 나무 보면서 울어?

아가. 잘못 본 거야. 할아버지 안 울었어.

아닌데. 이번이 일곱 번째야. 다 세고 있었어.

시후는 마을에 번진 화려한 불길이 모두 걷힐 때까지 주저앉아 울었다. 이 정도의 슬픔이라면 그를 따라가는 게 낫겠다고 생각이 들었다. 저 나무가 뭐라고 그렇게 안고 있었어. 대장군이 나한테 이런 모습을 보이면 어떡해. 이제 나는 어떡해.

신문 한 면을 장식한 루이스 마을의 화재사건은 당일에 반나절이 넘어서야 모두 소화가 되었고, 그 날 소방대원들이 철수하고 나서도 무섭게 피어오르던 먹색 연기는 몬터레이 하늘에 넓게 깔린 채 하루 종일 떠나지 못했다.

노인의 장례는 시내에서 제일 큰 클라우드 교회에서 치러졌다. 온통 검은 옷을 입은 조문객들이 심통한 표정으로 일관했고, 그 중 하영과 제니퍼도 그들 사이에 앉아 눈물을 훔쳤다. 시신이 흉측한 관계로 노인이 누워 있는 관은 장례를 치르는 동안 굳게 닫혀있었다. 며칠에 걸쳐 식이 끝나고, 노인의 유골은 카브릴로 고속도로를 지나야 있는 로즈리틀 납골당에 안치되었다. 몇 개 남지 않은 그의 젊은 시절 사진들을 시후가 하얀색 액자에 담아 유골함 옆에 세워두었다. 베트남 전쟁에 뛰어들었던 군복 입은 서른 살의 루이스와 십년 전에 손주와 함께 스웨덴 여행 중 찍었던 자상한 윤장호의 모습. 그의 온기가 벌써 아득하다.

"아직도 모르겠대. 나무에서 왜 불이 났는지."

시후가 다 쉬어버린 목소리로 옆에서 울고 있는 하영에게 말했다. 그녀는 하얀 손수건으로 눈물을 닦아내며 입술을 파르르 떨었다.

"이 소식을 유하씨랑 진이가 알게 되는 순간이 두려워."

하영이 그에게 다가가 세게 안아주었다. 그는 감당하기 힘든 슬픔을 온힘을 다해 버티고 있었다.

"당분간 우리 집에서 아무것도 하지 말고 쉬어."

그녀가 그의 등을 토닥여주며 말했다.

"그건 싫어. 슬픔이 나를 잡아먹는 게 정말 싫어."

"방법이 없잖아."

"오랜만에 여행을 떠날까 해."

"여행?"

"응."

하영은 슬쩍 손수건을 내밀었다. 시후는 괜찮다고 소매로 눈물을 후딱 훔쳤지만, 이내 다시 터져버려서 하영의 손수건을 눈에 붙인 채로 고통스럽게 흐느꼈다. 아무리 울어도 눈물은 마르지 않았다. 울고 싶을 땐, 울어도 된다고 옛적에 노인이 말해주었다. 반대로 웃고 싶을 때도 여한 없이 웃어버리라고 말했다. 감정을 억누르다 보면 나중엔 울고 싶을 때 울 수 없고, 웃고 싶을 때 웃을 수 없다고. 그것이 얼마나 슬프고 답답한 일인지 알려주었다.

"유하씨 오기 전엔 돌아올 거지?"

그녀의 물음에 시후는 선뜻 대답할 수 없었다. 유하에게 무너져버린 마을을 보여주고 싶지 않았다. 노인의 빈자리를 느끼게 하고 싶지 않았다. 이곳에 와서 희망을 얻었던 그녀가 모든 게 사라졌다는 슬픔에 좌절하는 걸 본다면 정신이 혼미할 것 같았다. 시후의 마음이 쉴 새 없이 나약해져만 갔다. 속에서 악마의 영혼이 번지는 느낌이었다. 익숙하면서도 끔찍한 느낌.

"모르겠어."

"모르겠다고?"

"응."

"지금은 모든 걸 정지시키고 싶은 거야? 그래서 잠시 피해있으려는 건가?"

"그런지도 몰라."

하영은 섭섭한 마음도 들었지만 어쩔 수 없는 일이란 생각이 들었다.

"알겠어."

둘은 납골당에서 나와 아득하게 펼쳐져 있는 푸른 바다 끝을 감상했다. 강한 겨울바람에 바닷물도 잔잔할 틈이 없었다. 얼지 않으려고 몸부림치는 것처럼 굵은 파도들이 연이어 출렁였다.

"그렇다면 난 한국에 다녀올게."

시후가 그녀를 놀란 눈으로 쳐다보았다.

"어쩌면 가게 접어 버리고, 한국에 아예 눌러 앉을지도."

"너무 갑작스러운 거 아니야?"

"나도 이곳에 있기가 힘들 것 같아서. 너처럼."

그녀가 시후에게 애써 웃으며 말했다. 그는 고개를 끄덕였지만, 내심 걱정은 되었다. 가족들을 피해 도망쳐 온 그녀가 다시 모국에 돌아가 잘 살 수 있을까.

"괜찮겠어? 제니퍼는."

"그 친구는 다 이해할거야. 내가 알아."

"그래도 조금 걱정 되네."

"올리버씨가 내 걱정도 다 하셔?"

하영이 시후의 팔을 콕 찔렀다.

"시후야. 진이 적어줬다던 집 주소. 그거 나한테 넘겨."

"그건 왜?"

"내가 너의 편지가 되어줄게."

그녀는 묘연한 세상의 끝을 응시하며 씩씩하게 말했다. 시후 가슴속에서 고마움과 망설임의 감정이 서로 앞지르려 싸웠다. 두 개의 감정은 한참을 실랑이하며 경주하다가 골인 선에 먼저 들어온 건 고마움이었다.

"고마워 하영아."

하영이 옅게 한숨을 쉬었다.

"그래도 마음 정리 되면 네가 알아서 유하씨에게 연락해. 이대로 평생 유하씨 안 볼 건 아니잖아. 너 유하씨 많이 사랑하잖아."

서늘한 바람이 둘 사이를 지나갔다. 바람이 스쳤을 뿐인데, 그의 눈가에 눈물이 고였다. 그는 앞으로 얼마나 더 울어야 괜찮아질 수 있는 건지 알고 싶었다. 바람이 조금 따듯해지면. 햇볕이 더 뜨거워지면. 그땐 지금보다 괜찮아질 수 있기를 바랐다.

"할아버지가 유하씨는 약해보이지만 강한 사람이래. 반대로 진은 강해보이지만 속이 약하다더라."

"그럴 수 있겠네."

"근데."

바다 끝을 응시하던 시후의 시선이 바닥으로 떨어졌다.

"할아버지가 나는 어떻게 보셨을까."

작아진 시후 앞에 하영이 바짝 다가가 섰다. 그리곤 그의 축 처진 어깨위에 손을 얹고, 자신을 바라보게 했다. 처연하게 흔들리는 붉은 눈망울이 안쓰러워서 그녀는 그를 품에 안고, 등판을 쓸어주었다.

"너 유하씨랑 똑같아."

"그래?"

"응."

시후가 몸에 힘을 완전히 풀고, 하영의 어깨에 턱을 기댔다. 그는 며칠 동안 쫄쫄 굶은 새끼 강아지처럼 가만히 숨만 헐떡였다.

"윤시후. 걱정 마. 다 괜찮아질 거야."

"응."

"마음 잘 추슬러. 알았지?"

그가 힘없이 피식 웃었다.

"이제야 좀 누나 같네."

둘은 파란 승용차 안으로 들어갔다. 운전석에 앉은 하영은 옆에서 눈을 감고 괴로워하는 시후를 바라보았다. 잠시 정신이 혼미했다. 겨우 단단하게 쌓아올린 마음들이 와르르 무너지려고 했다. 하지만 그녀는 곧 무너진 마음들을 차곡차곡 쌓았다.

나라도 정신 차려야 해.

그녀는 시동을 걸고, 곧게 펼쳐진 고속도로 위를 힘차게 달렸다.

26. 비애

 방안이 눅눅하게 젖은 것 같았다. 눈치껏 이 공간도 나와 함께 울어 주는 건가 유하는 생각했다. 그녀는 요즘 하루 종일 침대 밑에 쪼그려 앉아 많은 사람들을 떠올렸다. 그동안 스쳐지나갔던 인연들을 소중히 곱씹다보면 시간이 금방 흘러갔다. 그저 멍하니 앉아 머릿속 시계태엽을 돌리고 또 돌렸다. 지나간 과거가 그리워질 줄은 몰랐다. 이런 날이 올 줄은 정말 몰랐다.

 병원에서 퇴원하고, 일주일이 지났다. 하영은 서울 어딘가에서 다시 꽃집을 차리겠다고 말했다. 다른 일을 하고 싶었지만 할 줄 아는 게 없어서 어쩔 수가 없다고 현실적인 고민들을 털어놓기도 했다. 유하는 아주 잘 될 거라고. 사장님이 가게를 열면 자신이 꼭 도와주겠다고 그녀에게 말해주었다. 확신을 갖고 한 얘기는 아니었다. 그래도 그렇게 말해주어야 할 거 같았다. 며칠 째, 유하의 침대위엔 시후가 준 희끄무레한 보름달과 진의 유품이 되어 버린 연두색 복주머니가 올려져있었다. 시후는 노인의 장례를 치르고 난 뒤에 어디론가 떠나버렸다고 하영이 전해주었다. 그가 짐 싸놓은 모양새가 목적지 없이 떠돌아다닐 기색이었다고 하영이 알려주었다. 짐을 어떻게 쌌냐고 물으니 달랑 여벌옷 세 벌에 세면도구

뿐이었다고.

하영은 이제 더 이상 루이스 마을을 볼 수 없게 됐으니 새로운 삶을 살라고 유하에게 매섭게 당부했다. 나무가 불에 타면서 밑에 깔린 잔디들과 초록 지붕 하우스까지 모조리 타버렸다고 했다. 하루는 그녀가 찾아와 부둥켜안고 오열하다가도 갑자기 화를 내듯이 유하를 타이르기도 했다. 일이 이렇게 된 이상 평생 슬퍼하기만 할 순 없다고 했다. 다시 시작할 수 있게 기운 내라며 하영은 유하에게 독한 일침을 놓았다.

유하는 연두 빛깔 복주머니를 가까이 가져왔다. 주머니 안에는 사과랑 비슷하게 생긴 작은 열매가 들어있었다. 살구만한 크기에 동그랗고 불그스름한 열매였다. 상상했던 모습과는 달리 수분이 모두 빠진 것처럼 건조해서 상태가 싱싱해 보이진 않았다. 약간의 악취가 나는 것 같기도 했다.

똑똑.

방을 두드리는 노크소리와 함께 유하의 아버지가 문을 열었다.

"그 총각 왔어."

아버지 뒤로 호진이 모습을 드러냈다. 그는 유하가 의식이 돌아오지 않는 동안 병실에 자주 들렀다고 했다. 최근에는 세미나 일정으로 캐나다에 갔다가 이제 막 돌아왔다면서 어젯밤 호진이 전화로 직접 얘기해주었다. 미안해하지 않아도 되는데, 그는 항상 유하에게 미안해했다.

"좀 어때?"

방문이 고요히 닫히고, 호진은 침대 끝에 걸터앉았다. 그러고 보

345

니 호진도 진을 아는 사람 중 하나였다. 기분이 이상했다.

"얼굴이 너무 야위었네."

그는 계속 유하를 걱정했다. 밥은 먹었는지. 잠은 얼마나 자며 외출은 얼마나 하는지.

"누가 의사 아니랄까 봐요."

유하가 힘없이 웃으면서 그에게 바짝 올라와 앉으라고 손짓했다. 그는 잠시 방안을 둘러보곤 한숨을 푹 쉬었다. 무슨 말로 어떻게 위로해야 할지 몰라서 자기 자신을 답답해하는 것 같았다.

"진이 언니 말이에요."

"응."

"언니가, 언니가 너무 불쌍해서 잠이 안 와요."

호진이 말없이 심난한 표정을 지었다.

"가족도, 친구도. 언니 주위에는 아무도 없었대요. 그래서 하루 반 만에 화장시켰대요. 어떻게 사람 장례식에 아무도 없을 수가 있어요."

당시 속보로 떴던 뉴스기사에는 헤드라인에 동반자살이란 단어가 올라와있었다. 하지만 하영이 온갖 수소문을 모아보니 동반은 결코 아닌 것 같다고 추측했다. 진이 잠든 새에 진경이 집에 불을 질렀고, 자다가 놀란 진은 대피하려 했지만 끝내 실패한 것 같다고. 그녀는 앞이 보이지 않으니 누구보다 대처가 느렸을 테니까.

"선배 있잖아요."

"응."

"어쩌면 내가 정말 나쁜 사람인지도 몰라요."

"왜 그렇게 생각해."

"착한 사람들만 계속 사라지잖아요. 어릴 때부터 그랬어요."

호진이 속상하다는 눈빛을 보냈다. 유하는 그를 지그시 바라보다 결국 꺼이꺼이 고통스럽게 울기 시작했다. 요즘은 이렇게 갑자기 울음이 터지곤 했다. 그들이 사라졌다는 게 실감이 날 때면 예고 없이 오열해버렸다. 호진이 다가와 등을 부드럽게 쓸어주는데, 마을 사람들의 손길이 떠올라서 만감이 교차했다.

"보고 싶어 죽을 것 같아요. 어떡해요."

그는 아무 말도 하지 않고, 그녀의 눈물을 다 받아주었다. 그도 조금은 울컥하기도 했지만 소녀와 같이 울어버리고 싶진 않았다. 든든하게 옆자리를 지켜주고 싶었다. 그래야 동네 친구가 마음 편히 울 수 있을 거라 생각했다.

"왜 이렇게 방이 습하죠."

방안이 또 눅눅해진 것 같았다. 유하는 자기가 울면 이 방도 함께 운다고. 자꾸 눅눅해진다고 호진에게 말했더니, 아마 밖에 비가 내려서 습해진 것 일거라고 말했다. 아 비가 오고 있었구나. 유하는 넋이 나간 채로 창문 너머를 응시했다. 창밖을 보고 있으면 뛰어내리고 싶은 충동이 커졌다. 죽고 싶은 마음은 아니었다. 혹시나 하는 기대 같은 거였다. 혹시, 다시 날 수 있지 않을까.

"저 얘기하고 싶어요."

"무슨 얘기?"

"제가 다녀왔다는 마을 얘기요. 선배 궁금해 했잖아요. 지금 말

347

해줄게요."

"그래."

잠시 고민하다가 유하는 그에게 천천히 이야기를 시작했다. 그가 어떻게 받아들일지 긴장이 되어서 수업시간에 국어책 읽듯 말투가 딱딱해졌다. 그녀는 그동안 있었던 일들을 순서대로 모두 말했다. 죽으려고 했다가 하늘을 날게 되었던 기이한 경험과 그 경험으로 인해 만난 소중한 인연들. 그리고 아름다운 마을에서 겪었던 크고 작은 에피소드들. 마지막으로 노인의 죽음까지. 주저리 얘기하다 보니까 한 시간이 훌쩍 넘어있었다. 그는 그 긴 시간동안 묵묵히 앉아서 듣고 놀라고, 또 듣고 놀라길 반복했다.

"그럼 지금도 날 수 있어?"

"아뇨. 못 날아요."

"왜?"

"제 생각엔 나무가 없어져서 인 것 같아요. 할아버지가 그 나무에서 힘이 나오는 거라고 알려줬었거든요."

"아, 그렇구나."

"선배는 이 얘길 다 믿나 보네요?"

호진이 머리를 끄덕 거렸다. 그가 아무런 의심을 안 가지니까 도리어 그에게 의심이 들었다. 그냥 믿는 척 하는 게 아닐까 하는.

"그런데 유하야. 그 케아 나무 말이야. 왜 스스로 불이 난 걸까."

"그러게요. 모르겠어요."

조금 전 생각이 무색할 만큼 그는 굉장히 진지한 표정으로 유하

348

를 바라보았다.

"이상하지 않아? 나무가 스스로 불을 냈다는 거."

사실 그 이야기는 유하도 납득이 가지 않은 부분이었다. 멀쩡했던 나무에 왜 갑자기 불이 난건지 하영과도 같이 머리를 맞대어 고민한 적이 있었지만, 자꾸 노인의 얼굴이 떠올라서 그만 뒀었다. 얼굴이 떠오르면 그 다음은 그의 상냥했던 목소리가 들리는 것 같았다. 목소리가 들려오면 우리들의 소중한 시간들이 스쳐지나갔다. 견디기 힘들 정도의 괴로움이 또 유하에게 찾아와 그날의 대화는 길게 이어질 수가 없었다. 원래 행복 다음은 시련일까. 행복하고 나면 그 다음은 꼭 아픔이 찾아와야 순리인 걸까. 그게 맞는 거라면 다음은 행복이 올 차례라는 건데. 유하는 벌써부터 긴장이 되는 느낌이었다. 행복이 온다는 설렘보단 다시 돌아올 시련은 또 얼마나 아플지에 대한 두려움이 컸다.

호진은 자리를 몇 분 더 지키다가 무슨 일 있으면 전화하라 말하곤 자리에서 무겁게 일어났다. 워낙 바쁜 사람이란 걸 알기에 유하는 어서 가라고 손을 흔들었다.

"하아."

그가 가고 나서도 바뀌는 건 없었다. 침대에 쭈그려 앉아 발끝앞에 놓여있는 늙은 열매와 보름달을 쳐다볼 뿐. 이렇게 또 하루가 흐르는구나 하면서 유하는 무릎 사이에 얼굴을 푹 묻었다.

"유리야."

유하의 가느다란 목소리가 아주 작게 흘러나왔다.

"나나야."

349

대답이 돌아오지 않아서 그녀의 작은 울림은 무척 쓸쓸했다.

"진이언니. 할아버지. 시후씨."

보고 싶은 사람들의 이름을 반복해서 불렀다. 환청이라도 좋으니 그들의 음성을 듣고 싶었다.

"엄마."

유하는 가장 오래된 기억까지 끄집어냈다. 하얀 병실에서 항상 웃고 있던 엄마를 떠올렸다. 그녀는 곧 죽을 날을 받아놓고 살았으면서. 미치도록 아팠으면서. 왜 그리 행복하게 웃고 있었을까. 그때도, 지금도 엄마의 편안한 미소는 딸을 웃게 만들었다. 이제 알았다. 마을 사람들의 미소가 엄마와 무척 닮아있었다는 것을. 유하는 무심코 핸드폰을 찾아 들었다. 어느 날 이 핸드폰이 들어 있는 하얀 쇼핑백을 쑥스럽게 내밀던 노인의 모습이 떠올랐다. 이제 어딜 가든 편하게 연락하라고 그가 선물해준 새 핸드폰. 유하는 노인에게 전화를 걸어볼까 머뭇거렸다. 노인이 전화 받을 일은 일어나지 않겠지만 단 몇 초라도 그가 살아있다 생각하며 걸어보고 싶었다.

지이이잉. 지이이잉.

슬픔을 더 키우지 말라는 하늘의 지시인 건가. 모르는 번호로 전화가 왔다. 유하는 침을 꼴깍 삼킨 뒤, 조심스레 통화 버튼을 눌렀다.

"여보세요."

"안녕하세요. 한유하씨 맞죠?"

목소리가 익숙했다. 어디서 들었더라.

"네. 맞아요. 누구신가요?"

"한유하씨 담당 의사였던 좌승택입니다."

유하는 조금 놀라서 자세를 바꿔 앉았다. 간호사도 아니고 의사가 환자에게 전화 할 일은 극히 드문 일 아닌가. 괜히 심장이 빨리 뛰기 시작했다.

"유하씨. 저 혹시 기억 안 납니까? 아주 오래 전에 우리 병원 응급실에 할머니를 업고 왔었잖아요. 양연희라는 치매 환자."

"아!"

지금에서야 의사와의 첫 대면이 생각났다. 의사는 당시에 할머니를 검사했었던 사람이었다. 유하는 몰라 봬서 죄송하다고 그에게 먼저 사과했고, 의사는 수화기 너머로 껄껄 웃었다.

"역시. 그때나 지금이나 정말 착하네요. 나도 유하씨 얼굴보고 긴가민가했었는데, 어제 쪽지를 발견하고 떠올랐어요."

"쪽지요?"

"네. 몇 년 전에, 할머니 조카분이 저한테 오셔서 작은 쪽지 하나를 주셨어요. 할머니께서 요양원에 계신데 돌아가시기 전에 유하씨를 꼭 한 번 보고 싶어 한다고요. 종이에 할머님 성함이랑 요양원 이름을 써서 주시더라고요."

유하의 손이 부들부들 떨리기 시작했다. 그녀를 만나야 한다는 생각이 절실히 들었다. 꼭 만나야 한다. 유하는 입을 틀어막고, 조용히 흐느꼈다.

"냉큼 받긴 받았는데, 나도 뭐 유하씨 정보를 알아야 줄 수 있으니까. 그땐 솔직히 신경을 아예 못 썼죠. 근데 이것 참 신기하네요. 유하씨 그 할머님이랑 인연은 인연인가 봐요. 쪽지가 서랍에서 딱 나오네."

승택은 이번에 승진을 하게 되면서 오래 써왔던 진료실을 정리하게 됐다고 말했다. 그러다 서랍에 뭉쳐있는 메모들 사이에서 그 쪽지가 나왔고, 쪽지를 보니 십년 전 비에 젖었던 그 학생이 유하라는 걸 뒤늦게 알아챘다고 했다.

부성 요양원.

요양원 이름이었다. 유하는 그곳의 번호를 찾아내 전화를 걸었고, 그녀가 아직 살아있다는 소식도 알아냈다. 부성은 양현리와 멀지 않은 동네였다. 하지만 아직은 발목이 뻣뻣하게 굳어있어 그곳까지 걸어가는 건 힘들었다.

똑똑.

타이밍 좋게 아버지가 다시 방문을 노크했다.

"밥 먹어야지."

그는 유하와 재회한 이후로 쭉 죄인의 얼굴을 하고 있다. 만나지 못했던 세월 속에서도 줄곧 이런 얼굴을 하고 다녔을 것 같았다. 유하는 속상하기 싫은데 자꾸 속상해져서 답답했다. 어쩔 수 없이 이런 게 가족인가 싶었다.

"아버지."

"응?"

"저 부탁이 있어요."

"부탁?"

그의 얼굴에 미세하게 화색이 돌았다.

"차로 부성에 좀 데려다 주세요. 같이 가주세요."

그가 자상했던 아버지로 돌아올 수 있게 유하가 기회를 건넸다. 뭣 모르는 그녀의 아버지는 몸을 쭈뼛거리더니 웃음을 서툴게 삼키며 방문을 활짝 열었다.

"그래. 나가자."

27. 케아

"이곳이니?"

"그런 것 같아요."

부녀는 부성 요양원 주차장에 차를 세우고, 편의점에서 산 감자 샌드위치를 꺼냈다. 아버지는 끼니를 이런 거로 때우면 몸이 약해진다고 혼을 냈지만, 유하가 강하게 고집을 피워 결국엔 차 안에서 단둘이 간소한 식사를 하게 되었다. 밖에선 이슬비가 내렸다. 내리는 도중에 바람에 휩쓸려버리는 힘이 약한 비였다. 그래서 차 창엔 가늘고 긴 바늘모양으로 빗물이 묻었고, 두 사람은 그 너머에 있는 고요한 요양원의 모습을 보며 빵을 오물오물 씹었다. 유하가 생수를 집으려 들다 아버지 입가에 묻은 하얀 빵가루를 보고 실소를 터트렸다.

"왜?"

"묻었어요. 여기."

"아."

그는 조금 민망해하면서 입 주변을 손끝으로 마구 문질렀다.

"아버지랑 차 안에서 이렇게 먹는 것도 나쁘지 않네요. 운치도 있고."

유하가 상냥하게 웃으며 차창 너머를 구경했다. 아버지는 그런 딸의 모습을 말없이 바라보았다. 이 아이만 보면 유리 생각이 나서 그렇게 괴로웠다. 차라리 죽어버리는 게 낫겠다 싶을 만큼 하루하루가 지옥살이였다. 아내가 죽고, 자식도 죽고. 전생에 나는 큰 죄를 지어서. 그래서 이렇게 벌을 받는구나 생각했다. 그의 속이 보잘 것 없이 텅텅 비어 가고 있을 때, 유하가 어느 날 갑자기 사라졌다. 누군가 기억을 한 순간 지워주겠다고 한다면, 그는 그때 자신의 모습을 지우고 싶다고 생각했다. 유하가 사라졌다는 걸 알고서 잠깐은 안심했었던 옹졸한 악마 같던 모습을.

"맛있니?"

"네."

유하가 입안에 빵을 오물오물 씹으며 옅게 미소 지었다. 그녀의 아버지도 딸을 바라보며 인자하게 웃었다. 유하는 어른들의 눈주름을 보면 마음이 편안해졌다. 이 기분을 아버지에게 다시 느낄 수 있게 되어서 다행이라 생각했다.

두 사람은 촉촉한 흙길을 밟으며 새 하얀 요양원 건물로 걸어갔다. 어디선가 산뜻한 꽃내음이 나는데, 정문 쪽엔 파란 잔디들만 보일 뿐이었다. 향이 이토록 진한 걸 보면 어디에 붉은 장미가 피어있는 게 아닐까 유하는 추측했다. 예고 없이 습격하는 몬터레이의 모든 풍경이 유하를 콕콕 찌른다. 특히 하영의 꽃집은 도시의 생선 비린내를 잡아주는 여왕의 집이었다. 그래서 사람들은 낚시를 즐기고 집에 돌아가는 길에 한 번씩 꽃집에 들렀다. 한 송이만 들어도 허전하지 않은 장미나 해바라기를 사가면서 머쓱하게 웃곤 했었다. 그곳은 한겨울에도 따뜻한 곳이었다. 볼이 덜덜 떨리게 추운데도 바보같이 웃게 되는 그런 곳. 유하가 가슴으로 품은 소중한 고향이 이제 슬픔 속에 잠겼다. 평화로웠던 루이스 마을과 여왕의 집이 없는 몬터레이는 그녀 머릿속에서 상상이 되지 않았다.

— *진심을 담아 사랑으로 모시겠습니다.* —

정문에 유리문을 밀고 들어갔더니 얇은 LED전광판에서 사랑으로 모신다는 요양원의 단출한 멘트가 반갑게 인사하며 지나갔다. 멘트 뒤에는 이곳의 번호가 졸졸 따라 움직였다.

"아빠 늙으면 여기다 입원시켜라. 고생하지 말고."

유하가 걸음을 살짝 멈추곤 아버지를 향해 힘껏 노려봐주었다. 또 그런 말 하면 정말 혼낸다는 경고였는데, 그는 크게 겁을 먹지 않았다. 두 사람은 숨을 죽이며 왼 편에 있는 계단으로 한 층 올라갔다. 2층에선 자주색 유니폼으로 맞춰 입은 중년의 여성들이 각자 노인을 한명 씩 맡아 케어해주고 있었다. 볕이 들어오는 창가 쪽에 빼빼 마른 할아버지가 휠체어에 앉아 꾸벅꾸벅 졸고 있었고, 그분의 너저분한 흰머리를 보호사가 미용가위로 야무지게 다듬어 주고 있었다. 그녀의 손길은 굉장히 섬세했다.

"어떻게 오셨어요?"

바쁘 일을 하던 요양보호사들 중 한 명이 유하에게 다가와 말을 걸었다. 그녀는 뽀글뽀글 파마머리에 립스틱을 짙게 바른 아주머니였다. 시큼한 파마약냄새가 유하의 눈과 코를 따갑게 찔렀다.

"양연희 할머님 뵈러 왔는데요."

"세상에. 할머니한테 이렇게 예쁜 손녀도 있었나. 따라와요."

부녀는 요양원의 낯선 풍경을 구경하며 앞장선 보호사의 뒤를 조심조심 쫓아갔다. 길게 뻗어있는 복도 왼쪽으론 유리창이 있어서 바깥의 빨간 장미꽃들이 무수히 보였다. 너희들 여기에 피어있었구나. 유하는 강렬한 붉은 빛깔에 매료되어 잠시 바깥 풍경에 멍을 때렸다. 그녀의 아버지는 딸과 반대로 오른편에 있는 침실 방에 시선을 뺏겼다. 206호. 207호. 208호. 스쳐지나가는 침실의 문들은 모두 열려 있었다. 보호사들이 자주 드나들 수 있도록 일부러 열어 둔 것 같았다. 각각 침실엔 거동이 불편해서 침대에 막대기마냥 굳어 누워있는 노인들이 대부분이었다. 그렇지 않은 비교적 건강한 환자들은 거의 보행기를 잡고, 모두 복도에 나와 있었다. 아무리 나이가 많아도 생이 끝날 때까지 누워만 있는 건 그들도 당연 지긋지긋 할 것 같았다.

"여기예요."

연희 할머니의 방은 복도 가장 끝에 있는 215호였다. 보호사는 이들과 같이 들어가진 않았고, 손끝으로 할머니를 가리켜준 뒤 무심하게 퇴장했다.

"안녕하세요."

곤히 잠들어있는 할머니 옆에 한 남자가 커다란 짐 가방을 열심히 정리하고 있었다. 그는 뒤를 돌아 유하와 아버지를 멀뚱히 번갈아보았다. 유하는 그와 구면이여서 단번에 할머니의 조카라는 사실을 알아챘다.

"누구시죠?"

"안녕하세요. 한유하라고 합니다."

"히익!"

남자가 유하 앞으로 성큼 다가와 놀란 표정을 지었다. 그는 당시에 경황이 없어 누가 옆에 있었는지 조차 보지 못했다고. 얼굴을 몰라봤다고 사과했다. 유하의 아버지가 먼저 그에게 악수를 청했고, 남자는 자기 손을 황급히 옷에 슥슥 문지른 뒤 공손히 악수를 받아 주었다. 뒤이어 유하에게도 손을 내밀며 그는 자신을 짧게 소개했다.

"황두석입니다. 와주셔서 감사합니다."

그의 외모는 산적처럼 거칠었고, 누워있는 노인보다 더 늙어 보이는 초로였다. 두석이 입고 있는 황토색 항공점퍼엔 하얀 페인트가 튀어 있었다. 그것이 눈에 띄고 나니까 검은 조거바지와 오래된 작업화에 묻은 페인트 자국도 저절로 눈에 들어왔다.

"정말 오실 줄은 몰랐습니다."

"아. 네. 더 일찍 알았더라면 좋았을 텐데."

셋은 노인을 가운데 두고 보조 의자에 앉았다. 맞은편에 앉아있는 두석이 노인의 손을 쓰다듬으면서 부드럽게 웃었다. 잠에 든 그녀의 얼굴은 아직 사춘기를 겪고 있는 소녀처럼 새초롬했다. 가만히 얼굴을 들여다보니 그날의 상황이 또렷하게 그려졌다. 소녀의 손을 잡고 금방이라도 울 것 같았던 노인의 슬픈 눈이 진하게 앞을 서렸다.

"아까 식사하시고 잠드셨어요. 뭐, 요즘은 하루 종일 주무시지만."

358

"그렇군요."

"유하야 나는 잠깐."

옆에서 불편하게 앉아있던 그녀의 아버지는 바람을 쐬고 오겠다고 자리를 피했다. 딸이 그의 옷깃을 잡아당겼지만, 아버지의 복잡한 표정을 눈치 채고 그냥 놓아주었다.

"상상했던 것보다 훨씬 밝고 예쁘시네요. 사실 이모가 유하양이 조금은 불안해보였다고 말씀하셨거든요. 어린 소녀가 얼굴에 그림자가 그득하다고. 치매 증상이 심해지면서 유하양 얘기를 정말 많이 했어요."

두석이 조곤조곤 말했다.

"그러셨구나. 할머니가 아주 정확히 보셨네요."

서로가 서로를 애잔해했다는 걸 알게 된 순간이었다. 어린 유하는 눈에 슬픔을 가득 담은 할머니가 가여웠고, 노인은 생기 없는 작고 마른 소녀가 가여웠겠지.

"참. 이모한테 무슨 씨앗 같은 거 받으셨어요?"

"네. 여기에."

유하는 오른쪽 점퍼주머니에서 반지상자를 꺼내 그에게 보여주었다.

"와, 진짜였네요."

두석은 미심쩍은 표정으로 씨앗을 관찰했다.

"그걸 처음 보시는 거예요?"

"예. 사실 어릴 때부터 얘기만 대충 들었지. 씨앗은 처음 봅니다. 이거 이름이 뭐드라."

"케아요."

"어! 맞습니다. 어떻게 아셨나요?"

"그때 할머니께서 저한테 이름을 얘기해주셨어요."

문득, 창 너머로 케아 나무를 지그시 바라보던 노인의 뒷모습이 떠올랐다. 굳이 보지 않아도 보였던 서글픈 표정. 그때 그 모습이 마지막이 될 줄은 몰랐다. 유하는 울컥 올라오는 마음을 힘들게 참았다.

"우리 이모는 고향이 멕시코예요. 씨앗은 그 나라에서부터 꾸준히 전해오는 가문의 부적이라고 하셨어요. 거기엔 신비한 힘이 있다고 줄곧 말하셨는데, 저희 가족은 사실 그 말을 진짜라고 믿진 않았었어요."

두석이 이 내용은 흘겨들으라는 듯 빠르게 말했다. 유하는 그가 할머니의 말을 믿고 있지 않다는 사실이 씁쓸했다.

"이모가 깨어나면 알게 되시겠지만, 상태가 안 좋습니다. 작년부터 저를 못 알아보기 시작했어요. 그게 참, 얼마나 속상한지 몰라요."

두석이 말끝을 흐렸다. 그는 울지 않으려고 눈을 연신 깜박이다가 조그마한 냉장고 안에서 캔으로 된 매실음료를 유하에게 건네주었다. 둘은 잠시 새근새근 꿈을 꾸는 할머니를 바라보며 각자만의 생각에 잠겼다. 조카를 못 알아 볼 정도면 그녀의 머릿속엔 몇 가지의 기억이 남아 있는 걸까. 많아야 한 가지 일까. 아니면 그마저도 지워져 버렸을까. 은색 캔 뚜껑이 딸깍 하고 시원한 소리를 내며 열렸다. 유하는 목이 말라서 음료수를 벌컥벌컥 절반 이상 들이켰고, 텁텁한 혓바닥에 감도는 달짝지근한 맛을 음미했다.

"유하양에게 많이 고마워하셨어요. 비를 맞아가면서 처음 보는 사람을 업고 병원까지 데려오는 게 아무나 할 수 있는 일이 아니잖아요. 이모는 그런 사람들이 씨앗의 주인이 되어야 한다고 아주 질리도록 말하셨어요."

두석이 흐뭇한 얼굴로 유하를 칭찬했다.

"그렇게 생각해주셔서 제가 더 감사하죠."

유하는 사실 그 때의 자신이 믿음직스럽지 않았다. 정말 순수하게 노인만을 위한 선의였는지 아니면 유리의 대한 죄책감을 벗어보려는 발버둥이었는지. 아직까지도 의심이 들었다. 어느 쪽이었건 유하는 두석과 노인에게 솔직히 털어놓을 생각은 없었다. 내마음 편하자고 이 사람들에게 상처를 줄 순 없는 일이었다. 노인과는 고마움과 연민이 엮인 관계만으로도 충분했다.

"짐은 왜 싸고 계셨어요?"

유하가 두석 옆에 보이는 짐 가방을 가리키며 물었다. 어두운 팥색깔의 보스턴백이 입을 벌린 채 구겨져 있었다.

"그냥 준비를 해두는 겁니다. 이모가 당장 내일 떠난다 생각하면서 두서없이 매일 가방정리를 해요. 이것저것 채워 넣었다가 다시 빼기도 하면서요. 내 마음도 정리할 겸."

그가 애써 웃는 게 느껴졌다.

"이모는 평생 복 없이 사셨던 분이에요. 그렇게 살았으면 악하기라도 할 것이지. 자꾸 사람한테 정을 품어요."

두석은 가방 안에 있는 낡은 액자 하나를 꺼내서 노인의 배위에

올려뒀다. 모서리가 갈라져 있는 오래 된 나무액자였고, 그 속에
는 몇 십 년은 된 흑백사진이 끼어 있었다. 사진 속엔 표정이 무
뚝뚝한 두 어른과 한 명의 꼬마 남자애가 있었다. 유하는 액자를
들고 세 사람의 얼굴을 뚫어지게 들여다보았다.

"유하양. 왜, 왜 그래요?"

갑자기 액자에 얼굴을 파묻고 우는 유하 때문에 두석이 어쩔 줄
몰라 했다. 그가 서랍장 위에 있는 티슈를 서너 장 뽑아 유하에게
내밀었지만, 그녀는 숨을 죽이며 울기만 했다. 유하의 눈물이 사
진위에 뚝뚝 떨어지자 마치 사진 속 그들이 울고 있는 것처럼 보
였다. 그녀는 두석이 뽑은 티슈 한 장으로 그들의 눈물을 정성껏
닦아주었다.

"왔니."

노인이 잠에서 깨어 가냘픈 소리를 냈다.

"얘야. 얼굴 좀 보자. 다친 데는."

"할머니. 일어나셨네요."

유하는 노인의 곁에 가까이 다가가 주름진 이마에 키스해 주었
다. 울지 않으려 용을 쓰는데도 자꾸 얼굴이 촉촉하게 젖어갔다.

"할머니."

유하가 사진 속에 있는 부부를 손으로 쓸면서 노인의 건조한 손
을 잡았다. 아직도 그녀의 손은 몹시 따뜻했다.

"할아버지가 할머니를 오래 기다리셨어요. 아주 오래요."

사진 속 젊은 연희의 손을 잡고 긴장한 채 서 있는 남자는 윤장
호였다. 아니. 루이스 베네민이었다. 그는 앞이 뾰족한 돛단배 같

은 모자를 쓰고 반팔로 된 군복을 입고 있었다. 날이 쨍쨍한 여름 날이었는지 세 사람은 황토색 모랫길 위에서 미간을 찡그리고 있었고, 사진 속 아이는 그들의 아이라고 두석이 알려주었다. 이름은 케니스.

"근데 유하양 이모부를 아세요? 사진 속 군인 말이에요."

두석의 목소리가 다소 흥분한 채로 튀어나왔다.

"네. 그냥 우연히요."

그는 입을 다물지 못하고 놀라했다.

"아니 지금, 지금 어디 계세요?"

"얼마 전에 돌아가셨어요."

"아이고. 아이고."

두석이 가슴팍을 주먹으로 여러 번 치며 한숨을 쉬었다. 그는 이모가 하루도 빠짐없이 창밖을 내다보며 눈물을 흘렸다고 했다. 젊은 날에 시부모에게 모질게 쫓겨났는데도 바보 같은 그녀는 줄곧 그들 모두를 그리워했다고 했다.

"할머니가 왜 쫓겨나신 건데요?"

속상한 마음에 유하의 언성이 뾰족하게 나갔다.

"하아, 이게 제가 듣기로는. 어린 아들이 이모 따라서 시장을 갔는데, 거기서 차에 치여 죽었다나 봐요. 당시엔 시장터가 또 얼마나 험난했겠어. 게다가 이모는 둘째 만삭일 때였다는데. 이모 심정이 어땠을지 생각하면 나도 억장이 무너져요."

가족이 눈앞에서 숨이 멎어가는 걸 본 순간. 그 시간 이후로 세상에 모든 불은 꺼진다. 무력감, 죄책감, 상실감. 그 심정을 표현

363

할 수 있는 단어는 어디에도 존재하지 않았다. 이후엔 어둠이 나를 전부 집어삼킬 때까지 기다려야 했다. 그 비참한 슬픔을 유하는 느껴보았기에 노인의 깊은 상처가 고스란히 옮겨왔다.

"못된 시부모라는 놈들은 이모한테 살인자라고 썩 꺼지라고 윽박을 줬대요. 둘째가 딸이었는데, 갓난아기까지 뺏어 가고는! 그놈들이 우리 이모 맨몸으로 쫓아냈어요. 세상에서 제일 못된 사람들이야 그 양반들."

두석이 분노를 쏟아내는 동안 노인은 허공에 대고 자꾸 죄송하다 사과했다. 왜 그러시냐고 유하가 가녀린 어깨를 흔들었지만 노인은 개의치 않고 힘 풀린 눈으로 자꾸 용서를 빌었다.

"부모가 쓰레기면 자식들만 고생하지. 루이스라는 양반은 그동안 어째 살았대요. 쯧쯧. 얼마나 고생했을지 눈에 아주 훤하네."

두석은 답답함에 혀를 끌끌 차며 괜히 자리에서 한 번 일어나 바지를 치켜 올렸다.

"케니스 왔니."

노인이 고개를 좌우로 움직였다. 케아의 알싸한 향기를 맡은 것 같았다. 유하는 곧바로 노인의 손에 씨앗을 얼른 쥐어주었고, 왼쪽 주머니에 넣어왔던 진의 열매도 그녀가 볼 수 있게 꺼냈다.

"내 아들아."

노인이 베개에 눈물을 적시기 시작했다. 그녀가 뚫어져라 보는 건 씨앗이 아닌 진의 열매였다. 유하 손에 들려있는 붉은 열매를 보자마자 노인은 아들 이름을 부르며 서럽게 울었다.

"혹시 이 열매는 뭔지 아세요? 열매에 대해서 들은 이야기는 없으세요?"

유하가 두석에게 급히 물었다.

"어, 글세요."

"이 열매가 씨앗이랑 연관이 있는 건 아닐까요? 할머니가 왜 이렇게 우시는 거죠?"

왠지 모르게 가슴이 타들어갔다. 유하는 노인이 분명 열매를 알아본 것이라고 확신했다.

"가끔 아무거나 냄새를 맡고 그러세요. 별거 아닐 거예요."

"이건 다를 거예요. 왜 이걸 보고 아들이라고."

유하가 볼에 흐르는 눈물을 닦으며 가슴 아파했다. 두석은 혼란스러웠다. 유하의 모습이 이상해 보이는데도 그냥 넘길 수는 없는 상황 같았다.

"그 동그란 것이 열매라고요?"

그의 질문에 유하가 고개를 크게 끄덕였다.

"혹시 그건가. 열매에 영혼이 들어간다고 어쩌고 적혀 있었는데."

"영혼이요?"

"네. 이모 다이어리에서 얼핏 본거라."

두석은 고개를 기울이며 머리를 긁적거렸다.

"영혼? 영혼이 들어가요? 열매에?"

"아이고. 확실치 않아요. 이모가 무슨 동화를 써 놓은 건가 싶어서 찔끔 들여다본 게 다여서."

하영이 말해주길. 진의 집이 불타오르던 시간과 케아나무가 불타

365

오르던 시간은 일치했다고 했다. 설마 케니스의 영혼이 열매에 스며던 걸까? 두석은 심각해진 유하에게 손 사레 치며 못 들은 거로 하라했다. 노인이 치매 탓에 전래동화 같은 걸 써놓은 것 같다고. 말이 안 되는 얘기라고 했다. 하지만 노인은 하염없이 열매를 만지며 울었다. 그녀의 서글픈 울음 속에서 묵직한 한이 느껴졌다. 그 안에 아들이 정말 있기라도 한 것처럼 그녀는 가엾은 이름을 불러가며 울기만 했다. 치매라는 병도 그 기억들을 앗아갈 순 없었나보다. 아픈 건 조금이라도 지워주지. 너무 비통한 일이었다.

"실례지만 읽으셨다던 다이어리 좀 볼 수 있을까요?"

"아. 그래요. 잠시 만요."

정말일까. 진은 그동안 영혼이 담긴 열매를 계속 지니고 있었던 걸까. 유하는 눈을 감고 아랫입술을 잘근잘근 씹었다. 어떻게든 말이 되게끔 머리를 싸매며 생각했다.

"유하씨. 이모는 치매환자예요. 이런 얘길 그렇게 심각하게 받아들일 필요가 있을까요."

두석은 짐 가방을 속속히 뒤져보면서 조금 못마땅한 투로 말했다. 그의 말에 기운이 조금 빠졌다. 그가 믿지 않아서라기보다는 그동안 할머니가 느꼈을 외로움이 전해져서였다.

"여기 있네."

두석은 파란색의 스프링 달린 두꺼운 공책을 스윽 훑어보더니 유하에게 내밀었다. 그러곤 담배를 태우고 오겠다며 유하에게 양해를 구하고 나갔다. 문밖을 나가는 초로의 뒷모습은 원기가 없고, 겨울나무처럼 가련해보였다.

공책의 첫 장에는 노인이 하루에 꼭 실천해야 할 수칙들이 몇 개 적혀있었다. 하루에 산책 세 번가기, 고등어 먹기, 동화책 옮겨쓰기, 약 먹기, 텔레비전 한 시간만 보기. 상상했던 것보다 노인의 글씨체는 여중생이 쓴 것 마냥 동글동글 귀여운 느낌이었다. 어르신이라 맞춤법도 틀리고 삐뚤빼뚤할 줄 알았는데, 큰 착각이고 편견이었다. 유하는 울다 지친 노인을 한 번 확인하고 다음 장을 계속 넘겼다. 앞에 서른 장 정도는 어린이가 읽을 만한 동화책 내용들이 빼곡하게 적혀있었고, 가끔 토끼인지 강아지인지 구별이 안 가는 동물 그림도 그려져 있었다. 노인이 책속에 나온 캐릭터를 따라 그려본 모양이었다. 공책의 절반이 넘어가면서 더 이상 아기자기한 스토리는 쓰여 있지 않았다. 날이 갈수록 앞서 적어놓은 수칙들을 지켜내기 힘들었던 건지, 도통 이어지지 않는 문장들이 한 줄씩 메모가 되어있었다. 머릿속에서 제발 사라지지 않았으면 하는 것들을 닥치는 대로 적어놓은 흔적이었다. 마음이 울컥거렸다. 정갈했던 글씨가 급하게 쓴 것처럼 휘갈겨있었다. 어떻게든 까먹지 않으려는 노인의 절실함이 느껴졌다. 그리고 드디어 베일에 싸여있던 케아의 스토리가 나왔다. 유하는 고인 눈물을 닦아내고 한 줄씩 집중해서 읽기 시작했다.

케아는 뿌리가 깊다. 뿌리에 생명을 담는다.
생명엔 한이 있고 그 한은 뿌리가 품는다.
주인이 죽으면 주인의 영혼 또한 뿌리가 품는다.
그 뿌리는 보답으로 열매를 낸다.

미지의 힘은 더욱 강해진다.

케아는 감정이 담겨있다. 생명력이 약한 영혼을 이끈다.

그 힘은 나무의 사형식 날이었던 보름달이 뜨는 날 강해진다.

열매를 품는 자가 생기면 주인의 영혼이 그들에게 스민다.

주인의 영혼은 뿌리에게 붙으려 할 것이고

스며든 시간이 길어질수록 더욱 하나가 된다.

뿌리와 연결 된 자는 케아의 힘을 얻게 되거나 느끼게 된다.

케아는 죽지 않는다. 뿌리가 뽑혀도 다시 새 생명으로 태어난다.

그것은 씨앗이 되어 뱉어 진다.

탄생을 시키지 않으면 케아의 미지한 힘이 강해질 수 있도록

다른 주인에게 넘긴다. 명심할 것.

귀중한 건 누군가가 탐하기 마련. 보물처럼 다룰 것. 명심할 것.

케아를 그 아이에게 준 건 잘한 짓일까.

아니다. 믿어야 한다. 잘한 짓이야.

어머니 말씀은 다 사실이야.

아이는 어떤 힘을 얻었을까. 못 가졌을까.

힘을 느껴보고 싶다. 그 아이 이름이 생각이 나지 않는다.

내 이름은 릴리.

릴리. 케아.

보고 싶다. 나의 아들. 나의 딸. 나의 남편.

남편. 로이스.

케니스의 아빠.

심장이 쿵쾅 거렸다. 유하는 공책을 덮고 노인이 누워있는 침대에 얼굴을 묻었다. 진은 주인의 영혼이 담긴 열매를 오랜 시간 곁에 두었기에 유하보다 더욱 강한 힘을 지니게 된 것이다. 그럼 나는 소지하고 있지 않아서 힘이 약했던 걸까. 그래서 보름달이 뜨던 날만 마을에 갈 수 있었던 거 아닐까. 유하는 머리가 지끈거렸다. 케아의 힘이 고맙기도 하면서 한 편으론 너무 미지 속이라 무섭기도 했다. 다이어리에 쓰여 있는 대로 이 씨앗을 내가 심는다면 난 나무의 주인이 되는 걸까. 그나저나 열매는 어떻게 진이 언니에게 가게 된 거지.

"조금 더 일찍 왔더라면. 그랬더라면."

끝내 뱉어내 버린 건 후회뿐이었다. 유하는 공책을 다시 열어 뒷장을 확인했지만, 같은 내용만 여러 번 적혀 있었다.

"다 읽어 보셨어요?"

두석이 들어와 고리타분한 담배냄새를 풍기며 유하 맞은편에 앉았다.

"별거 없었죠?"

"아, 네."

"그럴 줄 알았어요."

두석은 지친 표정으로 한숨을 내쉬었다.

"보여주셔서 감사합니다."

"아휴, 아닙니다. 별 거 아닌 걸."

그는 유하를 보며 미소 짓다가 이내 노인에게 시선을 돌렸다. 낯빛이 쓸쓸하게 변했다.

두석은 침대 맡에 있는 구겨진 수건으로 노인의 얼굴을 정성껏 닦았다. 중간에 물을 약간 묻혀서 노인의 손, 발, 축축한 등판 까지 꼼꼼히 닦아주었다.

"사람은 태초에 다 연결 되어 있는 인연이 있대요. 이모랑 유하 양도 그 수많은 인연 중 하나였던 게 아닐까 싶습니다."

"정말 고마운 인연이네요."

노인은 편안한 얼굴이 되어 숨소리를 아기처럼 새근새근 내쉬었다. 그녀의 꿈이 머릿속에 그려졌다. 아마 평생 그리워했던 가족들과 함께 시간을 보내고 있겠지. 꼬맹이였던 아들은 무럭무럭 커서 멋진 구두에 세련된 정장을 입고 다닐 테고, 이름도 못 지어줬던 막내딸은 어엿한 아가씨가 돼서 사랑하는 이가 생겼다며 엄마와 함께 가슴 설레 하겠지. 유하는 노인의 거칠지만 따뜻한 손등을 어루만졌다.

벌써 해는 자취를 숨기고 별이 뜨는 밤이 되었다. 유하의 아버지는 어디서 도시락을 사와서는 두석에게 먹으라며 주었다. 이제 작별의 시간이 왔다. 유하는 노인을 깨우지 않고, 잠시 그 옆에 서서 한참을 바라보았다. 노인의 가슴이 오르락내리락 편하게 숨을 쉬며 자고 있었다. 그녀가 평온한 꿈을 오래 꾸었으면 해서 그녀를 흔들려는 두석에게 그냥 두라고 말했다.

"할머니."

유하가 상체를 숙여 입을 열었다.

"케아의 힘은 참 아이러니하네요. 할머니께서 만약 아픔에 지쳐 삶을 포기하려 하셨다면 저 대신 마을에 가서 할아버지를 만나셨을 텐데. 할머니는 그런 선택을 한 번도 하지 않으셨던 거예요. 맞죠."

알 수 없는 유하의 인사에 두석과 아버지는 서로 난감한 눈빛을 교환했다.

"감사했습니다. 보잘 것 없는 저에게 귀중한 걸 넘겨주셔서 정말 감사했습니다. 많은 것을 배웠어요. 웃는 방법을 배웠고, 아픔을 물을 수 있는 힘도 얻었습니다. 평생 이 값진 은혜 잊지 않고 열심히 살게요."

유하는 상체를 깊숙이 숙여 자고 있는 노인에게 인사했다.

28. 이사

　서울의 공기는 양현리와 다르게 느껴졌다. 퀴퀴하면서도 코가 매운 느낌이랄까. 대도시의 엄청난 매연량은 역시 무시할 수 없나보다. 유하는 고속터미널에 도착해 묵직한 남색 캐리어와 같이 버스에서 내렸다. 그리고 터미널 맞은편 시내로 건너와 또 다른 버스 정류장으로 빠르게 걸어갔다. 주말이라 번화가엔 사람들이 서로 어깨를 부딪치며 걸었고, 가게마다 틀어놓은 음악소리 때문에 귓속이 소란스러웠다. 유하는 운이 좋게도 정류장에 도착하자마자 76번이라 쓰여 있는 마을버스가 와서 냉큼 앞으로 달려갔다. 그녀가 무거운 캐리어를 낑낑 드느라 탑승하는데 시간이 지체되자 고맙게도 뒤에 있던 여학생이 아무 말 없이 짐을 들어 도와주었다.

　"고맙습니다."

　"네."

　전혀 일면식도 없는 사람들의 선의는 생각 이상으로 따듯하게 다가왔다. 유하는 잠시 머릿속을 지나가는 연희 할머니의 모습을 미뤄두고, 창가에 자리 잡아 털썩 앉았다.

　어디쯤이에요?

　하영에게서 문자가 왔다. 십 분에 한 번씩 문자하는 걸 보면 유하가 오는 게 몹시 들뜨는 모양이었다.

76번 버스 탔어요. 곧 봬요.

하영은 서울에서 가장 사람이 많다는 공학동 골목에서 커다란 화원 하나를 오픈한다고 했다. 유하가 땅값이 어마어마하지 않냐고 놀래니까 자신의 재산을 무턱대고 공개하면서 알부자임을 과시했다. 그녀는 유하에게 가게 위층에서 함께 살자고 제안했다. 신축 빌라라 인테리어도 깔끔하고, 월세는 절반만 자기한테 주면 모든 생활비를 본인이 부담하겠다면서 매일매일 유하를 유혹했다.

"엇."

창밖으로 정식당이 빠르게 지나갔다. 마음이 뭉클해지는 걸 보면 오래 일하던 곳이라고 꽤 정이 들었었나보다. 가끔 성진과 진철이 꿈에 나오곤 했다. 정작 놀러 와줬으면 하는 사람들은 안 나오고, 보고 싶지 않은 사람들만 배톤 터치하듯이 등장했다. 이젠 불안하거나 무섭거나 하지 않았다. 화만 조금 날 뿐. 그들이 지금의 유하를 방해할 정도는 못 됐다. 문득, 집에 찾아왔었던 여순경이 생각났다. 지금 와서 돌이켜보면 자기 일처럼 성을 내주던 그녀가 고맙기도 하고, 신기하기도 했다. 그때의 유하는 정말 의심 없이 나약했던 시절이었다. 그 나약함이 얼마나 이기적인 것인지 그땐 알 수 없었다.

선배. 저 서울 왔어요.

유하는 호진에게도 문자를 보냈다. 돌이키고 싶은 순간들이 늘어날 때마다 그녀는 호진에게 문자를 넣거나, 전화를 걸었다. 그의 위로는 매번 똑같았다. 유하야. 그때에도, 그리고 지금도 모든 순

373

간이 최선이었던 거야.

"밥은 먹었어요?"

"아뇨. 아직요."

"배고프겠다. 오는 길 힘들었죠?"

"전혀요. 꽤 재미있었어요."

하영은 유하의 짐정리를 도와주면서 싱글벙글 웃었다. 예전에 발랄했던 그녀의 모습이 보여서 유하도 덩달아 즐거워졌다. 그녀가 마련한 집은 듣던 대로 아주 깔끔했다. 습한 시멘트 냄새가 나기는 했지만, 크게 신경 쓰일 정돈 아니었다.

"집이 생각했던 것 보다 훨씬 넓어요."

"그쵸. 난 이 집 완전 마음에 들어요."

앞으로 그녀들이 함께 생활할 집은 세 평짜리 거실을 사이에 두고 양 옆에 방 두 개가 있는 투 룸이었다. 부엌이 비교적 좁긴 했는데, 직접 요리 할 일은 절대 없다면서 맨날 맛있는 거 시켜먹자고 하영이 뜬금없이 춤을 추었다. 유하도 음식에 맛을 내는 건 소질이 없어서 굳이 신경 쓰지 않고, 그녀의 말에 고개를 끄덕였다.

"아저씨는 어때요? 섭섭해 하시죠?"

"음."

유하는 오늘 아침 아버지가 했던 마지막 말을 되새겼다.

"요즘 눈물이 많아지셔서 조금 우셨어요. 그리고 딱 한 마디만 하셨어요. 항상 네가 행복한 길을 걸으라고."

"좋은 말씀 해주셨네요."

"네. 신기하게도 그 말을 듣고 나서 조금 행복해진 거 있죠."

"다행이네요, 유하씨."

두 사람은 물건들을 하나하나 닦아내며 느긋하게 정리했다. 아이 같이 옆에서 재잘재잘 떠들어주는 하영 덕분에 짐정리가 전혀 힘들게 느껴지지 않았다.

"가게 오픈은 다음 주라 하셨죠?"

유하가 마지막으로 보름달을 꺼내며 물었다. 이 예쁜 무드 등을 어디에 설치하면 좋을지 구도를 잡고 있는데, 뒤에 있는 하영이 조용했다.

"사장님."

그녀가 울고 있었다. 유하는 벌떡 일어나서 그녀를 안고, 놀란 가슴을 조용히 추슬렀다.

"윤시후. 나쁜 새끼."

하영이 하염없이 눈물을 흘리며 나지막이 그리움을 뱉었다. 그녀는 얼굴을 들어 보름달을 노려보다가 다시 서럽게 울었다.

"유하씨는 화 안나요? 난 막 짜증나고 답답하고 미치겠는데."

진과 노인이 세상을 떠난 지 82일째가 되었다. 그들이 떠나고, 우뚝 남겨진 우리가 더욱 힘든 건 아마 시후마저 없어서이지 않을까. 그는 어디로 갔는지, 살아있긴 한 건지, 이들에게 연락 한 통 주지 않았다. 전화를 걸면 신호음도 가지 않고 끊어져 버렸다. 그래도 유하는 그에게 원망스러운 마음이 조금도 들지 않았다. 아마 하영도 원망이 아니라 걱정일 것이다. 혼자서 그 무거운 슬픔을 어떻게 견디고 있을지 상상도 가지 않았다.

"다들 보고 싶어 죽을 것 같아 유하씨. 나 어떻게 해."

병원에서 유하에게 정신 차리라고 강하게 말했던 하영은 시간이 갈수록 무너져갔다. 그것이 유하가 그녀와 함께 살기로 결정한 이유였다.

"저도. 저도 그래요."

둘은 함께 부둥켜안은 채 슬픔을 나눴다. 그리고 시후에겐 미안하지만 보름달은 잠시 보이지 않는 곳에 꽁꽁 숨겨놓았다.

하영은 당분간만 거실에서 같이 자자고 졸랐다. 가게 일 시작하기 전까지만 밤에 자기를 혼자 두지 말아달라고 부탁했다. 자정이 넘어서 그녀들은 거실에 넓게 이부자리를 폈다. 하늘색 바탕에 파란 도트무늬가 있는 극세사 이불을 두 겹이나 깔았다. 보들보들한 감촉이 좋아서 양현리 집보다 잠자리가 편안하게 느껴졌다. 유하는 창밖을 보며 누웠고, 하영은 싱크대를 보며 누웠다. 조용한 그녀가 한 숨을 내쉬면 서로의 등이 닿았다가 떨어졌다. 그녀의 등이 느껴질 때마다 유하는 가슴이 쓰렸다. 지금의 힘든 나날이 얼른 지나가서 추억이 되었음 했다. 두 사람은 잠이 들기 전까지 한 숨을 주고받았다. 이번에 내가 내쉬었으니 그 다음은 네 차례야. 하듯이.

"아참. 장례식은 잘 다녀왔어요?"

하영이 물었다. 목소리가 맹맹했다.

"네. 잘 보내드렸어요."

지난주에 연희 할머니가 돌아가셨다. 유하는 아버지와 함께 조문을 갔고, 그녀의 몇 안 되는 가족들의 등을 토닥여주고 왔다. 시후 대신에, 그리고 루이스 대신에 유하는 발인 날까지 그들과 함께했다. 두석은 감사의 의미로 유하가 읽었던 노인의 다이어리를 건네주었다. 유하는 집에 와서야 다이어리 속에 붙어있는 두석의 짧은 메모를 발견할 수 있었다.

유하양 덕분에 우리 이모가 아주 편안하게 떠났습니다. 항상 행복하세요.

마음에 오래도록 남을 몹시 따뜻한 문장이었다. 행복하세요. 행복하세요.

"유하씨."

"네."

"유하씨는 뭐가 제일 그리워요?"

하영의 맹맹한 목소리가 다시 들려왔다. 바로 뒤에 있는데도 그녀가 먼발치에서 말하는 것 같았다.

"음. 저는 향기요."

"향기?"

"네. 마을의 맑은 향기요. 아침에 공기만 들이마셔도 가슴이 트이고 설레었어요."

"알 것도 같네요."

"그리고 꽃집에서는 우아한 장미향이 참 좋았어요."

"그건 나도 좋아해요."

"꽃향기에는 기억이 있다는 가게이름 말이에요. 정말 잘 지으신 것 같아요."

잠시 대화가 멈췄다. 유하는 설마 또 그녀가 울고 있을까봐 뒤돌아보았는데, 다행히 그건 아니었다. 그녀는 그저 두 눈을 표정 없이 끔벅이고 있었다.

"그 가게. 한국에도 있어요."

"엇? 정말요?"

"내가 이름 베낀 거예요. 똑같이."

유하는 그게 무슨 말인가 해서 가만히 반응하지 않았다.

"스무 살 때, 사랑하는 사람이 있었어요. 꽃집을 운영하던 사람이었는데 바로 그 가게예요. 이번에 한국 오자마자 그 사람보고 왔어요."

"그러셨구나."

"많이 사랑했던 사람이라 그만큼 미안함이 컸던 것 같아요. 하. 거길 갔다 오고 나니까 숨이 더 편하게 쉬어지는 거 있죠."

유하는 사랑의 힘은 참 위대하다고 했던 하영의 말을 떠올렸다. 정말로 그럴까 하는 의구심을 갖게 한 말이었는데. 지금은 눈물이 나도록 이해가 되었다. 우리는 사랑해서 행복하고, 사랑해서 슬퍼한다. 그 어떤 것도 이 감정보다 앞설 수 있는 건 없었다.

"그럼 사장님은 뭐가 제일 그리우세요?"

"나요? 흠."

그녀의 깊은 숨이 고요한 방을 울렸다.

"나는 거기서 마셨던 레몬차요. 여기선 그 맛이 안 나요."

말끝에 그녀가 입 꼬리를 씨익 올렸다. 보고 있지 않아도 모습이 다 그려졌다. 유하는 새콤한 레몬 향을 추억하며 하영에게 저도 그래요. 라고 씁쓸히 동의했다.

378

유하의 눈꺼풀이 무거워질 때쯤 하영의 나긋한 코골이가 들려왔다. 몇 시간뿐이지만, 그녀의 무거운 근심이 멈췄다고 생각이 드니까 마음에 평화가 스몄다. 유하는 이 집에서 가장 마음에 드는 게 거실의 벽채만한 창문이었다. 이렇게 누워있으면 밤하늘이 훤히 잘 보였고, 끝없이 광활한 밤하늘을 보다보면 금방 노곤해졌다. 별이 간간히 떠 있는 게 보였다. 가까이 다가가고 싶었다. 자유롭게 하늘을 **훨훨** 날아서 저 넓은 하늘을 헤집고 싶었다. 하지만 이제 날 수 없다. 마법이 끝났다. 우리들의 영화가 막을 내렸다.

잠이 스르르 오기 시작했다. 이제 몇 시간은 편안할 수 있다는 게 조금은 행복했다. 오늘은 꼭 내가 원하는 꿈을 꿔야지. 다시 새롭게 시작된 삶이 계획과 많이 달랐지만, 유하는 하영과 함께여서 마음이 놓였다. 그들을 같은 마음으로 사랑했기에 그들을 하영과 같이 영원히 가슴에 새기리라.

부엉 부엉.

어디선가 부엉이 한 마리가 무심히 울었다.

29. 나를 잊지 말아요

공학동 근처엔 공학여자고등학교와 읍성여자고등학교가 있었다. 그래서 평일에 오는 대부분의 손님들이 교복 입은 여학생들이었고, 이상하게 아이들은 하영을 보고 수줍어했다. 보이시하게 변한 그녀의 시크한 매력에 끌린 건지 그녀에게 무턱대고 말을 붙이는 친구들이 많았다. 하영은 그런 뜨거운 관심을 받을 때마다 보란 듯이 호탕하게 웃었다. 요 녀석들. 하면서 우스운 허세도 부렸다. 그러다 손님이 없는 고요한 대낮엔 가끔 밖을 바라보며 눈물을 훔치기도 했다. 그녀가 숨죽여 울 때면 유하도 몰래 화장실 가서 울었다. 두 사람은 하루하루 행복했지만, 가끔은 행복하지 않았다.

"젠장. 여름이었으면 파리만 날렸겠네."

하영이 의자에 앉아 지루하게 하품했다. 몬터레이에 있을 때와 달리 이곳에선 너무 한가한 게 문제였다. 늦은 오후에 몇 명씩 오는 것 빼곤 꽃집을 찾는 사람들이 극히 드물었다. 유하는 달력을 넘겨보면서 얼른 5월이 되길 기다렸다. 스승의 날이나 어버이날엔 손님이 많이 붐빌 테니까.

가게 이름은 케리가든(Kerry-Garden)이라 지었다. 그녀의 영어 이름인 케리(Kerry)와 정원이란 뜻인 가든(Garden)을 이어 붙인

380

것이었다. 나름 하영이 며칠 머리를 싸매서 만든 이름이었다. 상호가 다소 무미건조하긴 하지만 빛이 들어오는 하얀 간판에 민트색 페인트로 필기체를 적어 놓으니 꽤 트렌디한 느낌이 났다. 만약 시후가 이 가게를 본다면 어떤 반응을 보일지도 궁금했다. 배꼽을 잡으며 케리가든이 뭐냐고 하영을 놀릴 것 같기도 했다.

"나 유하씨가 눈에 안 보이면 불안해요."

하영의 말이 조그맣게 건너왔다.

"그 일 터지자마자 유하씨한테 달려온 거. 어쩌면 내가 너무 겁나서 온 거일지도 몰라요. 생각할수록 올리버가 대단한 것 같아요. 어떻게 이 아픔을 혼자 견뎌낼 생각을 하지."

심장이 따끔거렸다. 유하는 이 모든 일이 사실 나를 놀리기 위한 장난이길 바라기도 했다. 그녀는 진과 노인의 마지막 가는 길을 함께 하지 못했고, 시후와 데면데면한 작별인사도 하지 못했다. 눈을 감았다 떴을 뿐인데 동화책의 끝 페이지가 펼쳐져 있었다. 억울했다. 아직도 유하는 그들을 떠나보낼 수 없을 것만 같았다. 뭐라도 그들의 흔적을 가까이 두어 간직하고 싶었다. 슬픔이 걷히고 행복한 추억만 머릿속에 남겨질 때까지 매순간 그들을 기억하고 싶었다. 이 갈망은 하영도 똑같이 품고 있을 것이라고 생각했다.

"사장님. 제가 가지고 있는 씨앗 말이에요."

"네."

하영이 뭉그적거리며 일어나서 문 앞에 서 있는 유하에게로 다가왔다.

381

"여기서 키워보는 건 어떨까요?"

하영이 히익 놀라다가 목에 사레가 걸려 콜록 콜록 거렸다. 그녀는 멈추지 않는 기침을 하면서도 조금씩 웃었다. 유하가 미지근한 물을 하영에게 가져와 내밀었고, 홀짝홀짝 마시고 나니 그녀의 호흡이 조금 진정이 되었다.

"쿨럭. 좋아요."

하영이 씨익 웃었다.

"정말요?"

"네. 나는 왜 그 생각을 못 했지?"

그녀들은 근래에 가장 행복한 웃음을 지었다. 때마침 따스한 햇볕이 가게 안을 비추더니 낭랑한 빛줄기가 두 여자에게 좋은 기운을 가져다주었다.

"내가 텃밭 가꾸려고 일부러 가게 뒤에 땅을 남겨 뒀잖아요."

"거기에 심어도 될 만한 공간이겠죠?"

"당연하죠!"

레몬을 닮은 하영이 돌아왔다. 그녀는 조금 신나보였다.

"나무가 자라면 잎을 우려낸 음료를 만들어서 파는 것도 좋을 것 같아요."

"굿 아이디어!"

두 여인은 양 손을 짝짝 마주치며 설레 했다. 유하는 손님들이 차를 마시며 담소를 나눌 공간이 필요하다고 말했다. 그리고 공간이 좁은 카운터를 리모델링해서 음료 준비실을 만드는 게 어떠냐고도 제안했다. 아이처럼 신이 난 사장은 의견을 쏟아 붓는 기특

한 직원에게 다가와 볼에 쪽 소리 내며 뽀뽀했다.

"앗 사장님!"

"미안해요. 나도 모르게 그만."

둘은 입을 가린 채 킥킥거리며 웃었다. 산뜻한 꽃향기를 찾아온 햇볕이 자리를 떠나갈 쯤에 밖에서 여고생들의 소란스러운 목소리가 들렸다. 곧 그들은 문을 열어 들어왔고, 케리가든의 예쁜 모습을 칭찬하며 자기들끼리 감탄을 주고받았다. 하영이 실내 디자인에 심혈을 기울였던 케리가든은 사방의 벽지가 선분홍색으로 도배가 되어 있어서 은근히 고혹적인 분위기를 느끼게 했다. 유하는 몬터레이 때와 달리 전체적인 가게 분위기가 어둡다고 느껴져서 내심 걱정했는데, 막상 화분들을 배치하자 벽지 덕분에 꽃잎의 색이 살아나 보였다. 하영이 사랑했던 온실은 구조상 갑갑해질 것 같아서 과감히 포기했다고 말했다. 규모가 크긴 크지만 MOS보다는 좁기도 좁았고, 실내가 기역자 구조여서 온실을 넣기에 애매한 공간이긴 했다.

"이건 꽃말이 뭐예요?"

머리를 하나로 높게 묶은 반듯한 이미지의 여학생이 노란 국화를 가리켰다.

"짝사랑."

하영은 짤막하게 대답했고, 서글픈 미소를 띠웠다.

"선생님 결혼하는데 그거 주려고?"

반대편에서 단발머리의 키 작은 학생이 장난스레 놀렸다. 아이의 질문에 각자 흩어져있는 학생들이 조금씩 키득거렸다. 하지만 모범생 학생은 조금도 웃지 않고, 국화를 뚫어지게 쳐다보며 조용히 궁시렁거렸다.

"하. 맘 같아선 깽판치고 싶구만."

유하는 사춘기 소녀의 속내를 듣고 말았다. 슬며시 기분이 오묘해졌다. 조만간 베개에 얼굴을 묻고 울게 될 소녀를 상상하니 마음이 아프기도 했다. 누군갈 사랑하는 마음을 조용히 끝내야하는 처지가 자신과 비슷하다 느껴졌다. 정말 끝내야하는지는 모르겠지만, 마음의 준비는 해둬야 하는지도 모를 일이니까.

아이들이 우르르 문 밖으로 떠나갔고, 유하는 문종 소리를 듣고 나서야 정신이 돌아왔다. 요즘 틈만 나면 다른 세상에 가버리게 되는 것이 문제라면 문제였다. 하영은 엉성하게 서서 멍을 때리는 유하에게 걸어와 천천히 안아주었다. 가끔 그녀가 안아주면 마을의 새뜻한 향이 건너올 때가 있었다. 가슴은 미어지지만 이상하게 기분이 조금 나아졌다.

"왜 그래요. 유하씨 표정이 안 좋네."

하영이 등을 천천히 토닥여주었다.

"시후씨 말이에요."

"네."

"어딘가에서 편안하게 살다가 좋은 사람과 결혼도 하고, 아이도 낳고 하겠죠?"

하영이 따스한 손길을 멈추고, 유하의 얼굴을 마주보았다. 매일 붙어있어서 몰랐는데, 안 그래도 마른 유하의 얼굴이 더 야위어있었다. 사실은 속으로 계속 애태우고 있었던 걸까. 하영의 눈가가 촉촉해졌다.

"그냥 그 자식 잊고 살아요."

그녀가 의외로 단호하게 말했다. 병원에서 채찍질하던 모습이었다.

"어떻게 잊어야 할까요."

"다른 사람을 만나는 거죠. 따지고 보면 지금 나도 이별한 입장이에요. 나 떠나는 날, 제니퍼가 얼마나 울었는지 알아요? 그 친구 두고 오는데 심장이 찢기는 줄 알았어요. 원래 모든 사랑엔 이별도 있는 법이라고요."

"그러네요. 사장님도 힘드신데 제가 너무 티냈죠."

하영이 주눅 든 유하의 등짝을 세게 한 대 때렸다. 깊은 걱정이 담긴 엄마의 손길 같았다.

"우리는 이곳에서 우리 나름대로 잘 살면 되는 거예요. 정 못 잊겠으면 올리버 찾아서 세계를 방방곡곡 뒤져보든가요."

"그건 안 돼요."

"안 될게 뭐 있어요. 사랑 찾아 떠나는 거지."

"그럴 수 없어요. 나 좋자고 시후씨 슬프게 만들 수 없어요. 아직 그 사람은 진이 언니 소식을 모르고 있을 텐데. 모른 채 사는 게 나아요."

"어휴."

하영은 이 아련한 두 사람을 어떻게 이해해야 할지 몰라 답답한 한숨을 내쉬었다. 어쩜 둘이 똑같은 생각을 하지. 세상에 사랑해서 이별하는 커플이 어딨나 했는데 바로 여기 있었구만. 그녀는

385

애꿎은 자기 가슴을 퍽퍽 쳤다. 반면, 유하는 자리를 벗어나 빗자루를 들었다. 바닥에 떨어진 이파리들과 잔가지들을 묵묵하게 쓸기 시작했다. 아직 초봄의 해는 짧아서 바깥엔 금세 어둠이 찾아왔다. 하영은 오들오들 추워하며 실내온도를 높였고, 커피포트에 물을 담아 팔팔 끓이기 시작했다. 그녀는 케리가든에서 레몬차를 마시지 않았다. 고소한 메밀차나 건강에 좋다는 생강차를 번갈아가며 마시곤 했다. 이제 단거는 끊어야 한다면서.

"음. 따듯해."

오늘 하영의 선택은 메밀차였다.

"아! 참. 아까 학생들 무슨 꽃 가져갔어요?"

유하는 뒤늦게 아이들이 떠올라 바닥을 쓸다말고 하영에게 물었다.

"물망초요."

그녀는 고요한 공학동 거리를 바라보며 담담하게 대답했다. 물망초는 카운터 오른편 바닥에 알록달록한 핑크빛 작약들 사이에서 존재감을 확실히 드러내고 있었다. 볼 때마다 신비감을 주는 꽃이었다. 파란색의 꽃잎이 밝지는 않은데, 스스로 빛을 품고 있는 것 같은 기묘한 매력이 있었다.

"물망초 꽃말이 영원한 사랑이었죠?"

"땡."

유하는 고개를 기울였다. 그녀가 스스로 기억해낼 수 있게 하영은 여유를 두고 기다려주었다. 꽃말을 의무적으로 일일이 외워야 하는 건 아니지만, 유하는 대부분의 식물들을 꽃말로 외우는 편이었다.

"아. 모르겠네요. 뭐였죠?"

유하가 하영에게 다가오며 머리를 긁적였다.

"나를 잊지 말아요."

하영의 눈빛이 알게 모르게 변했다.

"아."

이상한 기분을 안고, 유하는 하영이 준비해둔 메밀차를 홀짝 마셨다. 뜨거운 김과 함께 고소한 메밀차를 입 안에 담으면서 유하는 물망초의 꽃말을 되새겼다.

30. 죽은 자는 말이 없다

싱그러운 봄날. 공학동 먹거리 골목엔 주말이 되면 인파가 엄청 났고, 거리 가장자리에 위치해 있는 하영의 화원 역시 시끌벅적 사람들이 몰렸다. 가게 뒤에 심어뒀던 케아나무는 무럭무럭 자라 그녀들의 존재를 사람들에게 널리 알려주었다. 덕분에 2년 새에 가게를 찾는 팬들이 많이 생겼다. 처음 맡아보는 시원한 향이 기분을 좋게 만든다면서, 단골손님이 셀 수 없이 늘어났다.

케리가든(Kerry-Garden)은 케아포레스트(Kea forest)로 이름이 바뀌었다. 실내에는 검은색 원형 테이블이 네 개가 배치되었고, 조촐했던 카운터는 거리의 흔한 카페들처럼 바 테이블(Bar-table) 형태로 리모델링되었다. 가게가 변신한 뒤부터 하영은 자주 웃기 시작했다. 예전처럼 일하는 게 다시 즐겁고 사는 맛이 난다고 했다. 사장님이 느끼는 사는 맛이라는 건 어떤 맛이냐고 유하가 물으니, 그녀는 새로 산 레몬청을 꺼내며 레몬맛! 이라고 소리쳤다.

"오빠. 케아티 두 잔이요."

"응. 잠시만."

유하가 호진에게 지시했다. 그는 갈색 베레모에 앞치마까지 두르고 짜놓은 자몽시럽을 열심히 녹이기 시작했다. 호진은 두어 달

388

전부터 가게에 자주 놀러오더니 이젠 주말 알바생 역할까지 도맡아 장사를 도와주었다. 함께 있는 시간이 그만큼 늘다보니까 유하와 호진은 더욱 가까워질 수밖에 없었다. 하영은 둘을 이어주려고 매일 큐피트가 되어 화살을 쏘았지만, 유하는 그와 연인의 감정을 나눌 순 없을 거라고 단호하게 판정을 내렸다. 말은 않했지만 호진도 당연히 그렇게 생각하고 있을 거라고 생각했다.

케아포레스트에는 세 가지의 음료가 판매되고 있었다. 달달하면서 쓴맛이 느껴지는 자몽시럽과 알싸한 케아 잎을 합쳐서 만든 자몽케아, 그리고 원두커피 위에 건조시킨 이파리를 띄워주는 케아커피. 마지막으로 시후가 첫 만남에 유하에게 타주었던 은은한 향이 풍기는 케아티(Kea tea). 케아티는 생수에 달랑 잎만 우려낸 것인데도 가게에서 가장 많이 팔리는 차였다. 처음엔 학생들이 많아 달달한 자몽케아가 인기 있었는데, 점점 새뜻한 맛에 중독이 된 손님들은 본연의 맛을 더욱 즐기기 시작했다.

"오늘 매출 장난 아닌데?"

하영이 신이 나서 골반을 좌우로 흔들었다.

"사람이 왜 이렇게 많아졌나 했더니, 손님들께서 블로그를 많이 올려주셨네요."

유하가 하영에게 성큼 다가가 핸드폰 화면을 들이밀었다. 케아포레스트 관련 포스터들이 상당히 인기 있었다. 기분이 좋아지는 몽롱한 맛, 두 미녀가 만들어놓은 산뜻한 세상, 이곳에 다녀오면 건강해져요 기타 등등. 모두 만족스럽다는 호평의 글이 올라와있었다. 케아나무 덕분에 이곳은 세상에 하나밖에 없는 특별한 카페가 되었고, 사람들에게 행복을 전해주는 마법의 화원이 되었다.

"병원 접고, 나도 누나한테 빌붙을까 봐요."

호진이 앞치마를 탁탁 털면서 같잖은 농담을 던졌다.

"그게 무슨 큰일 날 소리야? 우리 유하 의사집안에 시집보낼 건데."

"아 언니."

유하가 주책 떠는 하영을 쑥스럽게 제재했다. 아무리 농담이지만 시집가라는 둥, 식은 언제 올리냐는 둥의 말은 몸서리치게 부담스러웠다. 호진이 올 때마다 그녀에게 그만 하라 눈치를 줘도 장난기 많은 레몬사장은 멈출 생각을 하지 않았다.

"너무 질색하는 거 아냐?"

호진이 보란 듯이 입술을 삐죽거렸다.

"그런 표정 이제 안 속아요."

"예예."

그동안 호진은 시후의 빈자리를 채워주며 슬퍼하는 여인들에게 힘을 나눠주었다. 그 사실을 그는 몰랐지만 그녀들은 알았다. 가끔 셋이 함께 퇴근할 때마다 그녀들은 몬터레이의 밤을 떠올렸으니까. 유하는 궁금해지곤 했다. 따뜻한 봄날의 시후는 어떤 느낌일까. 더운 여름이 오면 땀이 흐른다고 싫어하려나. 이런 생각을 하다보면 그를 알게 되기 전으로 돌아간 것 같았다. 존재하지 않는 수호천사의 그림을 보면서 그는 어떤 사람일지. 어딘가에 존재하긴 하는 건지. 나나와 함께 설레는 상상을 하던 그때로 돌아간 것 같았다. 다행히 조금씩은 상처가 아물어 가나보다. 하영도 머리를 더 이상 짧게 자르지 않았고, 그녀가 보기 싫어하던 보름달 무드등도 거실에 예쁘게 장식했다. 멈춰 있을 것만 같던 시간이 묵묵히 흐르고 흘렀다.

딸랑.

호진이 퇴근한 뒤에 은은한 문종소리가 다시 한 번 울렸다. 그가 뭔가를 두고 갔나 싶었지만 문 앞에 서있는 사람은 호진이 아니었다.

"한유하씨. 안녕하세요. 오랜만입니다."

유하에게 진지한 눈빛으로 인사를 건넨 사람은 다름 아닌 정의연 순경이었다. 그녀는 안경을 벗고, 화장을 예쁘게 한 평범한 아가씨의 모습이 되어 나타났다.

"아, 안녕하세요."

유하가 어색한 얼굴로 당황하자 하영이 곧바로 그녀를 경계 했다.

"실례 좀 하겠습니다. 경찰입니다."

으르렁 거리던 하영은 유하와 의연을 번갈아보며 어쩔 줄 몰라 했다. 아마 그녀가 경찰일 거라는 건 생각도 못했을 거고 경찰이 유하를 찾아 올 일이 있다는 건 더더욱 생각 못했을 테지.

"유하씨. 저를 기억하십니까?"

"네. 안녕하세요"

"불쑥 찾아와서 미안합니다. 저번에도 그렇고, 지금도 그렇고."

그녀는 차림새에 맞지 않게 딱딱한 어투를 썼다. 직업상 습관이 된 것 같았다.

391

"두 분 이리 앉으세요."

하영은 의연을 테이블로 안내했고, 물을 끓였다. 이윽고 유하와 의연 사이에 그녀가 만든 케아티가 한 잔씩 올려졌다. 맑은 풀잎 향이 모락모락 올라오는 뜨거운 김과 함께 잔잔히 풍겨졌다. 유하는 잔뜩 긴장되어 있던 몸에 힘이 조금 풀리며 서서히 편안해짐을 느꼈다.

"그럼 둘이 얘기하세요. 저는 이만."

하영이 총총걸음으로 조심스럽게 문을 열고 나갔다. 경찰인 의연 때문인지 지나치게 친절해진 그녀가 귀여워보여서 유하는 몰래 피식 웃었다.

"듣던 대로 향이 특이하네요."

의연은 차를 한 모금 마시곤 나쁘지 않다는 표정을 지었다. 안경을 벗은 그녀는 어딘가 모르게 여려 보였다. 누가 봐도 연인과 데이트를 하다 온 복장이었다. 그녀에게 넉살 좋게 인사를 건네 보고도 싶지만, 유하는 서른이 되었어도 아직 수줍음이 많은 소녀였다.

"제가 조금 오래 된 얘기를 꺼내도 되겠습니까."

"네."

의연은 두 눈을 잠시 감았다. 그녀는 그렇게 눈을 감은 채로 이야기를 시작했다. 그녀의 표정은 좋아보이지도, 그렇다고 힘들어 보이지도 않았다. 전혀 속을 가늠할 수 없는 사람이었다.

"초등학교 때. 단짝 친구가 골목길에서 성폭행을 당했습니다."

유하는 미간이 약간 모아졌다. 이렇게 불편한 스토리가 시작될

392

줄 몰랐다.

"범인은 증거 불충분으로 겨우 징역 일 년을 받았습니다. 사건 이후로 친구는 세상이 무섭다며 집에서 거의 나오지 않았습니다. 그러다 열네 살이 되었을 때. 친구는 자살을 했어요."

유하는 아무런 미동 없이 테이블 위만 바라보았다. 맞은편 의연은 유하가 불편해할 이야기란 걸 알면서도 꿋꿋하게 같은 톤으로 말을 이어나갔다.

"중학교 졸업식 날. 정말 슬펐습니다. 그 친구 없이 학교를 졸업하는 게 굉장히 슬펐습니다. 그래서 졸업식 중간에 학교를 뛰쳐나왔고, 전 그날 골목길에서 성폭행을 당했어요."

심장이 불안하게 뛰기 시작했다. 유하는 의연의 무뚝뚝한 얼굴을 바라보고 안절부절 어쩔 줄 몰라 했다.

"범인은 친구를 성폭행했던 놈과 동일인물이였습니다. 사람 일은 절대 예측할 수 없다는 걸 저는 그때 알았습니다."

식은땀이 흐르고 몸이 오싹해졌다. 유하의 상태를 보고 의연은 가방에서 녹색 손수건을 꺼내 조심히 건네주었다. 아무렇지 않아 보였던 의연의 손도 부들부들 떨리고 있었다.

"유하씨. 음. 3년인가 4년 전 쯤에, 양현리에 있는 지구대로 작은 소포 하나가 온 적이 있습니다. 오래 된 핸드폰이 들어있었는데, 알아보니 그 핸드폰은 김진경이란 사람의 명의로 되어 있었어요."

심장이 쿵 하고 내려앉았다.

"방금 김진경이라 하셨어요?"

393

"네."

아직까지도 진경의 이름은 유하의 심장을 멈추게 했다. 몸서리치게 미우면서도 온전히 미워할 수 없는 그 아이. 진을 죽게 만든 살인마이지만 탓 할 수도 없게 그녀도 세상을 떠나버렸다.

"그 핸드폰 속에 유하씨 중학교 때 사건영상이 담겨 있었어요. 이진철의 얼굴이 찍혀있었습니다."

"잠시 만요."

유하는 시야가 좌우로 흔들려 어지러웠다. 어릴 때 앓았던 증상과 비슷하지만 다른 느낌으로 괴로웠다.

"그 친구가 죽었다는 건 알고 오신 거겠죠?"

"네."

의연은 고개를 끄덕였다.

"김진경은 친부를 폭행한 혐의로 체포 대상자에 올라와있었어요. 제대로 된 조사를 받기도 전에 김진경이 스스로 목숨을 끊었다고 들었습니다."

"자기 아빠를 폭행했다는 거예요?"

"네. 김진경의 친부 김수철은 강간죄로 십 년형을 받았던 범죄자였습니다. 피해자는 딸 김진경이었고요. 김수철은 출소하자마자 딸을 찾아갔는데 딸 김진경이."

"그만. 그만요."

머리가 어지러웠다. 의연을 내쫓고 싶을 만큼 몸과 마음이 힘든 상태가 되었다. 아무리 경찰이라지만 어떻게 그런 사건을 눈 하나 깜짝 않고 말하는지 유하는 이해 할 수가 없어 그녀를 노려보았다.

"한유하씨."

의연이 답답한 표정으로 자신의 긴 머리를 무심히 쓸었다.

"이진철. 증거 불충분으로 겨우 일 년 판정 받았던 거 납득이 되십니까?"

"오래 전 일이에요. 저는 다시 그 날일을 꺼내고 싶지 않아요."

"아직 기회가 있어요. 그래서 제가 찾아온 겁니다. 최성진도 재판까지 가세요. 제가 도와줄게요."

의연은 조금의 흐트러짐도 없었다. 말투는 기분이 상할 정도로 딱딱하고 노골적이었으며 눈빛엔 살기가 맺혀있었다.

"왜 이렇게 저한테 집착하세요?"

유하의 짜증섞인 물음에 의연은 한숨을 옅게 뱉었다.

"다 듣고도 묻는 겁니까?"

유하는 단호한 그녀에게 말대꾸를 하려다 욱하는 마음을 간신히 가라앉혔다. 그녀가 왜 자기 얘기를 먼저 꺼내었는지 이제 알 것만 같았다.

"소포는 3년 전에 왔다면서 왜 저를 지금 찾아오신 건데요?"

"종로 경찰서로 넘어온 건 최근입니다. 아마 3, 4년 동안 소포는 자료실에서 뒹굴고 있었겠죠. 그때 유하씨 집에 같이 방문했던 남자 경찰을 기억 하실지 모르겠지만, 그 친구가 양현리 서에서 발견하고 저에게 보내주었습니다."

"하아."

숨이 막혔다. 기절하고 싶을 정도로 이 자리를 피하고 싶었다.

이제는 정말 괜찮아진 줄 알았는데. 그게 아니었다는 사실도 유하를 괴롭게 만들었다.

"피하면 그날 일이 사라집니까? 피한다고 앞으로가 편할 거라 생각하십니까?"

유하의 속마음을 읽기라도 한 것처럼 의연은 무섭게 쏘아댔다. 그녀의 눈동자는 한 치의 흔들림도 없었다.

"모르겠어요. 이제 와서 그런다고 뭐가 달라질지."

"본인이 가장 달라지겠죠."

"제가요?"

"유하씨는 앞으로 그런 일을 또 안 당할 거라고 확신하십니까."

의연의 말투가 다소 부드럽게 바뀌었다.

"재판에선 그놈들과 싸우는 거지만 결국은 본인과 싸우셔야 합니다. 바뀌어야 해요. 우리는 바뀌어야 해요 유하씨. 저는 오늘 마지막기회라 생각하고 유하씨에게 찾아온 거고, 선택은 유하씨 본인이 하는 거겠죠."

유하는 맥이 풀려 벽에 머리를 기대었다. 망설임 없이 눈물이 한 줄기 흐르는데 닦아내지 않고, 의연을 멍하게 쳐다보았다. 그녀는 유하의 시선을 절대 피하지 않았다. 놀라울 정도로 강한 사람이었다.

"우리 말고도 세상에 피해자는 깔렸습니다. 근데 잡힌 놈들은 몇 안 되죠. 유하씨 어떻게 하시겠습니까. 이번에도 피하실거예요? 명백히 증거가 있는데도? 유하씨 말고도 또 다른 피해자를 만드실 거예요?"

의연의 낯빛이 벌겋게 달아올랐다. 흥분한 상태인 듯 보였다. 유하는 어떠한 생각에 집중해야 했다. 별거 아닌 생각이여도 좋으니까 진정이 될 만한 무언가 필요했다. 마을, 시후, 진, 노인, 푸른 들판, 나무.

"흐윽."

이 세상 모두의 상처가 뾰족한 창이 되어 가슴에 꽂히는 것 같았다. 내가 아프니까 나를 사랑했던 그들이 안쓰럽다. 그들이 자신 때문에 이렇게 아프지 않기를 바랐다. 저 위에서 이런 나를 보고 있으면 얼마나 가슴 아프겠어. 얼마나 답답하겠어. 유하는 의연처럼 정신을 똑바로 차려야 될 것 같다고 생각했다. 나의 선택이 나만을 위한 게 아닐 수도 있다는 걸 알아야 했다.

"알았어요. 피하지 않을게요."

유하가 주먹을 불끈 쥐며 말했다.

"안 피할게요."

"진심이세요?"

"진심으로요."

의연은 원하는 대답을 들어 만족한 표정을 지었다. 그리고 가방을 챙겨 벌떡 일어났다. 그녀는 감정이 없는 로봇처럼 유하에게 명함을 건네더니 짧게 인사하고, 자리를 이탈했다.

"저기!"

나가려는 의연을 유하가 불러 세웠다.

"혹시 생각이 바뀌었습니까?"

의연의 눈매가 다시 매섭게 바뀌어 유하는 조금 위축되었다.

"김진경 아버지란 사람은 어떻게 됐어요?"

"대뇌가 손상되어 병원에 입원해 있습니다."

"대뇌요?"

"네. 식물인간이 되었다는 뜻입니다. 김진경이 동상으로 머리를 내리쳤다고 쓰여 있었어요."

의연은 곧 서에서 보자는 말과 함께 무심히 가게 밖으로 나갔다.

방금 무슨 일이 있었던 거지. 유하는 몸에 힘이 들어가지 않아서 테이블 위에 쓰러졌다. 심장이 아직도 빨리 뛰고 있었다. 슬픔이 마구 뒤엉켰다. 그날 밤, 버려진 인형처럼 앉아 미안하다고 툭 사과했던 진경의 쓸쓸한 모습이 떠올랐다. 아무도 그녀의 마음을 몰랐다. 그 누구도 그녀의 마음을 알려고 하지 않았다. 생각해보면 진경의 섬뜩하면서도 아름다운 그림은 그녀와 닮아있었다. 속 안에 그려진 무지개를 거센 빗줄기가 쉼 없이 가렸던 것이다.

하지만 유하는 그래도 그녀가 미웠다. 자살을 선택한 그녀가 미웠고, 그 선택에 진을 끌어들여서 더욱 미웠다. 하지만 가장 미운 건 그 아이는 사실 너무나도 불쌍한 아이였다는 것.

그것이 가장 미웠다.

31. 혼자만 아는 편지

의연이 다녀간 다음날은 가게 문을 열지 못했다. 새벽 내내 유하의 이야길 들었던 하영은 가슴을 치며 자기 일처럼 울었다. 해가 모습을 드러내며 동이 틀 때쯤에서야 그녀들은 등을 맞대어 거실 바닥에 누웠다. 뒤에서 하영의 가녀린 목소리가 계속 들려왔다. 어서 재판 준비를 하자고. 도와주겠다고. 걱정하지 말라고. 유하는 울고 있다는 걸 들키고 싶지 않아 잠에 든 척 조용히 눈을 감았다.

의연과 하영은 합심하여 실력 좋은 변호사를 알아보고, 아주 사소한 증거자료까지 긁어모아 두 남자에게 벌을 내릴 준비를 했다. 유하가 할 일은 당시의 기억을 빠짐없이 긁어모으는 것이었다. 앞서 두려워했던 것에 비해 고통은 덜했다. 버팀목이 되어주는 두 사람의 힘이 꽤 든든했기 때문이었다.

"여기, 커피."

컴퓨터 앞에 앉아 졸고 있던 의연은 하영이 내민 커피를 기운 없이 받았다.

"고맙다."

두 사람은 공통점이 있었다. 일단 동갑이라는 것. 이 부분에서 유하가 너무 과하게 놀라는 바람에 의연이 상처를 조금 받은 것 같았지만, 평소에 나이 들어 보인다는 소린 자주 듣는 다고 그녀는 애써 덤덤하게 넘겼다. 다음은 의연도 동성애자라는 것. 셋이서 국밥을 먹다가 하영이 그녀에게 무턱대고 물었었다.

너도 레즈구나?

그날, 유하는 기도에 걸린 깍두기 조각을 넘기느라 반나절은 고생했다.

재판 준비를 하면서 세 사람은 알게 모르게 친해져갔고, 친해진 만큼 일도 순조롭게 진행됐다. 의연은 사실 담당 형사가 아니었는데도 유하 사건에 무작정 끼어 든 것이라고 말했다. 초반에 유하는 그녀가 너무 날카로워서 만날 때마다 힘든 부분이 많았는데 하영이 오히려 유하를 타일렀다. 그녀를 존경해주어야 한다고. 저 사람은 돈이나 명예가 아닌, 정의를 바라보고 책임을 다 하는 경찰이라면서 그녀는 유하를 위해 의연의 편에 섰다. 며칠이 지나서야 유하는 그녀가 짊어지려는 무거운 책임을 알 수 있었다. 그녀는 단순히 재판을 위해 싸우는 것이 아니었다. 유하가 무너지지 않고, 과거의 자신을 이겨낼 수 있도록 도와주고 있던 거였다. 어쩌면 꽁꽁 숨어있던 피해자들이 세상밖에 나오는 걸 보면서 본인도 쓰러지지 않고, 당당히 일어서는 게 아닐까 생각했다.

진경이 경찰서에 넘긴 핸드폰 속에는 그녀가 병원에서 진과 함께 찍었던 사진들이 몇 개 저장되어있었다. 사진 속의 진은 미소가 어색한 사람이었다. 어떻게 웃어야 할지 전혀 모르는 사람 같았다. 하늘색 원피스를 휘날리며 해맑게 악수를 청하던 여인이 결코 아니었다. 그래도 유하는 진을 영원히 루이스마을의 공주님으로 기억하고 싶었다. 그녀도 그걸 바랄 거라 생각했다. 행복하다는 사실이 행복했던 사람이었으니까. 진경의 핸드폰을 보고 난 뒤, 하영은 머리를 짧게 자르고, 끊었던 담배를 다시 시작했다. 상큼한 레몬 하영으로 돌아오려면 또 긴 시간이 필요해 보였다. 그녀가 우울해진 게 괜히 자신 탓인 거 같아 유하는 종종 미안한 마음이 들기도 했다.

"유하야."

"네."

새벽 두시. 등 돌려 누운 하영이 유하를 불렀다. 둘은 하루도 빠짐없이 거실에서 함께 잠을 청했다. 이러자 저러자 할 것 없이 서로가 그게 익숙했고, 편안했다.

"걔가 쓴 메모 중에 아빠 얘기 말이야."

"네."

"그거 진심일까."

진경의 핸드폰엔 세 개의 메모가 저장되어 있었다. 2004년도에 적은 메모에는 달랑 한 줄이 적혀 있었는데, 하영은 서에서도 그 당시 진경의 마음을 조금도 이해하지 못하겠다고 말했다.

아빠는 나를 싫어하는 것 같은데, 나는 아빠를 사랑한다.

"진심일 거예요. 거짓으로 썼을 것 같진 않아요."

"아무리 친아빠라도 자기한테 그렇게 못된 짓을 했는데, 어떻게

401

사랑할 수 있는 거지?"

"그러게요."

진경은 아버지를 너무 사랑했기에 그만큼 충격을 받은 아이였다. 밉지만 미워할 수 없는 사람. 나의 부모. 나의 가족. 잔인하게도 역시 늘 사랑은 이긴다.

"하. 몰라. 불쌍해도 걘 싫어 할 거야. 진짜 짜증난다."

유하가 뒤를 돌아 하영의 오른 어깨를 토닥였다. 진경의 두 번째 메모는 사랑에 빠진 여학생의 메모였다. 소녀의 글은 새싹이 핀 것처럼 예쁘면서도, 누가 밟을까봐 마음 졸이게 되는 그런 아슬한 마음이 담겨있었다.

그 사람은 왜 나에게 다정하게 말할까

착한 사람 같다.

처음이다. 나한테 친절하게 대하는 사람은.

그 사람이랑 결혼하면 행복할 것 같다.

근데 나 같은 애랑 만나주기나 하려나.

씨발.

그 사람은 아마 호진이겠지. 진경은 짐작했던 것보다 그를 훨씬 더 사랑했던 것 같았다. 그녀의 집에서 예기치 않게 모두가 재회했던 얼음장 같은 순간이 떠오른다. 진경은 얼마나 수치심을 느꼈을까. 초라하게 변한 그녀가 한때 사랑했던 남자를 보며 혼자 체념했을 모습을 생각하니 조금 안쓰럽다. 유하는 그녀를 공감하고 싶지 않은데, 자기도 모르게 가슴아파하고 있었다.

"진이는 다른 사람 같더라. 나 솔직히 사진 속에 진이 얼굴보고 당황스러웠어."

하영은 잠에 들지 못하고, 새벽 내내 말을 시켰다. 유하 못지않게 충격을 받아서겠지.

"저도 그랬어요."

"둘이 많이 각별했나봐. 그렇게까지 생각할 정도면."

"그러게요. 혹시 진이 언니 부모님 얘기는 알고 계셨어요?"

"응. 예전에 시후가 집에 보일러가 고장 났다고, 잠깐 진이가 가게 와서 일을 도와준 적이 있었어. 우린 그날 많은 얘길 했지."

그의 이름에 심장이 내려앉았다. 토닥여주던 유하의 손이 멈추자 하영도 뒤를 돌아 유하와 마주보았다. 그러곤 아무렇지 않게 웃어주었다.

"그러고 보니 진이도 자기 아빠를 참 좋아하는 것 같았어. 엄마 얘기보다 아빠 얘길 더 많이 하더라고."

"그랬구나. 생각나는 얘기 해주세요. 그냥 듣고 싶네요."

"생각나는 얘기라."

하영이 눈을 아주 느릿느릿 끔벅였다.

"진이 아버님 젊으셨을 때, 우편 배달부셨대. 진이가 태어나기 전 일이라 걔도 자세히 아는 것 같진 않았고, 아무튼 아빠랑 서로 편지로 소통했다더라. 그 얘기가 좀 와 닿았어. 아빠랑 딸이 같이 살면서 편지를 서로 주고받았다는 게 너무 귀엽잖아."

상상해보니 흔치 않은 기억일 것 같았다. 괜히 낭만적으로 느껴지기도 했다. 머릿속에서 진의 대한 생각이 질서를 지키지 않고 뒤엉키며 돌아다녔다. 그녀의 진짜 모습은 과연 어떤 모습이었을까 궁금해지기도 했다.

"좀 신기하네요."

"뭐가?"

하영은 거의 잠에 들기 직전이었다. 그걸 눈치 채지 못하고 유하는 허공을 바라보며 눈을 게슴츠레 떴다.

"저는 하늘을 날아 마을로 가고, 진이 언니는 마치 편지처럼 우체통을 통해 마을에 가고. 괜히 연관성 있게 느껴져서요. 어릴 때부터 전 하늘을 동경했거든요. 사람은 왜 날지 못할까 생각하면서 동생이랑 같이 하늘을 훨훨 날아다니는 상상을 자주 했었어요."

새근새근. 하영이 잠들었다. 오늘만큼은 그녀를 깨워서라도 진과 마을에 대한 이야길 더 하고 싶었지만 그냥 꾹 참았다. 유하는 깊게 숨을 들이 마시고, 조용히 내뱉었다. 슬퍼지려 하는 마음을 조절해야 하니까. 이제 행복하게 자는 시간이니까.

"우리 오늘 보았던 메모들은 그들을 위해 그냥 잊어주는 게 좋겠죠?"

유하가 조그맣게 속삭였다. 하영은 여전히 깊은 잠에 들어있었다. 진경의 마지막 메모는 하영이 읽고 또 읽었던 메모였다. 그 마지막 메모를 읽고, 두 사람은 서로를 안고 오열했다. 숨이 넘어갈 듯이. 울다가 죽을 수도 있겠다 싶을 정도로 말이다. 세 번째 메모는 2015년도에 쓴 글이었다. 아마 진과 진경이 함께 병원에 입원해 있었을 당시였던 것 같다.

오늘 언니한테 어떻게 죽고 싶냐고 물어봤다.

언니는 불에 활활 타올라 죽고 싶다고 했다.

부모님은 집에서 불에 타 죽었는데 자기만 쏙 빠져 나온 게

후회되고 싶다고 했다.

그때 죽었으면 좋았을 걸. 이런다.

죽고 싶다는 말도 옆에서 계속 들으니까 조금 귀찮다.

그냥 같이 확 죽어버리면 좋을 텐데.

나는 언니한테 예쁘게 죽고 싶다고 말했더니

언니가 불에 타면 멋있을 거라고 말했다.

솔직히 그 말을 믿는 건 아닌데

언니가 그렇게 말하니까 진짜 그럴 것 같았다.

어떤 방법이든 고통스럽고 무서운 건 똑같을 테니까.

기왕이면 언니가 원하는 방법을 쓰는 게 낫겠지.

만약 정말, 정말, 정말 죽고 싶은 날이 오면

언니 잘 때 내가 불을 질러 줘야지.

언니는 고통스럽지 말아야 돼.

왜냐면 내 언니니까.

나만 조금 아플 게. 언니는 자고 일어나면 천국일거야.

나만 믿어라. 김 진.

새벽 세시. 야밤에 우는 부엉이 소리와 함께 하영의 코골이가 크
게 들리기 시작했다. 오늘은 그녀가 안녕, 안녕 하고 잠꼬대를 한

405

다. 누구에게 그렇게 인사를 하는 건지 궁금했다.

"보름달이네."

유하는 늘 그렇듯이 창밖 멀리 떠 있는 달빛을 느꼈다. 둥근 보름달은 유하를 대뜸 날고 싶게 만들었다. 아마 날 수 있었더라면 비둘기들이 시후에게 데려다 주지 않을까. 마을도, 나무도. 모든 게 사라졌으니 그건 이루어질 수 없겠지. 마법이 영원할 줄 알았던 게 큰 오산이었다. 태평하게 놀기만 할 게 아니라 부지런하게 추리영화를 찍었어야 했는데. 빨리 원인을 알아채서 마법의 힘을 더 키우는 연습을 했어야 했는데. 유하는 금세 기운이 빠져버렸다. 노곤했다. 선잠인 상태로 달빛을 통해 시후에게 텔레파시를 보내보았다. 한 단어씩 천천히 생각하면서 마음의 편지를 보냈다. 마지막 줄까지 보내야 되는데, 유하가 도중에 꿈나라로 가는 바람에 편지는 허공에 정처 없이 떠 있다가 스르르 사라졌다.

안녕. 거긴 어때요.

시후씨가 있는 곳은 마을보다 훨씬 좋은 궁전 같은 곳 이였음 좋겠어요.

맛있는 거 많이 먹어서 살도 포동포동하게 쪘으면 좋겠네요.

시후씨.

나 요즘 되게 큰일 치루고 있어요. 오랫동안 회피했던 일인데 끝장을 내보려고요. 내가 이 일을 마침표 찍어야 우리 유리가 마음 편히 떠날 거란 걸 그동안 생각조차 못했어요. 나는 나쁘고 멍청한 사람인 게 맞나 봐요.

시후씨도 날 그래서 포기한건가요?

하영 언니랑 저는 잘 지내고 있어요. 정말이에요.

그리고 우리가 다시 만나게 된다면 시후씨가 나에게 또 반할 수 있도록 멋져질 거예요. 그때 만나면 이 말도 꼭 해야지.

옥빛의 둥근 보름달도 아쉬워하는 밤이 지나간다. 그녀의 마지막 문장은 뭐였을까.

부엉이는 또 외롭게 부엉부엉 울음소리를 냈다.

32. 고백

 겨울이 찾아왔고, 성탄절을 맞이했다. 크게 다를 것 없이 케아포레스트는 오늘도 정신없이 바빴다. 어젯밤 하영이 호진에게 SOS를 청했으나 그는 크리스마스를 맞아 큰 계획이 있다고 말했다. 충주였는지 청주였는지. 외진 곳에 있는 작은 요양원에서 아버지와 함께 봉사치료를 하러 간다고 했다. 그런 따뜻한 계획을 방해할 순 없지. 그리하여 한 해중 가장 큰 거사를 여자 단 둘이 치르게 되었다. 오늘은 하영에게 조금 특별한 크리스마스였다. 단골손님 중에 일주일에 한 번씩 프리지아를 사가는 여자가 있었는데, 낮에 그녀가 하영에게 편지를 주며 수줍은 고백을 했다. 하영은 그녀가 간 뒤에 혀를 차며 내 스타일 아니라고 귀엽게 불평했지만 하루 종일 그녀는 엉덩이를 씰룩 거리며 신나했다.

 12월 중순에 접어들면서 재판은 생각보다 허무하게 끝이 났다. 이진철은 징역 7년. 최성진은 벌금 3천만 원과 징역 3년형을 선고받았다. 2심에서 총 판결이 났을 때의 그들 표정은 유하 머릿속에 꽤 오랫동안 잔여로 남게 되었다. 진철은 가족을 운운하며 한 번만 봐달라고 유하에게 무릎까지 꿇으며 애원했다. 당시 재판과정 내내 울고 있던 진철의 아내가 눈에 밟혀서 유하는 마음이 단숨에 약해지기도 했었다. 다시 무를 순 없을까. 내가 꼭 이렇게 까지 해야 하는 걸까. 라고 위축될 때쯤. 뒤에서 의연이 소리를 쳤다. 집중하라고.

사실대로 말하면 가족들 다 죽여 버린다.

공포에 떨게 했던 그의 협박이 귓가를 스쳤던 순간이었다. 소녀의 인생을 짓밟은 것도 모자라 극한 두려움으로 입막음까지 시키려던 그의 비열하고 졸렬한 속삭임. 유하는 억울하게 세상을 떠나야 했던 유리를 위해서. 빛이 없는 땅에 남아 긴 시간 남몰래 자해했던 스스로를 위해서. 있는 힘을 다해 당당히 그 자리를 버텨냈다.

성진은 의외로 얌전했다. 재판 내내 삐딱하게 앉아 유하를 죽일 듯이 째려보긴 했지만 진철처럼 난리를 치거나 울분을 토하지 않았다. 성범죄자들이 하는 흔한 태도라고 의연이 알려준 적이 있었다. 상대가 뭐라 하던 끝까지 여유 있는 척 평범한 일반인인 척. 사이코패스가 아닌 이상 자신이 저지른 범행이 얼마나 더러운 건지 자기네들도 알아서 일부러 더 강한 척, 안 쪽팔린 척 하는 거라고 했다. 성진의 퀭한 눈동자가 가끔 꿈에 나오기도 했다. 당장은 아니겠지만, 몇 년 후에 불시에 찾아와서 그들에게 보복을 당하면 어떡하나 불안에 떨기도 했다. 그 정도로 사람에게 체벌을 내리는 일은 생각했던 것 보다 훨씬 힘든 일이었다. 의연은 유하가 종종 약한 모습을 보일 때마다 그녀답게 강한 어투로 꾸짖었다. 당신은 해야 할 일을 했을 뿐이니 그들을 용서 하고자하는 자비나 쓸모없는 분노감 따위 마음에 키우지 말라고 말해주었다. 해야 할 일을 한 것뿐이란 그녀의 말이 시간이 지날수록 유하 마음을 편하게 만들었다.

"이제 끝났지?"

"네."

정신없던 하루가 끝났다. 문을 닫고 보니 오늘은 크리스마스였다. 유하는 초록 지붕 아래에서 새해 소망을 적던 때가 까마득했다. 분위기 있는 붉은 식탁보와 로제 와인, 말괄량이였던 하영의 웃음소리와 노인의 인자한 모습이 오래 전에 꾼 꿈처럼 느껴졌다. 그때는 유하 혼자만 소망을 적지 못했다. 뭐라고 적지. 하영이 잠시 가게 셔터를 내리는 동안 유하는 타임머신을 타고 그 순간으로 돌아갔다. 문득 꼬마체로 시후가 적었던 소망이 떠올라 유하는 뭉클해진 가슴을 손으로 문질렀다.

할아버지의 음식이 맛있어지는 그 날까지 함께 합시다.

이놈이. 하며 손주의 꿀밤을 때리는 노인이 머릿속에 저절로 그려지고, 하나도 안 아프면서 아프다고 엄살 피우는 시후의 잔망스러운 모습도 선명히 그려졌다. 유하는 무의미하지만 그와 똑같은 소망을 적기로 결정을 내렸다. 그래요. 함께 매일 밥 먹어요 우리.

"워!"

멍 때리는 유하 눈앞에 하영이 깜짝 등장해 놀라게 했다.

"언니. 놀랐잖아요."

"아싸, 성공!"

그녀의 등장으로 유하의 타임머신 여행은 끝이 났다. 두 여자는 문이 닫혀있는 케아포레스트를 등지고, 광활한 밤하늘을 쳐다보았

410

다. 유하는 하영 때문에 놀란 심장을 가라앉히려 손바닥으로 왼쪽 가슴팍을 쓰다듬었다.

"하늘은 왜 그렇게 쳐다보고 있었어? 뭐 있나?"

"아뇨. 그냥. 그냥요."

"시후 생각했으면서 또 그냥이래지."

"우와. 이제 언니는 저에 대해 모르는 게 없네요."

"으이그."

하영이 유하를 향해 보란 듯이 눈썹을 찌푸렸다. 그러곤 추위에 몸을 떨며 밤거리 한 가운데를 길 따라서 쭉 뛰어갔다. 그녀가 멀어질수록 모습이 조금씩 작아지면서 검은 반점처럼 보였다. 멀리서 손을 흔들고 있는 것 같은데 유하는 그냥 가만히 서서 웃고 말았다. 터벅터벅. 거리가 그렇게 조용한 건 아닌데 발소리가 귀에 큰 소리로 꽂혔다. 살을 에는 찬바람이 유하 몸속을 훑고 지나갔다. 오늘따라 엄청 춥네. 라고 느낄 때쯤 신기하게도 하늘에서 눈이 내려왔다. 하얀 먼지 같은 눈송이들이 연약하게 바람에 휘날렸다. 유하는 잠시 앞질러간 하영을 잊어버리고 올해 내리는 첫눈을 만끽했다. 저렇게 어두운 암흑세계에서 이런 예쁜 애들이 떨어지다니. 역시 그곳엔 천사들만 가는 곳이군요.

"안 가고 뭐하고 있어?"

호진이 뒤에서 갑자기 등장했다.

"어? 생각보다 일찍 왔네요?"

"응. 누구 보려고 얼른 끝내고 왔지."

"또 그런다."

411

오늘은 셋이서 맛있는 고기를 구워 먹기로 한 날이었다. 아마 하영은 벌써 도착해서 엉덩일 흔들며 고기를 굽고 있을 것이다.

"누나는?"

"먼저 뛰어갔어요."

"아아."

호진의 이미지가 평소와 다르게 보였다. 그는 검은 볼 캡에 쥐색 후드. 그 위엔 두터워 보이는 블랙 코트를 걸쳐 캐주얼 하면서도 멋스러운 세련미를 풍겼다. 볼 때마다 반듯한 정장차림이었던 호진보다 오늘은 훨씬 어려보이고, 잘생겨보였다.

"눈 오네."

호진이 조용히 말했다. 둘은 나란히 서서 느릿느릿하게 걷기 시작했다.

"그러게요. 화이트 크리스마스네요."

"응."

유하는 그 다음 딱히 할 말이 없어 멍하니 앞을 바라보며 조용히 걸었다. 하지만 호진은 그녀의 옆모습을 흘긋 훔쳐보면서 무언 갈 망설였다. 눈치가 느린 그녀는 옆에서 어색하게 구는 호진을 전혀 신경 쓰지 못했다. 어쩌면 머릿속엔 항상 다른 남자가 살고 있어서인지도 몰랐다.

"유하야."

"네?"

서로는 굳이 바라보지 않고 정면을 응시했다.

"아버님이 한 번 갔다 온 남자는 싫어하시겠지."

"아 정말."

유하가 실없이 웃어버렸다.

"장난 아니야. 진짠데."

그의 아리송한 말에 유하가 걸음을 슬그미 멈추었다. 뒤이어 호진도 속도를 늦춰 유하를 향해 뒤돌았다. 그의 표정이 다소 진지하게 변해있었다.

"뭐가 진짜라는 거예요?"

"음."

호진의 분위기가 이상했다.

"오빠?"

"나 너를 진심으로 좋아하고 있어."

그의 순박한 고백이 먼 길 돌아 다시 돌아왔다. 유하는 혼란스러웠고, 동시에 그에게 미안한 감정이 뜨겁게 올라와 어찌할 바를 몰라 했다.

"눈 내리는 날 고백해야지 라고 막연히 생각해뒀었는데. 지금 딱 와버리네."

호진은 유하의 눈을 마주치려 하다가도 자꾸 피해버렸다. 숫기 없던 고등학생 때랑 한결같은 모습이었다. 유하는 어색하게 웃어보였는데 그는 웃어주질 않았다. 그녀 입에서 무슨 말이 나올지 알고 있어서 겁이 나 그런 것 같았다.

"나 너무 이기적인가?"

호진이 쑥스러워하면서 모자를 꾹 눌렀다. 그의 눈이 둥그런 챙에 가려져서 유하는 자연스레 호진의 입술을 보게 되었다. 아직도 많은 말을 주저하고 있는 무거운 입술이었다.

"제가 왜 좋아요?"

"응? 네가 왜 좋냐고?"

"네."

이런 당찬 질문을 유하는 안 할 거라고 생각했는지 그는 꽤나 놀란 것 같았다.

"저는 오빠가 다정해서 좋아요. 오빠는 항상 언니와 저를 가까이서 잘 챙겨주고, 제가 힘들어 할 때도 큰 위로가 돼준 사람이에요."

"그렇구나."

그녀에게 정말 좋은 말을 들었지만 호진의 얼굴은 기뻐 보이지 않았다. 왜 그가 더욱 씁쓸한 미소를 짓는지 유하도 알 것 같았지만 그냥 모르는 척 했다.

"난 너에게 그저 고마움만 느끼고 있진 않아."

그가 고개를 들어 유하와 눈을 맞췄다.

"처음엔 네가 나 같은 남자는 안 만났으면 했어. 난 결혼을 한 번 했었고, 또 버림을 받았던 남자니까."

"제가 그런 걸 신경 쓰여 할 것 같았어요?"

"아니. 그랬으면 아마 더욱 말을 못 꺼냈겠지. 그냥 내가 싫어서 그랬어. 나처럼 트라우마를 안고 있는 남잘 만나다가 옆에서 네가 힘들어지면 어쩌나 했어."

자잘했던 눈송이가 어느새 함박눈이 되어 흩날렸다. 유하 머리에 조용히 앉은 하얀 눈꽃을 호진이 손끝으로 툭툭 털어주었다.

414

"근데 네가 너무 예뻐. 그래서 매일 보고 싶고 그래. 마음을 멈추려고 해도 그게 안 된다."

호진이 예쁘게 웃었다. 그는 양쪽 볼에 쏙 들어가는 보조개가 참 예뻐 보이는 사람이었다.

"오빠."

"응."

그가 잔뜩 긴장한 표정으로 유하를 바라보았다. 유하는 그에게 어떻게 말하면 좋을지 머릿속으로 한 번 더 정리를 마쳤다. 보고 싶다는 말은 사랑한다는 뜻이라고 하영이 얘기해 준적이 있었다. 유하는 간절히 보고 싶은 사람이 따로 있었기에 호진이 건넨 사랑을 다시 그대로 돌려주어야 했다.

"사실 저 좋아하는 사람이 있는데요."

"응. 알고 있어."

그가 눈을 질끈 감아버렸다.

"제가 만약 그 사람한테 차이면 그땐 오빠랑 결혼할게요. 물론 오빠가 그때까지 나를 좋아한다는 전제하에요."

"뭐?"

그가 어이없어 하면서 호탕하게 웃었다.

"너 그거 되게 못된 발언인거 알고 하는 소리야?"

"알죠. 근데 제 상황 대충 아시니까 이해해줄 거라고 믿었어요."

"와. 너 오늘 좀 놀랍다. 멋있는데?"

"그래요?"

웃음은 참 쉽게 전이되는 병인 것 같았다. 그가 앞에서 웃으니

415

유하도 피식피식 웃음이 새어나왔다. 둘은 그렇게 눈 내리는 크리스마스 거리에서 실없이 웃음을 주고받다가, 가던 길을 이어서 걷기 시작했다.

"좋아. 짐작했던 것 보다는 꽤 호의적인 대답이었어."

"정말요?"

"응. 고맙다. 그렇게 말해줘서."

호진은 참 바보 같이 착한 사람이었다. 그는 유하가 시후라는 남자를 잊지 못 하고 있다는 걸 알고 있었다. 그리고 그녀가 사랑을 끝내는 날은 오지 않을 거란 것도 알고 있었다. 호진은 그저 미안해요 라는 네 글자만 돌아오지 않길 바랐는데, 다행히도 산타가 청년의 소심한 소원을 들어주었다. 유하는 호진의 마음을 배려했고, 그 배려를 호진은 감사히 받아냈다. 시간이 지날수록 둘은 마음이 닮은 동네친구였다.

"누나한테는 비밀이다."

"어차피 다 눈치 채실 텐데."

"그래서. 나 뻥 찼다고 자랑하게?"

"아니 무슨 말을 그렇게 해요. 미안해지잖아요."

"미안한데 왜 웃어."

"모르겠네요. 왜 웃음이 나지."

"웃기라도 해서 다행이네."

"오빠가 이렇게 긍정적인 것도 웃기네요."

둘의 사이좋은 소리가 점점 멀어져갔다. 올해 크리스마스엔 두 여자가 수줍은 고백을 받았다. 아쉽게도 연인이 된 커플은 생기지

416

않았지만 모두가 마음 속 깊은 곳에 행복을 고이 넣은 날이었다. 유하는 호진과 함께 떨어지는 눈송이를 맞으며 즐거운 걸음을 밟았다. 산타가 유하의 소원은 이뤄주지 않았어도 아무렴 괜찮았다. 이렇게 바랄 수 있다는 것만으로도 행복했으니까.

산타님. 내년에는 꼭. 꼭. 시후씨랑 첫 눈을 맞게 해주세요.

유하의 기도를 아는지 모르는지, 호진은 옆에서 보조개를 보이며 활짝 웃었다.

417

33. 안녕

 올해 마지막 날을 맞아 하영과 유하는 하얀 순백의 원피스를 맞춰 입었다. 둥근 목 라인에 소매엔 프릴이 달려 있는 공주풍의 드레스였다. 치마 끝단이 펑퍼짐하게 무릎 언저리에서 찰랑 거렸다. 유하는 계산대 옆에 있는 전신거울 앞에서 수시로 옷매무새를 확인했다. 이렇게나 화사한 옷을 입어본 게 태어나서 거의 처음이었다.

 "그러고 보니 이 옷 진이 언니 스타일인데요."

 "오호. 그러네."

 둘은 가끔 진과 노인에 관해서 스스럼없이 대화하곤 했다. 처음엔 피하기만 했었는데 오히려 아무렇지 않게 얘기하는 게 마음이 덜 아프다는 걸 알게 되었다. 그래서 누가 먼저 그들의 얘길 꺼내면 태연하게 받아쳐주면서 서로 슬픔을 이겨냈다. 일종의 행복해지는 연습이랄까. 두 미녀는 쌍둥이처럼 같은 원피스를 입고서 케아포레스트를 오픈했다. 유난히 햇빛이 쨍하고 따뜻한 아침이었다. 지금이 한 겨울인데 따뜻해도 되는 거냐면서 하영이 뜬금포로 지구온난화 걱정을 했다. 유하도 덩달아 훗날 지구가 병들어 멸망하면 어쩌나 아주 짧게 상상해보았지만, 사실 따뜻한 겨울도 나쁘

지 않았다. 아니, 마음에 들었다. 한 해의 마지막도 한 해의 첫 시
작도 항상 계절은 추운 겨울인데. 가끔씩은 오늘처럼 따뜻하게 마
무리하는 것도 괜찮지 않을까 싶었다. 유하는 괜히 이런 얘길 꺼
냈다가 지구를 지키는 레몬사장에게 혼이 났다.

평소와 다를 것 없는 하루가 시작됐다. 유하는 바닥난 원두 통을
채우고, 찻잔들이 깨끗한지 확인하며 바 테이블을 정리했다. 꽃들
의 여왕님이신 하영은 느긋하게 돌아다니면서 자리가 비어있는 곳
에 생글한 화분들을 다채롭게 배치했다. 썩어있는 병든 이파리들
도 싹둑 잘라내 주었다. 정말 평소와 다른 점이 없는 아침인데 날
씨가 유난히 맑아서인지 유하는 가슴이 두근두근 설레었다. 옷을
예쁘게 입어서 들떴나보다고 생각했다. 자꾸 콧노래가 나왔다. 점
심은 하영과 근처 일식집에서 초밥을 시켜 먹었다. 하얀 옷에 국
물이 튀지 않을 만한 메뉴를 시킨 것이었다. 맛은 그저 그랬는데
유하는 굉장히 좋아했다.
"오늘 에너지가 좀 다르다?"
"그래요?"
"응. 기분이 좋아 보이네."
둘은 함께 베시시 웃었다. 점심을 다 먹고 한가한 시간이 찾아왔
다. 유하는 얼마 전에 허리선까지 기른 머리를 어깨선에 맞춰 잘
라 버렸다. 얼마나 가볍던지. 잘만 하면 하늘을 다시 날수 있을
것만 같았다. 하영은 유하를 앉혀놓고, 유하의 머리를 묶었다가
풀었다가 하면서 인형놀이를 했다. 마치 사이좋은 친자매의 모습

이었다. 오늘은 예쁘게 입었으니 머리도 완벽하게 세팅하자면서 언니가 아주 신이 났다. 그녀는 충분한 고민 끝에 동생의 귀 뒤로 머리를 가르고는 빨간 리본으로 반 묶음을 해주었다.

"세상에. 시집가야겠어."

하영이 매우 만족스러워하며 아이처럼 손뼉을 쳤다.

"저도 이제 많이 늙은 것 같아요."

유하가 손거울을 가까이 가져와 자신의 얼굴을 이리저리 둘러보았다.

"내 앞에서 할 소린가."

하영이 허공에 삿대질을 하면서 유하를 얄궂게 노려보았다. 유하는 정말로 없던 잔주름이 생겼다고 끝까지 울상을 지었다. 몇 년 전까지만 해도 얼굴에 남아있던 풋풋함이 사라졌다. 서른이 되고 나니까 확실히 얼굴선도 달라지고 분위기가 바뀌어 있었다. 안 그래도 볼이 푹 꺼져있는 게 기운 없어 보여서 콤플렉스였다. 헌데 나이가 들면서 더 심각해졌다. 이래서 사람들이 성형을 하는 거구나. 유하는 들떴던 기분이 조금 가라앉아 한숨을 푹 내쉬었다.

다들 연말 여행을 떠났는지 오늘은 오랜만에 가게를 포함해서 공학동 거리 전체가 썰렁했다. 하영은 역시 치마는 불편하다고 편안한 옷으로 갈아입고 왔다. 쌍둥이 이벤트는 반나절 만에 허무하게 끝이 났다. 그녀는 사람도 없는데 괜히 오버했다면서 은근히 짜증을 부리기도 했다.

"케아 티나 마실까."

심심해하던 레몬사장이 의자에 축 늘어져 말했다.

"제가 타드릴게요."

유하는 바 뒤로 가서 준비대 위에 올려있는 원기둥 모양의 검은 통을 가져왔다. 그것은 말려놓은 케아 잎을 넣어두는 통이었다. 뚜껑을 열어봤더니 약간의 가루들만 돌아다닐 뿐, 안이 텅텅 비어 있었다. 오전에 마지막 잎을 써버렸던 걸 잊고 있었다. 미리미리 채워 놨어야 했는데 요즘 둘 다 게을러져서 이런 실수가 잦았다. 유하는 머리 위에 있는 검은색 찻장을 열어 케아 잎을 임시로 넣어둔 투명한 플라스틱 통도 꺼내보았다. 이런. 오늘 저녁에 쓸 양 밖에 없었다.

"언니. 저 잎 좀 따서 올게요. 지금은 생강차 드세요."

"왜? 없어?"

늘어져 있던 하영이 벌떡 일어났다.

"조금 밖에 없어서요."

"어휴. 알겠어. 이따가 내가 알아서 타 먹을게."

레몬사장은 다시 흐늘거리는 종이처럼 의자에 털썩 앉았다. 그녀의 늘어진 모습이 재밌어서 유하는 키득 거렸고, 잎을 담아낼 흙 묻은 화분통과 목장갑을 챙겨서 가게 밖으로 나갔다.

"아. 좋다."

바깥의 공기는 차가웠지만, 햇볕이 따스해서 초가을 날씨 같았다. 유하는 잠시 퍼런 하늘을 감상하다가 눈을 슬며시 감아보았다. 무뎌져있던 감각들이 점점 살아나기 시작했다. 유하는 루이스 마을에 있는 것 같은 착각이 들어 심장이 간질였다. 가게 뒷밭에 심어놓은 케아 나무의 향기 덕분이었다. 청량하고 새뜻한 향이 찬

421

바람과 함께 불어올 때면 넷이서 나무 주변을 산책하던 때가 기억이 났다. 숲에 사는 다양한 새들이 곳곳에서 울며 하나의 노래를 만들었고, 그 소리를 벗 삼아 넷은 행복하게 까르르 웃곤 했다.

"아줌마 뭐해요?"

유하는 아이 목소리에 화들짝 놀라 눈을 떴다. 키가 유하 배꼽까지도 못 미치는 남자아이가 그녀를 멀뚱히 올려다보고 있었다. 아이는 좀 전에 짜장면을 먹었는지 올망졸망한 핑크빛 입술 주변에 갈색 춘장이 지저분하게 발라져 있었다.

"아줌마는 일 하기가 싫어서 혼자 놀고 있었어."

유하가 쪼그려 앉아 아이의 눈높이를 맞췄다.

"그게 노는 거예요?"

"응. 너도 해볼래?"

"네."

꼬마는 기대에 부푼 표정으로 눈을 질끈 감았다. 어찌나 귀여운 모습인지 유하는 터져 나오는 웃음을 참느라 혼이 났다.

"눈을 감고 내가 하는 말을 잘 들어야해."

"네."

"너는 지금 하늘을 날고 있어. 하얀 구름들이 네 옆을 지나가고 예쁘게 생긴 새들이랑 인사도 했어. 상상이 되면 대답해줘."

"네. 저는 지금 엄청 높이 날았어요."

"잘했어. 네가 그렇게 하늘을 훨훨 날고 있는데, 저 아래에서 밝은 빛이 반짝이는 거야. 너는 그게 무엇인지 궁금해서 내려가 봤어."

"우와."

짜장면 꼬마는 머릿속 도화지에 열심히 그림을 그려 나갔다. 아이의 표정이 행복해 보여서 유하는 내심 뿌듯함을 느꼈다.

"알고 보니 그곳은 마을이었어. 마을 이름을 뭐로 지을까?"

"산율이 마을이요."

"산율이?"

"네. 제 이름이에요."

유하는 또 웃음을 참아야 했다.

"좋아. 커다란 산율이 마을에 도착했어. 근데 엄청, 엄청 멋있는 아저씨가 산율이 앞에 서 있는 거야. 그 아저씨 표정이 어때?"

"슬퍼요."

아이의 대답에 유하는 조금 놀랐다. 유하 상상 속에선 그 아저씨가 시후였고, 그는 슬픈 미소를 띠고 있었기 때문이었다. 아이에게 혼자만 아는 상상을 들킨 느낌이었다.

"아저씨가 왜 슬플까?"

"제가 다쳤거든요."

"어디를?"

"다리요! 도착을 잘못 해서요. 삐었어요."

"많이 다친 건 아니지?"

"우와. 방금 아줌마가 아저씨랑 똑같이 물어봤어요."

"그랬구나."

"네. 아저씨가 되게 슬퍼해요. 저를 안고 계속 울어요."

"산율아. 눈 떠봐."

423

유하는 아이의 상상이 너무 우울해질 것 같아 놀이를 얼른 멈췄다. 하지만 걱정과 달리 아이는 놀이가 끝났다는 것에 몹시 아쉬워하고 있었다.

"아줌마. 사실 그 아저씨는 저희 아빠였죠?"

"응? 아빠?"

"엄마가 아빠는 하늘나라에 있다고 했거든요. 우리는 거기서 만난 거예요."

"아."

유하는 입가에 짜장면이 묻어 있는지도 모르는 병아리만한 아이를 안고, 등을 천천히 토닥여주었다. 몸통이 얼마나 작고 여린지 조금만 세게 안아도 숨이 막힐까봐 걱정이 될 정도였다.

"응. 맞아. 산율이 아빠였어. 되게 멋지지."

"네."

"나중에 또 산율이 마을에 놀러가자."

"좋아요. 아줌마 이젠 저 가봐야 돼요."

아이는 엄마가 자기를 찾을 거라며 작은 손을 흔들었다. 저 나이라면 더욱 재밌는 얘기를 해달라고 마구잡이로 졸라야 할 텐데. 산율이는 벌써 이별하는 법을 아는 아이였다. 아마 모든 이별을 이별이라고 생각하지 않는 것일 수도 있다. 사람은 늘 희망을 품게 되니까. 그래서 산율인 아빠와도 언젠가 만날 수 있을 거라 생각하고 있을 것이다. 씩씩하게 엄마에게 돌아가는 아이 뒷모습이, 슬프다기보다는 엄청, 엄청 멋있어보였다.

"앗. 내 정신 좀 봐."

유하는 잊고 있던 화분 통을 팔오금에 걸고 가게 뒤로 걸어갔다. 무럭무럭 자라있는 케아 나무가 보일 때쯤에 빛을 머금은 따뜻한 바람이 유하에게 불어왔다. 그리고 유하는 걸음을 더 이상 나아가지 못하고 제자리에 서서 팔을 힘없이 늘어트렸다. 화분 통이 우당탕 소리를 내면서 바닥으로 떨어졌다.

"시후씨."

오늘따라 유난히 햇볕이 따스웠던 이유를 알게 되었다. 한 겨울 뜨거운 태양은 붉은 머리의 남자를 빛내주기 위해 쨍쨍했던 거였다. 드디어 그가 유하 앞에 나타났다. 꿈에 그리던 시후가 눈앞에서 청량한 케아나무를 올려다보고 있었다. 두 눈을 마구 비벼 보아도 붉은 머리칼의 아름다운 윤시후가 빛을 받으며 선명하게 서 있었다. 그의 모습은 눈부실 정도로 찬란했다.

"흐흐흑."

유하는 제자리에 얼어붙어서 눈물을 계속 닦아냈다. 시후는 고개를 돌려 유하를 지그시 바라보았다. 그의 붉은 눈동자가 흔들렸다. 유하는 정신을 차리고, 그에게 한 걸음 한 걸음 다가갔다. 그토록 기다리던 만남인데 그의 알 수 없는 표정을 보니 서운함도 몰려왔다. 오랜만에 보는 그의 눈빛이 너무 어두워서 주체할 수 없이 슬펐다.

"안녕."

오랜만에 듣는 시후의 부드러운 목소리가 건너왔다.

"안녕. 유하씨."

"대체 뭐예요."

유하가 그를 손으로 밀어버렸다. 그러고 싶지 않았는데, 자꾸 화가 나고 속상했다. 다시 만나게 된다면 안아주면서 예쁜 말만 해주려고 했는데. 그 상상만 수십 번, 수백 번을 했는데.

"못 알아 볼 뻔했네요. 너무 예뻐서."

시후가 유하를 품에 안았다. 그의 품은 여전히 포근하고 편안했다. 유하는 기분 좋은 소름이 돋아서 그를 더 세게 끌어안아주었다. 표현할 수 없을 정도로 행복했다. 이대로 시간이 멈췄으면 좋겠다고 생각했다.

"나이를 거꾸로 먹는 겁니까."

그가 유하의 등을 천천히 쓰다듬으며 나긋하게 속삭였다.

"그래요? 정말 다행이네요. 아까 거울보고 우울했는데."

"왜 우울해요?"

"주름이 생겨서요."

둘은 오랜만에 미소를 주고받았다. 그의 보드라운 웃음소리가 유하를 간지럽혔다.

"나 안 보고 싶었어요?"

그녀가 물었다.

"장난해요? 죽는 줄 알았어요."

"근데 왜 날 보고 놀라지도 않고."

유하는 자신과 달리 너무 덤덤한 그에게 서운한 마음이 생겼다. 혹시 새로운 가족이 생겼나 불안하기도 했고, 다시 떠난다고 할까 봐 두려워서 괜히 틱틱 거리게 됐다.

"실은요."

426

"자, 잠깐만요."

유하가 시후에게서 한발자국 떨어졌다. 그녀는 가슴을 쓸어내린 뒤, 심호흡을 연달아 뱉어냈다. 그녀의 행동에 시후는 어리둥절해서 고개를 기울였다.

"유하씨. 왜 그래요?"

"듣는 것 보다 제가 맞추는 게 낫겠어요."

"뭐를요?"

"시후씨가 하려는 말이요."

유하는 비장했다. 그녀는 속으로 괜찮아, 괜찮아 마음을 다독이며 미리 상처 받을 준비를 끝냈다. 다시 만나게 된다면 그와 어떻게 될지 수천 번 상상했었으니까 큰 타격감은 없을 거라고 자신을 합리화시켰다.

"시작 할게요."

"아까부터 대체 뭐를"

시후는 연신 머리를 긁적였다. 그녀가 왜 이런 반응을 보이는지 전혀 갈피를 못 잡았고, 이해하기가 힘들었다.

"혹시 아내가 있어요?"

"아뇨. 질문이 뭐 그럽니까."

그가 손사래를 쳤다.

"그럼 다른 여자를 만나고 있어요?"

"하. 아니요."

시후는 슬슬 그녀에게 섭섭해지기 시작했다. 내가 여길 어떻게 왔는지는 궁금하지 않은 건가. 그는 몸을 부들부들 떨며 알 수 없는 질문만 해대는 그녀를 품에 한 번 더 안아주었다. 그녀의 쿵쾅거리는 심장이 가슴에 아스라이 느껴졌다.

"유하씨. 왜 그런 질문들을 하는 거예요?"

그의 목소리에서 힘이 빠진 게 느껴졌다.

"미안해요."

"설마 내가 변했을까봐 불안했어요?"

"네. 조금은요."

지나가는 강풍에 케아 나무가 흔들렸다. 그러자 소량의 이파리가 둘에게로 우두두 떨어졌다. 유하는 고개를 뒤로 빼서 그의 얼굴을 확인했다. 여전히 알 수 없는 묘한 표정을 짓고 있었다.

"유하씨. 실은요."

시후가 깊은 한숨과 함께 입을 열었다. 유하는 눈을 질끈 감고, 그의 대답을 기다렸다. 몇 초의 시간이 몇 시간처럼 길게 느껴졌다.

"나 이곳에 온 게 처음이 아니에요."

"네? 뭐라고요?"

유하는 머리가 띵 하고 울려서 고개를 저었다.

"그게 무슨 말이에요?"

"지금 이곳에 온 게 두 번째예요."

34. 소년과 거북이

평화로운 도심 속으로 상쾌한 바다내음이 밀려왔다. 강하게 비춰오는 대낮의 햇살, 클래식 양식의 낮은 건물들, 그 사이사이 봄의 색을 담은 파스텔톤의 브런치카페와 식당, 그리고 유유자적한 반 옐라치치 광장 속 사람들. 발칸반도 서부 쪽에 위치한 크로아티아는 누구나 가보면 입을 다물지 못하는 천혜의 나라라고 할 수 있다. 그 중 자그레브는 크로아티아의 수도이자 가장 큰 도시여서 계절 내내 여행객들로 붐볐다. 시후는 그 일이 있고 2년 동안 유럽 곳곳을 정처 없이 돌아다녔다. 여행을 하면서 마음이 평안해지기도 했지만, 간혹 그에게 위협적인 감정들이 찾아와 고통스럽기도 했다. 불안함을 느낀 곳에서는 오래 정착할 수 없었기에 그는 밤낮 가리지 않고, 끊임없이 몸을 움직였다.

시후의 어릴 적 우울증 치료제는 배낭여행이었다. 메리의 죽음을 받아들이지 못하는 손주를 위해 노인은 무작정 소년의 어깨에 무거운 가방을 걸었다. 둘은 세계 곳곳의 땅을 밟으며 다양한 문화를 배웠고, 위험한 고비의 문턱도 여러 번 넘나들었다. 노인은 여행이란 마냥 행복한 것이 아니라는 걸 일깨워주면서 인생의 루틴도 다를 게 없다는 걸 알려주었다. 각지 사람들과는 며칠 만에 가족이 되기도 했다. 그렇게 정든 이웃들과 작별 인사를 해야 할 때마다 꼬마 시후는 목청이 터지도록 울었다. 이별하고, 만나고. 또 이별하고 만나고. 그 다음 또 이별. 다행히 시간이 지날수록 헤어짐에 관대해지고 덤덤해졌다. 또 다른 만남이 찾아온다는 걸 알았으니까.

지금은 또 다른 만남을 기대하며 여행하는 걸까. 아니면 노인과의 추억을 다시 밟아보고 싶은 걸까. 요즘 시후는 자기 자신에게 혼돈을 느끼고 있었다. 어지럽게 휘몰아치는 혼돈 속에서 가장 분명한 사실 한 가지가 있었다. 그가 예전의 꼬마 시후로 돌아가 버렸다는 것이었다. 이별의 무게가 감당할 수 없을 만큼 무거워서 모두 짊어질 수가 없었던 그 시절. 그는 또다시 이 감정을 어떻게 덜어내야 하는지 온통 백지 상태가 되어 버렸다.

"저리가."

시후가 서서히 다가오는 시커먼 비둘기에게 말했다. 녀석은 배가 고픈지 그가 들고 있는 핫도그 냄새를 맡고 목을 요란하게 움직였다. 반옐라치치 광장은 인파 속에서도 평화로웠다. 시후는 가장 눈에 띄는 반옐라치치 백작의 기마상 앞에서 간단히 점심을 때우고 있었다. 카페 야외 테이블에 앉고 싶었지만, 그곳은 집비둘기 천지라 비위가 상했다. 그래서 동상 앞으로 피해 왔건만 녀석들은 자꾸 시후와 친해지고 싶어 했다. 시후는 삼분의 일 정도 남은 빵을 입 속에 우겨넣고, 오른 어깨에 배낭을 대충 걸쳐 멨다. 오늘 시후의 계획은 크로아티아에서 가장 아름답기로 유명한 플리트비체를 보는 것이었다. 플리트비체는 물과 나무가 있는 국립호수공원이라고 했다. 그렇게 예쁘다던데. 그는 관광지도에 실려 있는 아름다운 전경사진을 표정 없이 훑으며 다른 장소로 이동했다.

시후는 중앙터미널에서 겟바이버스라는 커다란 은색차를 탔다. 예상대로 좌석은 빈 곳 없이 만석이었다. 그의 자리는 오른쪽 라인에 여덟 번째 줄 창가자리였고, 옆 자리는 금발머리를 한 백인 여성이었다. 그녀도 일행 없이 혼자 인 것 같았다. 시후는 가는 동안 잠에 빠지고 싶어서 창문에 머리를 기댄 채 두 눈을 감았다. 이 순간이 가장 괴롭다. 잠에 들기 직전. 잠에 들려고 하면 노인의 모습이 사진 조각으로 둥둥 떠다녔다. 그의 걸걸한 목소리가 들려오는 것 같고, 그에게서 풍겨오던 시원한 흙냄새도 나는 것 같았다. 눈을 감을 때마다 모든 감각들이 과거여행을 했다. 그에겐 그것이 가장 괴로운 여행이었다.

"그게 뭐죠?"

"아."

옆에서 들려온 질문에 시후는 놀라서 눈을 번쩍 떴다. 주머니에서 언제 꺼낸 건지, 그는 씨앗 하나를 만지작거리고 있었다. 몬터레이를 떠나기 전, 그는 황폐해진 루이스마을에 마지막 발자국을 남긴 적이 있었다. 매일 당연하게 거닐던 산책길을 멍하니 걷다가 나무가 있던 자리에서 푸른 씨앗 하나를 발견했다. 그 씨앗은 시커먼 흙더미에 묻혀 자기를 가져가달라 말하듯 눈부시게 반짝거리고 있었다.

"냄새가 아주 좋네요. 민트 같기도 하고."

짝꿍인 백인 여자가 특이한 발음으로 시후에게 계속 말을 걸었

431

다. 시후는 그녀의 억양을 듣고 미국 동부 쪽에서 온 사람이지 않을까 추측했다. 그녀는 긴 머리를 단정하게 한 줄로 땋았고, 꼬죄죄한 시후와 달리 위아래 옷도 깔끔한 차림이었다.

"안녕하세요. 올리버입니다."

시후가 여자에게 악수를 청했다.

"반가워요. 클로이예요."

그녀 입에서 민트향이 강하게 났다.

"그건 뭐에 쓰는 거예요?"

"글세요. 저도 잘은 몰라요. 주운 거라."

둘은 첫 만남의 형식적인 미소를 주고받고는 어색함을 깨기 위해 씨앗 얘기를 이어나갔다.

"모양은 씨앗 같은데 좀 특이하네요. 냄새도 강하고."

"동의해요. 뭔지는 모르겠지만 그냥 들고 다녀요."

그는 씨앗을 무의식중에도 계속 만지작거렸다.

"부적 같은 건가. 내 부적은 이거예요."

클로이가 자신의 배낭가방을 들어 앞주머니를 부산하게 살폈다. 그녀가 꺼낸 것은 금색으로 된 타원형의 펜던트였다. 안에는 사진이 박혀있었는데, 자세히 들여다보니 수염이 덥수룩한 백인 남자와 지금보다 앳된 클로이가 서로의 볼을 맞댄 채 방긋 미소 짓고 있었다.

"남편입니까?"

"네. 맞아요."

"왜 같이 안 왔어요? 이런 곳은."

시후는 아차 싶어서 말을 멈췄다. 설마 사별이라도 한 건가 싶어 그녀의 눈치를 살폈는데 그녀가 민트향을 풍기며 시원하게 웃어 보였다.

"걱정 마요. 그런 거 아니에요. 남편이 군인인데 최근에 훈련 하다가 다리를 다쳤거든요. 남편 대신에 같이 올 친구도 없고, 표는 아깝고. 그래서 그냥 혼자 와버렸어요."

"아. 그럼 집에 남편은 혼자 있어요?"

"가족들이 돌아가며 봐주고 있어요. 버스타기 전에 통화도 했는데 아주 복에 겨웠던데요? 그이도 오랜만에 쉬는 거라 오히려 편한가 봐요."

"그렇군요."

시후는 씨앗을 도로 주머니에 넣고 창밖으로 고개를 돌렸다. 근사한 풍경들이 뒤로 스쳐 지나가는데 머리가 어지러워서 눈을 감아버렸다. 클로이는 펜던트를 목에 걸어서 옷 속에 감추곤 급격히 어두워진 시후의 표정을 힐끔 훔쳐보았다. 그녀는 얼굴색이 안 좋아진 짝꿍이 염려되어서 말을 걸어보려 했지만, 그의 무거운 분위기에 눌려 그냥 포기해버렸다.

거의 한 시간동안은 둘 사이에 대화가 오고가지 않았다. 각자 조용히 생각에 잠긴 채, 웅웅거리는 버스 소리를 들으며 지루한 시간을 보낼 뿐이었다. 시후는 너무나 잠에 빠지고 싶었지만 괴롭게도 슬픔에만 빠져가고 있었다. 2년 동안 편안히 잠들어 본 적이 한 번도 없었다. 꿈과 상상의 경계에 서서 몸이 마비가 되어버린 상태. 그 무서운 경계에서 이번엔 유하가 시후를 괴롭히기 시작했

433

다. 그녀가 커다란 눈물을 뚝뚝 흘리고 서 있다. 유하씨. 그는 어둠속에서 그녀의 손을 필사적으로 잡아보려 했다.

"어디서 왔어요?"

지루함을 이기지 못한 클로이가 이번에도 먼저 말을 건넸다. 그녀 목소리에 시후는 경계선에서 빠져나와 현실에 눈을 떴다. 현실에선 잘게 떨리는 버스 안에서 청결한 민트 여인과 어깨를 나란히 하고 앉아있었다.

"캘리포니아요. 그쪽은요?"

그가 몸을 뒤척이며 그녀를 바라보았다.

"전 노스캐롤라이나요."

"그럴 줄 알았어요."

시후는 피식 웃으며 말했다. 그녀는 이런 반응이 익숙하다고 말했다. 전형적인 동부 억양을 갖고 있어서 처음 만나는 사람들도 그녀가 어디쯤 사는지는 미리 알아챈다고 입 꼬리를 축 내렸다.

"윌밍턴이라는 시골이에요. 바다랑 굉장히 가까워요. 서핑을 워낙 좋아해서 여름엔 물속에서 거의 살다시피 하죠."

"서핑. 멋있네요."

그의 미적지근한 반응에 클로이는 살살 웃으며 시후의 얼굴을 들여다보았다.

"물을 안 좋아하는군요?"

그녀는 예리했다,

"어떻게 알았어요?"

"간단하죠. 물을 좋아하면 공감부터 했을 테니까요."

434

"듣고 보니 그러네요."

시후가 수염 때문에 거칠어진 자신의 턱 끝을 만지며 그녀의 말에 고개를 연신 끄덕였다.

"혹시 물을 무서워해요?"

"네. 물에 들어가 본적이 없어요."

"에?"

클로이가 신기하다는 듯이 쳐다봤다. 둘이 얘기하는 동안에 창밖엔 그가 무서워한다는 푸른 바다가 눈부시게 펼쳐지고 있었다.

"정말이에요. 저도 평생을 바다 근처에서 살았었는데, 어릴 때 읽었던 동화책 때문에 지금껏 발도 못 담가봤어요."

"무슨 내용이었는데요?"

클로이가 몸을 아예 시후 쪽으로 돌려 경청 할 준비를 했다.

"음. 주인공은 말을 하지 못 하는 왕따 소년이에요. 소년의 부모님은 아이가 외로워 할 때 마다 이곳저곳 데리고 다니며 예쁜 풍경들을 보여줬죠. 어느 날은 가족끼리 바다에 놀러갔는데 그곳에서 소년은 말하는 거북이를 만나게 되요. 신기하게도 그 거북이는 소년의 생각을 읽을 수 있었어요."

"바라던 친구가 생긴 거네요."

"맞아요. 소년은 거북이와 좋은 시간을 보냈죠. 근데 갑자기 악당이 등장해요. 바다 속에 괴물이 살거든요. 마치 악어와 독수리를 합쳐놓은 그림이었어요. 그 괴물은 거북이를 먹이 삼아 잡아먹으려하죠. 윽. 그건 너무 무서운 그림체였어요."

시후가 미간을 모았다.

"설마 그 괴물이 바다에 살고 있다고 믿는 거예요? 그래서 무서운 거예요?"

그는 다시 한 번 클로이의 예리함에 놀랐다.

"어떻게 알았죠."

"픔. 푸하하."

클로이는 웃음소리가 너무 크게 터져 나와 서둘러 입을 막고, 고개를 숙였다. 주변을 조심히 돌아보니 다행히도 대부분 승객들은 드르렁 코를 골며 깊은 잠에 빠져있었다.

"웃어서 미안해요. 아무튼 결말은 어떻게 되요?"

"동화책 결말이야 뻔하죠. 그게 궁금해요?"

"네. 마무리는 지어줘요."

그녀가 어깨로 그를 툭 건드렸다. 시후는 심드렁하게 한 숨을 쉬곤 어떻게 됐더라 하면서 오래 된 기억을 가져왔다.

"괴물이 나타나기 전에 서로 바꾼 것이 하나 있었어요. 거북이는 빨리 달릴 수 있는 소년이 부러웠고, 소년은 말을 할 수 있는 거북이가 부러웠기 때문에 서로 그 능력을 바꿨던 거죠."

"그걸 어떻게 바꿔요?"

"과정은 기억이 가물가물한데 둘이서 같이 진주알을 삼켰던 거 같아요. 서로의 뭔가를 바꾸게 만들어주는 특별한 진주였나 봐요."

"오호라."

"괴물이 등장했을 때, 거북이는 빠르게 도망쳐서 살 수 있었고, 소년은 소리를 질러 사람들을 모을 수 있었어요. 모두가 힘을 합

436

쳐 그 괴물과 싸워 이겼다는 게 끝이에요."

"그렇군요."

클로이는 의외로 몰입을 잘 하는 감성적인 여자였다. 새침해 보였던 첫 인상과 달라서 시후는 꽤 재있는 표정으로 그녀를 쳐다보았다.

"주인공 소년과 거북이는 영원히 친구가 됐을까요?"

그녀가 상상에 빠진 채로 물었다.

"영원한 건 없어요."

"설마요."

"영원한 건 없어요."

그의 단호함에 잠시 정적이 흘렀다. 클로이는 헛기침을 뱉으며 알겠다고 말한 뒤 자세를 고쳐 앉았다. 그녀가 기분이 언짢아졌단 걸 알고 있었지만 시후는 굳이 사과를 하지 않았다. 그는 언제부턴가 사람과 친해지는 일이 힘들어졌다. 마음과 달리 상대에게 못되게 말하고 툭하면 예민하게 반응해 지금처럼 분위기를 삽시간에 얼려버렸다.

"드디어 다 왔네요."

그녀가 주섬주섬 가방을 챙겼다. 버스는 두 시간이 넘어서야 플리트비체 입구에 도착했다. 열여섯 개의 호수들과 수많은 폭포, 그리고 푸른 숲의 전경을 볼 수 있는 산행코스가 여러 갈래 있었다. 사람들은 안내 지도를 펼쳐 각자 어떤 길을 선택할지 고민하기 시작했다. 들어가는 입구가 두 개라서 처음부터 코스를 정하고 출발해야 했다.

437

"난 H코스로 정했는데. 골랐어요?"

클로이가 버스 앞에 홀로 서 있는 시후에게 성큼 다가왔다. 그녀는 자신의 지도에 빨간 펜으로 H코스를 지렁이처럼 표시해두었다.

"난 H를 첫 번째로 탈락시켰는데."

시후가 겸연쩍게 웃으며 말했다.

"왜요? 사람들 다 이거 골랐는데."

"전 배 타는 걸 싫어해요. 어느 정도 걸어 올라가다 중간에 내려오려고요."

"흠. 그렇군요."

클로이는 그와 산행을 같이 하고 싶은 눈치였다. 부담스러울 정도로 곁을 뱅뱅 맴돌며 그가 얼른 결정하기를 기다렸다.

"난 C로 갈래요."

시후가 지도를 접으며 클로이에게 큰소리로 선포했다.

"매정하군요."

잔뜩 실망한 클로이는 눈을 흘기며 그를 향해 째려보았다.

"왜 나랑 같이 다니고 싶은 겁니까?"

"잘생겼잖아요."

그녀가 그의 귀에 대고 야릇하게 속삭였다.

"펜던트 꺼내 봐요. 아마 남편이 사진 속에서 울고 있을 겁니다."

"장난이잖아요. 뭘 그렇게 정색해요. 아까부터 계속."

클로이는 얼굴을 붉혔다. 그가 딱히 무례하게 구는 건 아닌데도 버스에서부터 자꾸 머쓱하고 민망한 기분이 들었다.

"클로이. 내가 지금은 좀 미운 상태예요. 그래서 난 혼자 있는
게 나아요. 아까부터 내 눈치를 자꾸 보잖아요."

그가 사과 대신 알 수 없는 말을 뱉었다.

"그게 무슨. 시련이라도 당했어요?"

봄바람이 살랑거리며 다가와 시후의 머리를 흐트러뜨렸다.

"누군가에게 시련을 주는 중이에요."

시후는 단 하루도 유하를 잊은 날이 없었다. 그녀와 별이 쏟아지
는 밤하늘 속에서 함께 춤을 추었던 그 날이 조금도 잊어지지 않
았다. 새롭게 시작하자던 약속은 완전히 무효가 되어버린 걸까.
지금 그녀는 어떤 삶을 살고 있을까. 나처럼 아직도 아파하고 있
으려나. 그는 궁금한 것들이 태산인데 선뜻 연락을 취할 용기가
나지 않았다. 왠지 다시 만나게 되면 그녀가 슬픔에서 더욱 헤어
나오지 못 할 것 같았다. 과연 내가 그녀를 행복하게 만들어 줄
수 있을까. 이제 와서? 그는 이 구차한 마음이 너무나도 싫었다.

"잠깐 만요."

클로이는 뒤로 메고 있던 가방을 바닥에 내려놓고 앞주머니를 뒤
지기 시작했다. 그녀는 그곳에서 하얀색 약통을 꺼내더니 옥빛의
작은 알갱이 두 알을 손바닥에 털어 모았다.

"나한테 약을 주려고요?"

"이건 사탕이에요. 제가 페퍼민트를 좋아하는데 긴장 되거나 불
안 할 때 마다 이 민트사탕을 꺼내서 먹어요. 약이라고 생각 하는
거죠."

시후는 그녀 입에서 나던 상쾌한 민트향이 사탕 때문이었단 걸

알았다.

"그렇군요. 근데 이걸 왜 저한테."

"당신은 물을 무서워 한 댔죠? 사실 나는 산을 무서워해요."

클로이는 어깨를 으쓱하며 플리트비체 입구를 가리켰다.

"그래서 출발 전에도 사탕을 먹은 거군요."

그녀는 냄새가 났냐며 쑥스럽게 웃었다.

"어릴 때, 할머니가 낭떠러지에서 떨어지는 걸 눈앞에서 봤어요.
그 이후로 산에 오르는 걸 무서워했죠."

"저런. 유감입니다."

클로이는 입 꼬리를 씨익 올리며 손바닥을 시후에게 내밀었다.

"난 지금 이 사탕을 먹고 출발할 건데 같이 먹지 않을래요? 소년
과 거북이처럼."

"아."

이제야 시후가 해맑게 웃기 시작했다. 그녀의 말에 그는 가슴속
뜨거운 무언가를 느꼈다. 잔잔히 퍼지는 온기는 추위에 떨고 있던
시후를 사르르 녹여주었다.

"좋아요."

그는 대답과 동시에 사탕 한 개를 집어 들었다.

"그럼 하나 둘 셋 하면 같이 먹는 거예요. 서로의 공포심을 줄여
줍시다."

클로이가 씩씩하게 말했다.

"그래요. 자, 하나."

"둘."

"셋."

영원한 친구가 될 순 없겠지만 둘은 평생 기억에 남을 순간을 기록했다. 아마 소년과 거북이도 그러지 않았을까. 어쩌면 진주알에는 별다른 힘이 없었는지도.

아무 모래알을 집어 삼켰어도 둘의 간절한 소원은 똑같이 이루어졌을지도 모른다. 시후는 새로운 친구 클로이와 작별인사를 했다. 나중에 늙어서 그녀의 이름을 까먹는다면 민트 여인이라고 기억을 할 것 같았다. 아무쪼록 안녕히 지내기를.

그는 여전히 살랑거리는 봄바람에 이끌려 아름다운 플리트비체 속으로 유유히 모습을 감췄다.

35. 확신

   산길은 생각보다 위험했다. 나무로 된 계단이나 다리들이 물에 젖어 있어서 방심하면 미끄러져 넘어지기 쉬웠다. 게다가 오르는 길들은 죄다 좁아서 잠시 풍경을 감상할 새도 없이 뒤에서 걸어오는 사람들을 위해 걸음을 재촉해야 했다. 시후는 중간쯤 가다가 주변을 돌아보면서 잠시 쉴 곳을 찾았다. 사람이 다니는 길은 아니었지만, 좁은 다리에서 벗어나 경사진 산턱을 걷기 시작했다. 위험한 모험이긴 해도 그는 그만두지 않았다. 나름 자신만의 표지판을 그려내면서 어딘가로 끊임없이 올라갔다.

   그가 드디어 정착한 곳은 시원하게 콸콸 쏟아지는 상류 폭포의 언저리였다. 거대한 규모는 아니었다. 그래도 시후에겐 밑이 꽤 아찔하게 느껴졌다. 그는 배낭을 내려놓고, 그 위에 앉아 플리트비체의 전경을 감상하기 시작했다. 이곳의 호수는 말도 안 되게 맑아서 높은 하늘을 거울처럼 비춰주었다. 들려오는 소문대로 정말 숲의 요정들이 곳곳에 숨어 살 것만 같았다. 시후는 귀 끝이 뾰족하고 잎사귀로 몸을 감싼 자그마한 요정들을 상상했다. 모습을 구체적으로 그려낼수록 어디선가 그들의 노랫소리가 들리는 것 같았다. 그는 자신도 모르게 플리트비체가 뿌린 마법에 걸려 신비

442

한 세계에 갇혀버렸다. 갑자기 행복감이 서서히 느껴졌다. 쪼그려 앉아있던 시후는 오랜만에 느끼는 포근함에 스르르 눈을 감았다. 그는 간만에 달콤한 잠에 빠지려고 했다. 고개가 꾸벅꾸벅 떨어지는데도 요정들의 노래는 저 멀리서 끊이지 않고 들려왔다.

"조금만 잘게."

선선한 봄바람이 녹색 향을 태워 시후가 잠에 들지 못 하게 옷가지를 흔들었다. 시후는 무릎을 감싸 안고, 그 위에 머리를 얹었다. 본격적으로 단잠에 빠질 준비를 하는데 따스한 바람은 멈추지 않고 그를 방해했다. 몰려오는 노곤함이 눈덩이를 무겁게 눌렀다. 지금은 그리운 식구들이 나타나지도 않았다. 드디어 경계를 넘어 꿈속을 여행할 수 있는 건가. 멀리서 들려오던 요정들의 노랫소리가 조금 바뀌어 들리기 시작했다. 자세히 들어보니 유하의 목소리 같기도 했다. 옆에서 자주 흥얼거리던 멜로디. 제목이 별이 내리다 라고 했었는데. 한 번 불러볼까. 그는 경계를 넘어서며 노랫소리를 따라 불렀다. 포근함에 몸이 녹기 시작했다. 시후는 꿈의 세계에 겨우 도달했고 그곳에서 클로이를 만났다. 클로이는 처음 보는 바닷가에서 거대한 파도 위에 전사처럼 서 있었다. 서핑을 즐기는 중이었다. 그녀의 집중하는 표정이 멋있어 보여서 시후는 똑같이 따라 지어보았다. 어? 바다 속 괴물이 파도 위에 있는 클로이에게 다가오려 했다. 안 돼. 위험해. 바다괴물이 징그럽고 커다란 입으로 민트를 잡아먹으려 했다. 시후는 그녀를 구하기 위해서 과감하게 물속으로 달려들었다. 사탕의 효과인가. 수영을 해본적도 없는데 그는 거센 물살을 빠르게 가로질렀다. 거의 그녀에게

443

가까워지고 있었다. 친구야. 내가 구해줄게. 어서 손을 뻗어. 간절한 시후의 외침이 그녀에게 들릴 리가 없었다. 민트는 겁에 질린 채 괴물 앞에서 얼어붙어 있었다. 이제 3초 뒤에 그녀가 곧 괴물에게 먹히고 말 것이다. 그 짧은 3초 동안 시후는 집에 혼자 있을 그녀의 남편도 걱정 되었다. 어떡하지. 그녀가 죽으면 안 되는데. 그녀의 가족들이 슬퍼할 텐데.

꿈에서 깨어났다.

"하. 하."

정신을 차려보니 시후는 얇은 나뭇가지 하나를 잡고 낭떠러지에 매달려 있었다. 바로 옆에선 폭포가 시끄럽게 쏟아지고 있었고, 아래에선 넓은 호수가 입을 크게 벌리고 있었다. 처음 겪어보는 공포였다. 그는 왼쪽에 조금 더 두꺼운 가지를 양손으로 옮겨 잡았다. 팔이 제멋대로 부들부들 강하게 떨리기 시작했다. 손에는 피가 통하지 않아 감각이 사라져갔고, 발끝이라도 어딘가 디뎌야만 했지만 바위에 물기가 있어 계속 미끄러지길 반복했다.

"후."

그는 몸부림을 멈췄다. 뒤집어진 마음도 천천히 가라앉혔다. 괜찮아. 혹여나 죽으면 뭐 어때. 어차피 미래가 없던 참이었어. 그는 다시 밑을 내려다보니 푸른 호수가 잔잔하게 빛을 내고 있었다. 저렇게 예쁜 곳엔 그런 징그러운 괴물 따위 없을 거라고 세뇌시켰다. 클로이와 함께 먹은 민트 사탕을 생각하면서 그는 물에 대한 공포를 이겨내려 애썼다. 이젠 더 이상 버텨낼 힘이 부족했다. 아래로 떨어지는 방법밖에 없었다. 시후는 눈을 질끈 감고 호흡을 최대한 끝까지 들이마셨다. 그리고 힘들게 버티고 있던 손을 놓았다. 시후가 떨어지는 시간은 단 1초뿐이었다. 호수는 예상했던 것보다 훨씬 수심이 깊었고 그는 꽤 오랫동안 물속에 가라앉았다. 숨이 막혀서 눈을 떴는데 출렁이는 태양빛이 보였다. 몹시 아름다웠다. 시후는 다시 눈을 감고 숨이 멎기를 기다렸다. 그냥 어서 나를 데려가. 난 준비됐어. 할아버지한테 갈래. 가라앉던 시후의 몸이 자연스레 떠오르면서 산소가 마지막에 다다랐다.

하나.

둘.

셋.

"콜록. 콜록! 하아. 하아."

시후가 바닥에 엎드려 거친 숨을 몰아 뱉었다. 머리가 어지러울 정도로 심장은 빠르게 뛰었고 뿌옇던 눈앞이 잠시 뒤에 선명해졌다. 그의 손에 짙은 색의 흙가루가 한 줌 잡혔다. 이게 뭐지. 가쁜 숨이 진정되는 동시에 익숙한 향기가 콧속을 찔렀고, 가까운 곳에서 잔잔한 음악소리와 사람들의 웃음소리가 들려왔다. 시후는 일어나서 옷에 묻은 흙들을 털어냈다. 분명 조금 전 호수에 빠졌었는데 몸은 하나도 젖어있지 않았다. 더 이상한 점은 갑자기 밤이 되었다는 것. 하늘이 새카맣게 어두워져 하나 둘 별을 띄웠다.

"이, 이거."

그의 뒤엔 청량하게 자라있는 케아나무 한 그루가 있었다. 루이스 마을에 있던 나무와 향기까지 너무 똑같아서 놀라움을 감출 수가 없었다. 그는 나무에게 다가가 팔을 뻗어 안아주었고, 아이처

445

럼 엉엉 울었다. 죽어가는 마지막 순간까지 나무를 지키려던 노인의 모습이 떠올라 시후는 괴로움에 주저앉았다.

"유하야. 취했어?"

어디선가 들려온 유하 이름에 시후가 다시 벌떡 일어섰다. 잘못 들었나. 그는 벽채가 분홍빛으로 칠해진 건물을 향해 조용히 다가 갔다. 어떤 가게의 뒷모습 같았다. 시후는 언제 울었냐는 듯 얼른 눈물을 닦아내고, 벽에 오른 뺨을 붙인 채 귀를 쫑긋 세웠다.

"호진아. 유하 물 좀 마셔야겠다. 정신을 못 차리네."

"네."

"어휴. 나는 왜 안 취하지."

"누나도 취했어요. 그만 마셔요. 유하야. 유하야. 일어나봐."

이번엔 하영의 목소리가 들렸다. 뭔가 이상했다. 시후는 뒤늦게 주변을 돌아보았다. 어느 낯선 시내라는 것 밖에는 알 수가 없었다. 여기가 어디지. 심장이 쿵쾅거리기 시작했다. 그는 어떻게 해야 할지 몰라 자리에서 발을 동동 구르며 머리를 싸맸다.

"아 혹시."

그는 주머니에서 황급히 씨앗을 꺼냈다. 씨앗은 여전히 푸른빛으로 신비롭게 빛을 내고 있었다.

"하. 이럴 수가."

퍼즐이 맞춰졌다. 이게 유하씨가 얘기했던 케아씨앗이었구나. 그는 나무를 다시 올려다보며 허탈하게 웃었다. 이 케아나무에 정말 마법 같은 힘이 있던 것이었다. 시후는 몇 분을 가만히 멈춰 서있었다. 옆에 보이는 거리에 지나가는 사람들은 모두 한국 사람이었다. 그는 이번엔 자신이 순간이동을 했다는 걸 깨달았고, 이게 꿈이 아니라면 아까 들린 목소리의 주인공들은 분명 가까이에 있다. 시후는 걸음을 옮겨 건물 앞으로 살금살금 걸어갔다. 불이 꺼져있는 하얀 간판이 정문 위에 크게 매달려 있었다.

"케아포레스트?"

입술이 바짝 말랐다. 이게 뭔가 싶으면서도 왠지 알 것도 같아서 그는 뭉클해지는 마음을 어렵게 눌러냈다. 시후는 가게 유리문을 통해 늦은 밤 맥주를 마시고 있는 세 사람의 모습을 훔쳐보았다. 눈물이 자꾸 그의 시야를 흐리게 만들었다. 심장이 찢기듯이 아파서 결국 시후는 등을 지고 주저앉았다. 찰나에 본 유하는 다른 남자 어깨에 기대어 잠들어 있었다. 다행이라는 생각이 들면서도 한편으론 속상해지기도 했다. 속에서 모순된 감정이 엎치락뒤치락 싸웠다.

딸랑.

바로 옆에서 작은 문종소리가 들렸다. 짧게 커트 머리를 한 하영이 나왔다. 그녀는 주머니에서 담배를 꺼내다가 기운 없이 앉아있는 시후와 눈이 마주쳤다.

"아. 나 진짜 취했구나."

하영이 궁시렁 거리면서 하얀 담배를 입에 물었다. 시후는 일어나서 하염없이 퀴퀴한 연기를 내뿜는 그녀를 바라보았다. 겨우 끊은 담배를 다시 시작했구나. 그녀의 외로운 뒷모습에 마음이 애잔해졌다.

"하영아."

447

시후가 오랜 친구의 이름을 불렀다. 하늘을 올려다보던 그녀가 뒤를 돌아보고는 손을 파르르 떨기 시작했다.

"하영아."

"너, 너 뭐야."

하영의 눈가에 금세 눈망울이 맺혀 글썽거렸다. 그녀는 아랫입술을 아프게 깨물며 울음을 참아내려 애썼다. 그동안 얼마나 속으로 고생했는지 느껴져서 시후는 미안한 마음에 고개를 떨궜다.

"너 따라와."

하영이 가라앉은 톤으로 매섭게 말하곤 가게 뒷밭으로 시후를 데려갔다. 두 사람은 누가 쫓아오기라도 하듯이 상황을 주고받았다. 그러다 진의 사망소식을 듣게 된 시후는 다리에 힘이 풀려 휘청거렸다. 그녀의 죽음이 나무를 불타게 만든 것이란 것도 알게 되었고, 유하가 이젠 날지 못한단 사실도 알게 되었다. 하영의 얼굴은 어둠이 가득했다. 그녀는 시후를 원망의 눈초리로 바라보며 그간 둘이서 얼마나 힘들게 버텨왔는지 따지듯이 말했다.

"왜 이렇게 오래 걸렸어. 대체 왜? 너 우리가 얼마나 걱정한 줄 알아? 우리가 얼마나, 얼마나 힘들었는지 알아?"

하영의 목이 메었다. 시후가 한걸음 다가가 안아주려 했지만 그녀는 뒷걸음질 치며 그를 노려보았다.

"미안해. 미안해."

"흐흐윽. 흐으앙."

그녀가 결국 흐느끼기 시작했다. 혹여나 가게 안으로 소리가 새 나갈까 봐 그녀는 입을 막고 숨죽여 울었다.

"나 유하가 너랑 다시 합치는 거 옆에서 못 보겠어."

"그래. 이해해."

"아까 안에 남자 봤지. 곧 둘이 사귈지도 몰라. 솔직히 난 그러 길 바라고 있어. 그 사람은 유하가 힘들 때마다 달려오는 사람이 야. 넌 그동안 전화 한 통 없었잖아."

"응. 그랬지."

하영이 시후의 가슴을 주먹으로 세게 치며 통곡하기 시작했다. 말은 그렇게 했어도 시후가 외로웠을 걸 생각하니, 상처받았을 걸 생각하니 그녀는 심장이 죽도록 저리고 아팠다.

"죽은 줄 알았잖아."

"미안해."

시후는 주저앉아 울어버리는 하영의 등을 토닥토닥 두드려 주었 다.

"나 실은 오늘 죽는구나 싶었어. 그래서 그냥 죽어야지 했었어."

"뭐라고?"

그녀가 소매로 눈을 마구 비비곤 그를 노려봤다. 몹시 불안에 떠 는 눈빛이었다.

"그게 무슨 소리야."

"여행을 하다 사고가 좀 있었어. 근데 정신차려보니 내가 이곳에 와 있더라."

시후가 씨앗을 하영에게 내밀었다.

"나무가 우리를 만나게 한 거야."

둘은 끝이 보이지 않는 케아나무를 올려다보았다. 다른 나무들과

449

확연히 다른 수준의 울창함이었다. 수 없이 많은 초록 잎이 밤중에 반짝반짝 빛을 발산했다.

"유하씨가 그랬는데 이 나무는 죽으면 새로 씨앗을 뱉어 낸다더라."

"유하씨가 그래?"

"응. 유하가 네 할머니 만나고 왔어. 장례식도 갔다 왔고."

그의 붉은 눈동자가 강하게 흔들렸다.

"네 할머니 다이어리에 나무에 관한 게 적혀 있어. 난 유하가 보여줘서 알게 된 거고. 사람 일 참 신기하네. 나는 네가 여기 온 게 전부 나무 덕분이라고 생각하지 않아. 이 나무 유하가 여기 심자고 해서 심은 거거든."

두 사람은 한동안 말이 없었다. 그저 밤바람에 흔들리는 울창한 나무만 올려다 볼 뿐이었다.

"이거 기억나?"

시후가 옷 속에 감춰뒀던 목걸이를 밖으로 꺼내었다. 작은 유리 조각 안에 갇혀 있는 케아 이파리 하나. 노인의 유품이 되어버린 수호천사 목걸이.

"응. 기억나."

하영이 다시 울먹거렸다.

"할머니가 할아버지한테 주신거래."

"그랬구나. 그랬어."

"생각할수록 죄책감 들어. 내가 이 목걸일 받은 날, 할아버지가 돌아가셨잖아. 이건 할아버지 부적이었는데, 괜히 내가."

450

"쓸데없는 생각인 거 알지?"

그녀가 냉정히 말을 가로막았다.

"모르겠다."

"할아버지 너만큼 진이 각별하게 생각하셨어. 그 둘이 함께 저세상 가버린 거. 어쩌면 다행이야. 너무한 거 같아도 우리 그냥 그렇게 생각하자."

그녀는 생각보다 씩씩하게 변해있었다. 시후는 한편으로 그녀에게 고마웠다. 사랑하는 사람들이 무사히 잘 지내고 있었다는 건 정말 감사한 일이었다.

"잘 있어줘서 고맙다."

여전히 나무를 보며 얘기하는 시후의 옆모습을 하영이 슬픈 눈으로 바라보았다. 면도를 며칠 째 안 한 건지 매일 매끈했던 그의 피부에 거뭇한 수염이 뾰족이 올라와있었다. 왜 나타나도 이런 몰골로 나타난 거야. 하영은 올리버가 너무 미웠다. 너무너무 미웠다.

"와보니까 알겠어."

"뭐를."

"나 유하씨 포기 못 해."

하영이 조금 놀란 표정으로 눈을 크게 떴다.

"지금은 말고. 곧 다시 돌아올게 하영아."

시후가 아이처럼 해맑게 웃었다.

"또 어디가려고."

"내가 지금 뭘 해야 할지 조금 알 것 같아. 정리가 되네. 반드시

451

돌아올 테니까 이렇게만 잘 살고 있어줘. 유하씨랑."

그가 웃으니 케아 잎이 살랑살랑 춤을 추며 뒤늦게 둘의 재회를 반겼다. 하영은 시후의 뒤통수를 퍽 하고 때리곤 아파하는 그를 향해 미소 지었다.

"난 호진이랑 유하편이야. 이 위대하신 큐피트님을 과연 네가 이길 수 있겠어?"

그녀가 눈썹을 위아래로 움직이며 거만한 표정을 지었다.

"너 나한테 한 번도 이긴 적 없잖아."

시후가 하영의 머리를 헝클어뜨리며 반박했고, 둘은 간만에 기분 좋은 웃음을 나눴다. 그리고 시후는 진지하게 한 마디를 덧붙였다.

"유하씨한텐 비밀이야. 지금의 나는 유하씨를 행복하게 해줄 수 없거든."

하영은 자신 없이 고개를 끄덕였다.

"최대한 빨리 와."

"응."

공학동 거리는 이 날 이후. 줄곧 시후의 발자국을 매일 기다렸다. 붉은 머리 남자는 과연 어느 계절에 등장할까 하면서.

36. 수호천사

"하아."

"흠흠."

가게 안은 어색한 공기가 가득했다. 붉은 머리 남자의 한숨소리와 순박한 의사가 대면했기 때문이었다. 호진은 유하가 사랑한다는 남자가 이렇게 빨리 등장한 게 당황스러워서 눈치만 보고 있었다. 그의 붉은 머리는 묘려한 느낌을 주었다. 게다가 눈동자도 머리색과 비슷하게 붉은 체리 빛을 띠어 굉장한 신비감을 풍겼다. 피부는 지금껏 본 사람들 모두 통틀어 가장 하얗고 투명했으며 콧날과 입술 선은 조각을 낸 듯 정갈했다. 세상에 이런 인간도 있구나. 호진은 갑자기 시무룩해졌다.

시후는 맞은편에 앉아 아까부터 자신을 관찰하는 호진의 시선을 느꼈다. 그를 가까이서 보니 전에 스치듯 보았던 첫인상보다 훨씬 선하고 어려 보였다. 그가 좋은 사람 같아 보여서 불안한 마음이 들었다.

"에효. 윤시후 이 바보 같은 것아."

하영이 기운 없이 가게에 들어왔다.

"유하씨는? 좀 괜찮아?"

453

"괜찮겠냐. 아니 넌 돌아오자마자 애를 울리냐? 호진 하이."

하영은 호진을 향해 손을 가볍게 흔들곤 준비실 냉장고에서 맥주 한 캔을 꺼냈다. 그녀는 바 테이블에 서서 꿀꺽 소리를 내며 맥주를 한 번에 들이키고는 쓰레기통에 빈 깡통을 터프하게 골인시켰다.

"유하씨는 왜 안 내려와?"

시후가 문 앞을 기웃거리며 물었다. 그와 함께 풀이 죽은 하영은 터벅터벅 걸어와 둘 사이에 의자를 끌고 와 앉았다. 그러곤 연거푸 한숨을 쉬었다.

"누나 무슨 일이예요? 유하는요?"

호진의 질문에 하영은 시후를 애절하게 쳐다봤다. 유하에게 죄를 지은 두 사람은 서로 눈을 맞춘 채 울상을 지었다.

"나중에 얘기해줄게. 그나저나 둘이 인사는 했어?"

"어, 응. 간단히 이름정도는."

호진이 멋쩍어 하며 대답했다. 시후도 하영을 보며 고개를 끄덕이곤 호진에게 형식적인 미소를 지어 주었다.

"풉."

하영이 둘의 어색한 분위기를 감지하곤 소리 내어 웃었다.

"웃을 상황이냐."

"아니 웃기잖아. 둘이 라이벌. 풉."

그녀는 철없이 남자들의 싸움을 보고 싶어 했다. 주먹을 허공에 찌르면서 사나이는 원래 한 여자를 두고 치고 박고 싸워야 하지 않냐며 계속 승질을 긁었지만, 두 남자는 그런 그녀를 한심하게

454

쳐다볼 뿐이었다. 그래도 그녀 덕분에 어색한 분위기는 조금씩 편안해지고 있었고, 하영은 호진에게 유하가 왜 토라져 있는지도 간단히 설명해주었다. 사실은 시후가 오늘 처음 온 게 아니라는 것과 그것에 대해 유하는 배신감을 느끼는 중 이라는 것. 물론 모든 걸 다 알고 있었던 하영에게까지 서운해 하고 있다는 것도.

"근데 말이야, 그게 이렇게까지 서운해 할 일인가? 응?"

하영이 시후를 보며 답답함을 표출했다.

"당연히 서운하죠."

묵묵히 팔짱을 끼고 있던 호진이 유하 편을 들었다.

"유하가 오랫동안 기다렸잖아요. 자기를 보고도 그냥 다시 돌아갔다는 게 말도 못하게 서운 했을 거예요. 유하라면 그러지 못 했을 테니까."

잠시 테이블에 엎드려 있던 시후가 호진의 말을 듣고 몸을 일으켰다.

"사정이 있었어요."

붉은 눈동자가 활활 타오르기 시작했다. 저 남자에겐 약해보이기 싫은 자존심 같은 거였다.

"그쵸. 사정은 늘 있기 마련인데, 그래도 사랑하는 사람을 위하는 일이 무엇인지 잘 헤아려 봐야 해요. 어쨌든 지금 누나와 시후 씨 때문에 유하가 상처받은 건 사실이잖아요."

호진은 흔들림 없이 자신의 소신을 밝혔다. 유하를 진심으로 위하고 있는 그의 마음이 느껴져서 시후는 금방 위축돼 버렸다. 그 날 밤 난 과연 유하를 위했던 게 맞았을까. 그녀가 술에 취해 호진에게 기대있었다는 사실만 중요했던 건 아니었나. 당시 유하의 괴로운 표정을 조금 더 눈치 챘더라면 바로 들어가 끌어 안아줬을 텐데. 그녀를 사랑한다면서. 쓸데없는 자격지심에 그저 알량한 질투심만 느끼고 떠나버렸던 건가.

"짜증나네요."

시후가 고개를 푹 숙이며 인정했다. 하영은 그런 시후가 안쓰러워 축 쳐진 그의 어깨를 어루만졌다.

"내가 유하에게 가볼게요."

호진이 자리에서 벌떡 일어났다. 하영은 그의 대담함에 놀라서 기죽어 있는 시후의 눈치를 살폈다. 붉은 눈망울이 흔들리는 게 보였다.

딸랑.

반가운 문종소리가 들렸다. 눈덩이가 팅팅 부은 유하가 좋은 타이밍에 가게 안으로 천천히 들어왔다. 유하의 시선은 시후만을 향하고 있었다. 그녀가 표정 없이 터벅터벅 걸어오자 모두가 긴장감에 숨을 죽였다. 시후는 자리에서 일어나 슬퍼하는 유하를 향해 양팔을 넓게 벌렸다.

"보고 싶었어요."

유하는 결국 울음을 터트리며 시후에게 달려가 안겼다. 하영은 놀라서 팔딱팔딱 뛰다가 호진의 팔을 당겨 가게 밖으로 끌고 나갔다.

"나, 나를 왜 끌고 나가요?"

"미안하다. 쟤들은 내가 어떻게 할 수가 없다. 네가 이해해."

456

그렇게 케아포레스트 안에는 시후와 유하만의 공간이 되었다. 시후는 몸을 바들바들 떠는 유하의 몸을 빈틈없이 안은 채, 그녀에게 온몸으로 미안하다 말했다.

"정말 죽으려 했어요?"

유하가 가슴팍에 눈물을 적시며 물었다. 예상 밖으로 그녀의 눈물엔 서운함이 아닌 걱정이 들어있었다.

"하영이한테 들었어요?"

"네."

"그것 때문에 이렇게 슬퍼한 거였어요?"

"네. 마음이 너무 아파요."

해가 저물기 전, 시후를 비췄던 오늘의 강한 태양빛이 마지막으로 둘 사이를 가로질렀다. 시후는 가느다란 손가락으로 유하의 부드러운 검은 머릿결을 쓸어주었고 유하는 침묵이 길어질수록 팔에 더욱 힘을 주어 그를 끌어안았다.

"그동안 난 유럽을 여행했어요. 안 가본 곳이 없을 정도로 구석구석 다."

"잘했어요."

그녀의 따듯함에 그는 괜히 코끝이 찡해졌다.

"그날은 가장 따뜻한 봄날이었어요. 좋은 사람도 만나고 세상에서 가장 아름다운 호수도 보게 된 럭키데이였죠."

"호수요?"

"네. 요정들이 살고 있다는 호수가 있어요. 나 실제로 요정이랑 인사도 했잖아요."

457

그가 작게 속삭였다. 유하는 그의 농담이 좋아서 희미하게 미소 지었다.

"하필이면 그런 날 낭떠러지에서 떨어졌지 뭐예요."

"뭐라고요? 괜찮아요?"

"괜찮아요."

시후에게 찰싹 붙어있던 유하가 놀란 눈으로 그의 몸을 살폈다. 대체 얼마나 울었는지 그녀의 눈은 통통한 소시지처럼 부어있었다.

"깊은 호수에 빠져서 제 몸이 끝없이 가라앉았어요. 사실 유하씨 한텐 창피해서 말 못 한 게 있는데. 나 물을 많이 무서워하거든요."

"정말요? 처음 알았네요. 아 혹시 그래서 바다낚시 안 하는 거였어요?"

시후는 흠칫 놀랐다. 여자들은 원래 이렇게 예리한 건가 싶었다.

"아무튼 그건 중요한 게 아니고, 물속에 가라앉으면서 이제 곧 죽는구나 하고 정신을 잃어갈 때쯤. 갑자기 내가 이곳으로 순간이동을 해버렸어요."

"시후씨. 혹시."

유하가 입을 다물지 못했다.

"맞아요. 나 씨앗을 가지고 있었어요. 몬터레이를 떠나기 전에 나무가 있던 자리에서 주웠거든요."

"그랬군요."

둘은 더 이상 아무 얘기도 이어나가지 못했고, 서로를 쳐다보지도 못했다. 유하는 그가 진의 죽음을 알게 될 순간이 오지 않길 바라며 지내왔다. 다행히 우려했던 거와 다르게 그는 덤덤해 보였지만 또 속은 그렇지가 않을 것 같아서 그에게 위로를 어떻게 해야 할지 유하는 막막했다. 그래서 그녀의 이야기는 조금만 나중으로 미뤄두기로 했다.

"저."

유하가 고개를 들어 시후의 눈을 바라보았다.

"시후씨를 만나게 되면 꼭 하고 싶은 말이 있었어요."

"말해 봐요."

시후는 유하를 다시 품에 안고, 그녀 머리 위에 턱을 얹었다.

"사랑해요."

그녀의 속에서 오랫동안 맴돌았던 묵직한 고백이 건너왔다. 시후의 심장이 빠르게 요동치기 시작했고 입술이 파르르 떨렸다.

"그리고 미안해요. 시후씨가 혹여나 다른 사람이 생겼을 거라고 생각한 거요."

그는 결국 그녀를 안고 흐느꼈다. 유하가 잘게 떨리는 그의 등판을 천천히 쓰다듬었다. 이것은 마을 사람들의 위로법이였다. 고작 이런 걸로 위로가 될까 싶지만, 정말 위로가 되어 버리는 신기한 위로 방법. 토닥토닥.

"정말 많이 사랑해요 시후씨."

"나도 많이 사랑해요."

이윽고 둘은 촉촉한 키스를 나누었다. 세상에 둘만 남겨진 것처럼 눈물 젖은 애틋한 키스를 오래오래 나누었다. 유하는 사랑의 힘이 이렇게 강해도 되는 걸까 생각했다. 이 정도의 힘이라면 이 사람과 앞으로 닥쳐올 그 어떤 시련도 함께 이겨낼 수 있을 것 같았다.

하늘을 점령하던 노을빛이 서서히 사라지면서 반달눈의 초승달이 희미하게 모습을 드러냈다. 유하는 시후와 함께 케아 잎도 수북하게 따놓고 오붓하게 가게 뒷정리도 마쳤다. 시후에게 뜨거운 케아 티를 타줬더니 그는 깊은 한숨을 내쉬며 피어오르는 슬픔을 힘들게 삼켰다. 그는 유하와 함께 차를 마셨던 시간이 죽도록 그리웠던 것들 중 하나였다고 말했다.

"호진이란 남자. 좋은 사람 같아요."

시후가 넌지시 호진의 대해 이야길 꺼냈다. 둘은 테이블에 마주 보고 앉아 간만에 여유로운 티타임을 가졌다.

"혹시 질투 났어요?"

"아뇨."

"진짜 안 났어요?"

"조금 났어요."

유하가 코를 찡긋거리며 웃었다. 그녀의 웃는 모습이 진과 닮아 보여서 그는 슬프게 웃었다.

"고마운 사람이에요. 어릴 때 인연이 지금까지 이어진 사람은 저한테 그 사람 밖에 없어요. 정말 소중한 친구예요. 시후씨가 진이 언니를 생각했던 것 처럼요."

"아. 그렇군요."

시후는 진이 세상에 없다는 게 요즘 들어 조금씩 실감이 났다.

어쩐지, 파란 우체통 앞에서 그녀가 사라질 때마다 늘 불안했었다. 진은 시후가 불안해 할 때마다 오히려 씩씩하게 웃어준 친구였다. 그게 애써 강한 척 한 거였다는 걸 전혀 눈치 채지 못 했다. 그 정도로 그녀는 항상 행복해보였는데. 생각해보면 하영의 말대로 한 가지 다행인 점은 있었다. 노인이 그녀의 죽음을 몰라도 된다는 것. 그거 하나는 정말 다행이었다.

"호진씨는 당신을 많이 좋아하는 것 같던데. 알고 있었어요?"

"네. 얼마 전에 고백을 받았어요."

"고백을 받았다고요?"

유하는 표정이 굳어가는 시후를 보면서 몰래 웃음을 삼켰다.

"내가 뭐라고 했게요?"

"글쎄요. 미안하다? 나는 정말, 정말 사랑하는 사람이 있다?"

"아뇨."

시후가 아랫입술을 삐죽 내밀곤 유하를 노려보았다. 그의 사춘기 꼬마표정을 오랜만에 보게 돼서 유하는 마음이 살살 녹아 행복감을 느꼈다.

"시후씨한테 차이면 결혼해주겠다고 했어요."

"켁. 뭐요?"

그는 차를 마시다 말고 유하의 손을 덥석 잡았다.

"에에? 제 손은 갑자기 왜 잡아요? 날 놓치지 않겠다는 뜻인가?"

유하가 그를 향해 메롱 하고는 해맑게 웃었다. 그리곤 그녀가 그의 손등에 쪽 하고 뽀뽀했다. 시후는 유하가 이렇게 티 없이 웃을 때마다 진한 사랑을 느꼈다. 이 여자를 두고 멀리 떠나 있었던 세월이 몹시 후회되고 아까워서 미칠 지경이었다. 윤시후 진짜 멍청했구나.

"사실 나도 유하씨에게 꼭 할 말이 있어서 왔어요."

그가 진지하게 목소리를 낮췄다. 유하는 동그란 토끼눈을 하고 그의 비장한 얼굴을 바라보았다. 그는 잠시 안절부절 하며 머뭇거리더니 자리에서 쭈뼛하게 일어나 유하 앞에 한쪽 무릎을 꿇고 앉았다. 그러곤 동화책에 나오는 왕자님처럼 손을 그녀에게 내밀며 말했다.

"당신을 루이스 마을에 초대할게요. 나와 함께 가지 않을래요?"

그의 나긋한 음성이 귓가에 크게 울린다.

"그게 무슨 말이에요?"

루이스 마을이란 말에 유하가 글썽거리기 시작했다. 분명 행복한 말인데 가슴이 찢어질 듯 아파서 눈물부터 나오려 했다.

"윌밍턴이란 곳에 내가 작은 마을을 만들어놨어요. 아직 덜 자랐지만 케아나무도 심어놨고 초록지붕으로 된 집도 지었어요."

그녀가 얼굴을 가리고 펑펑 울기 시작했다. 시후는 화들짝 놀라 그녀 옆으로 다가가 앉아 등을 토닥여주었다.

"나 약속 지키러 온 거예요. 다시 시작하자면서요."

그녀는 서둘러 눈물을 닦아내며 그를 향해 부드럽게 웃어보였다. 그동안 루이스 마을에서 그와 보냈던 마지막 밤이 평생 슬픈 순간으로 남게 될까봐 두려웠다. 그의 곁을 떠났던 게 죄책감으로 남아버려서 속상했고, 이제 모든 게 사라져 버렸다는 절망감이 유하를 무너지게 만들었다. 그런데 시후가 그 모든 걸 마법처럼 일으켜 세웠다. 없어져버린 우리의 추억을 그가 새롭게 만들어냈다.

"나 잘한 거 맞아요?"

시후가 어색하게 웃으며 유하의 반응을 살폈다.

"당신은 내 수호천사가 맞았네요."

그는 특유의 편안한 미소를 지어 주었다. 유하가 가장 좋아하는 표정이었다. 유하는 그를 포근히 안아주면서 그의 소심한 청혼에 대답을 해주었다.

"그 마을에 평생 동안 살게 해줘요. 제발."

37. 별이 내리다

　유하는 새로 태어난 루이스 마을에 가기까지 생각보다 많은 시간이 필요했다. 가지 말라고 울며 떼쓰는 하영을 다독여주어야 했고, 항상 어른스럽게 옆을 지켜주었던 호진과도 아쉬운 작별인사를 해야 했다. 오히려 진짜 가족인 아버지와의 마지막은 건조하고 심심했다. 그는 딸에게 네가 하는 선택은 뭐든지 오케이라고 힘을 실어주었다. 항상 냉철한 판단을 하던 한종명씨는 이제 유하를 절대 이길 수 없는 아버지가 되어 버렸다. 그는 많이 늙었고 늙은만큼 약해져 가고 있었다.

　시후는 유하와 함께 외할머니를 만나러 부성으로 내려갔었다. 그는 인자하게 웃고 있는 릴리 베네민의 사진을 아무 말 없이 바라보다가 2년이 넘도록 한 번도 빼지 않은 목걸이를 액자에 걸어주었다. 그러곤 말했다.

　"우리 할아버지 잘 부탁드려요."

　그들이 한국에서 가장 마지막으로 한 일은 진과의 이별이었다. 시후는 겨우 참아내던 눈물을 그 날 모두 쏟아 부었다. 그는 진과 함께했던 날들이 너무 소중했다고 말했다. 부디 그곳에서 할아버지와 만나 매일 맛있는 식사를 하길 바란다고 사진 속 사랑스럽게 웃고 있는 진에게 전했다. 그녀의 청초한 웃음소리, 남들 보다 느린 걸음속도, 그리고 엄마를 떠오르게 했던 포근한 그녀의 품. 유하는 진의 모든 것들을 가슴에 새기고 자리를 떠났다. 그들이 떠난 자리엔 새뜻한 케아나무의 향기가 허공에 둥둥 머무르며 진을 지켜주었다.

비행기 안에서 시후와 유하는 각자 지난날들을 회상했다. 창밖에 하얀 양떼구름들은 우리들보다 아래에 뭉쳐있었고 솜뭉치들 사이사이로 사람 사는 동네들이 장난감처럼 작게 모여 있었다. 유하는 처음 하늘을 날았던 때가 떠올라 혼자서 피식 웃었다. 허공에 귀신처럼 매달려 살려 달라 애원했던 모습을 아무도 보지 못한 게 천만 다행이라고 생각했다.

"윌밍턴은 어떤 곳이에요?"

유하가 작은 창문에 이마를 문대며 시후에게 물었다. 그도 유하 옆에서 창 너머 새파란 하늘을 구경하는 중이었다.

"아주 조용하고 깨끗해요. 거기도 바다가 가까이 있고요."

"그곳을 고른 특별한 이유가 있어요?"

유하가 그를 향해 고개를 돌렸다.

"특별한 이유는 없었어요. 여행 중에 어떤 친구에게 얼핏 들은 동네인데 궁금해서 가봤다가 마음에 들어서 선택했어요."

"그럼 가장 마음에 드는 점 두 가지를 꼽자면?"

"왜요. 갑자기 후회돼요?"

시후의 얼굴이 시무룩하게 그늘졌다. 그는 유하를 마을로 데려가는 것에 대해 약간의 죄책감을 안고 있기도 했다. 그녀의 가족들이 모두 한국에 있으니까. 그래서 요즘 유하가 하는 한 마디 한 마디에 자주 풀이 죽었다.

"후회라뇨. 설레서 묻는 거잖아요."

유하가 그에게 입모양으로 바보. 라고 또박또박 말했다. 그는 그녀의 놀림에 활짝 웃으며 안도의 한숨을 내쉬었다.

"가장 마음에 드는 두 가지는요."

"네."

"첫 번째. 몬터레이와 아주 멀다."

"두 번째는요?"

"몬터레이와 많이 닮았다."

시후의 답에 둘은 쓴웃음을 주고받았다. 유하는 귀가 잠시 멍멍해져서 침을 연속으로 계속 삼켰다. 윙윙거렸던 소리가 원래대로 시원하게 들리는 동시에 그녀는 계속 이어 말하고 있는 시후의 목소리에 집중했다.

"세 번째. 한유하가 간다."

시후는 한 쪽 눈썹을 위로 올리며 느끼한 표정을 지었다. 유하는 작게 키득키득 거리다 주위를 살피며 부끄러워했다. 이루어지지 않을 줄 알았던 그와의 새로운 여정이 가슴을 설레게 만들었다. 유하는 길고 긴 비행시간이 조금도 지루하게 느껴지지 않았다. 푸른 하늘 한 가운데서 손을 잡고 춤을 추는 두 남녀와 함께 그녀는 시후와 머나먼 세상으로 날아갔다.

시후의 말대로 윌밍턴은 조용하고 느긋한 시골 같은 도시였다.

도로는 차 막힐 걱정 없이 뻥 뚫려있었고, 하늘은 이곳과 어울리게 연보라 빛으로 물들어있었다. 드문드문 등장하는 프렌차이즈 가게와 마트, 그리고 다용도 상점들이 새해 마지막 추위 속에서 떨고 있었다. 장사는 잘 될까 걱정 될 정도로 거리엔 사람이 한 명도 없이 고요했다. 사람은 물론 숨어있는 동물들과 거리에 피어있는 애기 꽃들이 몸을 움츠려 꾸벅꾸벅 졸게 되는 게으른 날씨였다.

다시 태어난 루이스마을은 윌밍턴 중앙에 있는 애쉬가든 동네에 위치했다. 동네로 들어가니 인형의 집처럼 생긴 주택들이 줄지어 인사했고 조금 더 끝자락에 손 때 묻은 작은 공원이 두 사람을 반겼다. 시후는 그 공원에 도착하자마자 웰컴! 이라고 소리쳤다. 바로 그 공원이 루이스 마을이었다. 그는 아직 입구 푯말을 만들지 못했다고 말했다. 그러면서 슬쩍 유하에게 직접 만들어 보는 게 어떻겠냐고 제안했다. 유하는 당연히 오케이를 외쳤다.

루이스 마을 입구는 하얀색으로 칠해진 높은 울타리로 막아져 있었다. 그 울타리 가운데에 문을 열고 들어가면 색 바랜 노란 풀들이 넓게 깔려 있었고 몇 걸음 가지 않아 케아나무가 자라있었다. 아직 울창한 모습은 아니었지만 이제 막 자란 이파리들이 청량한 색을 발산하며 바람에 흔들리고 있었다. 기분 좋은 케아 향기가 날아왔다. 유하는 눈을 감고 숨을 깊게 들이마셨다.

감동이 밀려왔다. 시후는 울고 있는 그녀에게 울보라면서 소매로 눈가를 닦아주었다. 나무를 지나면 바로 초록지붕하우스가 등장했다. 조그마한 1층짜리 주택이었지만 노인의 집과 아주 똑같아 보

467

여서 유하는 소리 내어 감탄했다.

"나 어떡해요. 또 눈물이 날려고 해요."

유하가 글썽거리자 시후는 그녀를 뒤에서 꽉 안아주었다.

"마음에 들어요?"

"그럼요. 너무 좋아요."

"이곳에 당신을 데려오는 상상을 매일 했어요."

유하는 하우스를 유심히 바라보았다. 어쩜 이렇게 똑같이 만들었지. 하얀 벽채색의 녹색 창틀까지. 뒷문엔 꼬마 시후의 낙서까지 있을 것 같았다. 문을 열고 들어가면 노인이 저녁을 준비하고 있지 않을까. 진은 그 옆에서 새로 산 앞치마를 두르고 빵을 굽고 있겠지. 유하는 고개를 좌우로 저었다. 이런 상상을 할수록 마음만 더 괴로워질 뿐인데 자꾸만 하게 되었다. 둘은 몸을 녹이기 위해 하얀 문을 열고 집으로 함께 들어갔다. 유하는 들어가자마자 놀라움을 숨길 수 없었다. 집안 곳곳에 주황빛 메리골드가 보기 좋게 장식되어 있었다. 시후는 놀래하는 유하를 보면서 어깨를 으쓱하고 말았다.

"이제 괜찮은 거예요?"

유하가 조심스레 물었다.

"네. 누구 덕분에요."

메리골드는 투명한 유리 화분에 세 송이씩 꽂아져 있었다. 거실 중앙에 나무로 만든 티 테이블 위에 하나, 구석 모서리에 퍼즐처럼 맞춰져 있는 커다란 장식장 위에 하나, 그리고 하얀 문 양 옆으로 세 개씩 일렬로 나열되어 있었다. 메리골드의 밝은 주황색

468

꽃잎이 다소 썰렁해 보일 수 있는 집안을 화사하게 밝혀주었다.

티 테이블 주변으로는 동서남북으로 하얀 소파 네 개가 서로 마주보고 있었다. 왜 하얀 소파만 있는지는 물어보지 않아도 알 것 같아서 유하는 주방에 있는 시후를 향해 흐뭇하게 웃었다. 왼쪽으로 고개를 돌리면 작은 유리창이 하나 있는데 그 너머로 케아나무가 보였다. 예전 집과 실내구조도 너무 비슷해서 드문드문 가슴이 쓰라려왔다.

"이거 마셔요."

시후가 따듯한 케아티를 내어주었다. 유하는 그가 자신을 위해 준비한 하얀색 소파에 앉으며 그가 내민 둥그런 남색 잔을 만졌다. 그와 처음 만난 날이 생각났다.

"시후씨. 너무 좋은데 자꾸만 슬퍼져요."

유하가 창밖의 케아 나무를 응시하며 말했다.

"좀 더 지내봐요. 기분이 달라질 거예요."

"그럴까요?"

그가 끄덕였다.

"우리 너무 한꺼번에 많은 걸 잃었잖아요. 나도 처음엔 힘들었는데 잃었던 것들을 다시 탄생시키는 일이 생각보다 즐겁더라고요. 추억을 전시해 놓는 기분이랄까."

유하는 그의 말에 고개를 천천히 끄덕이다 장식장 안에 홀로 누워있는 공책을 발견했다.

"저 공책은 뭐에요?"

유하가 손으로 가리켰다.

"아. 저건."

그가 자리에서 일어나 공책을 꺼내왔다. 아주 두껍고 무거운 스프링 달린 갈색 공책이었다. 겉표지에 검은 자국이 있어서 유하는 뭔가 싶어 손으로 스윽 문질러 보았지만 그것은 지워지지 않았다.

"할아버지가 젊을 때 쓰셨던 일기예요."

"아."

불에 그슬려진 자국이었다. 유하는 마음이 숙연해져서 두 눈을 감았다. 처참한 불길 속에서 살아남은 노인의 공책을 보니 함께 동고동락했던 하우스가 사라졌다는 게 다시 한 번 실감이 났다.

"할머니와 함께 했던 시절도 적혀 있고, 그 이후도 적혀있어요."

유하는 한 장씩 넘겨보며 노인이 빼곡히 적어놓은 일기들을 읽어보았다. 그의 일기는 매 장마다 서툰 한글과 영어가 뒤섞여 빈틈없이 적혀있었다. 그러다 후반부에선 영어는 한 단어도 보이지 않았다. 아내 때문에 한글을 사랑하게 된 노인의 노력들이 보였다. 유하는 시간 가는지 모르고 읽다가 소파에 기대어 잠든 시후를 발견했다. 그녀는 겉옷을 벗어 그가 깨지 않도록 조심히 덮어주었다. 많은 걸 신경 쓰느라 피곤했을 그가 안쓰럽기도 했다. 유하는 다 식은 케아티를 한 모금 들이키고 노인의 일기를 마저 읽기 시작했다.

릴리. 나무에서 열매가 자랐어요. 아주 빨갛고 동그란 모양인데 아무리 지켜봐도 한 개 이상 자라지를 않네요. 오늘 사다리를 타고 올라가 열매를 직접 따 보았습니다. 기분이 이상합니다. 지금

470

도 열매를 옆에 두고 쓰는 중인데 자꾸 케니스의 숨결이 느껴져요. 당신이 이 나무는 특별한 힘이 있다고 했었죠. 혹시 아들이 열매로 우리 곁에 다시 태어난 건 아닌가 생각이 듭니다.

그런 게 아니라면. 내가 미쳐가고 있는 걸까요 릴리.

"열매?"

유하는 다음 일기도, 그 다음 일기도 몰입해서 읽어나가기 시작했다.

오늘 당신에게 또 편지를 보냈습니다. 우리 집 우체부 윌리엄을 알 겁니다. 한국인 친구라 당신이 굉장히 좋아했죠. 우리 셋이 우물을 구경하다가 내 안경이 빠져버렸던 날 윌리엄이 직접 내려가 빼주었던 게 기억나네요. 항상 고마운 친구입니다. 그 친구가 매주 나의 편지를 당신에게 보내주고 있어요.

릴리. 혹시 이곳을 아예 떠난 겁니까. 그렇게 생각하니 심장이 아파옵니다. 난 정말 남은 인생을 당신 없이 살아야 하는 걸까요. 윌리엄도 당신을 많이 보고 싶어 하더군요. 가까이 있다면. 편지를 받았다면. 답장을 한 통만 써서 이곳에 보내주면 좋겠어요. 그립습니다. 릴리.

아참. 에이미는 건강합니다. 딸이 더 커서 엄마를 찾기 전에 어서 돌아와요.

시후가 미간을 찌푸리며 몸을 뒤척였다. 그가 깬 줄 알고 순간

471

얼음이 되었는데 다행히 아직 그는 꿈속에 있었다. 도로 편안한 표정도 되찾았다. 유하는 창 너머 케아나무를 보면서 먹먹한 가슴을 손으로 쓸었다. 유하는 어디에 있는지도 모르는 사랑하는 사람을 매일 매 순간 기다리는 심정이 어떤 건지 잘 알았다. 소박하게도 그를 기다리며 바라는 건 딱 두 가지였다.

살아만 있어줘요. 살아 있다면 행복하게 살아줘요.

노인이 평생을 버틸 수 있었던 힘은 아마 그 조그마한 희망이었지 않았을까. 어디선가 잘 살고 있겠지. 서로가 잘 살아가다보면 우린 우연히 운명처럼 만나게 될 거야. 같은 그런 희망.

릴리. 나흘 전에 윌리엄에게 열매를 보냈어요. 당신이 손수 만들었던 케니스 복주머니에 담아 보냈습니다. 아무래도 그 열매는 우리 아들이 맞는 것 같아요. 말로 표현 할 수는 없지만 당신도 똑같이 느낄 거라 믿습니다. 미묘하지만 따뜻한 생명이 느껴져요. 윌리엄에게 정말 소중한 것이니 조심히 전달해달라고 부탁했습니다.

릴리. 윌리엄이 사라졌습니다. 동네 사람들은 그 친구가 한국으로 돌아갔다고 했어요. 나에게 인사도 없이 갈 친구가 아닌데 어느 날 갑자기 훌쩍 떠나 버렸습니다. 당신이 케니스를 꼭 받았으면 좋겠는데. 걱정입니다.

소중한 사람들이 점점 내 곁을 떠나는 기분이 들어서 오늘은 특히 우울해지는 밤입니다. 나의 릴리도 없고 편지를 전달해 줄 윌

리엄도 없으니 희망이 사라진 기분이 듭니다. 언젠가 당신과 만나 이 일기를 같이 읽어보는 날이 왔으면 좋겠어요. 아주 늙은 노인 이 되어 만나게 되더라도 난 당신을 사랑할 겁니다. 지금은 오지 않아도 좋으니 다치지 말고 행복하게 잘 살아요 릴리.

세월만큼 쭈그러진 누런 종이가 눈물에 젖었다. 유하는 공책을 덮고 손끝으로 눈덩이를 꾹 누르며 흐르는 눈물을 막았다. 두 사 람의 결말을 알고 있는 게 괜히 죄스럽다고 느껴졌다.

"유하씨. 왜 그래요."

시후는 그녀가 훌쩍이는 소리에 깨 버렸다. 그는 놀란 눈을 비비 며 이제야 자신이 잠들었다는 걸 깨닫는 중이었다.

"미안해요. 안 깨우려고 했는데."

유하가 애써 웃으며 눈물을 모두 닦아내었다. 시후는 유하 앞으 로 성큼 다가와 무릎을 꿇고 앉았다. 그는 걱정 가득한 표정을 짓 곤 유하를 말없이 올려다보았다.

"왜 울고 있었어요? 심장이 철렁했어요."

"너무 슬픈 영화를 봐서요."

유하가 노인의 일기장을 손으로 톡톡 두드렸다.

"괜히 보여 준건가 싶네요."

"아뇨. 덕분에 진이 언니가 내 준 숙제를 조금 전에 다 푼 것 같 아요."

그가 고개를 갸우뚱 거렸다.

"그래요?"

"네. 나중에 이야기 해줄게요. 왜냐면 풋말 보다 먼저 만들어야 할 게 생각나서요."

"뭐죠?"

"파란 우체통이요."

유하는 시후 이마에 입을 맞춰주었다. 시후가 그녀를 올려다보며 기분 좋게 웃는데 그의 붉은 눈망울이 청초하게 반짝거렸다.

"시후씨 눈은 별 같아요. 너무 예쁘다."

"그죠. 나는 왜 이렇게 쓸데없이 잘생긴 거죠?"

그가 히죽 웃었다.

"어허. 날이 갈수록 잘난 척이 심해지고 있어요."

유하가 소파에서 일어나며 그를 애처럼 타일렀다. 덩달아 같이 일어난 시후는 유하 어깨에 팔을 둘러 그녀가 가는 곳을 쫄래쫄래 따라다녔다.

둘은 거실 작은 창가 앞에 서서 루이스 마을의 풍경을 바라보았다. 몬터레이에선 워낙 숲속이라 밤이 오면 마냥 컴컴했는데 윌밍턴의 애쉬가든은 다른 집들이 켜놓은 불빛 덕분에 해가 져도 마을이 은은하게 잘 보였다.

"우리 진짜 별을 보는 건 어때요?"

시후가 유하를 보며 흥미로운 표정을 지었다.

"어디서요?"

"집 앞에 나가서 하늘을 보고 있으면 별들이 잘 보여요. 그것도 아주 많이."

"우와. 보고 싶어요. 별을 못 본지 오래 됐거든요."

유하가 작게 물개박수를 치며 좋아했다. 그 모습은 진의 들뜬 모습과 많이 닮아 있었다. 그녀는 진을 그리워하다 진을 닮아가고 있었다. 아무렴 좋았다. 적어도 지금 유하는 진심으로 행복해하고 있었다.

"좋아요. 겉옷 입어요."

시후는 케아나무 앞에 등받이가 기다란 캠핑용 의자 두 개를 나란히 배치했다. 빨간색 바탕에 노란 삼각형 모형이 인디언 무늬처럼 그려져 있는데 채색이 약간 촌스러워 보여서 유하는 혼자 큭큭 웃었다.

"왜 웃어요?"

시후가 집에서 랜턴을 들고 오며 물었다.

"아. 의자가 너무 예뻐서요."

"그쵸. 나의 안목이란."

그는 보통 크기의 랜턴을 내려놓고 유하를 의자에 앉힌 뒤, 두꺼운 목화솜이불을 그녀의 턱밑까지 덮어 주었다.

"잠깐만 기다려요."

그는 잔뜩 신이 난 얼굴로 혼자 바쁘게 움직였다. 마지막으로 달달한 핫초코 두 잔을 타온 시후는 조심스럽게 그녀에게 내밀었고 유하는 누에고치를 벗어나 그가 들고 있는 따뜻한 머그잔을 건네받았다.

"천국이네요."

유하가 행복하다고 말했다.

"좋아할 줄 알았어요."

시후는 뿌듯함을 안고 드디어 의자에 앉아 그녀와 함께 밤하늘을 감상했다. 아주 말끔하게 펼쳐진 어둠속에 보석 같은 별들이 촘촘히 모습을 드러냈다. 이들을 위해 누군가 수 없이 그려놓은 것처럼 밤하늘은 별빛 축제가 한창 진행 중이었고 곧 티 없이 청아한 은하수가 이어질 기세였다.

"울컥해요. 저 별들이 꼭 내가 아는 사람들 같아요."

유하가 눈을 반짝이며 말했다.

"인사해야죠 그럼."

시후가 하늘을 향해 손을 흔들었다.

"모두들 안녕."

유하도 팔을 뻗어 손을 힘차게 흔들었다. 나의 인사가 그 먼 곳까지 닿기를 바라면서 둘은 허공에 손을 휘이휘이 저었다.

하나 그리고 둘.

그들의 인사에 답례라도 하는 것 마냥 별들이 하나둘씩 떨어지기 시작했다. 별똥별은 눈 깜짝 할 새에 떨어진다던데 저들은 아주 느릿느릿 포물선을 그리며 떨어진다. 혹시 어딘가로 내려가는 중인걸까. 유하가 하늘에서 내려와 마을에 도착했던 것처럼 저들도 각자 행복한 곳으로 이끌려 가는 건 아닐까 생각했다.

"별이 내리네요."

유하가 작게 읊조렸다.

"표현이 예뻐요. 별이 내린다니. 어? 그러고 보니 이거 노래 제목이잖아요."

"맞아요."

476

한참 의자에 기대 밤하늘을 올려다보던 유하가 시후에게로 고개를 돌렸다. 그의 옆선은 언제 봐도 아름답고 완벽했다. 그녀는 그가 나의 남자라는 게 갑자기 실감이 나서 심장이 두근두근 거렸다.

"시후씨."

"네?"

그가 별을 담은 눈으로 그녀를 바라본다.

"나는 아주 오래오래, 그리고 행복하게 시후씨 옆에 있을 거예요."

유하가 예쁘게 미소 지었다. 시후는 그 모습에 한 번 더 반해버렸다.

"지금 우리 그냥 결혼해버릴까요?"

"좋아요."

"이야. 하객들이 몇 명이야."

시후가 별들에게 손키스를 날리며 뿌듯해했다.

유하는 살면서 누구나 슬픈 순간을 겪고, 또 누구나 행복한 순간을 겪게 된다는 것을 깨달았다. 그녀는 어떤 일을 겪었건 주위엔 당신을 소중히 아끼는 사람이 있었다는 걸 저 별들에게 말해주고 싶었다. 그리고 자신에게도 말해주고 싶었다.

별들아.

내가 너희들의 축복을 매일 매일 빌어줄게.

그러니 너희들도 우리를 위해 매일 매일 별을 내려주렴.

그럼 안심이 될 것 같거든.

'아. 그곳에서도 아주 행복하구나.'

'나의 축복을 받았구나.' 하고 말이야.

사랑해 나의 별들아.

우리 내일도 이렇게 인사하자.

그리고 잊지 말자.

우린 사실 언제나 별처럼 빛이 났었다는 것을.

별이 내리다

발 행 | 2022년 08월 04일
저 자 | 김다정
펴낸이 | 한건희
펴낸곳 | 주식회사 부크크
출판사등록 | 2014.07.15.(제2014-16호)
주 소 | 서울특별시 금천구 가산디지털1로 119 SK트윈타워 A동 305호
전 화 | 1670-8316
이메일 | info@bookk.co.kr

ISBN | 979-11-372-9100-3

www.bookk.co.kr